OEUVRES
DE M. VILLEMAIN

COURS
DE
LITTÉRATURE FRANÇAISE

TABLEAU DE LA LITTÉRATURE
AU XVIIIᵉ SIÈCLE

I

Imprimerie Ducessois, 55, quai des Augustins.

COURS

DE

LITTÉRATURE

FRANÇAISE

PAR M. VILLEMAIN

TABLEAU

DE LA LITTÉRATURE AU XVIIIᵉ SIÈCLE

I

Nouvelle Édition

PARIS

DIDIER, LIBRAIRE-ÉDITEUR

35, QUAI DES AUGUSTINS

1847

PRÉFACE.

En faisant réimprimer aujourd'hui cette Histoire littéraire de la France au XVIIIᵉ siècle, je n'ai plus à justifier la forme de mon travail, et la succession un peu
lente qui en a réuni les diverses parties. Dans l'origine,
le plus grand nombre de ces Leçons, immédiatement
publié par la sténographie, profita de la faveur qu'excitaient deux cours célèbres, auxquels le mien était as-
socié. Toutefois, plusieurs années après, quelque chose
de la même faveur s'est retrouvé pour les deux tomes
inédits que j'ai ajoutés à ma première publication : et le
Cours entier a obtenu, pour ainsi dire, un succès pos-
thume. C'était un motif de corriger encore mon ouvrage ;
et c'est aussi la preuve peut-être que j'avais écrit et parlé
à une époque très-favorable pour la vraie et complète
appréciation du XVIIIᵉ siècle.

Vingt ans auparavant, à l'issue de la révolution, au
commencement de l'empire, le débat contradictoire sur
la littérature du XVIIIᵉ siècle avait été une dernière arène
laissée à demi ouverte par la main qui fermait toutes les
autres. Là s'étaient donné rendez-vous tous les procès

a

d'opinion que traîne à sa suite un grand changement
social ; et, comme il n'y avait plus de politique ailleurs,
il y en avait eu beaucoup dans la critique littéraire. De
remarquables écrits sur le xviiie siècle n'étaient que des
plaidoyers pour ou contre. De là il était arrivé qu'il n'y
avait pas encore de postérité pour ce siècle mémorable,
et qu'à son égard le blâme et l'éloge s'exprimaient avec
une partialité toute contemporaine. Voltaire, longtemps
après sa mort, trouvait des critiques et des admirateurs
plus passionnés que de son vivant. C'est que, de part et
d'autre, on le rendait responsable de plus de choses
même qu'il n'en avait fait, et qu'on lui imputait à faute
ou à gloire, non-seulement ses écrits, mais les actes de
son temps et du nôtre.

A l'entrée du xixe siècle, la protestation indirecte
d'une partie de la société contre la victoire souvent irrégulière et violente du grand nombre, la lutte plus timide
de l'esprit de liberté contre l'excès du pouvoir, se réfu-
giaient également dans la controverse sur les écrivains
du xviiie siècle. Leurs noms étaient un symbole. Le regret ou l'aversion du passé, l'admiration ou la défiance
du présent, exagéraient également le blâme ou l'éloge
de ces écrivains : car, par une circonstance remarquable,
bien qu'elle s'explique aisément, l'ancien et le nouveau
pouvoir étaient devenus solidaires dans cette question ;
et la dictature née de la révolution n'était pas moins
mécontente des libres penseurs de l'ancien régime, que
la monarchie jadis ébranlée par eux. D'autre part, ce

qui restait de l'esprit généreux de 1789, trompé dans ses espérances, calomnié dans ses revers, réduit à l'inaction sous le pouvoir absolu, semblait n'avoir plus d'autre gage de lui-même que les écrits et les vœux de l'âge précédent. Il s'y attachait d'autant plus; il les défendait, et il se défendait par eux, plus qu'il ne les jugeait. C'est en ce sens, peut-être, qu'à une époque déjà éloignée le *Tableau littéraire* du xviiie siècle était demandé par la seconde classe de l'Institut. Depuis, les vicissitudes sociales ont plus d'une fois ranimé la même controverse. Plus d'une fois encore, les noms célèbres du xviiie siècle, exaltés ou rabaissés à dessein, sont devenus des instruments de guerre politique entre les partis. La réaction ressuscitait l'erreur; et tel philosophe justement oublié, Helvétius ou d'Holbach, reprit quelque importance, grâce au crédit renaissant des jésuites.

La vérité ne peut changer cependant, au gré de ces aspects divers; et un jugement impartial sur le caractère du dernier siècle devait insensiblement se former. La question d'art et de goût devait se dégager de la question sociale, et celle-ci se diviser, de manière à ne pas confondre les deux choses qui se ressemblent le moins, le scepticisme et la liberté.

Enfin, il restait à marquer l'influence que la littérature du xviiie siècle avait exercée sur l'Europe et sur le monde. Dans la gloire de l'empire, on semblait oublier que le règne de nos idées avait précédé celui de nos armes; on eût craint, pour ainsi dire, que l'un ne fît

tort à l'autre ; on parlait à peine de ce privilége qu'a-
vaient eu les livres français de dominer au loin, dans
l'inertie politique de l'ancien gouvernement, et de représenter à eux seuls toute l'activité extérieure de la
France.

Ce point de vue devait s'offrir plus tard à qui retrace-
rait, dans un tableau suivi et détaillé, l'histoire littéraire
du XVIIIe siècle. C'est ainsi que la dernière partie de ce
Cours a nécessairement compris plusieurs points de littérature et d'histoire étrangère : non-seulement j'ai si-
gnalé le contre-coup du génie français au dehors, dans
plusieurs productions célèbres d'Angleterre et d'Italie ;
il m'a fallu montrer les idées de la France agissant sur
les institutions des autres États, avant de se réaliser
dans les nôtres, et le génie spéculatif de nos écrivains
agrandissant l'éloquence politique des peuples libres,
avant qu'il y eût parmi nous une assemblée nationale.
Ces digressions apparentes n'étaient qu'un exemple de
l'influence extérieure des lettres françaises au XVIIIe siècle.

Mais d'abord j'avais à retracer tout ce qui a précédé
cette influence et la rendait irrésistible. Je fais voir
combien l'esprit français, au commencement du
XVIIIe siècle, emprunta lui-même à l'étranger, et que de
choses il rendit puissantes, en les répétant. Je décris
l'essor du génie dans la décadence sociale, le mélange
d'erreurs hardies et de vérités fécondes qui se produi-
sirent tout à coup, sous un gouvernement trop faible
pour résister aux unes et pour profiter des autres ; enfin

le caractère nouveau que prit notre littérature, considé-
rée non plus comme le premier des arts , mais comme la
première des puissances, dans un siècle où toutes les
autres avaient failli.

L'histoire littéraire du xviiie siècle, si souvent traitée ,
et quelquefois avec une précision supérieure , n'était
pas épuisée , et ne le sera pas après ce livre. On la recom-
mencera. Aujourd'hui même, elle anime d'un intérêt
nouveau , sous le point de vue moral , les vives et spirituelles leçons d'un professeur de la Faculté des lettres [1],
dont j'aime encore plus le succès que je ne redoute sa
concurrence ; et , il y a quelques années , elle inspirait ,
dans une chaire du collége de France , de brillantes im-
provisations devenues un livre de philosophie sur l'influence politique de la France en Europe.

C'est que le xviiie siècle , quoiqu'il ait malheureusement plus détruit que fondé , a laissé partout des traces
durables. Ses idées, ses opinions , ses espérances , en
partie corrigées , en partie réalisées , forment le fonds
principal de la société présente. On pourra donc souvent
blâmer ou contredire les écrivains de cette époque ; mais
on ne peut cesser de s'occuper d'eux ; et l'opinion indépendante qui les juge atteste leur puissance. En intro-
duisant , même au prix de l'erreur, la libre discussion ,
en la portant partout , ils préparaient la loi de notre
temps , cette loi qui doit ramener le sentiment religieux

[1] M. Saint-Marc Girardin.

par la plus complète liberté de conscience, et la stabilité sociale par le plus haut degré de liberté civile.

Ils ont surtout marqué par leur exemple, par leur ascendant démesuré, comme par les fautes et la dégradation des pouvoirs de leur temps, quelle place l'intelligence a besoin d'occuper à la tête de cette nation, et combien la réalité des institutions représentatives est nécessaire à la pensée des Français, autant qu'à leurs intérêts et à leurs droits.

Toutes les choses qui rappellent cette vérité devaient plaire à l'époque où elles furent prononcées. En les reproduisant, comme je les ai dites, et les mêlant aux questions de goût et de morale, à l'examen comparé des génies français et étrangers, à l'histoire de la civilisation étudiée dans l'histoire de l'art, je ne me flatte pas de retrouver l'intérêt vif et passager qui s'attachait à ces séances littéraires. La voix vivante n'y est plus. L'auditoire dispersé serait aujourd'hui plus sévère : l'âge et les événements l'ont mûri.

Je serai content si, parmi tant de jeunes gens d'alors, aujourd'hui citoyens utiles, quelques-uns hommes célèbres, il en est qui, jetant les yeux sur ce livre, ne rougissent pas trop de ce qu'ils approuvaient autrefois, et qui, pardonnant aux fautes, ou peut-être aux corrections du style, pour le fond même du travail, veuillent bien reconnaître des sentiments qu'ils conservent encore, et des conseils dont ils ont profité. C'est toujours à eux que je dédie cet ouvrage.

Une seule remarque reste à faire sur la forme même de cette édition corrigée ; on y a laissé parfois l'indication des témoignages d'assentiment qu'excitaient les paroles du professeur. Ce ne sont pas des souvenirs pour la vanité, mais des dates pour l'opinion. En voyant ce qui, même faiblement exprimé, plaisait à l'esprit français dans une époque de lutte imminente, on reconnaît ce qui lui plaît encore, dans une époque d'affermissement et de progrès. On retrouve les opinions que quinze années d'un nouvel ordre politique ont fortifiées et tempérées par l'expérience. Celui qui leur a toujours été fidèle, dans des situations fort diverses, n'a rien à y changer, rien à y supprimer aujourd'hui.

TABLEAU

DE

LA LITTÉRATURE

AU XVIIIᴱ SIÈCLE.

PREMIÈRE LEÇON.

Vue générale de ce Cours.

MESSIEURS,

Nous commençons ensemble une grande étude, le
xviiiᵉ siècle, époque de décadence et d'empire, où le
génie français a dominé l'Europe et préparé le changement du monde. Fidèles au titre de ce cours, nous ne
chercherons le xviiiᵉ siècle que dans les lettres, dans les
œuvres de l'art et de la pensée; mais les lettres, alors,
étaient tout, et comprennent l'histoire de la société,
dont elles devenaient la seule puissance. En parcourant avec vous ce vaste sujet, déjà traité par d'habiles
écrivains, sous l'impression du grand procès politique
et religieux que le xviiiᵉ siècle avait laissé à ses premiers
successeurs, nous ne voulons ni réveiller des contro-

verses, ni essayer une lutte inégale. Mais dans le cadre
plus étendu de ces libres entretiens, nous pouvons développer ce que d'autres ont abrégé, rappeler ce qu'ils ont
omis; et surtout nous montrerons par un tableau comparé ce que l'esprit français avait reçu des littératures
étrangères, et ce qu'il leur rendit. Une analyse plus
étendue sera nécessairement plus impartiale ; et la vérité
naîtra pour nous de la précision des détails.

Le génie littéraire du xvii° siècle s'était formé sous
trois influences, la religion, l'antiquité, la monarchie de
Louis XIV. De ces causes fort diverses, et de l'élan spon-
tané d'une nation jeune et forte sortit cette grande
école de goût et d'éloquence qu'on ne surpassera pas.
Les influences qui dominent la littérature du xviii° siècle
sont, au contraire, la philosophie sceptique, l'imitation
des littératures modernes, et la réforme politique. Rien
de plus opposé, et pourtant rien de plus lié que ces deux
époques : la grandeur et les abus de la première devaient
enfanter l'autre.

Toutefois, Messieurs, et c'est le point qui nous occupera d'abord, le passage ne fut pas soudain et im-
médiat.

De même que dans l'ordre matériel les altérations les
plus profondes s'opèrent par degrés insensibles, ainsi ce
prodigieux changement des esprits fut d'abord graduel ;
mille symptômes l'avaient annoncé; et il se produisit par
nuances successives. Les deux époques si disparates
ont des points où elles se confondent. Chacune d'elles a
vu naître des talents mixtes qui ont quelques caractères
de l'autre. L'esprit d'innovation, la liberté sceptique qui
marqua le xviii° siècle avait eu des précurseurs contemporains de Bossuet; et le goût antique des grands écri-

vains du XVIIᵉ siècle se reproduisit dans quelques hommes épars au milieu d'une société bien différente. Mais ce qu'il importe de retracer, c'est le mouvement général des esprits et l'influence des grands talents.

Le XVIIIᵉ siècle, dans la chronologie morale, a commencé du jour de la première protestation, d'abord timide et discrète, contre la splendeur monarchique de Louis XIV, contre la domination religieuse de Bossuet, et contre l'autorité classique de l'antiquité, trois choses de nature bien diverse réunies et assimilées dans l'esprit du XVIIᵉ siècle. En ce sens, il faudrait dater le XVIIIᵉ siècle de ce fameux Bayle (né en 1647), qui, substituant l'ironie philosophique à l'âpreté sectaire, commença contre la théologie cette guerre de doute et de raillerie où Voltaire prit toute sa force. Critique, comme Rabelais avait été moraliste, soulevant, remuant ce poids immense de l'érudition philologique, historique, théologique du XVIᵉ siècle, et faisant circuler dans cette masse un esprit moqueur et léger, un souffle sceptique qui agite toutes les feuilles poudreuses de ces *in-folio*, Bayle découvre à nu l'incertitude des faits, la vanité des doctrines, les petitesses du génie, ébranle en se jouant toute certitude, et met en pièces la crédulité et la gloire.

Circonspect envers le pouvoir, mais d'une hardiesse illimitée contre les doctrines, Bayle, assez froid sur l'indépendance politique défendue par ses frères de Hollande, et ne voulant que la liberté philosophique, annonce et caractérise la première école du XVIIIᵉ siècle : anecdotier de l'univers, compilateur et dialecticien à la fois, le plus penseur des érudits, son livre, vaste magasin de savoir et d'incrédulité, était tout fait pour dispenser d'études et fournir d'arguments un siècle ingénieux. Mais l'innova-

tion de Bayle réfugié dans un pays de tout temps ennemi
de Louis XIV était étrangère, lointaine, et ne pouvait
que par contre-coup influer sur une révolution, dont elle
était le plus hardi symptôme.

Le changement des esprits, et l'annonce d'une ère
nouvelle, se marqua dans les hommes mêmes qui semblaient continuer le plus scrupuleusement les traditions
du siècle de Louis XIV. L'éloquence de la chaire conservait presque son éclat; mais elle commençait à remplacer la foi par la morale, la charité purement religieuse
par un esprit de douceur et de justice sociale : Massillon,
dans la chapelle de Versailles, parlait de l'élection des
rois et des droits du peuple.

La poésie, affaiblie et pure, suivait encore les leçons
de Boileau; mais elle y mêlait le goût des hardiesses étrangères. Le poëte élégant et timide, fils du grand Racine,
traduisait avec enthousiasme Milton, que Boileau peut-
être n'avait jamais entendu nommer.

A l'imitation du sublime religieux se mêlait la licence
effrénée des mœurs. Rousseau composait à la fois ses
Psaumes et ses *Épigrammes*, avouant ainsi que le sublime religieux n'était pour lui qu'une forme de style
étrangère à l'âme. Mais par là même, dans la pureté savante de ses premières poésies, il marquait déjà la décadence de l'art. Cette décadence était plus sensible encore
chez quelques novateurs ingénieux qui s'étaient élevés
du vivant même du grand siècle; mais là elle avait sa
force ; elle était le premier signe d'une transformation,
elle indiquait le passage du siècle des arts au siècle du
doute.

En apprenant l'élection de Fontenelle à l'Académie,
Boileau écrivait d'un ton chagrin : « L'Académie va de

mal en pis. » Fontenelle cependant n'était rien moins que le précurseur de Voltaire. Douteur aussi hardi que fin et timide parleur, cachant sa hardiesse, d'une part sous la science, de l'autre sous la coquetterie de salon, il préludait par l'*Histoire des Oracles* et par *les Mondes* à toute la philosophie du xviiie siècle. Avant lui, l'esprit de foi qui caractérise le temps de Louis XIV avait été ébranlé par un écrivain trop dédaigné, Perrault, qui n'eut de talent, il est vrai, que dans les contes de fées, mais dont l'esprit actif et curieux remua beaucoup de questions. Ne l'oublions pas, le *croire* et le *douter* ont chacun une longue série, dont tous les points se touchent et s'ébranlent à la fois. Quand Perrault, et après lui la Motte et Terrasson, faisaient la guerre aux anciens, ils préparaient la liberté de penser sur des questions plus sérieuses. Ils se trompaient quelquefois lourdement : leur indépendance d'esprit contre Homère n'était que défaut d'imagination, assujettissement aux usages modernes, et impuissance de concevoir cette libre et rude originalité d'un autre temps. Ils faisaient une fausse application de la justesse, prétendant y soumettre tous les mouvements de la pensée poétique; mais ils exerçaient une précieuse faculté, celle de juger, au lieu de croire.

A côté de ces premiers paradoxes littéraires, faibles commencements de la grande révolution des esprits, se conservaient encore les anciennes doctrines, l'ancienne manière de penser et d'écrire, et, il faut le dire, la vieille langue dans sa pureté nerveuse, et son tour abondant et simple. Ce n'est pas une vaine question, Messieurs, que celle du langage. Il serait curieux de rechercher cette loi des esprits qui veut qu'à certaines époques le point de maturité d'un idiome soit arrivé, et qu'à partir de là on ne rencontre plus ni la même vérité, ni le même naturel ; que la propriété des termes périsse, que leur élégance se farde, que leur force s'énerve ou s'exagère, et que le vice du temps devienne celui des hommes, même les plus rares. Le spirituel et savant Courier nous disait : *En fait de langue, il n'est femmelette du siècle de Louis XIV qui n'en remontrât aux Rousseau et aux Buffon.* Paul Courier, le plus indépendant des esprits, n'avait pas une seule des opinions du XVIIᵉ siècle, et, par étude, il cherchait à s'en approprier le langage. Mais cet archaïsme ne peut devenir général. Les langues muent à chaque saison de la vie d'un peuple.

> Ut sylvæ foliis pronos mutantur in annos,
> Prima cadunt : ita verborum vetus interit ætas.

Seulement, la comparaison du poëte n'est pas aussi exacte que riante. Les idiomes changent sans rajeunir; ou du moins, tandis que leur feuillage se renouvelle moins frais et moins pur, leur tige appauvrie se dessèche.

Quoi qu'il en soit, la belle langue du siècle de Louis XIV, un peu trop raffinée par Fontenelle et la Motte, se conservait abondante, expressive et simple dans quelques écrivains de cette époque intermédiaire, Rollin, Vertot, Prévost, le Sage. Au second rang d'une grande époque, ils en ont le caractère; et les deux derniers sont arrivés une fois au génie, l'un par la passion, et l'autre par le naturel et la gaieté.

Toutefois, Messieurs, ce second rang d'écrivains eût peu fait pour la gloire et l'influence de la nation; et c'est avec raison que Voltaire eût écrit : « Vers la fin du siècle de Louis XIV, la nature parut se reposer, » si lui-

même ne datait de cette époque, Voltaire, en qui se retrouve le génie du siècle des arts, et la curiosité sceptique, la vivacité, la hardiesse du xviiie siècle; Voltaire, le
plus puissant rénovateur des esprits depuis Luther, et
l'homme qui a mis le plus en commun les idées de l'Europe par sa gloire, sa longue vie, son merveilleux esprit
et son universelle clarté. Mais vous le savez, Messieurs,
si personne n'a rendu ses idées plus populaires, personne
n'a emprunté davantage aux idées d'autrui. Il imita du
xviie siècle sa pompe élégante et poétique, du théâtre
anglais, ses hardiesses, des sceptiques anglais, toute sa
philosophie, des mœurs de son temps, toute sa licence.
Cette flexibilité de nature, cette infatigable mobilité, ce
composé d'air et de flamme qui jamais ne s'arrête,
comme le coursier d'Arioste, c'est là son génie même :
l'imitation fait partie de son être original. Avant d'étudier
en lui la révolution de l'esprit français, nous con-
sulterons les sources étrangères dont il s'est servi, nous
chercherons dans l'Europe ce qu'il en reçut, avant
d'exercer sur elle une si rapide action.

Au commencement du xviie siècle, l'influence du
Midi sur la France avait été puissante, et s'était mêlée
dans Corneille à l'inspiration de l'antiquité. C'était le
réveil de l'esprit poétique. Au commencement du
xviiie siècle, le Midi, rapproché de la France par l'alliance des souverainetés, était sans action morale au dehors. L'Italie, à laquelle Louis XIV était apparu comme
un grand protecteur de la foi et des lettres, malgré sa
fierté nationale réfugiée toute dans les arts, avait étudié
les langues modernes : son poëte Métastase imitait dans
une langue plus harmonieuse le génie de Racine. A
Naples, l'érudition historique, pour résister à l'Église

romaine, empruntait l'esprit de nos *controversistes gallicans*, depuis le jurisconsulte Pithou jusqu'à Bossuet. En Espagne, après la victoire des armes françaises, quelques rayons de nos arts avaient paru pénétrer, mais s'étaient bientôt éteints dans la lourde atmosphère de l'*Escurial*. Un petit-fils de Louis XIV, un élève de Fénelon avait sommeillé sur le trône, entre d'insipides frivolités et de bizarres manies, sans souci de rien d'honorable. L'Espagne, en arrière de la politique même de Louis XIV, était bien plus loin encore de l'esprit nouveau qui commençait pour la France : elle ne devait que longtemps après en recevoir le contre-coup lointain, et s'ébranler dans ses gothiques entraves. C'était du Nord seul et du Protestantisme, que pouvait arriver à la France un secours d'idées nouvelles: mais l'Allemagne, au commencement du xviiie siècle, semblait chercher sa littérature et son génie. Arriérée d'un siècle dans les arts, elle écrivait encore en latin : il n'apparaissait d'elle au dehors que le génie métaphysique de Leibnitz; et elle était trop éloignée de l'esprit français pour lui fournir aucun modèle.

Restait l'Angleterre, plus avancée et plus hâtive, forte de deux révolutions, dont l'une avait conservé et rectifié l'autre, jouissant des formes d'un gouvernement libre, devant le pouvoir absolu de Louis XIV, et maîtresse de tout penser et de tout dire en politique et en religion. Sa littérature avait été, comme toute l'Europe, d'abord surprise et possédée par le merveilleux éclat de la nôtre. Les événements publics avaient secondé ce prestige; et les écrivains des règnes de Charles II et de Jacques II avaient imité notre goût et notre théâtre, n'y mêlant de national que la licence des mœurs. Mais des contro-

verses religieuses et politiques qui précédèrent la chute
de Jacques II, était sortie bientôt une école nouvelle,
unissant à l'imitation du goût français un *libre penser*
indigène. Cette école sera pour nous un grand sujet
d'étude et comme un préliminaire de notre xviiie siècle.
Elle eut ses excès, ses erreurs; elle fut très-diverse dans
ses formes : ici sceptique sans restriction, là théiste et
religieuse; tantôt satisfaite de modérer le pouvoir et de
le défendre, tantôt voulant ébranler la société même.
Mais dans ces nombreuses variétés, la littérature anglaise
de cette époque offre toujours cette hardiesse d'examen,
cette facile intelligence des intérêts politiques qui avaient
trop manqué à notre xviie siècle, et qui veulent pour
s'exercer l'usage habituel de la liberté. « Un homme né
chrétien et français, avait dit la Bruyère, est embarrassé
pour écrire : les grands sujets lui sont défendus; il les
entame quelquefois, et se détourne ensuite sur de petites
choses, qu'il relève par la beauté de son génie et de son
style. » Les Anglais ne connaissaient pas cette contrainte.
Depuis leur révolution, nul grand sujet ne leur était interdit. Déjà formés par la lutte des sectes à toutes les témérités de la controverse, aguerris en matière de religion à tous les paradoxes de la croyance individuelle, ils
avaient reçu de la révolution de 1688 la liberté légale de
la presse, et le droit illimité de discussion. De là sans
doute cette profusion d'écrits sceptiques qui marqua le
xviiie siècle anglais, et qui reflua sur le nôtre avec tant
de violence et d'empire. Mais là aussi se manifeste tout
ce qu'il y a de puissance conservatrice dans la liberté,
quand elle est un droit reconnu, constamment exercé.
En Angleterre, où tous les dogmes religieux, tous les
principes politiques pouvaient être attaqués, sans autre

répression que la loi et le jury, les doctrines sceptiques
proclamées avec tant de hardiesse par Thomas Chubb,
Woloston, Tindal, Bolingbroke, Shaftesbury, trouvèrent
dès l'origine une forte résistance, et n'eurent jamais l'empire. Il y eut combat égal entre les opinions, avec ce suffrage de faveur que trouvent dans les âmes des traditions
antiques et consolantes. Une révolution politique même
ne jeta pas un poids nouveau dans la balance. Les *whigs*
du *Spectateur* défendirent à la fois la constitution libre
de 1688, et les dogmes du christianisme.

En France, au contraire, où les opinions sceptiques
étaient mutilées par la censure, et ne se produisaient que
dans des ouvrages furtifs et poursuivis, elles régnèrent
sans partage; elles ne trouvèrent pas, durant un demi-
siècle, un seul contradicteur dont la voix eût quelque
force. Elles ravagèrent tout, précisément parce qu'elles
n'étaient pas libres : elles mêlèrent d'absurdes théories à
des vérités généreuses, précisément parce qu'elles n'é-
taient pas soumises à l'épreuve d'un combat régulier, et
qu'elles ne trouvaient en face que l'autorité et non la
discussion.

Ce contraste entre les deux pays est vraiment mémorable. En Angleterre, vous voyez Swift, ce moqueur de
la vie humaine, dont les satires amères avaient précédé
de cinquante ans le *Candide* de Voltaire, défendre le
christianisme contre les attaques impunies des sceptiques. En présence de Bolingbroke et de tout le parti des
sceptiques anglais, les Warburton, les Lardner, les
Clarke publient de pieux ouvrages, entourés d'une grande
faveur publique, et souvent ils accablent leurs adversaires. Leurs ouvrages agissent sur l'opinion, comme des
plaidoiries puissantes; et, dans quelques occasions, les

écrits qu'ils avaient combattus sont condamnés par des *verdicts* légaux approuvés du pays.

Quels étaient, à la même époque et plus tard, les combats que rendait le clergé français contre des périls semblables? que faisait-il pour sa foi? quelle philosophie élevée et religieuse opposait-il à l'invasion du scepticisme excommunié dans ses mandements? Aucune. Le haut clergé de France, qui avait persécuté les jansénistes, était impuissant contre les philosophes : il abandonnait sa cause aux plus faibles apologistes. Il eut encore quelques prédicateurs ingénieux, dont l'éloquence mondaine, recherchée, sentencieuse, était un hommage à l'esprit du temps, qu'ils affectaient de combattre. Mais des homme savants et convaincus, parlant avec autorité, avec passion, on n'en vit pas alors dans la chaire chrétienne. Le missionnaire Bridaine, à la fin du siècle, seul des hommes d'Église, remua les esprits, comme une grande et hardie nouveauté. Du reste, pendant toute cette époque où s'était élevée contre le christianisme une guerre de raisonnement si redoutable, une persécution de sarcasmes et d'ironie, plus amère que celle de Julien, on comptait à peine deux esprits remarquables parmi ses défenseurs : le jésuite Guénard, cartésien éloquent; et l'abbé Guénée, qui rendit quelquefois à Voltaire ses plaisanteries avec usure. Mais le génie, la vogue, la puissance étaient aux idées nouvelles, à un besoin de licence dans les mœurs et de réforme dans le pouvoir, à la passion du théâtre, à l'apothéose des lettres et du plaisir. Échappée aux ennuis, au malaise, à l'hypocrite décence des dernières années du grand siècle, la France, enivrée de la folle régence, semblait se préparer pour une fête. Puis des idées sérieuses, de hardis essais dans les sciences économiques se mêlaient à cette pompe bruyante et frivole : on inventait la théorie du crédit, tout en faisant banqueroute ; on travaillait au progrès de la raison, au milieu de la ruine des mœurs.

Voltaire, tout jeune encore, sorti d'un collége de jésuites, doté par un souvenir de la vieille Ninon, et accueilli dans les soupers du Temple, fut le héros de cet esprit français qui allait essayer tant de voies nouvelles et se plier à tant de formes. D'abord, il prendra du siècle dernier l'éclatante parure de son langage ; il imitera le vers de Racine, et croira même imiter les Grecs ; mais la hardiesse de l'esprit nouveau percera dans les sentences de sa première tragédie ; puis, tout spirituel flatteur, tout ami des grands qu'il peut être, comme sa vive nature est emportée par une ingouvernable malice, et par le courage de dire tout haut ce que pensait son siècle, il sera bientôt, du milieu de ses succès de cour et de théâtre, en guerre avec tous les pouvoirs de cette société, qu'il domine en l'amusant ; malgré sa gloire et l'idolâtrie qu'obtenait le talent, il sentira sous un ignoble outrage la profonde inégalité des rangs qui pesait sur la France, et qui reniée par le sentiment public, s'étayait par l'arbitraire. Voltaire, le jeune et grand poëte, le favori des Richelieu, des Sully, et se croyant leur camarade de plaisir, bâtonné un jour par les valets d'un homme de nom, est exclu du droit commun de l'honneur comme d'un privilége, puis mis à la Bastille par précaution contre son juste ressentiment. Sorti de là par faveur, il passe en Angleterre, où on était libre, où on disait le bien et le mal impunément, où on ne craignait ni les ministres ni les maîtresses de roi. Là, Voltaire trouvait, sous Georges Ier, en 1726, le gouvernement parlementaire établi, la controverse illimitée, la littérature sérieuse puissante sur l'opinion, ou partageant le pouvoir ; il trouvait le pays tout fier et tout éclairé des immortelles découvertes de Newton ; il put assister aux funérailles de ce grand homme, et voir ses restes portés dans Westminster par les premiers personnages de l'aristocratie anglaise, tandis que le poëte Thompson célébrait l'inventeur du *Système du monde* en vers sublimes et populaires que n'a point surpassés l'*Épître à Émilie*. Voltaire, possédé d'une insatiable ambition de gloire et d'esprit, s'enivra du spectacle de liberté, de grandeur et d'intelligence qu'offrait alors l'Angleterre ; il vit ses savants, ses poëtes, Clarke, Pope, Congrève, le vaporeux Young, qui lui adressa des vers. Jusque-là imitateur de Racine, il connut un genre de tragédie nouveau, désordonné, que le goût, alors un peu français, des beaux esprits d'Angleterre admirait médiocrement, mais qui semblait au jeune poëte une mine de diamants bruts à polir. Puis cette variété de Sectes et de Clubs, ces mille originaux qui naissaient du droit de tout faire ravissaient son esprit moqueur, et lui fournissaient à la fois la satire de l'indépendance anglaise dans ses fantasques boutades, et de la servitude française *sous les mandements et la censure.*

Au milieu de Londres, Voltaire, attentif à tout, mêlé à tout, homme de travail et de monde, vivant avec les grands seigneurs et visitant les sages dans leurs retraites puisait toutes les inspirations, hormis celle du poëme épique, dont l'âge était passé pour les Anglais, comme pour nous. Lorsqu'il en revint avec sa tragédie de *Brutus,* ses *Lettres philosophiques* et ses souscriptions pour la *Henriade,* que trouvait-il en France ? Un gouvernement

faible et tyrannique dans les petites choses, l'esprit tout-
puissant sur l'opinion, et ne pouvant passer qu'en con-
trebande. Il lui fallait mille fuites et mille détours pour
publier les observations de son voyage ; et lorsque , se
faisant géomètre et calculateur pour penser impunément, il veut donner à la France les *Éléments* de Newton,
le chancelier d'Aguesseau refuse son visa au *Système du
monde*. Préoccupé d'un scrupule chrétien, ce respectable
et noble esprit avait cru que reconnaître au monde des
lois matérielles inviolables , toutes-puissantes , c'était
rendre inutile une cause suprême. Il n'avait pas songé
que la sagesse et la puissance primitives sont bien mieux
prouvées par la perfection inaltérable de la loi même
que par l'action toujours présente du législateur pour
amender son ouvrage ; et le brillant cardinal de Polignac,
poëte latin du grand monde, combattait, dans son *Anti-
Lucrèce,* la découverte de Newton comme une réminiscence dangereuse de Démocrite et d'Épicure : tant la
vérité, même géométrique, a parfois de peine à s'établir !

Mais combien ces entraves du pouvoir, ces résistances
du préjugé ne devaient-elles pas irriter le bon sens hardi
et le génie moqueur de Voltaire ? Quelle tentation pour
lui de secouer à la fois tous les liens qui le garrottent ,
et de confondre, dans son impatience, le sentiment religieux et le joug ecclésiastique ! Obligé de tout invoquer
à son aide, jusqu'aux vices de son temps , n'a-t-il pas
quelquefois flatté la corruption pour dominer les esprits,
et propagé sa philosophie par sa morale ? Préoccupé
d'une lutte contemporaine, n'en a-t-il pas porté les passions et l'esprit railleur dans l'histoire des vieux temps ?
Ami sincère de l'humanité, de la justice et de tout ce

qui embellit la vie, n'a-t-il pas miné la société par un scepticisme épicurien qui vaut encore moins pour la liberté que pour le pouvoir? Cette grande gloire est bien mêlée; cette statue d'or a des pieds d'argile; et cependant la pierre détachée de la montagne, ou plutôt le bouleversement même du sol, ne l'a pas ébranlée : la puissance de Voltaire sur l'esprit humain ne peut être méconnue.

« La France, disait Napoléon, est de la religion de Voltaire ; » et plusieurs fois il exprima, par des mots amers, la jalousie qu'il ressentait dans le passé contre cet autre dominateur, dont il retrouvait près de soi la trace et l'empire.

Cette puissance, Messieurs, qui fut prodigieuse, nous essaierons de la suivre et de l'expliquer sous toutes ses formes, et de marquer sur chaque point la révolution qu'elle a faite.

Nous analyserons Voltaire poëte, essayant tous les genres de poésie, et naturel dans un seul, Voltaire philosophe, historien, critique, polygraphe et partout novateur; et nous tâcherons de définir ce qu'il eut de grand, et ce qui lui manque au cœur.

Près de cette gloire bruyante, qui retentit sur tout le XVIII⁰ siècle, s'élevait une renommée plus paisible, qui reçut les mêmes influences et employa parfois les mêmes séductions. Est-ce, en effet, par la science, ou même par la philosophie des lois, que Montesquieu eût d'abord agi sur les esprits? N'oublions pas qu'il vivait à l'époque où Fontenelle parut le premier écrivain de France, parce qu'il était le plus bel esprit de salon. N'oublions pas que cette liberté, la source de toute nouveauté, n'existait alors en France ni dans les institutions ni dans les sectes, mais

seulement dans les salons, où elle pouvait tout dire avec
grâce ; que là , au xviii° siècle, fut la seule aristocratie
indépendante, aristocratie de femmes et d'hommes d'esprit. C'était la puissance à laquelle il fallait plaire pour
arriver jusqu'à la nation. Il fallait qu'un publiciste profond eût en même temps beaucoup d'esprit, et qu'il saisît la gloire en s'abandonnant à la mode. Ne vous
étonnez donc pas qu'un président à mortier, qu'un
homme qui par état était juge, et par diversion philosophe, ait fait d'abord les *Lettres persanes*. L'émule
d'Aristote et de Tacite imitait le *Siamois* de Dufresny ;
c'est un trait distinctif du temps.

Mais cet esprit pénétrant et nerveux, qui, même dans
un livre frivole, avait déjà montré son goût des hautes
spéculations, se fortifia par des voyages, et surtout par
de profondes études. Pour lui, comme pour Voltaire,
l'Angleterre fut une école ; mais il y étudia la liberté,
Voltaire le scepticisme. Il en rapporta des vues politiques
sur la nature des gouvernements, et par cela même une
disposition indulgente à les comprendre et à les juger.
Son goût, d'ailleurs, fut ramené vers l'antiquité par de
continuelles lectures. Rome et l'Angleterre, sans cesse
méditées, lui rendirent en sérieux ce qui manquait à son
premier ouvrage ; et par cette forte éducation, son esprit
fut plié à l'observation et à la vérité.

A côté de ces deux génies originaux empreints de la
philosophie et de la liberté anglaise, l'esprit de scepticisme et de réforme empruntait encore à l'Angleterre
l'idée d'une grande entreprise, d'un puissant levier
d'amélioration, l'*Encyclopédie*. C'était le principe d'*asso-
ciation* appliqué à la littérature, la force du nombre sub-
stituée à celle du talent. Mais les deux chefs de cet

immense travail, d'Alembert et Diderot, étaient des hommes rares, qui ont une supériorité distincte de leur entreprise.

Cette vaste machine de guerre qu'ils élevaient avec des milliers de bras, est un chaos. L'exécution a manqué presque partout ; mais il y avait quelque grandeur dans le projet de tracer un inventaire de tout ce que l'esprit humain croyait savoir ; et le plan esquissé par d'Alembert est d'une main ferme et sûre. Voltaire et Montesquieu furent enrôlés dans la milice des travailleurs ; et l'on ne peut contester la puissance de Diderot, qui s'y multipliait, prodiguant l'érudition, le paradoxe, écrivain parfois obscur, capricieux, emphatique, mais esprit vaste, et portant dans beaucoup de détails un rare degré de précision et de vigueur. Tandis que le mouvement encyclopédique entraînait avec des hommes supérieurs une foule d'esprits subalternes, hardis par imitation, deux génies originaux prenaient une place à part. L'un savant et philosophe pour son compte, portant dans l'étude de la nature une pénétration puissante et une éloquence nouvelle, ne donnait d'ailleurs aucun appui aux opinions sceptiques : c'était Buffon, avec sa noblesse, son crédit et sa grande fortune, ménageant la cour, la Sorbonne et les philosophes. L'autre, affranchi de tous les liens, était sorti du mouvement philosophique, et le continuait en le combattant. Il avait été d'abord un des collaborateurs de Diderot, non à titre de philosophe, mais pour des articles sur la musique, dans l'*Encyclopédie* ; puis, s'étant élevé à cette âpre éloquence du discours sur l'*Inégalité des conditions parmi les hommes,* son âme, froissée par le malheur et par la société, voulut une autre philosophie que l'épicurisme de son temps. Il retourna ses attaques

du pouvoir contre l'opposition, du culte contre la philosophie ; ou plutôt il entreprit une double guerre, faisant
face aux archevêques et aux philosophes, et dans ses
amères allusions, ne ménageant pas plus Diderot que
Louis XV. Beaucoup des hardiesses de Rousseau sont
devenues lieux communs. Une part de sensibilité déclamatoire qui plaisait si fort à son temps est tombée pour
nous ; mais il nous est facile de ressusciter par la pensée
son prodigieux succès, et de comprendre la puissance
attachée au rôle qu'il avait pris, ce rôle d'ennemi des
lettres dans un pays affolé de littérature, ce rôle de misanthrope et de sauvage spéculatif dans un monde blasé
de politesse et d'élégance sociale, ce rôle de démocrate
sous une vieille monarchie absolue et sous une aristocratie
lassée d'elle-même ; enfin, nous ne voulons pas dire ce
rôle, mais cette conviction, cette dévotion de théiste,
de spiritualiste au milieu de l'écroulement des croyances,
de l'incertitude des âmes et de la fatigue des systèmes.

Donnez maintenant à l'homme qui rencontre de telles
occasions une parole vive, éclatante, philosophique et
sensuelle, qui rudoie et qui flatte, qui caresse les penchants dont elle fait rougir, qui, en exaltant la vertu, ne
l'impose pas, et permet de s'acquitter avec elle par l'imagination ; et vous concevrez sans peine le ravissement
d'enthousiasme et de faveur qui suivait Rousseau, l'autorité de ses écrits et l'influence qu'il exerça sur les passions et les idées de notre révolution. Expliquer son
talent et sa puissance, l'un par sa vie, l'autre par son
siècle, est une étude qui devra intéresser cet auditoire.

A lui s'arrête la race de ces écrivains dominateurs qui,
de la France, ont agi sur l'Europe, et qui jetèrent dans
son sein tant de principes nouveaux. Mais cette influence

même qu'ils ont exercée au dehors sera l'objet d'un autre et non moins curieux examen. Nous la chercherons
d'abord en Angleterre, d'où elle avait emprunté ses doctrines, et où elle les reportait plus vives, plus dégagées,
plus populaires. Le seconde époque de la littérature anglaise au XVIIIᵉ siècle est, en effet, toute française dans
sa philosophie, ses jugements historiques, ses formes de
langage. Ce n'est plus cette métaphysique sectaire des
Collins et des Tindal, et ces formes à demi théologiques
dans l'incrédulité même. Disciple extrême de Locke,
Hume a, dans ses *Essais philosophiques*, l'agrément et la
facile netteté de Voltaire. Il est pénétré du même esprit
dans l'histoire, comme lui dédaigneux du passé, com-
prenant peu les passions fortes et les temps demi-barbares,
coloré sans être pittoresque. Le grave et sage Robert-
son lui-même est encore un élève de Voltaire. Gibbon
l'est aussi, malgré sa fastueuse et emphatique élégance.

C'est une étude piquante que d'observer, à cette époque,
l'action mutuelle et, pour ainsi dire, le feu croisé des
deux pays l'un sur l'autre. La liberté anglaise profite de
notre hardiesse d'esprit. Un échange d'idées philosophiques se renouvelle sans cesse entre les deux pays, comme
si l'un exploitait et polissait les produits de l'autre. La
philosophie de la *sensation*, grave, circonspecte, diffuse,
parfois indécise dans Locke, retourne en Angleterre,
vive, nette, amusante sous la plume de Voltaire, impérieuse, hautaine, affirmative dans les écrits de Diderot
et d'Helvétius. Chose remarquable, au reste : la France
avait pris et même exagéré une grande partie des opinions de l'Angleterre, et elle résistait encore à son goût
en littérature. Nous avions des sceptiques plus hardis
que Hume ; surtout nous n'avions pas de moralistes reli-

gieux comme Richardson, et nous repoussions la libre vivacité du style anglais. Nous avions grande peine à nous accoutumer, je ne dirai pas aux défauts, mais souvent même au sublime de Shakspeare. Le sentiment pittoresque de Thompson et sa poésie de nature étaient altérés dans nos élégantes descriptions. Ces divers points de vue, ces rapprochements, ces contrastes entre les deux nations, nous essaierons de les mettre en relief pour l'histoire des opinions et des lettres.

Partout, à la fin du XVIIIᵉ siècle, se retrouvent les idées françaises. Elles sont dans l'académie de Berlin, dans la cour de Catherine, dans les conseils de Joseph II. Elles ne sont pas seulement matière de littérature et de goût; elles influent sur les gouvernements, elles transforment l'esprit des sociétés. A Milan, sous la conquête autrichienne, elles dirigent l'administration éclairée, bienfaisante du comte de Firmian; elles inspirent l'âme de Beccaria. A Naples, elles suscitent des réformateurs et des philanthropes comme Filangieri, de libres et cyniques penseurs comme Galiani. En Espagne même, dans ce pays de tenace routine et d'obédience monacale, elles font pénétrer de salutaires changements dans l'administration et les mœurs; elles forment trois ministres réformateurs, le courageux d'Aranda, qui vainquit les jésuites sur leur terrain de prédilection, le sage et le savant Campomanès, que l'on peut appeler le Turgot de l'Espagne, et même Florida Blanca, politique estimé de M. Pitt, ennemi de la France en 1792.

En Portugal, ces mêmes idées françaises, en partie adoptées et poussées à l'excès par un esprit violent, apôtre de la philosophie, comme Ximenès l'avait été de la foi, produisent les résultats les plus étranges. Le marquis

de Pombal, dans sa longue dictature, éteint les bûchers
de l'inquisition, puis les rallume contre les prêtres. Il
fait traduire en portugais Voltaire et Diderot; mais, entouré d'ennemis, il établit les plus rigoureuses entraves
sur la presse et la poste. L'expulsion des jésuites, leur
fastueuse maison transformée en hospice, de grands travaux d'industrie, une protection habile des intérêts commerciaux sont cependant des titres qui recommandent
avec éclat le souvenir du despotique Pombal. La réforme
qu'il tenta dans le Portugal, et qui fut trop souvent in-
tervertie et détournée par ses passions personnelles, ses
cupidités, ses vengeances, a déposé dans ce pays des
germes durables. C'est un des traits caractéristiques de
la puissance que la France exerça trois fois sur une grande
partie de l'Europe, d'abord au siècle de Louis XIV, par
son goût littéraire, ses beaux monuments, sa splendeur
sociale, puis, au XVIIIe siècle, par ses libres opinions,
ses théories d'amélioration sociale, enfin, au commencement du XIXe, par ses armes. Les Romains ne civilisèrent
que ce qu'ils avaient conquis. On peut dire de la France
que ses conquêtes seules, et la crainte qu'elles inspiraient retardèrent l'influence communicative de civilisation qui appartient à son génie.

Cette influence, qui s'étendait presque également sur
le nord et sur le midi de l'Europe, et qui presque partout
était une mode de cour et d'aristocratie encore plus
qu'un besoin des peuples, est une partie de la gloire des
lettres françaises. Ensuite, nous exposerons leur déclin
et celui de la vieille société, dont elles éclairèrent si vivement les contradictions et les vices. Il ne sera pas sans
intérêt de rechercher les derniers efforts d'une littérature
qui, à la veille d'un grand changement social, offrait

le contraste de l'extrême frivolité et de l'extrême hardiesse. Ses productions sont des médailles curieuses pour l'histoire et non pour l'art.

L'art, en effet, était dégénéré; le goût se perdait au milieu des analyses de la critique, et la critique elle-même, plus attentive à des conventions et à des formes qu'à la philosophie des lettres, ne paraissait pas s'appuyer sur des recherches assez étendues. Toutefois, Messieurs, depuis Voltaire et Vauvenargues jusqu'à Chénier, la critique occupe dans le XVIIIᵉ siècle un rang élevé qu'on ne peut méconnaître. Thomas, Marmontel, la Harpe, Champfort, inférieurs dans leurs productions oratoires, ou dans leurs tentatives poétiques sur les pas des grands maîtres, ont en littérature, par le goût et le style, un mérite remarquable, trop méconnu de nos jours; et le savant Barthélemy a fait le plus agréable ouvrage de l'érudition moderne.

La poésie, même dans les dernières années de la monarchie, jeta de vives lumières. Ducis heureux et applaudi, Gilbert et Malfilâtre dans l'infortune, montrèrent un talent original. Mais un souvenir qui devra surtout nous occuper, c'est celui des derniers publicistes, dont les ouvrages attestent toute la faiblesse de l'ancien ordre social, et toutes les illusions qui devaient se mêler au courage des premiers réformateurs. Nous honorerons les Turgot, les Necker, les Malesherbes; et nous chercherons dans leurs écrits ce que la vertu et les intentions généreuses ajoutent au talent.

Ici, Messieurs, ce fréquent parallèle de l'Angleterre et de la France se reproduit pour nous. Au moment de voir la littérature créant la tribune, et la liberté passant des salons et des académies dans une assemblée nationale,

nous nous arrêterons devant les grands spectacles que
la tribune et la liberté donnaient chez un peuple voisin.
Là se placeront les deux Pitt, Fox, Sheridan, Burke, qui
appartiennent à l'histoire de l'esprit humain, comme
à celle de la politique anglaise. En même temps nous
montrerons Mirabeau, ce puissant destructeur qui aspirait à reconstruire une monarchie où il eût place.

Nous n'irons pas plus loin dans les annales de nos
assemblées; ce serait entreprendre une histoire qui est
faite.

Mais quand cette immense tempête sera calmée, quand
une société nouvelle reparaîtra sur l'ancien sol, agrandi
par la victoire, alors s'élèveront dans les lettres de nouveaux monuments qu'il importe d'étudier. Les lettres
n'ont plus cette puissance qu'elles avaient au XVIIIᵉ siècle,
pour changer le mode social. Cette fois c'est dans un
camp qu'il s'est réformé; et le génie des arts ne reçoit
pas le mot d'ordre militaire. La supériorité se retrouvera donc surtout dans quelques talents à part qui ont
poussé çà et là, au milieu des orages de la révolution, et
que n'aura pas courbés l'Empire. Un jeune émigré de
1790, deux tribuns éliminés, une femme bannie par le
vainqueur de l'Europe, un vieux gentilhomme de Cham-
béry écrivant en français à Saint-Pétersbourg, ce sont
là, dans des degrés fort inégaux, les esprits qui garderont le plus de vigueur et de nouveauté. La puissance
parut quelque temps déplacée : le sceptre de l'opinion
était passé aux mains de la force. Cet état de choses s'est
brisé par son excès même. Le despotisme de la victoire
et du génie a fait place au règne des lois, sous un pouvoir que ses titres antiques et renouvelés doivent ras-
surer devant l'action légale des libertés publiques. Le

débat politique, premier principe de notre ordre actuel,
ne peut rester stérile pour les lettres. Quelquefois, il est
vrai, on semble les oublier dans la vive préoccupation
des intérêts sociaux; mais elles gagnent bien plus qu'elles
ne perdent à une discussion qui leur renvoie des âmes
plus élevées, des esprits plus sévères. Ce n'est pas seulement un genre nouveau de littérature, une forme oratoire, une tribune au lieu d'une chaire, qui sort pour
nous des institutions représentatives; c'est un esprit de
vie, un ferment nouveau qui se mêle à toutes les parties
des lettres, les transforme et les rajeunit. De là des
points de vue nouveaux dans la philosophie, l'histoire,
la critique.

Rien ne change plus un homme que de le rendre libre :
que sera-ce d'un peuple ! et combien, dans ce concours
d'esprits qui s'éveillent et s'exercent, dans cette prime
d'ascendant et de popularité toujours offerte, n'y a-t-il
pas de chances pour que les talents se multiplient par
l'émulation et la liberté ? Que cette pensée, jeunes gens,
vous soit présente ! qu'elle vous anime à de longues et
patientes études ! Dans ce nombreux auditoire, réuni de
toutes les parties de la France, il y a bien des cœurs
émus de tous les nobles sentiments, bien des intelligences
ouvertes à toutes les idées ; et il y a, certes, plus d'une
nature heureuse et inconnue d'elle-même qui, dans la
magistrature, à la tribune, dans les lettres, sera quelque
jour l'honneur du pays. Si ma faible voix excite en vous
ces sentiments, éclaircit pour vous ces idées, et si les
grands souvenirs des études comparées qui vont passer
devant vous avertissent et appellent quelque jeune talent,
je ne serai pas mécontent de ma tâche, Messieurs ;
et je la commence avec ardeur dans cette espérance.

DEUXIÈME LEÇON.

Résumé de l'état des lettres françaises à la mort de Louis XIV. — Décadence de la poésie. — Jean-Baptiste Rousseau, sa vie et ses psaumes. — Réflexions générales. — De l'inspiration lyrique dans l'antiquité et dans les premiers temps de la foi chrétienne. — Études lyriques en Italie, en France et en Angleterre. — Caractère factice de quelques-unes des plus belles odes de Rousseau. — Imitation déplacée de la grande poésie. — Novateurs antipoétiques. — Procès de la prose contre les vers. — La Motte. — La Faye.

MESSIEURS,

Le roi est mort ce matin à huit heures un quart, écrivait, le 1ᵉʳ septembre 1715, l'exact Dangeau, sans ajouter une syllabe d'éloge ou de regret pour ce roi dont il avait enregistré, depuis cinquante ans, les grandeurs et les minuties. A partir de cette date, Messieurs, commence pour nous le XVIIIᵉ siècle. Louis XIV avait été précédé dans la tombe par presque tous les génies ses contemporains ; et, avant d'y descendre, il avait, pour ainsi dire, mené le deuil de son siècle. Fénelon, demeuré le dernier, et qui semblait attendre une autre époque, était mort lui-même quelques mois avant le roi. Selon le précepte de Vespasien, Louis était mort debout : *Decet Imperatorem stantem mori*; mais on peut voir, dans les lettres de sa compagne de pouvoir et d'ennuis, madame de Maintenon, combien la vieille cour, en pesant sur tout le monde, était lasse d'elle-même, et combien ces

I.   3

dernières années d'une époque si brillante furent ternes
et sombres. Tout dépérissait comme le roi ; ou plutôt,
sous ce monotone appareil d'étiquette et de gravité qu'il
maintenait encore, bouillonnaient déjà des mœurs nouvelles, plus licencieuses qu'élégantes, et un ardent dégoût
du passé. Les persécutions tracassières du confesseur
Letellier, la démolition de Port-Royal, cette école de
savoir et de piété, les lettres de cachet multipliées *pour
jansénisme,* avaient attristé au dedans ce règne humilié
par des revers et des défaites. Ce poids du pouvoir absolu,
qui, allégé par le goût des arts, ennobli par la gloire, ou
évité par l'indépendance religieuse, n'avait pas gêné,
dans les beaux jours du xviiᵉ siècle, les Molière, les Boileau, les Racine, les Fleury, les Bossuet, était devenu
plus lourd, en même temps que les talents devenaient
plus rares et plus faibles ; et cet âge mémorable de la
langue française et des lettres se terminait, sous le vieux
roi, dans les tracasseries théologiques et la stérilité.

Dressons cependant l'inventaire du petit nombre de
talents que conservait la France à la mort du monarque,
dont l'habile orgueil les avait tant protégés. Et d'abord,
parmi ses plus vieux contemporains, lui survivait un
poëte dont la voluptueuse philosophie avait annoncé, sous
son règne, l'incrédulité du siècle prochain. C'était Chaulieu, le dernier interprète de cette société des Bernier,
des Hesnault, des Ninon, des Saint-Évremont, des
Charleval, qui, dans un coin du xviiᵉ siècle, avait caché
le plus hardi scepticisme sous le goût des agréables entretiens et des plaisirs, société qui, parfois, avait inspiré
Molière, et qui écoutait les graves commentaires de
Gassendi sur l'*atomisme* d'Épicure. A côté de ce reste
de libres penseurs qui avaient, à petit bruit, traversé la

monarchie de Louis XIV, pour se rejoindre, dans de spirituelles orgies de grands seigneurs, au génie naissant de Voltaire, florissait le poëte Rousseau, habile élève de Boileau, mais sans bonne foi dans son art, et cynique par les mœurs plutôt qu'indépendant par la pensée. Crébillon, inculte et négligé, avait jeté quelques traits d'une verve nouvelle dans des tragédies selon la mode ancienne, applaudies du public, mais dont le mauvais style désespérait Boileau dans ses vieux jours. Louis Racine, avec la vocation du nom plutôt que celle du génie, s'étudiait à composer de bons vers. Voltaire, auquel il en était échappé dès le collége, entrait dans le monde à vingt ans.

Tandis que la belle poésie française n'était soutenue que par Rousseau, qui, selon le sort des talents imitateurs, avait fait dans sa première jeunesse ses plus élégants ouvrages, deux hommes ingénieux, sentant le peu de poésie du siècle et d'eux-mêmes, voulaient y suppléer par l'artifice. L'examen de leurs essais résumera sans peine tout ce qu'on peut dire sur la décadence où était tombé ce grand art des vers, et sur l'impuissance des systèmes pour le renouveler. Par le progrès même de la réflexion et de l'étude, la prose se soutenait mieux, non qu'elle n'eût perdu aussi cette vivacité de grâce et d'élégance, et surtout ce sublime donné si rarement; mais elle était saine, abondante et pure. Les mêmes beaux esprits qui faisaient la guerre à la poésie écrivaient en prose avec une expressive et correcte élégance; et l'idiome était parvenu à son point de maturité, avant les hommes qui lui donnèrent un nouvel éclat dans le XVIIIᵉ siècle. Plus même ils sont rapprochés de cette époque, plus leur style est naturel et vrai. Montesquieu avait

vingt-quatre ans à la mort de Louis XIV ; et c'est six ans
après qu'il publia le mieux écrit de ses ouvrages, les *Lettres persanes*, chef-d'œuvre de style, dans le sérieux
comme dans la plaisanterie.

Mais reprenons, Messieurs, cette histoire de la poésie
française, pure mais faible au commencement du
XVIIIᵉ siècle, et déjà dominée par l'imitation tradition-
nelle et l'innovation systématique. Sans doute nous ne
voulons pas médire de cette enthousiaste et savante imitation qui transporte le poëte dans d'autres temps et
d'autres mœurs, et l'enrichit des beautés d'une autre
langue. Nous croyons qu'elle supplée souvent à ce que
n'offre pas l'état des mœurs modernes, qu'elle ajoute au
génie, qu'elle lui donne le mouvement et la force. Que
n'a pas dû Milton à la Bible et à Homère? Et le plus libre,
le plus capricieux, le plus charmant des poëtes, Arioste,
que n'a-t-il pas pris à l'antiquité? Mais quand l'imitation
est une étude de langue et de style sur des modèles indigènes, elle ne produit, quel que soit l'art de l'écrivain,
qu'une perfection apparente. C'est le caractère de Rousseau dans ses plus beaux ouvrages. On y reconnaît le
disciple exactement fidèle, et partant inférieur de Racine et de Boileau. Prenez-vous ses *poésies sacrées?* Il dit
lui-même, dans sa prose un peu lourde, que s'il a jamais
senti *ce que c'est qu'enthousiasme, ça été principalement
en travaillant à ses cantiques.* Eh bien, le vers en est
harmonieux et fort, le tour expressif, le mètre habilement varié; mais tout cela vous fait souvenir de la poésie
bien autrement sublime, ou gracieuse, des chœurs d'*Es-
ther*, d'*Athalie.* Dans ces chœurs, du moins, ce qui s'est
perdu de l'esprit de feu du prophète, à travers les changements de siècles et d'idiomes, est suppléé par l'intérêt

du drame et l'émotion des personnages. Mais les Psaumes de Rousseau, qui ne se lient à aucune action, et ne
sortent pas de l'âme du poëte, qui ne sont ni l'intermède
d'un drame, ni un élan de piété, que vous offrent-ils?
une élégante paraphrase du génie hébraïque. La version
latine de saint Jérôme, ce langage demi-barbare, bigarré
d'ellipses et d'orientalismes, vous en dit bien davantage,
et porte avec soi plus d'émotion.

Quelle était, en effet, la disposition d'esprit du poëte?
le désir de faire de beaux vers. Il n'avait pas, comme
Luther, cette foi ardente qui a jeté tant de poésie dans
sa version de la Bible. Autour de lui, rien du sérieux et
de la passion que la controverse et la guerre civile ont
communiqués à quelques-uns même des Psaumes de
Marot, à ces chants rudes et simples entonnés sous la
mousqueterie des guerres de la Ligue. Né dans la plus
humble condition, dans la boutique d'un cordonnier,
Rousseau, après d'excellentes études chez les jésuites,
s'était produit auprès des grands, par l'esprit, le goût
des plaisirs, et le talent des licencieuses épigrammes.
Comme il avait moins d'invention que de goût, il s'attachait à polir avec soin quelques pièces de peu d'étendue
sur des sujets sérieux.

Il avait tenté le théâtre sans succès. Ses comédies, cor-
rectes, mais froides, sans gaieté et, ce qui surprend,
même sans malignité, *le Capricieux, le Flatteur, les
Aïeux chimériques,* étaient tombées, ou à peu près; ses
opéras de même. L'ode lui restait, négligée depuis Malherbe, et malencontreusement essayée par Boileau. Il
s'en saisit par calcul, imita David, Pindare, Horace, et se
commanda l'inspiration lyrique, dans un temps où toute
poésie semblait décliner et faiblir. Puis des querelles,

des procès, des malheurs viennent gâter sa vie et son talent. Ce poëte correct et soigneux, qui, moins passionné
qu'habile, avait besoin de travailler beaucoup ses ouvrages, et de vivre à la meilleure école de savoir et de
goût, fut jeté hors de France, et réduit à flatter, dans les
cours d'Allemagne, quelques petits princes, et un grand
général qui aimait peu les vers.

On conçoit sans peine que, dans cet exil, son goût
s'altéra, et que ses ouvrages n'eurent plus la pureté sévère
qui faisait la meilleure part de son génie. Faut-il pénétrer
plus loin, et chercher, dans le caractère et la vie de Rousseau, des torts qui expliquent les inégalités de son talent?
A-t-il en effet, pour se venger de tracasseries littéraires,
composé les couplets diffamatoires et immondes, dont il
accusa un de ses ennemis, et pour lesquels il fut banni lui-
même? On ne sait. Le procès fut long et obscur; et Rousseau
protesta toute sa vie de son innocence. Toutefois il ne
semble pas qu'il ait ennobli son malheur par la manière
de le supporter. Ses lettres sont pleines de récriminations
souvent peu fondées, et de jalousies amères. Malgré le
soin qu'il eut de se ménager, en France, l'amitié de
quelques hommes respectables et purs, comme Rollin,
Racine le fils, rien, il faut le dire, dans ses pensées habi-
tuelles et dans sa vie, n'était fait pour nourrir cette pureté
d'âme et cette élévation qui s'uniraient si bien à la poésie religieuse. Son caractère, aigri par le malheur, paraît
amer et égoïste. La dévotion assez douteuse de ses dernières années semble une vengeance plutôt qu'une consolation. Mais passons aux ouvrages de Rousseau.

L'ode, l'inspiration lyrique est en décadence déjà
depuis des milliers d'années. Peut-on la concevoir en
effet séparée de son origine et de sa forme première? Un

grand événement accompli pour un peuple, une victoire,
un salut miraculeusement opéré, une fête triomphale et
religieuse, tous les cœurs émus d'enthousiasme, et la
voix d'un chantre inspiré qui s'élève, le cantique de
Débora la prophétesse, le chant de Moïse après le passage
de la mer Rouge, voilà l'ode. Pindare lui-même dégénère de ce premier sublime. Il y a bien encore l'appareil
de la fête, l'enthousiasme de la foule, la musique, les
chants, le vainqueur, et le poëte animant tout de sa voix :
mais, quelle que fût la passion des Grecs pour leurs
courses de chars, il est visible que, pour eux-mêmes, ce
spectacle si fréquent ne suffisait plus à l'inspiration lyrique, et que le poëte essayait de rappeler cette inspiration par mille artifices et mille efforts. On la sentirait
davantage peut-être dans quelques-unes de ces odes sans
fête, sans peuple, sans théâtre, où, solitaire et passionnée,
Sapho exhale son âme, en invoquant la cruelle déesse qui
la fait mourir. On la sent surtout dans ces beaux chœurs
tragiques, si bien liés à l'origine religieuse du drame
chez les Grecs. Là, le chœur est tantôt le héros de la
pièce, comme dans *les Suppliantes* d'Eschyle, tantôt le
témoin, le confident de l'action, tantôt le poëte lui-même
animé par sa propre fiction. Si quelque chose approche,
pour le mouvement et la hardiesse, du chant de victoire
des Hébreux après le passage de la mer Rouge, ce sont
les chants de deuil des Perses dans Eschyle. L'hymne
religieux, la prière fervente et calme se retrouvent, avec
une pureté presque chrétienne, dans les chœurs d'*OEdipe
à Colone,* et dans l'*Hippolyte* d'Euripide.

Chez les Romains, qui n'avaient pas de jeux consacrés aux arts, ni surtout de grands poëtes tragiques,
l'ode eut peu de place pour se produire. Dans les cé-

rémonies du culte, on redisait les chants des vieux prêtres saliens peu compris de la foule; mais la voix du
poëte n'était pas nécessaire pour animer les fêtes de
ce peuple sérieux et guerrier. La poésie qu'il goûta
d'abord, celle d'Ennius, était historique, et retraçait
longuement les actions du champ de bataille. Quand le
goût se perfectionna, et que, par imitation, Rome voulut
se donner toutes les formes du génie grec, les beaux jours
de la gloire et de la liberté romaine étaient déjà passés. Que
pouvait être l'ode alors? une œuvre d'élégance et de
grâce, où l'enthousiasme lyrique n'est vrai que dans l'expression de la volupté; car il n'y a plus même d'amour.

Mais quoi! n'était-ce pas un sujet plus inspirateur que
les jeux d'Olympie ou de Némée, cette fête de la naissance
de Rome, qui revenait tous les cent ans, et qu'a chantée
le poëte favori d'Auguste? Je ne sais quel eût été ce
poëme dans les vieux temps de Rome républicaine, lorsqu'on croyait aux dieux du Capitole. Mais l'incrédulité
vint à Rome presque avec la poésie. Elle date d'Ennius
qui avait écrit, d'après le Grec Evhémère [1], l'histoire
humaine des dieux, et traduit la cosmogonie philosophique d'Empédocle. D'Ennius à Horace, le scepticisme
s'était bien accru, et les passions de la liberté avaient
péri. Le *Carmen sœculare* d'Horace, chanté à double
chœur par l'élite de la jeunesse romaine, n'est qu'une
prière élégante où nul grand souvenir n'est évoqué.

Les autres odes d'Horace, mythologiques, flatteuses,
galantes, philosophiques, ou même littéraires, comme sa

[1] Qui coluntur ut dii homines fuerunt, et iidem primi ac maximi
reges, etc., etc. Evhemerus ac noster Ennius, eorum omnium
natales, conjugia, progenies, imperia, res gestas, obitus, simu-
lacra demonstrant. (Lact.)

magnifique ode sur Pindare, ont plus d'éclat et d'art que
de réel enthousiasme. Il lui manque l'amour des grandes
choses. Il ne croit ni aux dieux ni à la liberté; il abandonne une seconde fois, dans ses vers, les amis mourants
qu'il avait désertés sur le champ de bataille de Philippes.
Quelquefois le retentissement de la lyre grecque à son
oreille et le charme des vers le ravit jusqu'au délire;
mais il en rit bientôt lui-même, et nous avertit de ne
pas le croire. Épicurien, il plaisante à demi les dieux
qu'il célèbre; et on sent bien qu'il est incrédule à l'apothéose même d'Auguste.

En lui, cependant, est toute la poésie lyrique des
Romains; car nous ne comptons pas une ou deux pièces
de Stace, en vers laborieux et recherchés; et les chœurs
des tragédies de Sénèque n'ont rien de la hardiesse et
du libre mouvement de l'ode. Non; le vrai génie de l'ode,
c'est-à-dire l'émotion d'une âme ébranlée et frémissante
comme les cordes d'une lyre, ne reparut, après plusieurs
siècles, que dans les hymnes souvent irréguliers des
chrétiens. En revenant à la prière, et à une prière plus
exaltée et plus pure, l'homme avait retrouvé l'inspiration lyrique. En adorant Dieu dans ses ouvrages, il s'élevait à la poésie par l'enthousiasme.

Entendez-vous, au IVᵉ siècle, un poëte anonyme
soupirer d'une voix mélodieuse quelques vers sur le
massacre des *innocents*, cette première et touchante légende du christianisme :

Salvete, flores martyrum,	Vos, prima Christi victima,
Quos lucis ipso in limine	Grex immolatorum tener,
Christi insecutor sustulit,	Aram ante ipsam, simplices,
Ceu turbo nascentes rosas.	Palma et coronis luditis.

« Salut! fleurs des martyrs, vous que, sur le seuil

« même de la lumière, l'ennemi du Christ a frappés,
« comme un tourbillon enlève les roses naissantes. Vous,
« première hostie du Christ, troupeau de tendres vic-
« times, au pied même de l'autel, dans votre simplicité,
« vous jouez avec les palmes et les couronnes. »

Voilà cette grâce émue, ce charme d'enthousiasme et
de foi qui fait la beauté lyrique. On retrouve le même
génie dans ces hymnes de Prudence qui se chantaient à
la première heure du jour. On le retrouve dans cette
foule de chants chrétiens, et jusque dans ces *Proses* à
demi barbares, ouvrage d'un siècle ignorant, mais d'une
ardente foi ; et je ne m'étonne pas que, dans nos raffinements modernes, un grand poëte ait emprunté de puissants
effets de théâtre à la religieuse terreur de ce latin rimé :

> Dies iræ, dies illa
> Solvet sæclum in favilla,
> Teste David cum Sybilla.

qui, commenté par un malin esprit, bouleverse l'âme
de Marguerite, comme il épouvantait les chrétiens du
vᵉ siècle par ses terribles images et ses lugubres sons. Il n'y
avait plus de lettres alors ; mais il y avait une haute poésie,
une imagination, une harmonie dominatrice des âmes,
dans les paroles mêmes de la religion ; c'était l'ode de David et d'Orphée que l'on entendait chaque jour à la messe.

Quand l'Europe, redevenue barbare, se débrouilla, et
que l'esprit du Dante flotta sur ce chaos, *spiritus Dei
ferebatur super aquas,* la poésie lyrique, en sortant du
temple, resta cependant toute chrétienne. Les plus beaux
hymnes en langue vulgaire sont épars dans le *Purgatoire*
et le *Paradis,* sur ces routes semées d'étoiles, entre ces
soleils, au pied de ce trône de Dieu qu'a vu le poëte.

C'est de là, c'est de ces sources de *sapience et d'amour*
que tombe, par une bouche profonde, le fleuve immense
dont parlait Horace. Mais vous savez quel a été le Dante,
quelle foi dans son âme, quelles passions agitèrent sa
vie ! que de religion, que de patriotisme, que de haine !
Vous savez ses combats, ses bannissements ; vous avez
lu la généreuse lettre retrouvée par un proscrit moderne,
où il refuse de rentrer par grâce dans une patrie que
cependant il aimait chèrement. Voilà l'homme qui devait
retrouver cette poésie de sublime et d'action, soudaine
maîtresse des âmes, et qu'on appelle *lyrique !* elle est
partout dans ses chants.

Sur un ton plus faible, mais d'une ravissante douceur,
l'harmonieux Pétrarque conserva cette gloire à la langue
italienne. Ses *Triomphes*, de la *mort*, du *temps*, de la
Divinité respirent un calme et une pureté céleste qui
semble la poésie de la loi nouvelle, en contraste avec
l'impétueuse ardeur de la lyre hébraïque.

La langue des Provençaux, si naturellement musicale,
avait eu sa poésie chantée, même avant l'Italie ; mais
l'idiome français, rude, et de forme peu poétique, n'était
pas fait pour l'ode ; elle ne vint que tard chez nous, par
imitation érudite : ce fut le malheur de Ronsard. Ce
poëte gracieux, et même facile dans quelques odes-chan-
sons et dans quelques sonnets, ne pouvait faire qu'une
caricature d'enthousiasme et de poésie lorsqu'il essayait
d'importer à la fois la mythologie, les digressions et
presque les mots grecs de Pindare. En Italie même, dans
une langue déjà travaillée par des chefs-d'œuvre, l'imitation de Pindare, tentée avec une merveilleuse souplesse d'expression et de rhythme, n'a pas inspiré d'œuvre nationale. Les odes de Chiabrera, plus vantées que

lues, ne sont pas dans toutes les mémoires, comme les
vers d'Arioste et du Tasse.

Vers la même époque, dans cette langue anglaise,
abondante, nerveuse, et devenue le moule des pensées
de Bacon et de Shakspeare, la forme lyrique de Pindare
fut essayée par Cowley : cette imitation, non pas étrange
et pédantesque comme celle de Ronsard, mais diffuse et
maniérée, avait tous les défauts de l'*euphuïsme* anglais.
Ce n'est pas que l'auteur manquât de force et d'imagination; il est poëte, même en prose, dans sa vision sur
Cromwell : mais de son temps, et dans son pays, il n'y
avait point de place pour un enthousiasme d'artiste à mettre dans des odes imitées du grec. La poésie lyrique de
cette époque, c'était le retentissement de la Bible et le chant
des Psaumes, avant et après la victoire; c'est celle qu'entendit et que répéta Milton. Hors de là, il n'y a que vain
luxe d'images et fausse poésie dans les odes pindariques
de Cowley.

L'inspiration est rare, mais plus vraie, dans notre
vieux Malherbe, que l'on félicitait autrefois d'avoir *dé-
gasconné* la langue, et que l'on accuse maintenant de
de l'avoir appauvrie. En travaillant avec un soin si sévère, Malherbe fait parfois jaillir la flamme de son en-
clume. Rousseau, dans ses premières odes, imita de
Malherbe et de Boileau la correction et l'élégance soutenue du langage. Je ne veux pas copier ici les remarques
de goût que d'habiles critiques ont faites sur le mécanisme et l'harmonie de ses vers : un seul point de vue nous
occupera. Rousseau donne-t-il l'idée de cette poésie lyrique, accent le plus sublime de la foi religieuse, et dont
la beauté première était affaiblie déjà dans les fêtes de la
Grèce? Nullement. Mais n'a-t-il pas porté à un haut de-

gré cette ode artificielle et savante qui charmait les oreilles des Grecs, et qui faisait dire à un Romain plus sérieux, qu'il ne trouvait pas dans la vie assez de loisir pour étudier les poëtes lyriques? On ne peut le nier, je crois. A défaut d'un vif enthousiasme, il y a bien de l'art et de l'élégance dans Rousseau.

J'ai tâché, dit-il quelque part, de donner, dans la plupart de mes odes des IIIe et IVe livres, une idée de la poésie de Pindare, dont tout le monde parle et que personne de ceux qui en parlent le plus n'a bien connue.

Cette intention nous semble surtout marquée dans l'ode *au comte du Luc*, où d'habiles critiques ont admiré le talent tout pindarique de cacher sous des flots de poésie la nullité du fond. De quoi s'agit-il, en effet? Rousseau, dans son exil, avait été accueilli, secouru par le comte du Luc, ambassadeur de France en Suisse, et diplomate fort peu cité dans l'histoire. Rousseau veut le remercier, le louer, et lui souhaiter une meilleure santé. Pour cela, comparaison de l'enthousiasme poétique avec le vieux Protée et la prêtresse d'Apollon, exemple d'Orphée forçant les rives sombres, désir de l'imiter, illusion du poëte qui, rêvant sa descente aux enfers, répète l'hymne suppliante qu'il adresserait aux Parques pour obtenir à son ami de plus longues années, retour du poëte sur la vanité de son espoir, impuissance où nous sommes de corriger les maux de la vie, qui sont comme la condition des biens qu'elle nous offre, gloire et travaux du comte du Luc que le poëte désespère de célébrer dignement, etc.; tout cela par des détours faciles et bien suivis, et avec l'appareil constant du langage mythologique, le vieux pasteur des troupeaux de

Neptune, Apollon, les doctes Sœurs, le gendre de
Cérès, les trois fières déesses, l'auguste Cybèle, Laché-
sis, Éole, les filles de Mémoire, etc.

Quand on a dans la pensée le régulier désordre et les
beaux vers de cette ode, ne trouvera-t-on pas quelque
intérêt à la rapprocher d'une pièce analogue de Pindare?

Ce n'est pas un ambassadeur, mais un roi que loue le
poëte grec. Du reste, digression semblable. Hiéron malade n'a pu recevoir le prix qu'avait gagné son coursier
aux jeux pythiques. Le poëte commence par le vœu que
le centaure Chiron, ce monstre ami des hommes, puisse
être rendu à la vie, tel qu'autrefois il domina sur les
rochers du Pélion, nourrissant un demi-dieu, Esculape,
dans l'art de préserver la vie des hommes, et d'écarter
d'eux toutes les souffrances. Entraîné par ce souvenir, il
raconte la naissance d'Esculape, tiré, sur le bûcher
même, des flancs inanimés de la nymphe Coronis morte
infidèle au dieu qui l'avait rendue mère ; puis les merveilles d'Esculape, puis sa mort sous la foudre de Jupiter. Alors seulement il revient à son sujet.

Si le maître d'Esculape, dit-il, habitait encore cet antre sauvage, et si la douceur de nos hymnes avait un charme puissant
sur son âme, je lui persuaderais d'offrir aujourd'hui même aux
hommes vertueux le soulagement de leurs maux ; et, sur un na-
vire, fendant la mer d'Ionie j'irais à la source d'Aréthuse, près
du roi hospitalier de l'Etna, pasteur de Syracuse, prince affable
aux citoyens, généreux pour les bons, et père des étrangers. Je
lui porterais deux trésors, la santé dorée, et cet hymne, dont
l'éclat rayonne sur les palmes qu'a remportées naguère son
coursier vainqueur dans Cirrha. A travers la profonde mer, je
viendrais à lui, comme l'astre du jour, au matin, se lève dans

l'Océan. Bien plus : je veux aussi prier pour lui la mère des dieux, l'auguste déesse dont, chaque nuit, près de ma demeure, les jeunes filles chantent les louanges avec celles du dieu Pan.

Mais, ô Hiéron! si tu as su atteindre la cime élevée de la sagesse, tu connais cette maxime : les immortels donnent aux hommes deux maux pour un bien. L'insensé ne peut les supporter avec calme; mais le sage n'en est pas ébranlé.

Vous reconnaissez la pensée des vers de Rousseau :

> Mais une dure loi, des dieux même suivie,
> Ordonne que le cours de la plus belle vie
>   Soit mêlé de travaux :
> Un partage inégal ne leur fut jamais libre ;
> Et leur main tient toujours dans un juste équilibre
>   Et nos biens et nos maux.

Mais combien la marche du poëte thébain est plus libre, son invention plus simple, sa morale plus expressive et plus courte! On sent qu'il a été involontairement saisi d'une belle légende poétique, rappelée par le nom d'Esculape ; c'est une croyance pour lui : tout est vrai dans cette mythologie ; il invoque en faveur de Hiéron la déesse dont le temple touche à sa demeure ; il mêle, pour ainsi dire, sa voix aux nocturnes concerts des vierges de Thèbes. Puis, se souvenant qu'on ne doit pas tout demander aux dieux, il se réduit, en disciple de Pythagore, à ce vœu modeste paraphrasé par le poëte français :

> Un bien pour deux maux.

Abondance de souvenirs et de poésie dans les récits, brièveté sublime dans les réflexions, voilà le génie du

poëte thébain. Mais son imitateur moderne ne pouvait
procéder ainsi. La mythologie qu'il emprunte, il l'abrége,
il la réforme, il la réduit à des noms et à des symboles ;
la morale , il la délaie. De là le souffle imperceptible de
froid qui s'est glissé dans ses beaux vers et son élégante
fiction. L'exagération des termes ne fait pas l'enthousiasme; la mythologie n'est pas la poésie. Rousseau a
beau, en appelant le comte du Luc une âme céleste, et
en promettant à ses négociations un souvenir immortel,
mettre les dieux en mouvement pour lui, rien n'est
sérieux dans cette mythologie ; elle était, je le sais, pour
Rousseau , une théorie qui faisait partie de son art , à
laquelle avait cru le vieux Corneille et qu'avait enseignée
Boileau. Bossuet , qui n'examinait la chose qu'en théologien , donnait un meilleur conseil de goût , lorsque,
par scrupule, il interdisait à Santeuil d'employer, même
en vers latins, les divinités de la fable. Rousseau tient
beaucoup à ces vieilles fictions ; mais la manière dont il
en justifie l'usage prouve assez combien le temps en était
passé , même à titre de croyances littéraires et de naïve
érudition. Il ne les défend pas , comme Santeuil, en
homme possédé du langage antique, et païen, par illusion de savant. Les Muses sont pour lui

> Ces déités d'adoption ,
> Synonymes de la pensée ,
> Symboles de l'abstraction.

Puis vient une décomposition des signes du langage ;
nous voilà loin de l'ode.

Rousseau n'en a pas moins fait dans ses cantates un
gracieux emploi de la mythologie, et porté l'élégance au
degré le plus rare. C'est par là qu'elles enchantèrent un

autre Rousseau , plus, grand que le premier , lorsque ,
jeune et errant , il les lut à Soleure , dans la modeste
chambre qu'avait occupée quelque temps le poëte exilé.
Cette lecture et la ressemblance des noms éveillèrent
dans J.-J. Rousseau la première ambition de célébrité ;
et quoiqu'il se méprît d'abord en faisant aussi des vers,
et même, je crois, une cantate de cour , la belle et
savante mélodie de sa prose fut plus tard un heureux
souvenir de ce premier modèle. N'oublions donc pas ,
Messieurs , le talent de Jean-Baptiste ; on pourra le surpasser pour la hardiesse du style, et surtout l'expression
rêveuse , accidentelle des fantaisies , des émotions de
l'âme. De tous les poëtes classiques par l'élégance, il est
incontestablement celui à qui l'on peut reprocher le
plus de mauvais vers ; mais sa gloire ne périra pas tant
que durera notre langue.

On conçoit cependant qu'un petit nombre de vers
habilement faits aient eu peu d'influence, dans le mouvement d'esprit qui emportait le xviiie siècle. Rousseau
demeura le chef et l'idole d'une école peu nombreuse,
opposée à l'esprit nouveau du temps, et qui, de degrés
en degrés, disparut sous la gloire et sous les plaisanteries
de Voltaire. Cette école était enthousiaste des anciens,
les imitant avec peu de naturel et de verve.

Elle avait pour premiers adversaires des sceptiques
timides et des novateurs sans invention. Tel était
la Motte, qui fit des poëmes de tous les genres, et n'eut
de talent que dans ses préfaces. Il ne fut pas seulement
l'antagoniste de Rousseau par le débat judiciaire qui
mêla leurs noms ; il le fut par toute sa vie et toutes
ses pensées. Homme doux, prudent, philosophe, raisonneur précis et fin, poëte inhabile et négligé, la Motte,

en 1692, avait lu ses vers à Boileau et entretenu sur des
questions de goût une correspondance avec Fénelon.
Aveugle dès la jeunesse, il était cependant homme du
monde, presque homme de cour. Il était, en même
temps, fort bien accueilli du régent et de la duchesse du
Maine.

Il y avait beaucoup d'esprit, de folle licence, de verve
incrédule à la cour du régent; mais on s'y souciait peu
des lettres. Ce que ce prince, d'un esprit si facile,
aimait surtout, c'étaient les études de physique, de
chimie, et même, il faut le dire à la honte de son
scepticisme, les curiosités astrologiques, où l'on espérait entrevoir l'avenir. Du reste, s'il protégeait Massillon,
c'était pour le faire *assistant* au sacre profanateur de Dubois, intrus dans la chaire pontificale de Fénelon; et s'il
pensionnait Voltaire, c'était pour sa brillante et cynique
gaieté, plutôt que pour l'heureux début de son génie
naissant. Ce fut l'ambitieuse et faible antagoniste du
régent, la duchesse du Maine qui, tout en espérant disputer aussi le trône, se hâta de recueillir cet héritage de
la protection des lettres qui avait tant honoré Louis XIV.
Les soupers trop célèbres du régent avaient remplacé les
fêtes de Versailles; mais le palais de la duchesse du
Maine, sa belle terre de Sceaux, étaient devenus l'asile
des plaisirs délicats de l'esprit. Seulement l'esprit s'était
rapetissé et avait pris une nuance d'affectation et de
subtilité, quoique servant à cacher de sérieuses et ac-
tives intrigues. Il ne nous reste des entretiens de
Sceaux que les *Mémoires* d'une femme de chambre de la
duchesse. Mais, dans la trame finement tissée de ses
récits, dans son expression ingénieuse et réservée, dans
sa froide raison et sa pruderie coquette, on peut retrou-

ver sans peine les prétentions et les idées qui s'agitaient au milieu de cette cour, où on conspirait entre les discussions savantes et les madrigaux métaphysiques. Il y avait là plus de savoir et d'esprit un peu maniéré que de talent.

La Motte, avec l'invention subtile de ses fables et la sécheresse de ses vers, était le poëte des *soirées* de Sceaux ; quelquefois même, en exprimant pour la reine de ce beau séjour une passion parfaitement privée d'espérance, dit Fontenelle, la finesse d'esprit lui donna la grâce. Mais ses odes n'en étaient pas moins frappées d'un froid mortel ; et on sait ce qu'il a fait d'Homère et ce qu'il en a dit.

Jamais la témérité systématique n'entreprit plus que ne fit la Motte. Le poëme épique, le drame, l'ode, la fable, rien ne lui coûtait. Ne voyons pas seulement ici une méprise personnelle, une grande erreur de goût ou d'amour-propre ; attribuons quelque chose à l'esprit du temps, qui faisait dégénérer la littérature en art qu'on pourrait apprendre. A cet égard, la Motte, par sa malheureuse universalité·poétique, est pourtant remarquable. Il annonce et prépare la même et plus habile ambition dans Voltaire. Le parallèle serait ridiculement injuste ; mais le point de départ est le même : c'est également l'esprit qui veut s'approprier toutes les formes de l'inspiration ; c'est la fine expression de l'élégance sociale, qui se croit la vérité poétique.

Dans ce point de vue, la Motte n'hésita pas à traduire Homère. Imagination et passion, mœurs rudes et barbares, vives peintures des objets naturels, tout cela est pour la Motte une barbarie qu'il faut adoucir et corriger. Vous avez lu dans Homère cette allégorie de l'injure

et des prières, qui est à la fois un drame et un tableau.
la Motte ne voit là qu'une sentence à mettre en rimes.

> On irrite les dieux ; mais, par des sacrifices,
> De ces dieux irrités on fait des dieux propices.

« La Motte, dit Voltaire, traduisit mal Homère ; mais
il l'attaqua fort bien. » Ses critiques cependant tenaient
toutes à ce faux point de vue, le moins philosophique de
tous, qui ne conçoit l'âme humaine que sous une forme
de raffinement social. C'est substituer l'étiquette à l'imagination, et la politesse à l'éloquence. Voilà ce que Fénelon indiquait avec une grâce inimitable, dans quelques
lettres à la Motte. Mais madame Dacier, femme de talent, quoi qu'on en dise, gâta les choses par sa violence
trop antique. Elle rudoya la Motte, et prétendit qu'Homère était le vrai type de la perfection sociale. La Motte
répondit en prouvant qu'Achille, Agamemnon et parfois
même madame Dacier avaient peu de bienséance et de
modération dans le langage.

Après avoir attaqué l'imagination et la grande poésie
dans Homère, l'ingénieux écrivain voulut détruire les
vers en général : c'était une naïveté, la seule peut-être
qui soit jamais échappée à la Motte. Au fond, depuis tant
d'années qu'il faisait métier de poëte, les vers n'avaient
été pour lui qu'une petite entrave, un mécanisme im-
portun, un instrument rebelle, dont il jouait faux : il
n'y voyait pour les autres que ce qu'il en avait tiré lui-
même ; et il en demandait de bonne foi la suppression.
Émotion de l'âme, rendue par la parole et doublée par
l'harmonie, éclat des images, musique de l'éloquence,
tout cela lui était inconnu ; et dès lors il n'avait pas

besoin de vers. Son athéisme poétique spirituellement
déduit et appuyé de ses odes eut assez d'autorité : rien
dans les mœurs et l'esprit du temps n'y était opposé.
Lui-même avait dit autrefois :

> Les vers sont enfants de la lyre ;
> Il faut les chanter, non les lire :
> A peine aujourd'hui les lit-on.

Les raisonnements de la Motte étaient lus davantage ;
et le vers pompeux de Rousseau ne suffisait pas à rendre
la poésie populaire.

Heureusement un homme de talent, qui faisait peu de
vers, se chargea de défendre la poésie, et fut inspiré par
elle.

> Quoi ! de l'ode, dont Polymnie
> A ses amants nota les airs,
> Il veut abjurer l'harmonie,
> Qu'elle doit au charme des vers !
> Pindare, Anacréon, Horace
> Ont donc abusé le Parnasse
> Par leurs immortelles chansons ?
> J'entends Malherbe qui soupire
> De voir qu'on ose de sa lyre
> Dédaigner les aimables sons.

Savez-vous ce que fit la Motte pour répondre à cet
élégant adversaire ? Il mit en prose les strophes de cette
ode, soutenant qu'elles n'y perdaient rien. Le défenseur
de la poésie avait, par une gracieuse image, comparé aux
élancements d'un jet d'eau l'essor que la contrainte du
vers donne au talent poétique :

> De la contrainte rigoureuse
> Où l'esprit semble resserré,

Il reçoit cette force heureuse,
Qui l'élève au plus haut degré.
Telle dans les canaux pressée,
Avec plus de force élancée,
L'onde s'élève dans les airs;
Et la règle, qui semble austère,
N'est qu'un art plus certain de plaire,
Inséparable des beaux vers.

La Motte répondit par un petit raisonnement de physique : « Ce ne sont pas les canaux seuls qui font que
l'eau s'élève ; c'est la hauteur du lieu d'où elle tombe qui
fait la mesure de son élévation. » La discussion ne devait
pas aller plus loin : il était clair que la Motte avait le
droit de médire de la poésie.

TROISIÈME LEÇON.

Importance du théâtre dans l'histoire des lettres et des mœurs. —
Décadence de la tragédie française au commencement du
XVIIIᵉ siècle. *Manlius* de la Fosse comparé à *Venise sauvée*. —
Fausse imitation du genre classique : Lagrange-Chancel. —
Crébillon n'innove pas, mais exagère. — Son *Atrée et Thyeste*,
comparé à celui de Sénèque. — Innovation systématique de la
Motte. — Ses attaques contre les *unités* et la versification. — Ses
tragédies timides et routinières.

— — — — — —

MESSIEURS,

De tous les genres de poésie, le plus instructif pour
l'histoire qui nous occupe, celle de l'esprit humain mani-
festé par les arts, c'est le poëme dramatique, soit qu'il
exprime les mœurs présentes et familières de la société,
soit qu'il invente des fictions tragiques. Là, en effet, le
poëte est aux prises avec la foule. Ce que les anciens
disaient de l'influence souveraine du peuple sur l'orateur
se reproduit pour l'auteur du drame, dans nos sociétés
sans forum :

> Id sibi negoti poeta tantum credidit dari
> Populo ut placerent, quas fecisset, fabulas ;

disait l'élégant Térence, fidèle image d'une société qui se
polissait par la victoire et les lettres. Plaire au peuple,
voilà l'œuvre du théâtre. Mais quel fut ce peuple, dans

les diverses époques de notre littérature? D'abord, une
foule ignorante et confuse qui se pressait aux *Mystères*;
puis, la portion la plus curieuse et la plus instruite de ce
pays qu'avaient agité les guerres civiles et nobiliaires
domptées par Richelieu; puis un roi majestueux, une
cour polie, et un public dominé par elle ; puis quelques
amateurs d'un art longtemps cultivé, les oisifs d'une
grande ville, et ces dames de cour qui, du temps de la
régence, se plaisaient si fort aux spectacles licencieux de
la foire. Longtemps plaisir aristocratique mêlé d'un peu
de démocratie, la tragédie était devenue un plaisir de
convention pour des spectateurs blasés de chefs-d'œuvre;
et elle devait se corrompre, ou languir tant qu'il n'y aurait pas quelque cause de renouvellement social.

Le XVIIᵉ siècle, dans sa durée, avait vu la naissance,
les progrès éclatants, plusieurs formes diverses et la décadence de cet art sublime. L'imitation avait succédé au
génie ; on avait marché dans la même voie, répété la
même passion : l'art était devenu lieu commun. Racine
lui-même, avec cette liberté d'esprit qu'ont tous les in-
venteurs, avait conçu quelquefois la tragédie sans amour ;
mais, comme cette passion était l'âme de sa poésie et
figurait dans toutes les pièces de Corneille, elle fut cons-
tituée règle du théâtre français. Les autres formes qu'a-
vaient habituellement observées les grands maîtres,
l'exposition, les longs et fréquents récits, la dignité
mythologique ou du moins antique des personnages, la
noblesse soutenue du dialogue devinrent un usage inva-
riable, au nom duquel on les blâmait eux-mêmes, lorsqu'ils s'en étaient écartés par naturel ou par génie. Et
comme la société, moins forte et moins sérieuse que dans
le XVIIᵉ siècle, restait paisible sous les mêmes lois, et

n'était pas éveillée à des passions nouvelles, elle applaudit au théâtre les faibles imitations des grands modèles. Si
parfois un homme de talent, sorti de la foule des imitateurs,
entrevoyait quelques grands effets tragiques dans la vérité
de l'histoire, ou dans la libre hardiesse d'un théâtre
étranger, il les ramenait aux conventions de notre scène;
et, au milieu même d'une pensée originale, il évitait
toute nouveauté dans les formes extérieures du drame,
tandis qu'à d'autres époques on a recherché l'originalité
dans les accidents et les caprices de *Costume*. L'auteur de
Manlius avait un esprit élevé, connaissait bien le théâtre
antique et la littérature étrangère; il est expressif et pathétique dans les sentiments de son drame, qui sont de tout
pays. Mais il n'a pas osé laisser à ce drame le naturel de
personnages modernes, et près de nous; il lui a fallu
la toge pour les anoblir; il a fallu que le capitaine aux
gages de Venise devînt Manlius, et que Jaffier, le conspirateur infidèle, l'ami traître, parce qu'il est amoureux,
s'appelât Virginius.

Ce n'est pas tout : le grand Corneille, au lieu de
mettre la conspiration sur la scène, avait fait répéter
par Cinna, devant Émilie, un extrait de son discours aux
autres conjurés; l'auteur de *Manlius* fait de même. On ne
voit pas comme dans Otway, sur le théâtre, les conjurés
s'animant à la voix du chef, et, dans la foule, un d'eux
plus froid, plus indécis, et, par son trouble, dénonçant
d'avance son infidélité. Notre ancienne tragédie, si habilement dialoguée, n'avait que peu de personnages; et
elle ne mettait pas en scène ce que les mœurs du temps
ne connaissaient pas, les passions d'une assemblée fac-
tieuse. La Fosse n'a donc pas l'idée de placer Virginius
sous les regards pénétrants de ses complices, de le faire

I.   5

pâlir aux images qui les transportent, et de préparer le
dénoûment par cette torture morale, si dramatique pour
les spectateurs. La réserve de notre théâtre lui interdit
également un amour naïf, abandonné comme celui de
Bevildera. Sa Valérie est une Romaine de Corneille, et
n'a rien de cette séduction passionnée qui change le cœur
de Jaffier. Que vous dirai-je, enfin? Le récit de la mort
des deux amis qui, dans les bras l'un de l'autre, se pré-
cipitent de la roche Tarpéienne, est fort noble sans doute;
mais cela est loin, pour la terreur tragique, du supplice
ignominieux de Jaffier et de ses complices. *Manlius,*
Messieurs, n'en est pas moins une œuvre rare, admirable quand elle était animée de naturel par un grand
acteur, et sublime dans quelques parties.

Mais quand les imitateurs furent moins heureux, le
théâtre français, toujours astreint à ces formes bienséantes et convenues, devint singulièrement froid et déclamateur. C'est le caractère qu'il a dans les ouvrages
d'un poëte élevé pourtant par Racine, et qui ne manquait
pas de verve et de passion, Lagrange-Chancel, né en
1676, et mort au milieu du siècle suivant. Ses premiers
ouvrages précédèrent ceux de Crébillon; il nous apprend
lui-même dans ses préfaces, qu'à l'âge de seize ans,
élevé dans l'hôtel de la princesse de Conti, souvent il y
reçut les conseils de Racine. Il croit être fidèle à l'école
de ce grand maître : il observe exactement les règles du
théâtre ; et dans la fable un peu romanesque de ses
pièces, il conserve toujours l'étiquette et la dignité ;
mais c'est en lui qu'on aperçoit combien notre théâtre,
dégénéré des modèles qu'il croyait imiter, devenait faussement classique. Si Racine n'avait pas observé la vérité
des mœurs grecques, il avait eu de l'antiquité la passion

et la poésie. Mais les tragédies de Lagrange-Chancel,
toutes grecques par le sujet, *Oreste et Pylade, Méléagre,
Amasis, Alceste,* sont le plus étrange défigurement des
mœurs et de l'imagination antiques. Cette politesse moderne que Racine avait mêlée aux sujets grecs, et que
l'on oublie dans le charme naturel de sa belle poésie, est
devenue ici tout l'art et tout l'objet du poëte. Oreste,
Amasis, Alceste, et je crois même Ino et Mélicerte, sont
des personnages de cour qui gardent toutes les bienséances de leur rang, et parlent d'ailleurs en assez mauvais vers. On ne peut rien concevoir de plus fade et de
plus froid ; et on se demande comment de pareilles pièces
étaient applaudies dans cette même cour de Sceaux, où
le savant Malézieux, un Sophocle à la main, en rendait
toutes les beautés dans une version littérale et passionnée.
C'est que Sophocle n'intéressait cette cour éprise de petites choses qu'à titre de singularité. Mais en fait, on
avait perdu tout sentiment de ce beau naturel. On ne
l'eût pas souffert dans une œuvre nouvelle. On se croyait
fidèle au bon goût, en observant les bienséances et les
règles qui n'avaient été qu'un accessoire du génie de
Racine ; et l'art se perdait par l'imitation même des modèles.

Il n'y a veine de poésie dans ce théâtre prétentieux,
et régulièrement romanesque de Lagrange-Chancel ; et,
pour trouver en lui quelque étincelle de verve, il faudrait chercher dans ses chants satiriques contre le régent. Il y a là du moins les passions du temps, la haine
de la cour et la licence des mœurs. Le poëte n'a pas
peur des plus affreuses images ; et ses vers calomnieux,
qui arrachèrent des larmes à l'insouciance même du régent, ont une empreinte brûlante. Mais, hors de cette

inspiration de libelliste, la poésie de Lagrange-Chancel est trop morte pour animer la fable surannée de ses drames.

Un esprit, doué de vigueur native, vint jeter enfin dans cet ancien moule quelques statues nouvelles. Homme inculte, original de caractère plutôt que de talent, Crébillon devait se tenir involontairement au modèle qui était devant ses yeux, et sous sa main. Il se moque quelque part des auteurs tragiques qui, « au lieu de rester fidèles aux exemples de nos grands maîtres, allaient, dit-il, *gueuser* chez les nations étrangères. » Crébillon n'a garde de le faire ; car il ne connaissait presque, de toute littérature, que nos anciens romans, puis le théâtre antique, tel qu'on le voit dans Corneille et dans Racine. L'idée qu'ils en donnent avait, dans son esprit, effacé et remplacé l'idée même de l'antiquité. Pour lui, les règles anciennes, c'était le type français de tragédie ; et dans la préface de son *Électre*, il se vante de n'avoir rien emprunté de Sophocle, et croit volontiers avoir fait une pièce plus régulière que lui, sans doute à cause de cette double intrigue d'amour qu'il a mêlée à l'horreur classique du sujet. Crébillon ne fut donc en rien réformateur ou novateur. Assez sauvage et fantasque de nature, il est plus humblement soumis que personne à toutes les lois du théâtre. Exposition, oracle, récit, amour de prince et de princesse, unité de temps et de lieu, il n'a pas songé un moment à déroger à toutes ces lois, et s'il est incorrect, ampoulé, demi-barbare, c'est de la meilleure foi du monde, et sans intention de violer aucune règle établie. Mais dans cette simplicité peu systématique, il eut un coin de génie. En même temps que la plupart de ses pièces marquent l'écueil de décla-

mation et de faux goût auquel était exposée notre tragédie régulière et pompeuse, quelques-unes des beautés
qu'il y a jetées montrent assez qu'il n'est pas de forme
usée, ni de bornes étroites pour un talent vigoureux.
Dans une partie du théâtre de Crébillon, vous retrouvez,
à la correction près, cette enflure, cette pompe monotone des tragédies de Sénèque, qu'il ne connaissait peut-
être que par les fautes de Corneille. C'est le même vide,
le même défaut de vérité. On peut comparer l'*Atrée et
Thyeste* de l'un et l'autre, et dans la diversité des plans
on retrouvera cette ressemblance.

Quant à l'horreur tragique de Crébillon, elle n'était
pas une nouveauté, après le cinquième acte de *Rodogune*; mais elle parut trop forte aux mœurs élégantes de
son temps; et aujourd'hui elle serait faible devant la profusion de meurtres qui jonchent notre scène. Crébillon,
classique selon le sens vulgaire de ce mot, a d'ailleurs
placé sa terreur dans le lointain grec et mythologique,
Électre, Atrée et Thyeste, ces vieilles fables qui ne font
plus peur. Il assure, toutefois, dans une préface, que
l'illusion d'épouvante fut si forte qu'elle lui fit tort à
lui-même :

On s'éleva contre moi, dit-il, on me chargea de toutes les
iniquités d'Atrée, et l'on me regarde encore dans quelques
endroits comme un homme noir avec qui il ne fait pas sûr de
vivre.

A ce compte, on serait aujourd'hui fort en péril. Mais
l'analogie était très-mal fondée ; Crébillon, paisible, solitaire et paresseux, liseur de romans, était l'homme le
plus doux du monde : seulement il avait voulu acheter
par l'horrible quelques effets de théâtre. « Corneille, di-

sait-il, a pris le ciel, Racine la terre; il ne me restait plus que l'enfer : je m'y suis jeté à corps perdu. » Malheureusement il n'est pas aussi infernal qu'il le croit. La terreur primitive des situations qu'il emprunte est souvent énervée par ce langage romanesque et factice des imitateurs de Racine. Il y a beaucoup de fadeurs dans ce rude et inculte Crébillon. Quel lieu que cette maison d'Atrée pour des vers tels que ceux-ci :

> Et je vais, s'il le faut, aux dépens de ma foi,
> Prouver à vos beaux yeux ce qu'ils peuvent sur moi !

Ou bien :

> Ah ! rendez-vous, seigneur ! je vois que la nature
> Dans votre cœur sensible excite un doux murmure.

Horace, lorsqu'il parle de la fable d'Atrée et Thyeste, traduite énergiquement par le vieil Ennius, ne la permet qu'avec précaution :

> Neve humana palam coquat exta nefarius Atreus;

et on sent bien que ce hideux sujet, quoique mis de nouveau sur la scène par son ami Varius, lui fait bondir le cœur. C'est qu'une tradition de la Grèce, au temps où elle était barbare et cannibale, n'était déjà qu'une incroyable horreur pour la civilisation romaine. Un siècle plus tard, cependant, lorsque les imaginations étaient perverties et forcenées par la tyrannie, ce dégoût n'arrêta point un déclamateur latin ; il met en scène Thyeste, repu d'une effroyable nourriture, demandant ses fils et écoutant les horribles équivoques d'Atrée, qui lui répond :

> Ils sont ici; ils y resteront; nulle portion de ta famille ne te sera retirée; je te donnerai les têtes chéries que tu souhaites; je

comblerai le père de la possession des siens : tu en seras ras-
sasié, ne crains pas.

Dégoûtant spectacle qui aurait assez bien convenu
dans une fête de Néron, mais qui, sans doute, ne fut
jamais représenté, et resta enseveli sur les tablettes de
l'auteur ! Toutefois, ce poëte avait eu le bon sens de ne
pas altérer l'horrible légende grecque par un épisode
d'amour. Les contrastes qu'il a cherchés sont d'une autre
nature, et ne manquent pas quelquefois d'un charme
sévère. Ce sont les chants du chœur enviant une vie
obscure ; c'est la joie mélancolique de Thyeste revoyant
sa patrie, le palais de ses pères, et le stade où il a couru
dans sa jeunesse. Il hésite, il craint de se confier à des
choses trop incertaines, son frère et le pouvoir. Je ne
sais, mais, en parcourant cette pièce, je suis tenté d'y
reconnaître la main de Sénèque lui-même, et un sinistre
reflet de la cour de Néron. Je songe à Britannicus en
lisant ces vers :

> . . . . Ira frater abjecta redit
> Partemque regni reddit, et laceræ domus
> Componit artus. . . . .
> Nil timendum video, sed timeo tamen.

Ces paroles de Thyeste à son fils ont aussi pour moi
un autre intérêt qu'une déclamation élégante :

Crois-moi, on se complaît faussement aux grandeurs ; on redoute à tort l'adversité. Quand j'étais élevé, je n'ai pas cessé
de trembler. Oh ! quel bien de ne faire obstacle à personne ! Le
crime ne visite pas les chaumières ; on y trouve sur une table
étroite des mets innocents. Dans l'or on boit le poison. Je parle
d'après l'expérience : la mauvaise fortune vaut mieux que la

bonne. Je ne vois pas au-dessous de ma demeure bâtie sur la crête d'un mont menaçant trembler une ville humiliée ; l'ivoire ne brille pas sous mes hauts lambris ; une garde ne défend pas mon sommeil ; je n'envoie pas des flottes pêcher la mer ; je ne la refoule pas sous le poids des môles jetés dans ses ondes. Nous ne dévorons pas les tributs des peuples ; nos champs ne s'é-tendent pas au delà même des Scythes et des Parthes ; nous ne sommes pas adorés avec l'encens ; nous n'avons pas usurpé les autels de Jupiter ; les ombres d'une forêt ne se balancent pas sur nos toits, et nos lacs ne rayonnent pas enflammés de mille flambeaux ; nos jours ne sont pas donnés au sommeil et nos nuits au vin ; mais, en revanche, nous ne sommes pas redoutés ; sans défense, notre demeure est sûre, et notre humble fortune jouit d'un repos profond.

Que vous en semble, Messieurs ? Ce n'est pas là, je crois, un lieu commun moral, une sentence traduite d'Euripide ; tous les détails sont étrangers à la Grèce : c'est la maison d'or de Néron ; ce sont ses lacs artificiels ; ses fêtes aux flambeaux : c'est l'effroi que le monstre de l'empire inspirait à Sénèque.

Du reste, à part cet anachronisme d'allusion, la fable grecque est laissée dans son affreuse simplicité. Nul obstacle, nul doute n'arrête la vengeance d'Atrée ; il tient, comme il le dit lui-même, sa proie dans ses rêts ; et il en dispose. Une sorte de confident cherche à cal-mer sa fureur ; et dans sa réponse il semble qu'on re-connaisse encore le génie du palais des Césars :

Ne crains-tu pas, dit le confident d'Atrée, l'opinion du peuple ? — ATRÉE. Le premier bien de la puissance, c'est que le peuple soit forcé tout à la fois de souffrir et de louer les actes du maître, etc. — LE CONFIDENT. Que le roi veuille des choses justes ; personne ne voudra le contraire. — ATRÉE. Là où les

choses justes seulement sont permises au maître, il ne règne
qu'à demi.

Atrée développant alors les motifs de sa vengeance et
de sa haine, le confident s'écrie que Thyeste doit mourir.

C'est la fin du supplice, répond Atrée; moi je songe au supplice. Qu'un maître clément tue. Sous mon pouvoir, la mort est
une grâce qu'il faut obtenir.

C'est le mot de Tibère, se plaignant qu'un suicide s'é-
tait dérobé au châtiment.

On le voit donc : il y avait dans les souvenirs et les
mœurs de l'empire quelque chose d'analogue à l'horrible
légende mise en scène par Sénèque ; et tout absurde
qu'elle est, son siècle lui donnait des couleurs pour la
peindre. Mais qu'avait de commun ce sujet avec la politesse sociale du xviiie siècle? De là ce coloris romanesque
emprunté par le poëte, ce déguisement de Thyeste et de
sa fille, l'amour du prince Plisthène pour la belle étrangère, la reconnaissance du père et du fils, et tous ces
lieux communs d'inventions.

Crébillon n'en est pas moins tragique dans quelques
intentions, et dans quelques vers de sa pièce toute moderne. L'interrogatoire de Thyeste est d'un grand effet ;
la coupe sanglante imitée de Sénèque rend possible sur
la scène un dénoûment affreux que le poëte latin avait
surchargé de dégoûtants détails mêlés à ce trait énergique:

> Natos et quidem noscis tuos? —
> Agnosco fratrem,

si bien rendu par Crébillon :

> Reconnais-tu ce sang? — Je reconnais mon frère.

Du reste nous n'irons pas, après un habile critique, recueillir tous les vers incorrects ou faibles de la pièce française. Ce qu'il importe de remarquer, c'est ce degré
d'horreur insoutenable dans les mœurs modernes, et pal-
lié par de faux ornements. Crébillon, en imaginant sa
fable de Plisthène, élevé comme le fils d'Atrée, pour im-
moler Thyeste, son propre père, s'était défié de l'horreur
primitive de son sujet, et avait voulu en ajouter une
autre, que lui a empruntée Voltaire.

> Tout semblait réserver, dans ce jour si funeste,
> Ma main au parricide et mon cœur à l'inceste,

s'écrie Plisthène, quand il apprend que Thyeste est son
père, et que la belle étrangère est sa sœur. Vous reconnaissez le vers et le dénoûment de Mahomet :

> L'inceste était pour nous le prix du parricide.

Crébillon continua de traiter les vieux sujets grecs avec
ces accessoires de romans modernes qui leur conviennent
si peu. Il choisit Électre, l'Électre d'Eschyle, de Sophocle,
d'Euripide, la filiale, la fraternelle Électre, celle dont
l'âme farouche n'était adoucie que par le souvenir d'Oreste
qu'elle avait, enfant, porté sur son sein ; et il la rendit
sensible à la passion du prince Ithys, fils d'Égisthe :

> Le vertueux Ithys, à travers ma douleur,
> N'en a pas moins trouvé le chemin de mon cœur.
> . . . .
> . . . .
> Non, je ne te hais point! je serais inhumaine
> Si je pouvais payer tant d'amour par la haine.

Et enfin au dénoûment :

> Ah ! plus tu m'attendris, moins notre hymen s'avance.

Et il s'applaudit de cette incroyable création ; et il plaint Sophocle de n'en avoir pas su faire autant. Ce langoureux épisode, qui n'est pas le seul de la pièce, traverse et défigure l'horrible tradition du théâtre grec. Il faut subir les déclarations et le désespoir du prince Ithys, et la passion de Tydée pour la sœur d'Ithys. Il faut entendre, au dernier moment, à la nouvelle du meurtre d'Égisthe, Ithys, qui se trouvait aux genoux d'Électre, s'écrier :

On assassine Égisthe, ah! cruelle princesse !

Et il faut avouer que ce théâtre *français-grec,* inventé par le merveilleux art de Racine, cet habile mélange de la poésie d'Athènes avec les mœurs bienséantes de notre scène, produisait, dans de maladroits imitateurs, le dernier degré du ridicule et du faux. Hâtons-nous de rappeler cependant qu'au milieu de cette partie carrée d'intrigues amoureuses, jetée entre Oreste et les Furies, le poëte a des traits de naturel et de force, et qu'on sent chez lui plutôt le vice du système que l'absence du génie. C'est que, privée de toute la réalité religieuse qui animait le théâtre grec, l'œuvre tragique, réduite à ne plus être qu'un amusement de l'esprit, avait perdu toute règle, hormis celle des unités, et qu'il n'y avait plus de bornes à la dégénération artificielle de ces types inventés par l'antique poésie. Mieux valait cent fois y renoncer que de les masquer à notre mode.

En effet, le seul ouvrage durable et vrai de Crébillon est celui qu'il écrivit loin des souvenirs grecs, sous une inspiration d'histoire et de roman que la vie commune peut offrir. *Rhadamiste et Zénobie,* joué en 1711, quand il ne restait plus de la belle poésie du XVIIe siècle d'autre

représentant que Boileau , chagrin et mourant , voilà le
seul ouvrage de génie qui ait immédiatement précédé
Voltaire, et qui annonçât une nouvelle époque dans l'art
du théâtre. Zénobie est, après Pauline, une de ces physionomies de femmes belles et pures, d'une vertu plus
touchante que ne peut l'être la passion. C'est ainsi que,
dans l'épuisement de l'art, une source d'émotions tragiques naîtra, non d'incidents forcés et de passions exa-
gérées, mais de la simplicité même d'un caractère habilement saisi. La frénésie impitoyable de Rhadamiste
complète ce caractère ; et le rôle de Pharasmane , dessiné
avec tant de vigueur , mêle l'éclat du coloris historique
à des scènes d'amour qui , cette fois , ne sont pas un lieu
commun de théâtre , mais une création naïve et vraie.
Hormis le premier acte, mal écrit, parce qu'il est sans
passion , cette pièce, éloquente et tragique, marque tout
ce que le talent pouvait faire encore dans les limites de
notre ancien théâtre. Elle fut un accident heureux pour
Crébillon qui reprit , dans ses tragédies historiques ,
Xerxès, *Pyrrhus*, *Catilina*, l'insipide habitude des grandes
passions et des déclarations d'amour. On sait jusqu'où ce
ridicule fut porté dans son *Catilina*, en présence des succès et des réformes théâtrales de Voltaire.

A côté des efforts d'un talent peu cultivé et d'un faux
goût traditionnel, il faut voir ce que l'esprit et la théorie
pouvaient tenter pour piquer la curiosité publique et rajeunir le théâtre. Ce fut l'œuvre de la Motte , moins remarquable par son talent que par ses vues, et dont les
idées , trop faiblement exécutées pour faire une révolution dans l'art, fournissent une date à la critique. La Motte
eut un grand tort ; il n'était novateur que par le raisonnement. Ses tragédies sont régulières et même timides :

toute la hardiesse de l'auteur est dans la préface. Ainsi,
dès son premier ouvrage, en tête des *Machabées*, il s'attaque aux trois unités,

> Qu'en un lieu, qu'en un jour, un seul fait accompli
> Tienne jusqu'à la fin le théâtre rempli ;

cette loi que le grand Corneille commente si ingénument
dans ses discours sur la tragédie, et qu'il avait respectée
avec tant de génie dans *Polyeucte* et dans *Cinna*. Après
cet exemple, après la soumission de Racine, il ne tombait
dans l'esprit de personne que l'on pût faire autrement;
et on n'eût pas souffert le héros d'un spectacle grossier,
enfant au premier acte, et barbon au dernier. Les libertés
de l'opéra sur ce point ne tiraient pas à conséquence ; on
ne songeait pas même à la ressemblance que ce drame
lyrique et musical peut avoir avec l'ancienne tragédie
grecque. On cherchait bien moins encore si cette liberté,
frivole à l'Opéra, ne pourrait pas, dans la tragédie historique, favoriser de grands effets de coloris et de vérité.
La Motte toucha nettement la question, en disant toutefois qu'il hasardait un paradoxe. Il prouva d'abord, et la
chose était facile, que dans nos meilleures pièces l'unité
de lieu coûtait beaucoup à la vraisemblance; qu'il fallait
des hasards impossibles pour amener toujours les différents personnages dans le même lieu qui sert aux entretiens du prince, au complot des conspirateurs, à la confidence des amants; puis, il soutint que, si les spectateurs
se prêtaient à une première supposition qui les transpor-
tait dans Athènes et dans Rome, leur imagination ne ré-
sisterait pas davantage aux changements de lieu, d'acte
en acte. L'unité de temps ne lui parut pas plus raison-

nable ; il dit tout ce que nous savons sur l'invraisemblance d'une intrigue complexe, nouée et dénouée en
quelques heures, et sur l'ennui des récits préliminaires.

Je ne serais pas étonné, continue-t-il, qu'un peuple sensé,
mais moins ami des règles, s'accommodât de voir l'histoire de
Coriolan distribuée en plusieurs actes. — Dans le premier, ce
sénateur, accusé par les tribuns, défendu par les consuls et les
citoyens qu'il a sauvés, et enfin condamné par le peuple à un
exil perpétuel; dans le second, le désespoir de sa famille, et la
douleur sombre et effrayante avec laquelle il s'en sépare ; dans
le troisième, l'audace magnanime qu'il a de se présenter au
général des Volsques, qu'il a vaincu tant de fois, et de lui abandonner sa vie, s'il ne veut s'associer à sa vengeance ; dans le
quatrième, ce héros aux portes de Rome qu'il assiége, les dépu-
tations des consuls et des prêtres, et enfin les prières et les
larmes d'une mère qui obtient grâce pour Rome, etc.

La Motte s'arrête là ; et j'ignore pourquoi il ne montre
pas, dans un cinquième acte, Coriolan condamné, dans
Antium, par ceux dont il a trahi la vengeance. Il ne savait pas, au reste, que le cadre si naturel, copié par lui
sur l'histoire, était rempli dès longtemps par un grand
poëte, dans un pays à quelques lieues du nôtre.

A vrai dire, on a regret au préjugé de paresse ou de
dédain qui laissait notre littérature si fort ignorante de
nos voisins. La Motte, occupé de raisonner sur un art
cultivé en France avec tant d'éclat, ne s'inquiète pas seulement de savoir s'il existe de cet art quelques modèles
étrangers. La poésie dramatique espagnole, connue et
goûtée en France au commencement du XVIIe siècle, y
était maintenant tout à fait oubliée ; et nulle littérature
étrangère ne l'avait remplacée dans notre préférence. On
savait vaguement que, depuis Charles II, les auteurs an-

glais tâchaient d'imiter les nôtres ; mais on n'avait nul souci de leurs ouvrages. Les noms de Waller et de quelques poëtes de cour nous étaient parvenus. Quant à Shakspeare, on n'y songeait pas ; et je crois que la Motte, singulièrement académique et bienséant, au milieu de ces systèmes d'audace, eût été effrayé d'un tel exemple, s'il avait pu le connaître. A la vérité, il y eût vu les unités de temps et de lieux encore mieux enfreintes qu'il n'osait le souhaiter : Coriolan, haï du peuple, battant les Volsques au premier acte ; vainqueur et plus envié que jamais, au second ; accusé, jugé, condamné, au troisième ; puis, au quatrième acte, son départ de Rome, son arrivée au foyer d'Aufidius, les inquiétudes de Rome menacée ; au cinquième, le Forum et le camp des Volsques, Coriolan d'abord inflexible, puis vaincu par sa mère, son retour dans Antium, et sa mort par la jalousie d'Aufidius ; tout cela dans un mélange de prose et de vers, selon le caractère et l'émotion des personnages.

Mais qu'eût dit l'élégant et discret la Motte de cette rude imitation des mœurs populaires, et de ce langage injurieux et grossier qui remplit le *Coriolan* de Shakspeare ? Ce n'était pas ainsi qu'il entendait les choses. En demandant l'abolition des *unités*, il respectait d'ailleurs toutes les étiquettes de cour, et n'eût pas conçu qu'on y manquât ni qu'on représentât sur la scène des personnages de moindre condition que princes et princesses. S'il y déroge dans *les Machabées*, c'est en considération du titre de tragédie sainte ; mais il n'en introduit pas moins, dans la pièce, selon l'usage, une intrigue d'amour. Il s'y plaint du joug des *unités*, qu'il n'ose rompre ; et il ne sent pas le prodigieux ridicule de donner à Misaël, le plus jeune des Machabées, une passion partagée pour Antigone, la

favorite d'Antiochus. Il était impossible de rapetisser davantage ce grand sujet, et de mieux montrer que le poëte
ne comprenait pas la liberté dramatique qu'il demandait.

Qu'importe également qu'il supprime l'exposition, et
montre, dès les premiers vers, Antiochus ordonnant le
supplice des Machabées, et menaçant leur mère? le
drame n'en va pas plus vite, retardé qu'il est par d'inter-
minables entretiens, et par les déclarations d'Antigone
et de Misaël. Que si, sortant de la règle étroite des vingt-
quatre heures, le poëte eût fait voir d'abord, dans Antiochus, la puissance et l'enivrement de ces rois de Syrie
surnommés *dieux,* et adorés par terreur; qu'ensuite il
nous eût conduits à Jérusalem, près d'une famille sainte,
pratiquant avec plus de ferveur la loi de Dieu, dans l'esclavage de sa patrie; qu'une circonstance imprévue ait
rapproché ces jeunes Hébreux des regards du grand roi,
qu'un d'eux, comme ce centurion nommé dans l'histoire
de Julien, déchire son vêtement souillé d'une goutte d'eau
lustrale jetée pendant le passage du prince; qu'il soit
saisi, torturé, sans être vaincu, que le despote d'Orient,
offensé de sa mort opiniâtre, cherche au delà une seconde
victime dans la même famille, qu'une horrible lutte
soit ainsi engagée entre la cruauté de l'orgueil et le courage de la foi; que l'obstination du peuple hébreu, renaissant sous ses défaites, soit personnifiée dans ces sacrifices réitérés pour la même cause; que la mère, désespérée
et invincible, soit soutenue par la religion, jusqu'à la
perte du dernier de ses fils, et meure pour le suivre, on
conçoit la grandeur de ces scènes jetées à travers un drame
irrégulier. Le temple de Jérusalem, où l'on s'entretient
du courage des jeunes frères, et où la mère vient puiser

sa force, aurait contrasté avec le palais d'Antiochus. Des entretiens populaires pouvaient marquer d'abord la terreur inerte des Hébreux, puis leur colère excitée par la pitié et l'exemple, puis leur prophétique espoir de vengeance : ainsi ce sang versé pouvait devenir fécond pour le ciel et pour la terre, et servir à délivrer le peuple de Dieu, comme à témoigner de sa foi.

Mais aucune idée dans cet ordre historique et religieux ne se présente au poëte. Il voulait rompre les *unités*, pour demeurer exactement sous la loi des lieux communs et de l'étiquette de théâtre.

Il supprime les récits du premier acte; mais ce n'est pas pour y substituer une action qui s'explique d'elle-même. La tragédie s'ouvre par ces paroles d'Antiochus :

> Faites à l'échafaud conduire ces Hébreux ;
> Nos dieux vont recevoir ou leur sang ou leurs vœux.

Puis la mère des Machabées entre tout à coup, brave Antiochus, et le traite de tyran et d'impie.

> Je vais de vos enfants ordonner le supplice,

répond le tyran.

> Ah ! comble tes bienfaits ; qu'avec eux je périsse !

s'écrie Salmonée. Et la pièce serait finie, n'était la passion de la favorite pour un des jeunes Machabées, son intercession, ses prières, la jalousie d'Antiochus, les refus opiniâtres du jeune Hébreu. Pour un homme qui voulait innover au théâtre, c'était jeter ses idées dans un moule bien étroit et bien vulgaire.

La Motte, après avoir blâmé les *unités*, sans oser les en-

freindre dans une action large et libre, voulut remédier
à un autre vice de notre théâtre.

> Je désirerais, dit-il dans un discours sur la tragédie, à l'oc-
> casion de *Romulus,* qu'on tendît à donner à la tragédie une
> beauté qui semble de son essence, et que pourtant elle n'a guère
> parmi nous ; je veux dire ces actions frappantes qui demandent
> de l'appareil et du spectacle. La plupart de nos pièces ne sont
> que des dialogues et des récits. Les Anglais ont un goût tout
> opposé ; on dit qu'ils le portent à l'excès : cela pourrait bien
> être.

Et il indique les défauts de nos récits, ou trop poétiques
pour être naturels, ou trop circonstanciés, trop exacts,
pour convenir à la passion : et il se plaint que, dans la
plupart de nos pièces, le spectateur assiste non à des événements, mais à des discours. Malheureusement, malgré
le spectacle prodigué dans *Romulus,* malgré le grand
prêtre, le sacrifice et l'autel où jurent les deux rois devant les deux armées, la pièce est d'une froideur mortelle ; et la Motte put éprouver que faire assister le spectateur à des événements n'est rien, s'il n'entend des
paroles éloquentes et passionnées. Ce langage n'était pas
au pouvoir de notre ingénieux dissertateur, surtout dans
ces sujets morts de l'antiquité, qui ne peuvent être ra-
vivés que par une grande force d'imagination. Son
Romulus n'est qu'une parodie romaine, enchevêtrée
d'une rivalité d'amour, la plus ridicule du monde.

Mais, dans un sujet moderne et d'un pathétique familier pour nous, dans *Inès,* la Motte trouva sans système
quelques accents du cœur. La Motte ne devint pas grand
poëte : cette métamorphose était au-dessus de son art ;
mais, lorsqu'au dernier acte Inès dit, en s'adressant

tour à tour à ses deux enfants et au roi son persécu-
teur :

> Embrassez, mes enfants, ces genoux paternels.
> D'un œil compatissant regardez l'un et l'autre ;
> N'y voyez pas mon sang, n'y voyez que le vôtre.
> Pourriez-vous refuser à leurs pleurs, à leurs cris,
> La grâce d'un héros, leur père et votre fils?
> Puisque la loi trahie exige une victime,
> Mon sang est prêt, seigneur, pour expier mon crime.
> Épuisez sur moi seule un sévère courroux ;
> Mais cachez quelque temps mon sort à mon époux.

Il y a là cette expression tendre et vraie qui fait la beauté
du drame, et que ne remplacent ni la force des combinaisons ni l'éclat pompeux du spectacle. Cette lueur de
naturel et de poésie ne brille qu'un moment sur Inès ;
mais elle a fait vivre l'ouvrage, et elle montre à l'esprit
de système quelle source de nouveautés, toujours prête à
s'ouvrir, est cachée dans le cœur. Malgré la faiblesse du
style, Inès ravit les spectateurs. Ce fut la gloire de la Motte,
qui, poursuivant toujours son idée d'une réforme théâtrale, se félicite surtout, dans un discours à l'occasion
d'*Inès,* d'avoir, dans cette pièce, supprimé les confidents.
Vous savez l'impatience qu'ils inspiraient à Alfieri, et
comment il les a partout remplacés par des monologues,
sans profit pour la vérité. La Motte, qui blâmait également
ces deux monotones ressources de notre théâtre, s'est
bien gardé de prodiguer l'une à la place de l'autre. Inès,
dans un moment de trouble et de rêverie, s'adresse
à peine quelques vers à elle-même ; et on ne peut du
reste qu'approuver l'art délicat du poëte, qui ne lui a
donné nulle confidente de son secret surpris et deviné de
toutes parts.

Après avoir fait une tragédie touchante, ce qui surpasse tous les raisonnements, la Motte reprit avec plus
d'ardeur son projet de révolution théâtrale, toujours si
faiblement essayé dans ses pièces, et si bien exposé dans
ses préfaces. Il avait attaqué les unités, les expositions,
les récits, les confidents, les monologues : il crut n'avoir
plus à se prendre qu'aux vers ; et, par une erreur singulière dans un homme de tant d'esprit, les croyant une
règle d'habitude et de préjugé, il en proposa la suppression. Ce n'est pas qu'il fût injuste et dédaigneux pour nos
grands poëtes : personne n'a mieux analysé que lui ce
qu'il appelle la raison et l'élégance continue de Racine.

A l'égard du langage, dit-il, par une intelligence singulière
de la valeur des termes, Racine s'en est fait un qui n'appartient
qu'à lui. Il est tellement éloigné du langage commun qu'il n'en
paraît pourtant pas moins naturel. Combien d'alliances de mots
inusitées jusqu'à lui, dont on n'a presque pas aperçu l'audace! ce
qu'il inventait semblait plutôt manquer à la langue que la violer.

Mais comme pour la Motte l'art des vers n'était que la
rime et le nombre imposés à l'expression ingénieuse et
précise de ses pensées, il faisait peu de cas de cet art qui
lui semblait accessoire ; il n'en concevait pas la puissance.
Et pour le prouver, il déconstruit les vers de Racine,
s'étonnant alors qu'il y manque quelque chose, et concluant que ce charme, qui n'est ni dans les pensées, ni
dans les tours, ni dans les mots, est chose bien futile.

A l'appui de ce raisonnement, la Motte fit un *OEdipe*
en vers, et un *OEdipe* en prose. Les deux pièces se va-
laient, et laissaient la question indécise. Vous le savez, la
poésie se peut nier, comme la musique, comme la peinture, comme tout ce qu'il y a de plus élevé et de plus

délicat dans les arts ; tous veulent des sens et une âme
pour les saisir ; leur privilége est d'être indémontrables
par la seule abstraction.

La Motte, cette fois encore, innovait à côté de la vérité.
Il croyait rajeunir la tragédie, en lui ôtant les vers ; et il
la faisait parler en prose, avec tous les défauts de nos
médiocres tragédies en vers, la pompe, la fadeur, la péri-
phrase. La prose de son *OEdipe* semble du *Campistron*
dégagé de l'hémistiche et de la rime. Il n'a pas senti
d'ailleurs que la forme poétique était liée à ces sujets
pris de l'antiquité, qui nous apparaissent dans le lointain, et qu'il était impossible de choisir plus mal le sujet
de sa prosaïque épreuve. C'est que l'innovation était cher-
chée, non dans un retour à la nature si bien connue des
anciens, mais dans une forme de langage. La Motte restait subtil et froid, tout en parlant en prose. OEdipe,
Jocaste s'entretiennent comme deux personnes bien élevées de nos romans :

Cruel époux, croyez-vous donc pouvoir disposer de vos jours
sans l'aveu de Jocaste ? — Je ne suis que trop sensible à vos
craintes, madame ; et l'intérêt de mon peuple disparaît presque
en ce moment devant le vôtre.

Toute cette mystérieuse horreur du drame de Sophocle
se discute ainsi très-poliment.

La Motte avait eu la théorie de tous les changements
extérieurs que peut éprouver la forme du drame tragique ; mais il avait eu, moins que personne, dans ses
ouvrages, hormis quelques vers d'*Inès,* le sentiment de
vérité qui peut la rajeunir. Ainsi, l'art du théâtre allait
en décadence, au milieu des raisonnements de la critique
qui analyse et ne crée pas : on attendait un homme de génie.

QUATRIÈME LEÇON.

Début de Voltaire. — Sa tragédie d'*OEdipe*, fort classique dans le sens *français* comparée à l'ouvrage de Sophocle. — Fautes graves contre le génie des mœurs grecques et la théorie la plus élevée de l'art. — Autres essais dramatiques de Voltaire. — Première ébauche du poëme de la Ligue. — Vie de Voltaire dans le grand monde. — Il quitte la France.

MESSIEURS,

Pendant que l'ingénieux la Motte dissertait sur l'art dramatique, un jeune homme, sorti de chez les jésuites, où il avait entendu les spirituelles leçons et peut-être joué les petits drames latins du père Porée, le jeune Arouet, jeté dans le monde avec l'étourderie de son âge, déjà fameux par son esprit et par un séjour de quelques mois à la Bastille, avait trouvé, à vingt-trois ans, cette tragédie que cherchait la Motte.

Pour rendre le contraste plus piquant, il avait choisi ce même sujet d'OEdipe tant de fois traité ; mais il y avait jeté son brillant coloris et quelque chose de cette élégante parure de langage qui plaît en France, et qu'on n'y voyait plus, depuis Racine. Le jeune Arouet, quelque hardiesse d'esprit qu'il se sentît déjà, n'avait aucun système, aucune théorie nouvelle sur la tragédie ; il croyait de bonne foi à Corneille et à Racine, les admirait beaucoup plus que les Grecs qu'il entendait moins bien, et avait, d'ailleurs, sur la dignité et les bienséances théâtrales, toutes les traditions de la cour de Louis XIV. Il n'hésita donc pas à mettre dans OEdipe, sinon une passion, au moins une réminiscence d'amour, pour occuper la scène et varier l'intérêt. Plus tard, il s'est beaucoup moqué de ce ridicule et des tendres paroles du prince Philoctète à la reine Jocaste ; il en rejette le tort sur le faux goût du public, et paraît croire, à cela près, l'ouvrage irréprochable. La Harpe est du même avis, et trouve que Voltaire a, du reste, perfectionné le drame de Sophocle. Sa manière de raisonner est simple ; tout ce qui, dans la pièce française, est orné, brillant, selon le goût moderne, lui paraît supérieur à l'éloquente simplicité du grec. Il ne songe ni à la couleur antique, ni à la gravité que demande la religieuse terreur du sujet. Le marbre divin de Sophocle lui paraît une pierre brute qu'il a fallu polir ; et il remercie Voltaire d'avoir pris ce soin.

Ce n'est pas ainsi que pensait Racine lorsque, dans ses admirables imitations, il s'abstenait du théâtre de Sophocle, comme d'un modèle trop immuable et trop pur. Aux yeux du critique français, quelques artifices de scène, et parfois quelques coquetteries de langage, ajoutés au drame grec, sont un progrès incontestable de l'art dramatique. Voltaire lui-même croyait avoir fort surpassé Sophocle, que dans ses préfaces il traite avec une extrême légèreté ; car le jeune et brillant poëte, qui bientôt défendit le goût français contre la Motte, ne comprenait pas alors mieux que lui le goût antique.

Cherchons, Messieurs, dans un court parallèle, si Voltaire, en effet, perfectionnait Sophocle. Et d'abord, avouons-le, cette supériorité d'une œuvre d'imitation sur l'œuvre originale, ce perfectionnement d'une pensée antique par des combinaisons modernes, nous paraît en soi chose impossible. Dites, si vous voulez, que cette seconde façon, travaillée par une main habile, est plus rapprochée de vos idées, de vos mœurs, vous plaît davantage ; mais n'affirmez pas qu'elle vaut mieux : il y a chance, au contraire, pour que ce mélange d'esprits opposés, ce double travail sur un même fond, ait produit quelque chose de moins parfait et de moins pur.

Prenons pour exemple le plus admirable, le plus inspiré des imitateurs du génie grec, Racine. Est-ce dans ses tragédies grecques-françaises qu'il faut chercher son chef-d'œuvre ? Ce qu'il change, ce qu'il mêle, ce qu'il ajoute à ses modèles, dans *Phèdre* ou dans *Iphigénie*, est-ce un progrès ou un expédient de l'art ? Quelques-uns des artifices dont s'est servi Racine pour rapprocher de nos mœurs ces fabuleux sujets ne les altèrent-ils pas, n'en affaiblissent-ils pas le pathétique, et la vérité relative ? Pour l'effet tragique, la délivrance et l'heureux mariage d'Iphigénie, annoncés par Racine, valent-ils la simplicité terrible de la légende grecque ? Pour la vérité des personnages, la fière résignation de la jeune princesse de Racine vaut-elle les plaintes touchantes, la douleur naïve et l'effroi de jeune fille dépeints par Euripide ? Enfin, ces gardes, cette cour, ce majestueux accueil que reçoit Clytemnestre, cela vaut-il pour le spectacle et l'intérêt le char où Clytemnestre arrive avec sa fille près d'elle, le petit Oreste endormi sur ses genoux, et descend au milieu d'un chœur de femmes grecques, qui seules pouvaient la recevoir et l'approcher ? Et dans *Phèdre*, la conversation de Théramène et d'Hippolyte, est-ce un début comparable à cette entrée du jeune héros grec, libre, pur,

farouche, une couronne de fleurs sur la tête, animant
ses compagnons aux rudes plaisirs de la chasse, et dé-
vouant son cœur à la chaste Diane dans un hymne d'une
ravissante douceur? Qu'est-ce que la flamme d'Aricie,
semblable à tant d'autres, au prix de cet amour idéal
et de la scène sublime, où la déesse se révélant console par une vision céleste l'agonie douloureuse d'Hippolyte?

Tout cela soit dit avec adoration du génie de Racine;
mais la vraie grandeur de son art se montre surtout dans
les pièces qu'il a tirées de l'histoire, où elles attendaient
la vie poétique. Quand la statue était faite et animée par
le ciseau grec, la défaire et la recomposer, c'était en altérer la grâce primitive; il eût mieux valu, peut-être,
en faire une simple et fidèle copie, sans autre nouveauté
que l'expression; mais le goût du siècle voulait se retrouver dans ces remaniements de l'imagination antique. Ad-
mirons Racine de ce qu'il a fait ou suppléé; mais ne
prenons pas ces changements pour des progrès, dans le
point de vue éternel de l'art. Le goût du xviiie siècle im-
posait à Voltaire, dans une œuvre semblable, un esprit
plus moderne encore. Le respect de l'antiquité classique
s'était fort affaibli, et certaines conventions de théâtre
avaient pris plus de force. Aussi quand le bon M. Dacier,
qui vivait encore, apprenant que le jeune poëte s'occupait d'*OEdipe*, lui conseilla de ne rien oublier de Sophocle, et de traduire les beaux chœurs de la tragédie
grecque, Voltaire se prit à rire. Il y avait cependant alors
chez madame la duchesse du Maine un homme savant,
son chancelier, je crois, M. de Malézieux, qui faisait la
plus vive impression sur cette brillante et spirituelle société, en traduisant parfois devant elle littéralement, et le

I. 7

texte grec sous les yeux, une pièce de Sophocle ou d'Euripide.

On se souvenait aussi d'une anecdote d'Autéuil. Là, Racine, devant Boileau, Nicole et quelques amis, la conversation étant tombée sur l'*OEdipe* de Sophocle, l'avait pris, et traduit de verve sur-le-champ.

> Il s'émut tellement, *écrivait à ce sujet M. de Valincourt,* bien des années après la mort de Racine, que tout ce que nous étions d'auditeurs, nous éprouvâmes tous les sentiments de terreur et de compassion sur quoi roule cette tragédie. J'ai vu nos meilleurs acteurs sur le théâtre, j'ai entendu nos meilleures pièces ; mais jamais rien n'approcha du trouble où me jeta ce récit ; et au moment même où je vous écris, je m'imagine voir encore Racine avec son livre à la main, et nous tous consternés autour de lui.

Voilà un témoignage vivement senti ; et Voltaire ne parle pas avec moins d'enthousiasme des traductions improvisées de M. de Malézieux ; mais il ne serait venu à l'esprit de personne de produire simplement sur la scène ce qui ravissait à la lecture. Voltaire se mit donc à l'œuvre pour accommoder Sophocle au goût du temps : il substitua le personnage épisodique de Philoctète à Créon, l'adversaire naturel d'OEdipe ; il remplaça Tirésias par un grand prêtre ; il ne donna pas d'enfants à OEdipe ; il suspendit avec un art plus apparent la révélation de sa destinée ; il adoucit son désespoir ; il ne le montra pas aux spectateurs, les yeux crevés et sanglants : il répandit sur le tout un vernis d'élégance et de philosophie.

Mais où était ce grand spectacle qui ouvre la tragédie grecque, ces enfants, ces vieillards, ces prêtres avec des bandelettes et des rameaux, priant aux autels des dieux, près du palais d'OEdipe, et espérant dans ce roi qui les

accueille et les console ? Quelle exposition que cet hymne
de reconnaissance qu'ils lui adressent, dans l'excès
même de leurs maux ! quel contraste entre cette invocation de son secours et la fatalité dont il sera bientôt
frappé ! quel intérêt croissant dans l'arrivée soudaine de
Créon, revenant de Delphes, la couronne de laurier sur
la tête ! quelle gravité religieuse, quelle émotion populaire
dans les chants du chœur qui suivent le récit de Créon !

Il faut l'avouer, l'entrevue du voyageur Philoctète avec
un Thébain, son ami, le récit fait à Philoctète de tout ce
qui s'est passé dans Thèbes, depuis son premier séjour
dans cette ville, remplacent bien faiblement ces sublimes
beautés. Dans la seconde scène, il est vrai, Voltaire a
conservé quelques traces du chœur ; mais au lieu de longues et touchantes prières, il met dans sa bouche une sorte
de désespoir et de défi tout à fait étranger au génie antique :

> Frappez, Dieux tout-puissants, vos victimes sont prêtes :
> O monts ! écrasez-nous ; cieux, tombez sur nos têtes ! etc.

Puis OEdipe tient une assemblée du peuple, comme dans
Sophocle ; seulement, ce qui aurait bien étonné les Grecs,
il a près de lui, dans cette assemblée, la reine Jocaste,
qui prend la parole devant le peuple, Jocaste, pour laquelle Philoctète nous a fait connaître ses feux dans la
première scène. Certes, sans parler même de la couleur
locale, Sophocle avait fait preuve d'un art plus délicat
en ne montrant Jocaste que plus tard et fort peu de temps
sur la scène.

Dans la tragédie grecque, dès que l'affreux mystère
est soupçonné d'OEdipe, Jocaste disparaît ; et, de scène
en scène, on apprend sa solitude désespérée, ses gémis-

sements, sa mort ; mais on ne la voit plus. Le poëte, qui
ne craint pas d'étaler sur la scène le spectacle de la souffrance physique, a cru cette horreur morale trop forte,
et l'a soustraite aux yeux. Dans la tragédie française, au
contraire, Jocaste est partout : elle parle au peuple ; elle
s'entretient avec une confidente ; elle écoute une redite
d'amour du prince Philoctète ; elle lui donne rendez-vous
pour une seconde explication ; et, quand il est accusé,
elle le défend avec ce vif intérêt que laisse un ancien
amour. Quand le grand prêtre a désigné OEdipe, elle assiste en tiers à l'entretien de Philoctète et d'OEdipe ; enfin, après les scènes de confidence entre les deux époux,
si bien imitées de Sophocle, elle reparaît encore sur la
scène ; elle parle de son fils :

> Ne plaignez que mon fils, puisqu'il respire encore.

Elle y prononce, en se donnant la mort, les derniers
mots du drame :

> Au milieu des horreurs dont le destin m'opprime,
> J'ai fait rougir les dieux qui m'ont forcée au crime.

Pensée dans le goût de Lucain, bien éloignée de la simplicité du génie grec. Certes, Messieurs, il n'y a pas besoin
du progrès moral qu'ont amené les siècles pour sentir
combien, dans la vue la plus élevée de l'art, cet emploi
répété d'un tel personnage est inférieur à la sévère discrétion de Sophocle : je le dirai même, cette faute n'est
échappée au génie de Voltaire que parce que le sujet du
drame n'était pas sérieux pour lui, et qu'il ne pouvait
entrer dans la primitive et religieuse inspiration de Sophocle ; mais alors même la bienséance moderne aurait

dû l'avertir, s'il avait cherché autre chose qu'un texte à de beaux vers.

Nous voilà, sans le vouloir, Messieurs, bien loin du critique célèbre qui jugeait que Voltaire avait perfectionné les détails de Sophocle, avait ménagé des *nuances délicates*, avait observé des *convenances relatives à la personne et à la situation, et bien plus sensibles et plus fréquentes chez les modernes que chez les anciens* [1].

Non, Messieurs, l'art, comme le génie, est du côté de Sophocle. Il faut en donner quelques preuves. Dans la scène si dramatique où les deux époux s'interrogent sur le passé, la Harpe admire les ornements ajoutés par Voltaire à la réponse de Jocaste. OEdipe, déjà troublé de quelques indices, s'écrie :

> Dépeignez-moi du moins ce prince malheureux.
>
> JOCASTE.
>
> Puisque vous rappelez un souvenir fâcheux,
> Malgré le froid des ans, dans sa mâle vieillesse,
> Ses yeux brillaient encor du feu de la jeunesse.
> Son front cicatrisé, sous ses cheveux blanchis,
> Imprimait le respect aux mortels interdits ;
> Et si j'ose, seigneur, dire ce que je pense,
> Laïus eut avec vous assez de ressemblance ;
> Et je m'applaudissais de retrouver en vous,
> Ainsi que les vertus, les traits de mon époux.

Voilà sans doute des vers élégants et polis ; mais, bon Dieu ! que font ces douceurs conjugales, ces madrigaux domestiques dans un sujet terrible ? Comment OEdipe, lorsqu'il a déjà marqué son affreux doute, peut-il les entendre et Jocaste les dire ? Le poëte et le critique ne de-

[1] LA HARPE, *Cours de Littérature.*

vaient-ils pas sentir qu'il n'y avait place là que pour le mot nécessaire, pour le mot le plus expressif et le plus court entre ces deux âmes haletantes d'inquiétude, et que tout ornement de langage, toute politesse de cour est un contre-sens insupportable? O combien Sophocle a plus d'art dans sa simplicité! Le voici mot à mot, sans la traduction improvisée de Racine.

OEdipe, troublé des premiers mots qui rappellent le lieu où périt Laïus, s'écrie :

O Jupiter! que veux-tu donc faire de moi?

JOCASTE.

Mais toi, quelle est donc ta pensée, OEdipe?

OEDIPE.

Ne m'interroge pas encore. Mais Laïus, quelle taille avait-il? parle; quel âge avait-il?

JOCASTE.

Il était grand. Sa tête commençait à blanchir; ses traits, d'ailleurs, n'étaient pas fort différents des tiens.

OEDIPE.

Hélas! malheureux! il semble que, sans le savoir, je me suis précipité sous la malédiction terrible.

JOCASTE.

Que dis-tu? j'hésite à te regarder, ô roi!

OEDIPE.

Je tremble que le devin n'ait été clairvoyant. J'en serai plus sûr, si tu ajoutes un mot.

Ailleurs, la Harpe trouve une vraie grandeur, un caractère héroïque dans le témoignage que Philoctète rend à l'amitié. Sans doute ce sont de belles sentences et des vers brillants :

Qu'eussé-je été sans lui, rien que le fils d'un roi,

Rien qu'un prince vulgaire; et je serais peut-être
Esclave de mes sens, dont il m'a rendu maître.

Rien que le fils d'un roi dut être fort applaudi. Mais où
est la vérité antique dans ce souvenir d'Alcide transformé en un guide austère, par qui

> l'âme éclairée,
> Contre les passions se sentit assurée.

La fable a sa couleur, qui est sa vérité; on peut la re-
jeter comme surannée; mais l'altérer ainsi n'était pas un
progrès de l'art; et que tout cela est loin du pathétique
et de la poésie de Sophocle! Il y avait cependant un don
précieux, inestimable dans le début dramatique de Voltaire: c'était la première fraîcheur d'un grand talent,
cette vivacité, ce coloris d'élégance, qu'il tenait de l'étude
et de la jeunesse. Un poëte était né, non pas tel que
l'imagination peut le rêver de préférence, enthousiaste,
naïf, original....

. . . . Vatem.
Hunc qualem nequeo monstrare, et sentio tantum
Anxietate carens animus facit, omnis acerbi
Impatiens, cupidus silvarum, . . .

Le poëte du xviiie siècle, au contraire, est un homme
des villes, léger, railleur, ami et flatteur ironique des
grands, habile à se jouer des travers, et à répéter les
grâces et les vices d'une société élégante. Sa poésie n'écla-
tera pas d'images empruntées à la nature; elle n'aura pas
de grandeur simple, et souvent elle se plaira dans une
pompe un peu factice. En quelque lieu, en quelque temps
que la fiction le transporte, elle sera toujours philosophique

et pleine d'allusions modernes; car elle est un instrument
de la pensée du poëte, plutôt qu'elle n'est cette pensée
même. Elle ne sera donc tout à fait originale et vraie que
là où elle peut librement se confondre avec les penchants
et le langage même du xviii° siècle, et devenir, dans une
satire ou une épître, la plus vive expression de ce monde
épicurien et sceptique.

Mais le temps de la régence, fort peu poétique par les
habitudes et les mœurs, attachait un respect de tradition
aux formes les plus sérieuses de l'art. La célébrité, la
gloire, ne s'obtenaient qu'en les observant. Aussi Voltaire, en achevant *OEdipe,* commençait un poëme épique
sans songer si, dans les habitudes de son temps et de son
propre génie, il trouvait cette grande vocation : il voulait
la gloire, le bruit, la première place dans les lettres. Depuis *OEdipe,* il la cherchait au théâtre avec des revers
ou des succès douteux, dans *Artémire, Ériphile, Mariamne.* Il était à la fois très-laborieux et très-dissipé,
répandu dans le monde et à la cour, aimant avec passion
les vers, les plaisirs et même le jeu, voyageant sans cesse
de château en château, travaillant sur les routes, s'occupant de tout, même de sa fortune, et, à travers un poëme
épique, faisant de bonnes affaires avec les *Traitants,* par le
crédit des maîtresses de princes. Il pratiquait déjà cet art
de flatter pour oser impunément; il adressait, de Cambrai même, des louanges à l'indigne successeur de Fénelon, au cardinal Dubois; mais la vue d'Amsterdam et de
la Haye lui arrachait un cri d'indépendance :

Ici, pas un oisif, pas un pauvre, pas un petit-maître, pas un
insolent. Nous rencontrâmes le *Pensionnaire* à pied, sans laquais,
au milieu de la populace. On ne voit personne qui ait de cour à

faire ; on ne se met pas en haie pour voir passer un prince ; on
ne connaît que le travail et la modestie.

Bientôt, cependant, il revenait aux grands seigneurs
de la cour de France, aux Villars, aux Sully, aux Richelieu. Il était des voyages de Fontainebleau ; il faisait des
vers pour madame de Prie, avait pension sur la cassette,
et était assez content de la jeune reine, qui pleurait à
Mariamne, riait à *l'Indiscret,* et l'appelait, dit-il, *mon
pauvre Voltaire,* presque *mon bon Voltaire.*

Déjà une édition de *la Henriade* avait paru furtive, incomplète, mais saillante de pensées, et pleine de beautés
d'autant plus au goût du siècle qu'elles étaient moins
épiques. Malgré son adresse et ses amis, le jeune poëte,
suspect de témérité philosophique, n'avait pu la dédier
au roi. On murmurait dans le haut clergé contre certains
endroits du poëme ; on parlait d'une *Censure* de la Sorbonne ; mais la faveur publique était grande et protégeait
le poëte, quand tout à coup il fut averti cruellement de
l'odieuse inégalité que les rangs et l'arbitraire laissaient
encore dans la société française. Un homme de grande
naissance, dont il avait relevé l'impertinence par une épigramme, à table chez le duc de Sully, s'en vengea peu de
jours après par un lâche guet-apens : Voltaire, attiré sur
un prétexte à la porte de l'hôtel Sully, où il dînait encore
ce jour-là, est saisi et bâtonné par quelques laquais dé-
guisés du chevalier de Rohan. Il ne trouve auprès de son
ami, le duc de Sully, que froideur pour cette injure, et
sympathie de grand seigneur pour celui qui l'a faite.

Voltaire disparaît, s'enferme, apprend jour et nuit l'es-
crime et l'anglais, pour se préparer une vengeance et un
asile ; puis, sortant de la retraite, il envoie un cartel au

chevalier de Rohan. Celui-ci ne répondit point par le mot que l'ingénieux auteur d'*Edouard* a placé dans une situation semblable : « Je ne puis, monsieur ; j'en ai bien du regret : vous n'êtes pas gentilhomme. » Il accepta pour le lendemain ; mais, dans la nuit, sur un ordre de M. le duc, premier ministre, Voltaire fut mis à la Bastille pour six mois, puis exilé. Libre, il revint furtivement à Paris pour chercher encore son ennemi, qu'il ne trouva pas ; puis il quitta la France. Sa retraite naturelle était l'Angleterre ; il en connaissait déjà l'esprit *libre-penseur*. En France même, il s'était lié depuis plusieurs années avec un illustre Anglais, lord Bolingbroke, banni aussi de son pays, mais par bon acte du parlement, après un brillant ministère, et pour avoir essayé ou souhaité sans succès un changement de dynastie. Voltaire avait admiré dans Bolingbroke, avec cet air du grand monde et ces goûts épicuriens qu'il aimait, une érudition philosophique, une immensité de lecture, une science d'incrédulité toute nouvelle à ses yeux. Il avait joui avec délices de ses entretiens dans la belle retraite que Bolingbroke s'était choisie en Touraine et qu'il venait d'abandonner, en 1726, pour rentrer amnistié dans son pays. Voltaire, sorti de la Bastille, vint l'y rejoindre, et resta trois ans près de lui.

Ce fut l'époque où le jeune président de Montesquieu fit le même voyage, dans la compagnie de lord Chesterfield. L'Angleterre, de 1727 à 1730, fut donc ainsi l'école des deux premiers génies de notre xviiie siècle. Plus tard, Buffon commença ses grandes recherches de la nature, par l'étude et la traduction des découvertes anglaises. L'esprit le plus actif du xviiie siècle, après Voltaire, Diderot emprunta de l'Angleterre ses premières études philosophiques et son premier essai d'*Encyclopédie*. Rousseau tira des ouvrages de Locke une grande partie de ses idées sur la politique et l'éducation; Condillac, toute sa philosophie. Il semble donc, Messieurs, qu'avant d'aller plus loin dans l'histoire littéraire de notre patrie, c'est le moment de nous arrêter au tableau des lettres et de la civilisation anglaises dans leur rapport avec la France, et d'indiquer rapidement ce qu'elles nous avaient emprunté, et les exemples qu'elles nous rendaient.

CINQUIÈME LEÇON.

Littérature anglaise à la fin du xviiᵉ siècle. — Imitation de la
France, après la *Restauration* des Stuarts. — Poëtes anglais
formés sous cette influence. — Part d'originalité qu'ils con-
servent. Waller, Butler, Dryden, Rochester. Dryden, études
sérieuses. Progrès des esprits dans la philosophie naturelle.
— Newton, Halley (1680). — Métaphysique religieuse et politique. — Révolution de 1688 : Nouvel essor des esprits. —
Persistance du goût français ; comment ce goût est modifié par
les mœurs et la liberté anglaises.— Aristocratie lettrée ; Temple,
Hallifax, Dorset, Somers, Granville, Bolingbroke, Oxford,
Chesterfield. — Plébéiens portés aux affaires par les lettres.
Rowe, Addison, Tickell, Steele, Congreve, Prior, Swift, consi-
dérés comme hommes politiques.

MESSIEURS,

La littérature anglaise, si fort ignorée du siècle de
Louis XIV, avait, plus qu'aucune autre, éprouvé l'influence de cette grande époque. Quand la restauration
des Stuarts vint assoupir, par le pouvoir absolu et la licence des mœurs, ce bouillonnement des imaginations
qu'avaient excité la religion, la guerre civile et Cromwell ;
quand la voix rude du peuple anglais se tut devant la cour
de Charles II, allié de Louis XIV et soutenu par ses subsides, la pompe et l'esprit de France prévalurent d'abord
à Londres sur le vieil esprit du pays, divisé, mécontent
de lui-même, harassé de tant de mécomptes, et affaibli
par le contact des crimes commis en son nom. L'aristo-

cratie anglaise, revenant d'outre-mer, ou sortant d'une obscure retraite pour se presser autour du trône qui lui était rendu, ne songeait qu'à effacer, dans les fêtes et les plaisirs, la tristesse des temps qu'elle venait de subir. Le luxe semblait un gage de loyauté, le goût et l'imitation de la France, une marque de fidélité monarchique. On croyait à White-Hall, parmi tant de sanglants et récents souvenirs, ne pouvoir trop se rapprocher de Versailles ; il n'y avait fête agréable sans modes et parures venues de France ; on parlait français à la cour : on y citait nos auteurs ; et le plus indiscipliné des poëtes, comme le plus déréglé des hommes, Rochester, cet homme d'esprit fou, ce grand seigneur toujours ivre, se piquait d'être disciple de Boileau.

Le facile Davenant, Denham, Roscommon, et quelques autres seigneurs ou beaux esprits, avaient ce même goût français, ou du moins croyaient l'avoir ; car il s'y mêlait une forte veine d'originalité, ou plutôt de licence anglaise, qui fait, je vous assure, qu'un élève comme Rochester aurait singulièrement effarouché un maître comme Boileau. La cour de Charles II chargeait les vices élégants qu'elle imitait ; le jeune roi surtout était aussi loin de Louis XIV dans ses faiblesses que dans sa politique. Avec beaucoup d'esprit, du courage et de longs malheurs bien supportés, il n'avait et ne pouvait inspirer rien de grand. Les mœurs et les aventures de sa cour se reproduisaient dans la licence du théâtre comique, auquel tout scandale était permis, tandis que la plus tyrannique censure pesait sur les écrits utiles. Wicherley, élevé en France pendant le *protectorat* de Cromwell, en rapporta l'admiration de notre théâtre naissant, et, dans la suite, imita les chefs-d'œuvre de Molière, mais en les accommodant

I. 8

au goût du public anglais par un. renfort de situations
libres et de paroles cyniques. En même temps le théâtre
tragique de Londres copiait du nôtre les amours romanesques, sans perdre cependant son ancienne indécence.

Des écrivains de la république et du protectorat il ne
paraissait plus que Waller, qui, après avoir été tour à
tour partisan de la révolution, conspirateur royaliste,
poëte de Cromwell, saluait le retour de Charles II par
des vers non moins élégants, mais moins mérités que ses
Stances au Protecteur. Dès sa jeunesse, et au milieu de
la guerre civile, Waller avait eu dans sa poésie une pureté continue, une douceur, un tour facile et nombreux
dont les meilleurs vers de notre Racan peuvent donner
l'idée. L'élégance d'une cour comme celle de Charles II
devait ranimer ce talent; mais, quoi qu'en ait dit le poëte,
il n'y avait plus pour lui cette inspiration de grandeur et
d'orgueil national que lui avait donnée Cromwell : la vérité manquait. La renommée poétique de Waller resta
très-grande cependant.

Saint-Évremond, qui vécut tant d'années à Londres
en véritable *émigré* français, n'apprenant pas un mot de
la langue et de la littérature du pays, croyait Waller un
grand poëte, et le célèbre dans ses lettres. La Fontaine
même en entendit parler, et répéta son nom :

> Eh! qui ne recevrait Anacréon chez soi?
> Qui n'admettrait Waller et la Fontaine?

Les noms de Rochester et de Denham, comme nobles
cavaliers qui faisaient des vers, passèrent aussi de la cour
d'Angleterre à celle de France. Ils y furent vantés par
Hamilton, écrivain de génie dans les choses frivoles, qui,
sans doute, eût été le plus spirituel auteur anglais de son

temps, s'il ne se fût avisé de se faire Français. Un autre
poëte, plus constant dans son zèle royaliste que Waller,
était le vieux Cowley, qui, pendant la révolution, avait
passé plusieurs années à Paris, comme agent de la reine
Henriette et de Charles II. Son goût un peu bizarre, mêlé
d'originalité anglaise et d'affectation italienne, remontait
à l'époque qui avait précédé la guerre civile; mais une
empreinte française se mêle à ses derniers ouvrages. Elle
est également marquée dans ceux de Waller, de Denham
et de Davenant; elle appartient à presque tous les poëtes
de cette époque, hormis Butler, le parodiste des passions
républicaines ou religieuses, et Milton, leur poëte, Milton, reste sublime d'un autre temps, qui vieillissait
aveugle et pauvre, attendant un immortel avenir avec la
même foi que le *Millenaire Overton,* son ami, attendait
le *règne du Christ.*

Sous cette adoption du goût et de l'esprit français, qui
se prolongea plus d'un demi-siècle, il se conservait cependant une forte séve d'humeur et d'imagination anglaises; et il y a lieu d'étudier ici, moins les effets de
l'imitation que le curieux mélange de deux génies opposés. Rochester, qui avait également pris pour modèles
Horace et Boileau, a cependant une forme de satire à
lui, où paraît au plus haut degré l'allure impétueuse et
sans gêne de l'esprit anglais. La moitié de sa *Satire de
l'Homme* est prise à Boileau; mais le reste n'aurait pu
être imaginé dans la France de Louis XIV : c'est une débauche de misanthropie moqueuse, c'est un feu de poésie
cynique qui n'étaient permis qu'à un poëte grand seigneur, à qui son dévouement monarchique et son état
habituel d'ivresse donnaient le droit de tout dire, dans
la cour de Charles II.

Il en est de même des deux poëtes qui se partagèrent la scène tragique pendant la durée de ce règne, Dryden et Otway. Tous deux ont beaucoup imité la France, quelquefois même avec peu de discernement. Mais Dryden, malgré les idées et même les paroles françaises semées dans toutes ses préfaces, est un poëte singulièrement national pour le tour et la forme ; et Otway, dans son travail précipité, dans sa vie courte et misérable terminée par la faim, a eu quelques beaux traits de poésie naturelle et passionnée.

L'idiome anglais touchait alors à sa plus heureuse époque : il se polissait sans s'appauvrir ; il avait toute sa riche collection de termes indigènes, énergiques, concis, comme les vieilles langues du Nord ; il y avait mêlé une forte teinte d'imagination biblique. Du reste, quoiqu'il prît en courant beaucoup de mots français, il ne les employait, pour ainsi dire, que comme des noms propres ou des termes de mode, et n'altérait en rien la vieille originalité de ses constructions précises, elliptiques, et l'énergie de ses innombrables métaphores ; il ne se modelait pas, à cet égard, sur des langues moins régulières et moins poétiques ; il avait toute sa vigueur et sa physionomie propre. De là le beau style poétique de Dryden, quoique ce grand poëte manquât de génie dramatique, et qu'il se soit, pendant vingt ans, égaré dans une carrière qui n'était pas la sienne, accumulant les beaux vers et les récits déclamatoires, les inventions poétiques et les situations fausses.

Charles II, en prenant de Louis XIV l'exemple de la pompe et des plaisirs monarchiques, n'imita pas ce prince dans sa munificence à récompenser les lettres. La littérature n'avait, sous son règne, que les entraves du pou-

voir absolu, et s'adressait à un public souvent distrait
par de sourdes inquiétudes et des mécontentements.
Dans les premières années de la restauration, le poëme
de Butler, qui jetait une dérision piquante sur le zèle
farouche et la rigidité minutieuse des puritains, était un
service rendu à la cause royale. Il y avait peu de géné-
rosité dans le poëte à frapper un parti vaincu, dont les
derniers chefs expiaient leur fanatisme sur l'échafaud ;
il y avait encore moins de noblesse dans la manière dont
ce poëte satirisait, sous son nom propre, la famille de
sir Samuel Luck, où il avait été recueilli et où il avait
vécu. Mais tels étaient la haine et le dégoût qu'avait lais-
sés dans les esprits la rude et fanatique domination des
sectaires, telle était la crainte qu'ils excitaient encore,
qu'on accueillit avec le plus vif empressement le poëme
d'*Hudibras*. Nul ouvrage, sous Charles II, n'était plus
lu, plus cité. Il servit sans nul doute à décréditer ce ri-
gorisme, cette tristesse puritaine qui se maintenaient
comme une forme d'opposition et une menace à la nouvelle cour. Sous ce rapport, Charles II devait au poëte
une reconnaissance, dont il ne s'acquitta qu'en lui citant
parfois des vers d'*Hudibras*. Butler, félicité et oublié,
mourut pauvre, laissant un ouvrage original qui, par
malheur, est intraduisible, et qui même a vieilli pour
les Anglais.

On a comparé son *Hudibras* à *Don Quichotte*. L'imitation n'est pas douteuse. Le chevalier puritain et son
écuyer Ralpho furent évidemment inspirés par les deux
personnages de Cervantes ; mais le poëte anglais n'a pas
l'élégance, l'imagination, la variété de l'Espagnol. Hudibras surtout n'est pas amusant pour tout le monde comme
don Quichotte. La fidélité même de ses parodies traîne

avec soi quelque chose de l'ennui qui s'attachait aux originaux puritains. Le poëte se moque bien, mais longuement. Ses plaisanteries sont instructives pour l'histoire ; mais qu'est-ce que des plaisanteries qu'il faut étudier ? Le chevalier Hudibras est une bonne copie des pédants réformateurs ; mais qu'il est loin de l'aimable et admirable fou don Quichotte ! Et quant à l'*indépendant* Ralpho, bien qu'il soit poltron et souvent battu comme Sancho, ses arguments de prêche et de régiment n'égalent pas les proverbes du bon écuyer. Ce n'est donc pas au chef-d'œuvre de Cervantes qu'il faut comparer *Hudibras*, mais plutôt à notre *Satire Ménippée*. C'est le même bon sens goguenard et le même savoir original : la peinture des puritains vaut celle des ligueurs. Mais *Hudibras* n'avait pas, comme la *Ménippée*, le mérite de venir pendant le combat, et d'aider à la victoire. Les chants de ce poëme ne furent publiés qu'en pleine restauration, de 1653 à 1677. Les plaisanteries de l'auteur sur la basse extraction des principaux personnages de la révolution, ses bons mots perpétuels contre les *bouchers*, les *brasseurs* et les *savetiers*, venaient bien tard, quand la *Restauration* avait dispersé les restes de Cromwell, et qu'Harrison, Bradshaw et tant d'autres étaient morts dans les supplices. Il fallait un grand fonds de gaieté aristocratique pour rire encore du défaut de naissance de ces hommes.

Le grand et populaire succès d'*Hudibras* est, à cet égard, un indice curieux pour l'histoire, autant que le livre en lui-même abonde en traits de mœurs, dont elle peut profiter. Le *Jacobite* Samuel Johnson, qui donne à Butler le nom de Grand, regarde son poëme comme un des monuments de la langue anglaise. Ce livre a du moins

l'incontestable avantage d'être tout indigène par le sujet,
les mœurs, les détails. A ce titre, il occupe une place à
part dans la littérature du temps ; il a l'esprit du règne
de Charles II, sans aucune trace d'esprit français. Vous
savez même que Butler n'aimait pas nos vers, trouvant
qu'il y en avait toujours un pour la rime, un pour le
sens.

Mais revenons à l'école française du temps des Stuarts.
Elle eut pour chef un écrivain auquel on ne peut refuser
un facile et beau génie, Dryden. Né en 1631, ses premiers vers un peu célèbres furent les stances héroïques
sur le feu lord *Protecteur*. Il est vrai qu'un an après il
publiait un poëme sur l'heureuse *Restauration* et le retour
de sa *très-sacrée Majesté* Charles II, et qu'il ne cessa,
dès lors, de louer et de servir la monarchie des Stuarts,
jusqu'au point de se faire catholique sous Jacques II.

A part Milton, dont le génie n'est pas de cette époque,
Dryden était le plus grand poëte qu'ait eu l'Angleterre
depuis Shakspeare. Plein de l'étude des anciens et des
Français, il entreprit de polir, d'élever, d'enrichir la
poésie anglaise gâtée par les affectations de Cowley, et
qui, hormis Shakspeare et quelques vers choisis de
Waller, était encore inculte, négligée, diffuse. Malheureusement la parcimonie de Charles II pour les lettres
força Dryden de porter son génie vers le genre dramatique, peut-être épuisé dès lors pour l'Angleterre. Poëte
lauréat avec 100 livres sterling et une pièce de vin par
an, Dryden, pauvre et dépensier, composa dans un intervalle de vingt-cinq ans, et à travers beaucoup d'autres
ouvrages, vingt-sept pièces de théâtre, comédies, tragédies, opéras, toutes remplies de beaux vers et d'inventions
ingénieuses, mais oubliées aujourd'hui.

Ce n'est pas qu'il n'eût beaucoup réfléchi sur son art.
Un de ses premiers ouvrages fut un traité de la poésie
dramatique, où les exemples des Grecs, des Français et du
vieux théâtre anglais sont habilement comparés et défendus
tour à tour. Dryden, déjà connu par quelques drames, écrivit cet ouvrage à l'époque où la peste de Londres avait fait
fermer tous les théâtres. Il y suppose un entretien littéraire
entre lui, sous le nom de *Critès,* et *Eugène, Lisidé, Néan-*
dre, trois hommes, dit-il, d'esprit et de qualité. C'étaient
lord Buckurst, longtemps après ministre de Guillaume III,
sir Charles Sedley, *baronet,* membre des communes, et
poëte élégiaque et dramatique, sir James Howard, dont
Dryden avait épousé la sœur, et qui faisait des tragédies
médiocres. Toutes les questions de l'art sont discutées
dans ce dialogue, à peu près comme on le ferait aujour-
d'hui. *Critès* célèbre la perfection du théâtre grec et de
la comédie latine. Il y trouve ces fameuses règles que
les Français, dit-il, appellent *les trois unités,* et cette
autre règle que Corneille a nommée *la liaison des scènes;*
et il termine, en proposant à l'admiration Ben Johnson,
comme un élève et un imitateur des anciens.

Un des interlocuteurs n'a pas de peine à répondre que
les anciens, et même Térence, n'ont pas toujours observé les *unités;* et il les trouve inférieurs à Shakspeare
pour le pathétique. Mais la grande question est celle du
goût français, dont l'amour-propre anglais souffrait avec
peine l'influence. Sir Charles Sedley déclare qu'il y a quarante ans, on n'aurait pas agité la question de prééminence entre le théâtre anglais et celui de France.

Mais depuis ce temps, dit-il, nous avons été si mauvais Anglais, que nous n'avons pas eu le loisir d'être bons poëtes. Fletcher, Beaumont, Ben Johnson venaient de quitter cette vie,

comme si, dans l'âge de sang qui se préparait, ces belles et
douces études n'avaient plus eu rien à faire parmi nous. Les
Muses, qui suivent toujours la paix, allèrent se fixer dans un
autre pays. C'est alors que le grand cardinal de Richelieu les
accueillit, et que, par ses encouragements, Corneille et quelques
autres réformèrent le théâtre français, qui, jusque-là, était autant inférieur au nôtre qu'il le surpasse maintenant, et qu'il
surpasse ceux du reste de l'Europe.

Sedley continue, en louant les Français,

d'observer avec scrupule les unités, de ne pas mettre une
double intrigue dans chaque pièce, de ne point mêler le pathétique et le comique, de ne pas encombrer le théâtre d'événements.
En s'attachant à l'*unité* d'un sujet, dit-il, les Français ont gagné
plus de liberté pour la poésie. Ils ont le loisir de s'arrêter sur ce
qui mérite intérêt, et d'exprimer les passions, véritable œuvre
du poëte, sans être brusquement emportés d'une chose à l'autre,
comme on le voit dans les pièces de Caldéron.

Enfin, il approuve les longs et fréquents récits de la
tragédie française.

Par là, dit-il, les Français évitent sur le théâtre le tumulte
auquel nous sommes exposés, en Angleterre, par nos repré-
sentations de duels, de batailles et autres incidents qui rendent
notre scène semblable à une arène, etc.... Car quoi de plus ridicule que de figurer une armée avec un tambour et cinq ou six
hommes derrière, ou de voir un duel, et l'un des combattants
tué avec un ou deux coups d'un mauvais fleuret! J'ai observé
que dans toutes nos tragédies l'auditoire ne pouvait s'empêcher
de rire, quand les acteurs sont à mourir : c'est l'endroit le plus
comique de toute la pièce. Toutes les passions peuvent être re-
présentées au naturel sur le théâtre, si, au talent qui les a bien
exprimées, l'acteur ajoute une voix habilement ménagée, et des
gestes naturels sans effort; mais il y a des actions qui ne peuvent

être imitées dans leur grandeur : mourir, entre autres, est une chose qu'un gladiateur romain pouvait seul rendre au naturel sur la scène, quand, au lieu de l'imiter et de la jouer, il la faisait réellement. Par ce motif, il vaut mieux ne pas la représenter : les paroles d'un bon écrivain qui la décrit vivement feront sur nous une impression plus profonde qu'un acteur qui a l'air de tomber mort devant nous.

L'ingénieux interlocuteur félicite encore les poëtes français de ne jamais finir les pièces par ces brusques conversions, ces changements de volonté sans motifs, communs au théâtre anglais, et de n'avoir ni scènes superflues ni personnages inutiles. Enfin, il vante leurs vers rimés comme bien préférables aux vers blancs des Anglais.

Néandre avoue sans difficulté ces mérites du théâtre français; mais il les trouve secondaires, extérieurs, beautés de statue et non d'homme. Il reproche à notre tragédie, réformée par le cardinal Richelieu, ces longues harangues introduites, dit-il, pour plaire à la gravité d'un homme d'Église. *Cinna* et *Pompée* lui paraissent, non des pièces de théâtre, mais des discours sur la raison d'État, et *Polyeucte* une musique d'orgue. Après ces impertinences, il dit des choses assez sensées et cent fois répétées sur les inconvénients qu'entraîne la rigoureuse observation des *unités*; et il conclut qu'il est plus aisé d'écrire une pièce française régulière qu'une pièce anglaise irrégulière, comme Fletcher et Shakspeare.

Car, notez bien, Messieurs, Shakspeare n'était pas encore l'homme à part, unique, incomparable. On le nommait avec Fletcher et Beaumont, avec Ben Johnson, cet esprit énergique et facile, qui souvent compose une pièce de théâtre avec de longs fragments de toutes parts empruntés aux anciens. Dryden comprit la différence des hommes, et il a tracé de Shakspeare, dans ce même dialogue, un portrait où respire un véritable et judicieux enthousiasme :

Je commence par Shakspeare, dit-il : c'était de tous les modernes, et peut-être de tous les anciens poëtes, l'homme qui avait l'âme la plus vaste et la plus compréhensive. Toutes les images de la nature lui étaient présentes; et il les reproduisait sans effort et par inspiration. Quand il décrit quelque chose, vous faites plus que la voir : vous en avez le sentiment. Ceux qui l'accusent d'avoir manqué d'instruction lui donnent le plus grand éloge. Il savait d'instinct; il n'avait pas besoin des livres pour lire la nature ; il regardait en dedans, et il la trouvait là. Je ne puis dire qu'il soit partout égal à lui-même ; s'il l'était, je lui ferais injure de le comparer même aux plus grands hommes. Il est souvent plat, insipide ; sa verve comique dégénère en grossièreté, son élévation sérieuse en enflure; mais il est toujours grand, lorsqu'une grande occasion lui est offerte. Personne ne peut dire que Shakspeare, trouvant un sujet convenable à son génie, ne se soit pas élevé au-dessus des autres poëtes,

Quantum lenta solent inter viburna cupressi.

Malheureusement Dryden, en raisonnant avec finesse sur les procédés de l'art, et en admirant avec enthousiasme le génie de Shakspeare, ne paraît pas avoir eu le sentiment de ce naturel dramatique, de cette vérité des caractères qui peut se retrouver dans tous les systèmes, dans toutes les formes de composition, et qui anima si souvent l'admirable élégance de Racine, comme elle éclate dans une poésie plus inculte et plus rude. Dryden est un artisan de beaux vers qui les applique où il peut, sans fortes conceptions, sans émotions profondes ; il est dénué de cette imagination qui invente des personnages,

ou les ressuscite d'après l'histoire; il allait où l'appelaient
les noms sonores et les grandes images, Montézuma,
Cortez, la conquête de Grenade, don Sébastien. Mais
toutes les physionomies qu'il met sur la scène sont in-
distinctes; partout c'est la même abondance de métaphores, les mêmes sentences à fleur d'âme, sans rien qui
touche et qui pénètre. Nous croyons cependant que Voltaire, dans son théâtre, a beaucoup profité de ce brillant
poëte. Il y a des ressemblances assez marquées entre la
pompe de son *Alzire*, de sa *Sémiramis*, et ces belles tirades rimées de Dryden, surchargées d'images élégantes,
mais un peu communes. Cette fausse magnificence, cette
hardiesse qui n'est que dans le langage, fut pour le poëte
français un modèle qui le trompa peut-être sur l'emploi
que son art pouvait faire des richesses, alors nouvelles,
de la scène anglaise. Dans *Zaïre*, dans *la Mort de César*,
il cache parfois, en croyant le corriger, le génie de Shakspeare sous les ornements de Dryden.

Mais revenons aux tragédies de Dryden et à la poésie
anglaise du temps de Charles II. L'imitation du théâtre
français fut complète, hormis deux points, l'exacte observation des règles et la vérité du pathétique. Les Anglais
formèrent, d'après le modèle commun de nos tragédies,
ce que Dryden appelle les pièces héroïques, dont le succès, dit-il, était dû tout entier à l'approbation et à l'appui de la cour. Il n'y avait plus la grossière licence de
Shakspeare, ni ses anachronismes, ni ses mélanges disparates d'horreur et de bouffonnerie; mais il n'y avait
plus de nature, plus de situations fortement tragiques,
plus d'invention, plus d'histoire.

Dryden, en particulier, ne paraît pas s'être douté du
puissant intérêt qui s'attache à la vérité d'un caractère

dessiné d'après les faits ; son Cortez est un galant chevalier épris d'une fille de Montézuma, qui soupire pour lui,
et offre, dans sa timidité, plusieurs traits de l'Iphigénie
de Racine. Shakspeare, au lieu d'un tel personnage, aurait pris dans la vieille chronique espagnole cette Maria,
jeune Indienne d'obscure naissance, mais d'un esprit
violent et hardi, maîtresse de Cortez, parce qu'elle était
sa compagne de gloire et de péril, et servait à ses desseins, comme Catherine à ceux de Pierre le Grand. Dans
Dryden, Montézuma rappelle tout à fait la pompe de nos
Romains de théâtre ; les mots profonds et pathétiques
que donnait l'histoire sont négligés par le poëte, ou perdus dans un amas d'élégance. Qu'il mette sur la scène
Aurengzeb, Antoine, Ferdinand, c'est toujours le même
luxe de langage, le même éclat de fausses couleurs.

Aussi Dryden n'hésita pas à retoucher les ouvrages de
deux génies naturels qu'il admirait, mais qu'il croyait
embellir, Shakspeare et Milton. Il refit *la Tempéte*, et il
composa un drame du *Paradis perdu* ; ce fut même le
premier succès de ce pauvre et sublime Milton, d'être
pillé et rimé par un poëte célèbre. En faisant un opéra
du *Paradis perdu* en 1673, l'année même de la mort de
Milton, Dryden proclama l'ouvrage qu'il imitait un des
plus grands et des plus sublimes poëmes qu'aient produits
son siècle et sa nation. C'était dire beaucoup alors ; car
un auteur tragique estimé de cette époque, Nathaniel
Lee, dont le *Brutus* n'a pas été inutile à Voltaire, félicitait
poétiquement Dryden d'avoir poli l'or brut de Milton, et
fait briller la lumière de son génie sur ce monde grossière-
ment ébauché par le vieux barde. Dryden n'avait fait cependant qu'encadrer dans des scènes les inventions, les
idées, souvent même les expressions de Milton, en les

I.   9

gâtant un peu par l'élégance et l'antithèse. Mais cela même
servit à la gloire du poëme original, dont les beautés
furent ainsi plus rapprochées du goût contemporain. On
peut juger, par cet exemple, de la fausse pompe que
Dryden portait dans le genre dramatique et dans la haute
poésie.

Pour compléter ce caractère artificiel de son théâtre,
il le fit plus d'une fois servir à des allusions du moment,
remplaçant sur la scène la tragédie romanesque par la
satire politique. Admirable poëte, mais homme sans caractère, son talent, si souvent exercé par les panégyriques et les dédicaces, devint un instrument de cour et
de parti.

Marqué d'abord par de sanguinaires vengeances, puis
par une honteuse corruption, puis par un progrès de
despotisme qui ne s'arrêta que devant la crainte de son
dernier succès, ce temps de persécutions politiques et de
fêtes, de conspirations et de controverses, entre une
cour, une Église, un peuple, qui se faisaient peur l'un à
l'autre, et avaient tous peur du catholicisme, ce temps,
dis-je, ne laissait pas le poëte libre et maître de lui-
même. Les lettres, d'ailleurs, et la poésie n'avaient pas
encore pris rang pour leur compte dans la société. Quelques seigneurs les cultivaient, au moins pour s'en faire
une arme de scandale et de moquerie. Mais un poëte
était encore à la merci du pouvoir et des bienfaits de tout
personnage un peu considérable. Dryden, pauvre, était
payé pour lire des vers, comme un musicien qui joue
dans un concert; et cette dépendance devait ajouter pour
lui au poids que le pouvoir absolu faisait peser sur tout
le monde.

Il faisait donc des pièces de théâtre, tantôt contre les

catholiques accusés de la conspiration des *Poudres,* tantôt contre les presbytériens suspects de vouloir un changement de dynastie. Ces ouvrages n'appartiennent pas à
l'art, mais à l'histoire polémique du temps. La passion
docile qui les inspirait à Dryden servit mieux son talent
lorsque, laissant les allusions du théâtre, il se livra sans
détour à la satire politique.

Le bill d'exclusion porté contre le duc d'York, comme
un avertissement pour Charles II, les intrigues de Shaftesbury, l'ambition du jeune Monmouth, tenaient l'Angleterre dans une sourde et orageuse anxiété. Charles II
chassa le parlement, exila Monmouth, et embrassa, autant que le permettaient son insouciance et sa légèreté,
la politique, qui plus tard, mise à découvert par un esprit
court et violent, perdit les Stuarts. Mais il y eut un premier moment de victoire pour la couronne. Dryden le
célébra par son admirable poëme d'*Absalon et Achito-
phel.* Dans le silence du parlement et la liberté violente,
mais douteuse, indirecte, anonyme, qu'avait alors la
presse, ce poëme, étincelant de verve moqueuse et de
beaux vers, frappa vivement les esprits et donna pour
quelque temps au parti de la cour une autre supériorité
que celle des places et du pouvoir. Dryden, courageux
dans son dévouement un peu servile, poursuivit cette
guerre contre tout le parti *whig,* opposant de piquantes
satires aux démonstrations populaires, et mettant plus
d'une fois, dans cette défense officieuse d'une mauvaise
cause, les rieurs de son côté. Ce zèle s'accrut sous le
règne de l'imprudent Jacques II. Non content de flatter
le roi par ses vers, Dryden fut du nombre de ceux qui
changèrent de religion pour lui plaire. Soit intérêt, soit
faiblesse, soit entraînement logique du parti même où il

s'était jeté, l'auteur du *Moine espagnol,* de cette *comédie-
libelle* contre Rome, se fit catholique ; et telle était la
vigueur souple et hardie de son talent, qu'elle résista et
parut survivre à cette inconséquence.

Mais durant cette même époque de littérature brillante
et servile, l'Angleterre nourrissait dans son sein une haute
école de philosophie, qui devait bientôt puissamment servir aux progrès de la raison générale et de la liberté.
L'année même du retour de Charles II avait été marquée
par la fondation de la Société royale de Londres, tant
vantée par Voltaire aux dépens de nos Académies, mais
qui certainement fut encore une imitation de la France.
Les Académies ne font pas le génie : cette vérité est trop
claire et trop simple pour qu'on y cherche un lieu commun d'épigramme ; mais elles répandent l'instruction,
mettent en commun les idées, et, par cela seul, elles
multiplient les chances pour que le génie s'éveille et se
produise. La Société royale, conçue d'après un mode plus
libre que nos Académies, sans pensions, et sans dépendance de la cour, fut, pendant les années orageuses de la
Restauration, un asile ouvert aux libres penseurs. C'est
un curieux contraste que ce travail paisible de la philosophie anglaise, entre les derniers cris de détresse des partis vaincus, les vengeances du pouvoir, les conspirations
des fanatiques, les fausses conversions des hypocrites, et
tous ces maux qui infestèrent le règne des derniers
Stuarts. Il semble que le libre penser, le bon sens dans
le savoir, entourés de tant d'obstacles alors, n'en aient été
que plus excités à se frayer une route loin de la foule. Ils
la cherchèrent d'abord dans les sciences naturelles, moins
comprises et moins suspectes.

La Société royale de Londres joignait, il est vrai, aux

géomètres, même des poëtes. Elle compta Dryden parmi
ses premiers membres; mais elle n'en eut pas moins ce
caractère particulier, digne du pays de Bacon, d'être consacrée surtout aux recherches et aux expériences, à la
philosophie naturelle, selon la belle expression du temps.
On lisait dans ses séances fort peu de vers, et beaucoup
de savants mémoires. Ce fut là que Robert Boyle fit connaître ses découvertes, que Harvey démontra la circu-
lation du sang, que Wren et Wallis exposèrent leurs savants calculs, Halley ses découvertes astronomiques;
enfin, ce fut là que Newton trouva des auditeurs et des
témoins de son génie. La cour, tout en autorisant la Société royale de Londres, s'en souciait assez peu : le public
ne la comprenait pas; le royaliste Butler [1] s'en moquait
dans un poëme satirique, presque autant que des puritains. Mais cette institution nouvelle n'en était pas moins
puissante : il en rejaillissait un curieux respect de la
science, autant qu'un sentiment d'orgueil national. On
retrouve l'un et l'autre heureusement exprimés dans une
épître de Dryden à un médecin célèbre du temps, auteur d'un *Traité sur la maladie de la pierre*. Ce mouvement ne se ralentit pas durant les plus mauvais jours. Le
Livre des principes de Newton est daté de l'année 1686,
de l'époque même où le pouvoir arbitraire faisait ses derniers efforts, enlevait les chartes des villes, et ensanglan-
tait l'Écosse par tant de cruautés. Au milieu de ce délire
des passions humaines, Newton achevait son œuvre sublime, comprise d'un petit nombre, mais déjà vénérée
comme la gloire du pays. Cette impression est marquée

[1] The genuine Remains in verse and prose of Mr. Samuel Butler.
The elephant in the moon.

dans de beaux vers que l'astronome Halley publiait en
tête du *Livre des principes*. Notre la Fontaine avait dit
pour des découvertes plus douteuses :

> Descartes, ce mortel dont on eût fait un dieu.

Halley retrace avec autant de précision que de poésie
les vérités mêmes du système du monde, telles que les a
faites l'éternel géomètre :

Voici la règle des astres, l'équilibre du monde céleste et le
calcul de Dieu, les lois que le souverain Créateur, quand il fit
le commencement des choses, voulut respecter, et donna pour
fondements à son éternel ouvrage. Les sanctuaires du ciel vaincu
sont ouverts ; et elle n'est plus cachée la force qui fait tourner les
globes les plus lointains. Le soleil, immobile, contraint tout à
graviter vers lui ; il ne souffre pas que les chars étoilés se
meuvent en ligne droite, à travers le vide immense ; mais il
les emporte tous dans un cercle régulier, dont il est le centre.
Déjà se découvre la route tracée aux comètes menaçantes ;
déjà nous ne nous étonnons plus des apparitions de cet astre che-
velu. Nous avons appris pourquoi la lune argentée suit un cours
inégal, pourquoi, ne s'étant soumise jusqu'à présent à aucun
astronome, elle rejette le frein des nombres, pourquoi ses nœuds
reviennent, pourquoi son disque augmente. Nous avons appris
de quelle force la changeante Phœbé pousse le reflux de la mer,
dont les brises abandonnent la grève et laissent à nu les sables
redoutés des marins, puis par un retour alternatif la jette vers
le haut du rivage : merveilles qui tant de fois tourmentèrent la
pensée des sages !

Nous voyons tout à découvert : la science a dissipé le nuage.
Levez-vous, mortels, laissez les soins terrestres, et connaissez
désormais la force de votre esprit né du ciel..... Célébrez avec
moi, par des chants, le révélateur de ces vérités mystérieutes,
Newton, cher aux Muses.... Il n'est pas donné à un mortel
d'approcher de plus près les dieux.

En tibi norma Poli, et divæ libramina molis
Computus atque Jovis, quas, dum primordia rerum
Pangeret omniparens leges violare creator
Noluit, æternique operis fundamina fixit'
Intima panduntur victi penetralia cœli,
Nec latet extremos quæ vis circumrotat orbes.
Sol solio residens ad se jubet omnia prono
Tendere descensu, nec recto tramite currus
Sidereos patitur vastum per inane moveri ;
Sed rapit immotis, se centro, singula gyris.
Jam patet horrificis quæ sit via flexa cometis ;
Jam non miramur barbati phænomena astri.
Discimus hinc tandem qua causa argentea Phœbe
Passibus haud æquis graditur ; cur subdita nulli
Hactenus astronomo numerorum fræna recuset ;
Cur remeent nodi, curque *auges* progrediantur.
Discimus et quantis refluum vaga Cynthia pontum
Viribus impellit, dum fractis fluctibus ulvam
Deserit, ac nautis suspectas nudat arenas,
Alternis vicibus suprema ad littora pulsans :
Quæ toties animos veterum torsere sophorum.
Omnia conspicimus, nubem pellente Mathesi ;
. . . .
Surgite mortales, terrenas mittite curas
Atque hinc cœligenæ vires dignoscite mentis ;
Talia monstrantem mecum celebrate Camœnis
Newtonum clausi reserantem scrinia veri,
Newtonum Musis carum. . . . . . .
Nec fas est propius mortali attingere divos.

Malgré la mythologie qui, selon l'usage du temps, se
mêle à ces vers, on y voit le premier essai du grand art
de peindre poétiquement les découvertes de la science,
cet art que Voltaire a porté si loin dans sa belle *Épître*
à madame du Châtelet sur *Newton*.

Mais cette investigation du monde matériel n'était pas
la seule voie [1] où marchât l'esprit philosophique chez les

[1] Dans sa préface, Newton disait admirablement : « Toute la difficulté de la philosophie consiste à rechercher, d'après les phéno-

Anglais. Il en était une autre, plus périlleuse, qu'avait
ouverte la première révolution, et que suivaient encore
quelques esprits indépendants : c'était celle du scepticisme, ou plutôt du rationalisme religieux et politique. Le doute, en matière de culte et de gouvernement,
était demeuré comme le résidu et la cendre éteinte de cet
incendie qui avait embrasé l'Angleterre. Dans le feu
même de la guerre civile et du fanatisme puritain, parmi
les querelles et les démentis des sectes, l'incrédulité religieuse s'était glissée ; et la révolution avait eu, avec ses
Théistes lettrés, les Sidney, les Challoner, une secte d'incrédules assez grossiers, sous le nom de *Nulli-fidiens*.
Toutefois l'esprit religieux, la puissance de la Bible surtout, devenue le *Koran* des sectaires armés, avait exclusivement prévalu. Mais, depuis 1688, la dérision jetée
sur les fanatiques commença d'affaiblir sérieusement la
foi chrétienne embrouillée par les contradictions des
sectes.

Au xvi⁰ siècle, les persécutions religieuses et la Ligue
avaient fait en France bien des incrédules. La fin du
xvii⁰ siècle vit en Angleterre, au-dessus des deux grands
partis qui s'étaient choqués pour le pouvoir et pour la liberté, se former le parti des *douteurs,* recruté dans les
deux camps. Le royaliste Hobbes avait été plus incrédule
encore que le républicain Sidney. Les plus spirituels
courtisans et les premiers seigneurs du royaume donnaient presque tous le même exemple. L'étroit bigo-
tisme du duc d'York excitait ce zèle des *libres penseurs* :
contre le pouvoir absolu, l'incrédulité parut une défense.

mènes du mouvement, les forces de la nature, et à démontrer,
d'après ces forces, les autres phénomènes. »

Le célèbre Shaftesbury, ce vétéran de tous les partis, qui, après avoir été le confident de Cromwell, était devenu grand chancelier sous Charles II, est le premier patron de ces *libres penseurs*. Il avait recueilli dans sa maison le sage Locke, qui, à la même époque où Newton trouvait le système du monde, écrivait ses belles mais insuffisantes recherches sur l'entendement humain.

Shaftesbury, renversé par un dernier effort de l'esprit *jacobite,* avait fui en Hollande. Il y passa quelques années dans l'attente d'une révolution nouvelle, dont il eût été le plus habile artisan. Mais il était vieux ; et la mort le prévint.

Cependant le gouvernement de Jacques II continua d'étendre aux amis de Shaftesbury la haine et la défiance qu'il portait à cet homme d'État. Locke lui-même en fut victime. L'anecdote est curieuse dans ses détails.

En 1684, le principal ministre Sunderland, le même qui trahit Jacques II, écrivit à l'évêque d'Oxford :

Le roi est informé qu'un certain M. Locke, qui appartient au feu comte de Shaftesbury, et qui, dans plusieurs circonstances, a témoigné un esprit d'opposition et de désobéissance, tient une classe au collége de *Christ-Church*. Sa Majesté m'ordonne de vous instruire qu'elle voudrait lui faire perdre sa place, et que vous ayez à m'indiquer ce qu'il faut faire pour cela.

L'évêque, qui était en même temps doyen du collége, répondit :

Que, connaissant M. Locke pour un homme suspect, il avait eu l'œil sur lui depuis plusieurs années, mais que M. Locke était si bien sur ses gardes qu'on n'avait jamais entendu de sa bouche un seul mot contre ou même sur le gouvernement. Vai-

nement, ajoute l'évêque, on a souvent et à dessein parlé devant
lui et en particulier de la disgrâce de son protecteur et de la
ruine de son parti : il a été impossible de découvrir dans ses
paroles ou dans ses regards le moindre signe d'intérêt ou même
d'attention.

L'évêque n'en offrait pas moins son zèle et celui du
chapitre pour expulser M. Locke, s'il plaisait au roi; mais
il eût souhaité qu'on attendît un peu, M. Locke ayant un
congé pour maladie :

Je lui ai fixé le 1er janvier pour son retour, ajoutait l'évêque;
et, s'il n'est pas revenu à cette époque, je serai en droit de procéder à son expulsion.

Mais on répondit aussitôt de White-Hall par l'ordre
suivant :

Nous sommes informés de la conduite déloyale et séditieuse
de M. Locke ; et nous vous ordonnons, en conséquence, de le
priver immédiatement de sa place, ainsi que de tous les droits
et avantages qui en dépendent. La présente vous servira de
garantie. De par le roi : *Sunderland.*

L'ordre fut aussitôt exécuté, et M. Locke chassé, suivant l'expression de l'évêque dans sa réponse. On peut
juger cette politique qui, au mépris des priviléges de
corporation, frappait avec tant de violence un mérite si
paisible et si désarmé.

Locke se retira dès lors en Hollande, où il trouvait
une école de libres penseurs, les uns encore enveloppés
d'érudition, n'écrivant qu'en latin, comme le médecin Van-Dale, les autres mettant la philosophie dans
des feuilles périodiques, plus sérieuses que les gros

ouvrages de nos jours. Ces derniers formaient la littérature dissidente de France, Bayle, Basnage, Leclerc, sceptiques érudits, examinateurs hardis des premiers temps du christianisme, et se servant pour cela des deux voies les plus populaires, la langue française et les journaux.

Locke, poursuivi, même dans cette retraite, par la réaction *jacobite,* en attendait paisiblement la fin. Au mois de janvier 1688, il publiait, dans la *Bibliothèque universelle* de Leclerc, les idées générales et comme le programme de son *Essai sur l'entendement humain.* A la même époque partait des ports de la Hollande une bien autre réponse pour les aveugles persécuteurs de l'Angleterre. Guillaume, prince d'Orange, était débarqué à Torbay.

Locke revint dans sa patrie sur le vaisseau de la princesse d'Orange, et servit avec zèle la cause qui faisait triompher, même au profit d'un ambitieux habile, les lois et les libertés de l'Angleterre.

Jacques II se trouva seul et déchu, abandonné même de ses enfants. Le principe de la souveraineté du peuple, proclamé et ensanglanté par Cromwell, puis enseveli pendant vingt-huit ans, reparut pour donner une couronne. Le pouvoir parlementaire, que les Stuarts n'avaient jamais sincèrement admis, devint le principe et l'âme du gouvernement, sous un prince étranger. La liberté de la presse, restreinte d'abord par l'impérieuse influence de Guillaume, passa bientôt tout à fait dans les institutions et les mœurs. Un reste des rudes principes de 1640, mitigé et, pour ainsi dire, blanchi par le temps, par les tactiques légales de l'opposition sous Charles II, et enfin par la politique abstraite et modé-

rée de Locke et de ses disciples, fonda, dans l'Angleterre, un nouvel esprit de liberté qui s'étendit à tout,
et dut changer la face des lettres.

Le dégoût profond qu'avaient excité les entreprises
et les vengeances du zèle religieux tourna beaucoup
d'esprits à l'indifférence et au scepticisme, comme il
était arrivé déjà dans le feu même de la première révolution, et sous la tyrannie des puritains. Ce fut le second
âge incrédule, non plus partisan de la force et du pouvoir absolu, comme l'avait été Hobbes, mais zélé pour
la liberté civile, et inclinant à la démocratie. Alors parurent Herbert, comte de Shaftesbury, Woolston, Collins,
Tindal, et tant d'autres, dont les doctrines se retrou-
veront bientôt dans la philosophie française du xviiie siècle. Le roi Guillaume, homme de guerre et homme
d'affaires, triste, dur, occupé sans cesse de sa rude tâche contre Louis XIV, contre les partisans des Stuarts,
et contre les *whigs,* auxquels il devait sa couronne, ne
favorisa les lettres que par la liberté générale dont elles
profitaient ; ou du moins, quand il fit quelque chose
pour elles, c'était dans un intérêt tout politique. Les
grands écrivains, à ses yeux, étaient ceux qui faisaient
des pamphlets pour sa cause.

La révolution de 1688, mémorable à tant d'égards,
nous intéresse ici surtout dans son influence philosophique, dans la hardiesse et l'essor qu'elle donnait aux
opinions que recueillit la France. Comme toute révolution, en brisant d'odieuses entraves, elle rompit plus
d'un lien salutaire. Après le règne bigot et sanglant de
Jacques II, il y avait soif de liberté. Malgré la fausse
tolérance que ce prince avait promise à tous les cultes,
pour n'en favoriser qu'un, tous ayant eu peur de l'É-

glise romaine avaient repris contre elle une haine, dont les coups portaient plus loin et frappèrent sur la racine même du christianisme.

Guillaume fut accueilli d'abord avec joie, non-seulement par l'Église nationale qu'il délivrait, mais par toutes les sectes, y compris la secte des incrédules, née de la folie des autres. Le petit troupeau même de Français réfugiés à Londres, pour vivre et penser librement, la duchesse de Mazarin, Saint-Évremont, ces restes de la société de Ninon, saluèrent avec transport l'avénement de Guillaume. Quant à lui, élevé dans l'indifférence hollandaise, en protégeant l'Église nationale, il n'avait d'ailleurs aucune répugnance des opinions sceptiques, et pensionna plus d'un incrédule qui écrivait pour sa cause. Les ouvrages irréligieux furent innombrables à cette époque et sous le règne suivant. Il y avait, à cet égard, commerce assidu, émulation active entre l'Angleterre et la Hollande.

En 1696, Toland avait publié son *Christianisme sans mystères*. Il ne cessa dès lors d'attaquer le christianisme, et même quelques-uns des dogmes de la loi naturelle, dans son *Nazaréen* et son *Panthéisticon*. Il proposait la formation d'une Église de libres penseurs, dont le rituel ironique est en partie publié dans le journal français de Leclerc. Tindal, qui avait été catholique sous Jacques II, n'attaquait pas avec moins de force l'Église d'Angleterre et le christianisme tout entier. Toland et Tindal étaient des théologiens érudits, devenus ennemis de leur culte. Collins et Shaftesbury sécularisaient davantage l'incrédulité, en l'appuyant sur l'élégance du génie et des mœurs. Tous deux, disciples de Locke, avaient dépassé leur maître qui, pour arrêter

les conséquences tirées de ses principes, publiait sans
succès son *Christianisme raisonnable*.

Ce travail des esprits sceptiques trouva d'habiles con-
tradicteurs, mais ne fit que s'accroître. Dans les années où nous touchons, à l'époque du voyage de Voltaire à Londres, Woolston publiait avec grand éclat ses
discours contre les *miracles de Jésus-Christ*, et le jeune
voyageur français avait sous les yeux le spectacle de
cette hardiesse applaudie, appuyée par un grand nombre d'Anglais, mais poursuivie devant un jury qui con-
damna le hardi novateur. A la vérité, de ce droit légal
de tout dire, exercé par les sceptiques anglais, au risque
de quelques amendes, naissaient aussi d'honorables dé-
fenses du culte établi. L'incrédulité puissante n'était pas
maîtresse. Il y avait combat régulier sur la vérité du
christianisme, sur la loi naturelle, sur l'existence même
de Dieu ; car rien n'était excepté du libre penser d'alors.

Sous le règne de Charles II, le savant Robert Boyle
avait assuré, par une dotation, un cours religieux dans
l'église de Saint-Paul à Londres. La métaphysique la
plus haute s'employait à la défense de la religion. L'illustre Clarke démontra dans la chaire de Saint-Paul,
avec une puissance singulière de logique, l'existence de
Dieu, l'immortalité de l'âme, et enfin la religion révé-
lée, dont à la vérité il n'admettait pas tous les mystères.
D'autres théologiens savants, Péarce, Lardner épui-
saient leur érudition pour la défense de la foi ; mais leur
manière même de combattre était philosophique ; et
quoique leurs écrits, solides et pieux, retinssent un
grand nombre d'âmes, quoique la littérature mondaine
même fût généralement religieuse, comme on le voit
dans le *Spectateur*, les opinions sceptiques prenaient

grande influence ; et il n'est aucun des raisonnements
les plus hardis de la philosophie française au XVIII⁰ siècle qu'on ne trouve dans l'école anglaise du commencement de ce siècle. Bolingbroke la résumait en lui. Dans
sa jeunesse dissipée, dans ses grands emplois sous la
reine Anne, dans son exil, il n'avait cessé de se livrer
aux recherches d'une érudition anti-chrétienne. C'était
ce curieux savoir qui charmait et confondait Voltaire
dans ses entretiens avec Bolingbroke, en Touraine. Là,
au lieu de ce scepticisme libertin, sa première école et
la seule philosophie des Vendôme et des Chaulieu ; il
trouvait une incrédulité savante, polyglotte, qui avait
pour elle l'autorité d'un érudit et celle d'un homme
d'État.

On conçoit assez comment les reflets de cette érudition, les confidences de ce hardi scepticisme, cette es-
sence d'irréligion qui s'exhalait de tant de livres que
Voltaire lut rapidement, importés en France où il n'y
avait qu'une douane impuissante pour les arrêter, et
nulle influence morale pour les combattre, durent
exercer un incalculable empire.

Dans cette débauche d'esprit philosophique qui suivit
la révolution de 1688, le goût français continuait cependant d'agir sur les lettres anglaises. L'hostilité des deux
pays n'arrêtait pas cette influence : la haute civilisation
du siècle de Louis XIV était plus forte que la politique
et les armes ; elle dominait au loin les vainqueurs du
vieux roi. Dans la cour simple et sévère de Guillaume,
on se moquait, il est vrai, des fades louanges prodiguées
autrefois à Louis XIV, et on faisait chanter par dérision
quelques-uns des prologues de Quinault, si cruellement
démentis. Mais nos grands écrivains étaient beaucoup

lus par les meilleurs esprits de l'Angleterre; leur méthode solide, leur correcte et élégante énergie servaient
de modèle. A mesure que l'Angleterre devenait plus
sociable, plus éclairée, plus riche, elle se rapprochait,
dans sa littérature, du bon goût et du bon sens français.
Ce progrès allait croissant; et quoique, depuis la révolution de 1688, la différence fût devenue plus grande
entre les institutions des deux pays, le rapport entre les
deux littératures était plus sensible et plus marqué :
c'est que la question n'est pas tout entière dans les formes politiques. Sous le règne absolu de Charles II,
l'Angleterre avait copié sans goût la littérature française
du xviie siècle : sous le pouvoir légal et modéré de la
reine Anne, elle atteignit à l'élégance que la cour de
Louis XIV avait communiquée à son siècle. Dans la
poésie, elle vit s'élever une école ingénieuse et savante,
dont Pope fut le Boileau. Dans la philosophie, elle eut
ces défenseurs habiles du christianisme, ces spiritualistes éloquents qui luttaient contre la levée d'armes si
libre et si hardie des pyrrhoniens et des sceptiques.
Descartes, Pascal, Fénelon, la Bruyère, Bossuet même
dans quelques-uns de ses ouvrages, ont visiblement
servi à former, à nourrir la forte logique et l'excellente
discussion des Clarke, des Lardner, des Tillotson. Ainsi
le génie religieux de notre xviie siècle se réfléchissait
avec éclat sur une portion de la littérature anglaise, au
moment même où cette littérature nous envoyait son
scepticisme : et, pendant que Voltaire allait étudier les
hardiesses de la scène anglaise, Pope s'illustrait en éga-
lant la pureté didactique de notre poésie.

Toutefois, Messieurs, cette époque de la reine Anne
et le règne suivant offrirent dans les lettres, avec une

réunion de talents et une pureté de goût que l'Angleterre n'avait pas connus jusqu'alors, d'heureux caractères d'originalité nationale et individuelle. C'était un
temps de belle et riche littérature que celui où Temple,
Arbuthnot, Walsh discutaient les théories du goût d'a-
près la France et l'antiquité, où le vieux Dryden, survivant à la restauration, improvisait son ode à sainte
Cécile, où Congreve composait des comédies spirituelles,
en s'aidant de Molière, où Prior, Parnell, Thompson,
Young revêtaient de poésie quelques-uns des problèmes
philosophiques de leur temps, où Addison écrivait les
pages élégantes et traçait les caractères originaux du
Spectateur, où Swift était le premier des satiriques philosophes, et donnait aux pamphlets politiques la durée
d'une œuvre de génie, où Pope, si correct, si précis,
quelquefois si grand poëte, interprétait tour à tour en
beaux vers la passion d'Héloïse et les systèmes de Leibnitz.

En même temps que le goût s'épurait, la condition
des hommes de lettres tendait à s'ennoblir. La révolution
de 1688, malgré son caractère aristocratique, avait dû
faire une part à l'esprit lettré, jusque-là considéré comme
un amusement. Les écrits avaient eu grande influence
pour la préparer ou la soutenir. Si l'on excepte le brillant et inculte Marlborough, qui ne savait que la guerre
et l'intrigue, les plus grands seigneurs et les principaux
ministres de cette époque étaient des esprits très-culti-
vés, ayant le goût et le talent des lettres, Buckingham,
Halifax, Dorset, Sommers, Granville, Oxford : ils appelaient, ils employaient dans les affaires qui leur res-
semblait. En France, on arrivait à la politique par l'É-
glise, la magistrature, mais jamais par les lettres. Des-

touches était le seul exemple d'un poëte et d'un lettré
qu'on eût cru capable d'une fonction publique.

Mais en Angleterre, à partir de 1688, on voit la littérature plébéienne associée partout à la noblesse savante
et lettrée qui tenait les grands emplois. Prior, obscur
de naissance, et assez ignoble de mœurs, mais poëte et
penseur piquant, représenta l'Angleterre à la cour de
Louis XIV; le poëte tragique Rowe et Congreve occu-
pèrent des places considérables; Locke fut à la tête du
bureau de commerce; Newton, membre du parlement
et directeur des monnaies; Steele se fit redouter, au
point d'être éliminé de la chambre des communes; Addison devint ministre; Swift, éloigné du pouvoir par
son caractère ecclésiastique, et suspect au clergé par le
scandale irréligieux de son conte du *Tonneau*, exerça
par ses écrits la plus haute influence, et domina souvent
le ministère de la reine Anne.

Et, remarquez-le bien, ce n'était pas le talent des
lettres, transformé en éloquence de tribune, qui exerçait
ce pouvoir : Swift n'entra jamais dans le parlement;
Addison n'y parlait pas; et on sait l'histoire de cette
phrase improvisée qu'il recommença trois fois, et ne
put jamais finir. Plus tard, nous verrons les lettres créer
pour la tribune les Chatam, les Burke, les Sheridan,
les Canning; mais alors leur puissance chez les Anglais
était toute en elle-même, et tenait, d'une part, à l'éclat
que le siècle de Louis XIV avait répandu sur les arts de
l'esprit en général, et de l'autre, à l'action puissante
que la liberté de la presse donnait à la pensée.

SIXIÈME LEÇON.

Influence de la révolution de 1688 sur les lettres anglaises. —
Mœurs toutes politiques. — Littérature correcte, mais peu inven-
tive. — Temple, Congreve, Rowe. — Mort de Guillaume III et
de Jacques II. Caractère du nouveau règne. — Grande influence
des lettres sur les affaires. — Swift, Addison, Steele.

MESSIEURS,

Que la liberté soit l'âme des lettres, qu'elle ait créé
l'éloquence et souvent inspiré la poésie, qui n'est qu'une
éloquence plus idéale et plus pure, c'est, je crois, une
vérité reconnue, et presque un lieu commun inoffensif.
Distinguons cependant. Il fut, dans l'antiquité, une liberté héroïque, qui façonnait les âmes au sublime, et
passait de la vie civile dans les œuvres de l'art et de la
pensée. Les passions qui naissaient d'elle étaient éloquentes et poétiques. Il n'en est pas toujours ainsi d'une
autre liberté plus restreinte et plus sage, liberté régulière et formaliste, telle que l'admet dans nos sociétés
modernes la monarchie constitutionnelle, et telle qu'on
la vit se développer en Angleterre, après la révolution
de 1688.

Cette liberté fait naître plus de tracasseries que de
grandes luttes, plus d'intrigues que de grandes passions.
Sans doute, par ses effets éloignés, par son contre-coup,
elle sert à la dignité de l'intelligence, comme au bien-
être national ; mais, tandis qu'elle s'établit et s'organise,
c'est une machine trop laborieuse et trop complexe pour

ne pas abîmer dans mille détails l'attention publique, et pour laisser aux âmes cette vigueur originale, et cette indépendance solitaire qui fait les grands talents dans les lettres et dans les arts. Le ménage d'un gouvernement constitutionnel, s'il est permis de parler ainsi, occupe trop l'esprit pour être fort utile au génie. Il ne lui donne ni les passions et la grandeur de la liberté républicaine, ni les loisirs d'une monarchie splendide et paisible.

Sous ce point de vue, le gouvernement parlementaire de 1688, très-favorable aux hommes de lettres et de talent, dont il élevait la fortune et créait l'influence, parut l'être moins d'abord aux progrès des lettres. Sans doute, il leur assura cet inappréciable avantage de la liberté d'écrire, que nous avions eue au XVI° siècle ; mais il le donna mêlé de tout ce que les petitesses de secte et de parti, les intrigues et la vénalité peuvent offrir de plus honteux. Guillaume, par son caractère et son génie, aimait peu les lettres ; et son règne, longue chicane de toutes les ambitions contre la sienne, de tous les partis contre sa volonté, ne laissait de prise sur les esprits qu'aux intérêts de secte, aux manœuvres d'assemblées, aux intrigues de cabinet. L'œuvre même de Guillaume, l'établissement de la monarchie constitutionnelle par les chambres, la liberté de la presse et le crédit public, cette fondation qui dure et grandit depuis un siècle et demi, n'était pas saisie par les contemporains dans toute sa grandeur : elle était surtout pour eux une victoire de secte, une grande bataille gagnée par l'intérêt protestant contre le pape et contre Louis XIV. Dans une moitié de la nation, ce qui dominait, c'était la peur du *Prétendant,* bien plus qu'une vive intelligence et une noble passion de la liberté légale.

La révolution qui avait appelé Guillaume étant tout

aristocratique, bien qu'elle eût employé des passions populaires, elle semblait pouvoir se détruire par les mêmes
forces et les mêmes noms qui l'avaient faite. De là de
perpétuelles intrigues, et, sous le jeu public du gouvernement parlementaire, le jeu caché des hommes de cour,
des hommes d'Église, des sectaires, voulant, les uns, rappeler les Stuarts qu'ils avaient rejetés, les autres maintenir Guillaume contre lequel ils luttaient. De là aussi
le prodigieux effort de Guillaume, n'ayant que des appuis infidèles ou turbulents, gardant près de lui des
hommes qui avaient changé de religion pour rester ministres de Jacques II, et forcé d'opter sans cesse entre
les services douteux des *tories* et la tyrannique alliance
des *whigs*. Mais, durant un tel règne, la nation, toute pré-
occupée du travail difficile de son nouvel établissement,
tout affairée de politique, avait peu de temps et d'attention pour les lettres, à moins qu'elles ne se fissent l'instrument de quelque intérêt de secte et de parti. Ainsi,
beaucoup de pamphlets et peu de grands ouvrages, souvent un déplorable goût d'allusion, qui rapetissait aux
querelles du temps les œuvres mêmes d'imagination.

Ce n'est pas, comme on l'a dit, par le défaut de munificence du roi Guillaume que la poésie languit alors. Un
des ministres du roi, Halifax, poëte médiocre, mais zélé
Mécène, favorisait les lettres plus que ne le fit jamais
Colbert. Mais l'enthousiasme manquait dans cette révolution toute d'habileté politique et d'influence aristocratique, accomplie avec le flegme hollandais. L'éloquence,
la franchise, la grandeur se trouvaient peu dans les tactiques habiles et intéressées de ces parlements qui sou-
tenaient et gênaient Guillaume. S'il y avait trace quelque
part de ce feu de génie qui avait animé Milton, c'était
dans les réunions obscures de quelques sectes mécon-

. tentes de l'Église anglicane et du nouveau roi. Mais la
littérature en crédit avait quelque chose de roide et d'uniforme, et n'était vraiment originale que dans l'histoire
politique, sous la plume de Burnet, complice si passionné
et si intelligent spectateur des choses qu'il raconte. Les
mémoires de Burnet sont un livre à part, où l'on sent
l'homme qui avait écrit des pamphlets à bord de la flotte
de Guillaume, mais où l'on reconnaît aussi un esprit merveilleusement droit, juste, supérieur à ses passions par
sa sagacité. C'est dans ce livre qu'il faut étudier la révolution de 1688; mais, en le lisant, on comprendra que,
. dans un temps si politique, il dut y avoir bien peu de
place pour les choses de goût et le génie des lettres.

L'esprit du siècle, d'ailleurs, esprit critique dans l'ordre
religieux et civil, devait porter le même caractère dans
la littérature. Nos controverses littéraires de la fin du
xviie siècle se reproduisaient, à la même époque, et
comme d'elles-mêmes. dans l'Angleterre, qui avait tant
d'autres objets de distraction et de soin.

Le chevalier Temple, homme d'État célèbre, ancien
ambassadeur des Stuarts, et dans sa retraite souvent consulté par le roi Guillaume, discutait la question de la
prééminence entre les anciens et les modernes, comme
avaient fait la Motte et Fontenelle : seulement sa conclusion était différente. Il n'y avait pas, en Angleterre,
cette satiété d'un demi-siècle de chefs-d'œuvre, et ce
besoin systématique de nouveauté. Jusque-là les lettres
anglaises n'avaient produit que deux grands poëtes,
épars à distance l'un de l'autre dans la vie de la nation,
et qui n'étaient pas encore bien connus d'elle : Shakspeare et Milton. Il n'y avait pas eu de groupe intellectuel formé, et de réunion d'hommes de génie, avec ces
diversités originales et ce type commun de grandeur et

de simplicité, qui marquent une époque complète dans l'histoire des arts. Il n'y avait donc pas encore de décadence ni de système pour remplacer l'inspiration.

Le chevalier Temple, dans son livre, fut tout partisan des anciens. Sa thèse était précisément l'extrême opposé des Paradoxes de la Motte et de Fontenelle ; il péchait par l'excès contraire, proclamant, dans la patrie de Bacon, dans le siècle de Newton, la supériorité des anciens, même pour les sciences naturelles. Mais il admirait avec justice leur histoire, leur poésie, leur éloquence ; et, philosophe, homme d'État, esprit grand et libre, il donnait de cette admiration des raisons beaucoup meilleures que celles de madame Dacier. Cette opinion était alors, en Angleterre, celle de tous les hommes qui s'occupaient d'études. La littérature, qui avait été successivement populaire, biblique, licencieuse et courtisanesque, devint donc classique dans l'acception ordinaire de ce mot : elle se forma surtout par l'exemple de l'antiquité et de la France, avec une séve propre de libre bon sens et d'humeur nationale. C'est le caractère de l'époque désignée sous le nom de la reine *Anne*, et dont Voltaire reçut et importa l'esprit puissant sur le nôtre, par ses analogies, comme par ses différences.

Ce siècle de la reine Anne a commencé bien avant elle, et s'annonce dans l'activité même du règne de Guillaume. Tout ce qui n'était pas alors pamphlet politique ou religieux prit un caractère de correction et de régularité. Le théâtre, ce témoin des mœurs publiques, s'épura beaucoup, et parut encore licencieux aux moralistes du temps. C'est l'époque de Congreve, le classique de la comédie anglaise. A vingt-sept ans, il avait fait jouer un drame et quatre comédies. On ne peut guère, à cet âge, avoir appris la vie que dans les livres, et écrire la comédie que

d'après Molière. On le sent aux pièces de Congreve,
d'ailleurs pleines d'esprit et conduites avec art, *le Trom-*
peur, Amour pour amour, le Train du monde. Ce sont
d'excellentes études d'après l'école française, sans copie
servile. « On y trouve, dit Voltaire, le langage des honnêtes gens, avec des actions de fripons ; ce qui prouve
que Congreve connaissait bien son monde, et vivait dans
ce qu'on appelle la bonne compagnie. » Comparées au
cynisme du théâtre de Charles II, les comédies de Congreve sont, en effet, remarquables par la bienséance du
langage ; mais il n'y a pas autant de vérité que de décence.
Les mœurs y sont empruntées à notre théâtre, et l'intrigue à des romans. Jamais poëte, au reste, ne se lassa
plus vite des succès du théâtre, et n'en fut mieux récom-
pensé que Congreve. Appelé par le roi à une place considérable, il ne fit plus, le reste de sa vie, que de courts
fragments de traductions poétiques, ou des vers officiels.

Il y avait plus de fonds et de verve dans Prior. Un des
premiers actes de Guillaume fut de le récompenser d'une
satire anti-jacobite par 400 guinées de pension ; mais,
ayant démêlé sa grande habileté pour les affaires, il ne
lui demanda plus de vers, et ne l'employa que dans des
traités de commerce. Prior, *tory* d'inclination, épicurien
de principe, homme d'État par habitude et par souplesse
d'esprit, composa quelques poésies d'un tour heureux
et d'une philosophie hardie, entre autres son *Histoire*
naturelle de l'âme. Puis, en se moquant des panégyriques
de Louis XIV, il chantait les louanges de Guillaume, qui
s'en souciait peu.

Vers le même temps, un poëte tragique, sur lequel
avaient jailli quelques étincelles du génie de Shakspeare,
Rowe, eut l'idée malheureuse de faire, sous les noms de
Tamerlan et de Bajazet, une tragédie tout en allusions

à Guillaume et à Louis XIV. Cette pièce fut jouée dans
l'année même où Guillaume, prématurément épuisé de
fatigues et d'efforts, devait achever sa glorieuse carrière.
On l'applaudit avec enthousiasme ; et, longtemps après,
on la représentait chaque année, à l'anniversaire du jour
où ce prince était débarqué sur la côte d'Angleterre.
Mais un ouvrage de ce genre ne peut compter parmi les
monuments de l'art ; et je ne présume pas qu'il ait beaucoup servi à la gloire de Guillaume.

Ce personnage, extraordinaire dans l'histoire, n'était
pas matière à poésie. Les circonstances mêmes de son
élévation, cette prise de possession si hardie à la fois et
si formaliste, mélange de conquête et de procédés parle-
mentaires, n'avait pas ce qui frappe le plus l'imagination
du peuple et du poëte. Le nom de la reine Marie, joint
au sien, et cette idée d'une fille détrônant et remplaçant
son père, jetaient, sur la gloire même de Guillaume,
une sorte de tristesse amèrement relevée par ses ennemis d'Angleterre et de France. Vous vous rappelez l'in-
vective de la Bruyère, et le *nouvel Absalon*, le *nouvel
Hérode* du grand Arnauld. Quelle réponse ne pouvait-on
pas faire à ces injures, au nom du peuple anglais ? Mais,
en Angleterre même, les partis froissés par l'impertur-
bable fermeté de Guillaume ne lui pardonnaient pas ce
que, dans leur première ardeur, ils avaient fait pour lui.
Whigs et *Tories* couvraient tour à tour, par leurs mur-
mures, la voix de l'admiration et même de la justice,
envers le seul rival de Louis XIV et le défenseur intéressé,
mais fidèle, de la liberté de l'Europe. La portion même
d'héroïsme qui était dans Guillaume, cette hauteur d'une
âme si froide en apparence, cette ambition stoïque et capable par fierté de renoncer au pouvoir avait plus de

I.   11

grandeur cachée que d'éclat. Les prêches seuls des ministres protestants de Hollande retentissaient de dignes
éloges de ce prince ; et Saurin fut son Bossuet. Mais, en
Angleterre, son génie, contrariant pour tout le monde,
trouva peu d'enthousiastes ; et sa vie se consuma dans ces
luttes qui préparent la gloire, mais n'en laissent pas jouir.

Le 16 septembre 1701, Jacques II, sous le poids de
l'âge et de l'ennui, était mort dans le château de Saint-
Germain, léguant à son fils son droit divin sur trois couronnes, et la protection de Louis XIV. Quatre mois après,
Guillaume, vainqueur et affermi, reconnu roi par toute
l'Europe, y compris la France, mourait de consomption,
à 52 ans, au comble de la grandeur. La scène s'ouvrait pour
de nouveaux acteurs sur le trône et dans l'exil ; c'était une
faible femme, pieuse, agitée, timide, qui succédait à ce
fardeau sous lequel venait de plier l'infatigable Guillaume.
L'élévation de la reine Anne, également accueillie par les
espérances diverses des partis, parut leur donner quelque calme à tous, et fut d'abord comme une sorte de
trêve favorable aux arts de la paix. Puis les succès mili-
taires que Guillaume, avec ses grands talents de général,
avait obtenus rares et disputés, vinrent de toutes parts
aux armées de la Reine, conduites par Marlborough ; et
l'Angleterre fut enivrée de la gloire, si coûteuse pour
elle, de faire la loi sur le continent

Anne, *tory* de cœur, et *jacobite* si elle n'eût été reine,
fut cependant forcée d'abord de laisser le pouvoir aux
mains de la puissante aristocratie des *whigs,* que soutenait le vœu populaire. La nation était satisfaite et con-
fiante, les esprits pleins d'ardeur, les arts encouragés ;
l'Angleterre atteignait à la politesse de notre xviie siècle.

Congreve, Addison, Prior, Parnell, Swift florissaient à

la fois, et Pope préludait à sa gloire. En même temps
que l'Angleterre, humiliant la vieillesse de Louis XIV,
entamait ses provinces et disputait l'Espagne à son fils,
elle semblait aussi attirer à soi cette belle civilisation des
lettres qui avait marqué notre plus glorieuse époque, et
nous dépouiller de nos arts, comme de nos victoires.
On sait avec quel enthousiasme fut ressentie par les Anglais la victoire de Blenheim (1704), et les magnifiques
récompenses qu'elle valut à l'insatiable Marlborough.
Addison la célébra dans sa fameuse *Campagne*, gazette
rimée, semblable au *Fontenoy* de Voltaire, et dans son
opéra de *Rosamonde*; car la mode française prévalait au
point de faire, pour un général *whig*, les mêmes apo-
théoses d'opéra si longtemps prodiguées et reprochées à
Louis XIV.

Ce goût de louanges officielles dominait fort dans la
poésie classique du temps, et produisait parfois d'étranges disparates. C'est fort bien de ne pas dénigrer Pindare, comme faisait la Motte; mais que penser de Congrève, qui, sur le modèle de la première Olympique,
compose une ode à grandes images, dont le héros est
Godolphin, ministre de la trésorerie, et l'épisode les
chevaux qui promenaient dans *Hyde-Park* la calèche du
noble lord? Pindare, je le sais, faisait grand cas de l'or
et des vainqueurs qui payaient bien : mais cela disparaît
pour nous dans le lointain magique de l'antiquité ; tandis
que, dans nos temps modernes, en France, en Angleterre, on rira toujours un peu d'une ode pindarique
adressée au ministre des finances. Le duc de Marlborough
pouvait mieux supporter cet appareil ; et toutefois les
odes pindariques que lui décerne Congreve me choquent toujours par ce placage de couleurs antiques sur

l'homme moderne, le courtisan gagneur de batailles,
doté de grosses pensions par ses amis du parlement.
Toute la poésie anglaise de ce temps, correcte, élégante,
rapprochée du goût français, me paraît avoir tour à tour
l'inconvénient d'ennoblir à faux les idées modernes par
des imitations de l'antiquité, et d'affaiblir la simplicité
antique par une élégance de cour : voyez Addison, voyez
Congreve, voyez l'*Iliade* de Pope. Mais laissons un moment la poésie pour étudier le mouvement général des
esprits en Angleterre.

L'autorité des *whigs* commençait à peser au pays. La
guerre glorieuse qu'ils faisaient soutenir par les armes
anglaises semblait longue et stérile. Il se fit un retour
d'opinion; on invoquait contre la domination légale et
parlementaire des ministres, jusqu'aux vieilles maximes
de l'obéissance passive envers le trône; on résistait en
flattant. Un prédicateur fanatique, le docteur Sacheve-
rel, en prêchant le pouvoir absolu à Saint-Paul et dans
plusieurs comtés d'Angleterre, excitait un enthousiasme
extraordinaire, et comme une émeute de servitude. La
portion même du public anglais la moins faite pour
céder à ce prestige, beaucoup d'amis de la constitution
se réunissaient aux *tories* par cette défiance et cette jalousie contre l'armée, si naturelle dans un État libre.
A toutes ces causes publiques de changements se mêlaient des impatiences de femmes, qu'avait excitées dans
l'esprit si longtemps docile de la reine Anne l'impérieuse
fierté de la duchesse de Marlborough.

Enfin, après la suppression du parlement d'Écosse et
la réunion politique des deux royaumes, la reine se sentit assez maîtresse pour se passer des *whigs,* qui, par
cette mesure, avaient fortifié le pouvoir du trône, en

croyant n'opposer qu'une barrière au *Prétendant*. Elle
changea son ministère. Alors vint l'administration *tory*
de Bolingbroke et d'Oxford, marquée par des victoires,
et qui faillit l'être par une révolution. C'était, à travers
bien des transformations, le dernier combat rendu par
l'esprit de l'ancienne monarchie anglaise; et il est remarquable que cet effort impuissant ait concouru avec
la fin même du règne de Louis XIV, et ait paru placé
sous l'influence de son génie mourant.

Dans cet intervalle, la paix d'Utrecht fut signée; l'Angleterre brilla de tout l'éclat de la politesse et des arts.
Les luttes des partis se dessinèrent sous des formes plus
savantes et plus modérées. La haute littérature devint la
haute politique.

Swift, un simple ecclésiastique anglican, d'une pa-
roisse d'Irlande, protégé dans sa jeunesse par le célèbre
Temple, et venu à Londres avec le goût des vers et le talent de la polémique, fut le principal conseiller du ministère. Avec lui commence en Angleterre la grande autorité des écrits périodiques, et cet usage de traiter dans
les journaux la politique, la religion, la morale, usage
qui est aux livres imprimés ce que les livres imprimés
furent à l'écriture.

Il avait paru, pendant la révolution de 1640, plusieurs
journaux anglais, le *Mercurius politicus*, le *Mercurius
aulicus, rusticus*, le *Weekly intelligencer*; mais cette
mode n'avait été, comme la publication même des discours du parlement, qu'un droit momentané et, pour
ainsi dire, une licence de guerre civile. Cromwell et les
Stuarts avaient ramené la censure; elle dura même pendant les six premières années de Guillaume.

Plus tard parurent deux recueils puritains, la *Revue*

de Foe, l'auteur de *Robinson*, l'*Observateur* de Lestrange, et la *Répétition*, journal jacobite.

Enfin, Steele commença le *Babillard*, plus littéraire que politique, et Addison son *Spectateur*, généralement dicté par la saine philosophie et le bon goût. Mais, pour la verve politique, rien n'est comparable à l'*Examinateur* de Swift, qui parut en 1710, et était destiné à humilier Marlborough, au profit du ministère, qui se servait de sés victoires pour préparer la paix.

La reine, en effet, avait tout changé dans son gouvernement, excepté le général qui battait les ennemis de l'Angleterre; et Marlborough, dont le parti était déchu du pouvoir, avait consenti sans peine à rester à la tête de l'armée. Mais là, contredit, surveillé, soupçonné, il éprouvait mille amertumes. Ses amis politiques cherchaient à le consoler, en exagérant ses services et l'ingratitude du pouvoir. L'ami du ministère, Swift, répondit et n'épargna nulle vérité à l'avide et ambitieux Marlborough. Citons ce rare exemple d'une satire politique dont le temps n'a pas émoussé la piquante ironie : vous y reconnaîtrez cette *humour*, cette gaieté originale et sérieuse que s'attribuent les Anglais. Swift prend au mot les *whigs* qui comparaient le duc de Marlborough aux plus grands généraux romains; il suit le parallèle, en opposant au modeste appareil du triomphe antique les marques substantielles de reconnaissance qu'a recueillies Marlborough.

A Rome, dit-il, au plus haut point de sa grandeur, un général vainqueur, après l'entière soumission des ennemis, avait en récompense un triomphe, peut-être une statue dans le Forum, un bœuf pour le sacrifice, une robe brodée pour la cérémonie, une couronne de laurier, un trophée monumental avec des inscriptions. Quelquefois cinq cents ou mille médailles étaient frappées à l'occasion de la victoire, dépense qui, étant faite en l'honneur du général, doit, nous l'admettons, compter dans les frais; enfin, quelquefois il avait un arc de triomphe. Voilà, autant que je puis me le rappeler, toutes les récompenses que recevait un général vainqueur au retour de ses plus belles expéditions, après avoir conquis un royaume, traîné captifs le roi, sa famille et les grands de sa cour, fait du royaume une province romaine, ou du moins un État dépendant et humble allié de l'empire. Maintenant, de toutes ces récompenses, je n'en trouve que deux qui fussent un profit réel pour le général, la couronne de laurier, qui était faite et envoyée aux dépens du public, et la robe garnie. Encore je ne puis découvrir si cette dernière dépense était payée par le sénat ou par le général. Cependant je veux adopter l'opinion la plus large; et, quant au reste, j'admets tous les frais du triomphe comme argent comptant dans la poche du général; et, d'après ce calcul, nous allons établir deux comptes curieux, celui de la reconnaissance romaine et celui de l'ingratitude anglaise, et nous ferons la balance :

RECONNAISSANCE ROMAINE.	l.	s.	d.	INGRATITUDE ANGLAISE.	l.	s.
Encens et pot de terre pour le brûler.	4	10	»	Woodstock.	40,000	
Un bœuf pour le sacrifice.	8	»	»	Blenheim.	200,000	
Une robe garnie.	50	»	»	Prélèvements sur les postes.	100,000	
Une couronne de laurier.	»	»	2	Mildenheim.	30,000	
Une statue.	100	»	»	Tableaux, diamants.	60,000	
Un trophée.	80	»	»	Concession de Pall-mall.	10,000	
Mille médailles de la valeur d'un sol pièce.	2	1	8	Emplois.	100,000	
Un arc de triomphe.	500	»	»	Total.	540,000	
Un char de triomphe du prix d'un carrosse moderne.	100	»	»			
Dépenses casuelles du triomphe.	150	»	»			
Total.	994	11	10			

C'est ici le compte des profits avoués de chaque côté.

Supposons que le général romain eût fait de plus quelques
acquisitions, on peut aisément les déduire; et la balance sera
encore loin d'être égale, si nous considérons que tout l'or et
l'argent des sauvegardes et des contributions, et toutes les prises
de quelque valeur faites à la guerre, étaient exposés à tous les
yeux dans le triomphe, et ensuite placés au Capitole pour le service public. Ainsi, somme toute, et les choses mises au pire,
nous ne sommes pas aussi ingrats que les Romains, lorsqu'ils
étaient le plus généreux.

Swift poursuivit cette controverse jusqu'à la paix
d'Utrecht, admis chaque jour dans la confidence des
ministres, les protégeant de son esprit, et leur faisant
supporter les caprices de son caractère. C'était chose
nouvelle, dans les mœurs anglaises, que cette alliance
sur le pied d'égalité entre un écrivain politique et des
ministres grands seigneurs, chefs d'un parti puissant.
Elle s'explique sans peine. D'une part, ces ministres,
voulant résister eux-mêmes à leur parti, devaient chercher secours dans une raison supérieure qui sût se faire
écouter du public; et de l'autre, Bolingbroke, homme
d'esprit éminent lui-même, littérateur, écrivain, sentait
dans les autres la dignité du talent, et le prix inestimable d'un tel appui, quand il se donne à la conviction et
à l'amitié. Ministre des affaires étrangères et de la guerre,
il partageait avec Swift la rédaction de l'*Examiner*,
comme Swift, sans fonction et sans titre, partageait souvent avec Oxford et avec lui les secrets du cabinet.

Au milieu de ces soins politiques, Swift, bel esprit
dans toute la force du terme, était fort préoccupé des
intérêts de la langue et du goût. Il publia, dans cette
pensée, une lettre à lord Oxford, où, déplorant la corruption et l'instabilité de l'idiome anglais, il proposait,

pour remédier au mal, l'établissement d'une Académie sur le modèle de la nôtre, et qui ferait, comme elle, un dictionnaire officiel de la langue. On se récria contre ce joug, surtout contre le danger que la nouvelle Académie ne fût toute composée de *tories*; et le projet n'eut pas de suite.

Peu importait au reste : les bons écrits font plus pour la langue que les Académies; et il en paraissait beaucoup alors, sous ces formes abrégées et concises qui plaisent à un peuple occupé d'affaires.

En face de Swift et de Bolingbroke, si véhéments et si spirituels dans la polémique, il faut placer Steele, que ses pamphlets portèrent à la chambre des communes, et qui en fut arbitrairement chassé par une colère de majorité, pour un dernier pamphlet intitulé *la Crise,* dans lequel il réclamait la démolition des forts de Dunkerque, alors au pouvoir de l'Angleterre. Imprudent et irrégulier dans sa vie, grave et austère dans ses écrits, Steele, avec moins d'art et de finesse qu'Addison, dont il respectait le génie, était un contradicteur plus vif, plus amusant, plus amer. Vrai patriote anglais, il défendit toujours les intérêts et les libertés du pays, indépendamment des passions de son parti; et il eut, à cet égard, plus de constance ou de lumières qu'Addison. Mais cette polémique si nerveuse et si sensée de Steele, ses piquants écrits sur l'état de l'Europe, la guerre, la paix, la succession protestante, sa belle défense du nombre illimité des pairs dans un intérêt de liberté, tout cela est maintenant question oubliée, talent perdu, verve éteinte, selon la loi éternelle de ces controverses politiques qui passionnent si vivement les contemporains. Ce qu'on lira toujours de Steele, ce sont quelques excellents chapitres de mœurs ou de littérature, qu'il a jetés dans le *Spectateur*, où ils forment une nuance du naturel élégant d'Addison. On y trouve, avec une forte teinte nationale, la même imitation du goût français, ou du moins la même affinité avec le jugement et l'imagination saine de nos bons écrivains ; c'est quelquefois la piquante satire de la Bruyère, avec une pensée plus libre. Le défaut du *Spectateur* est d'avoir eu les inégalités d'un journal, et de mêler à des pages heureusement originales d'assez fréquents lieux communs, et de médiocres dissertations.

Quoi qu'il en soit, le *Spectateur*, distribué deux fois par semaine à trois mille exemplaires, succès prodigieux dans cette enfance des journaux, eut une grande influence sur la société anglaise, et en offre la plus juste et la plus spirituelle peinture. L'intention de l'ouvrage n'était pas, comme on l'a dit, de détourner les esprits de la politique. Tel ne pouvait être le calcul d'un parti tombé du pouvoir, comme celui des *whigs*, et obligé, à quelques égards, de regagner l'opinion. La politique agit partout dans le *Spectateur*, lors même qu'elle semble s'effacer ; mais elle est adroite, mesurée, conciliante ; elle cherche à corriger par le ridicule l'âpreté des vieilles haines de parti, et à ôter aux *whigs* leur roideur républicaine, pour mieux battre les préjugés des *tories*. Un autre caractère de ce recueil, c'est le rang qu'y prennent les femmes, leurs intérêts, leurs passions, et jusqu'à leurs modes. C'était le signe d'un progrès de politesse sociale, et peut-être un hommage indirect à la souveraine.

Il faut l'avouer, au milieu de ces élégants artifices, on ne retrouve pas d'abord, dans le *Spectateur*, les héritiers de ces terribles puritains, dont les principes inflexibles

avaient fondé la liberté à travers tant de luttes sanglantes.
Ils ont l'air d'être devenus académiciens et hommes de
cour. Regardez de près cependant : le même esprit s'est
conservé ; vous pouvez le reconnaître à l'empreinte religieuse et presque sermonnaire jetée sur tant de chapitres
du *Spectateur*; il est pour quelque chose dans cette
admiration si vive, et d'ailleurs si juste, du grand poëme
de Milton ; enfin ce même esprit a dicté la haine du
pouvoir arbitraire, les maximes de tolérance religieuse
et de liberté semées partout dans l'ouvrage. Sous ces
rapports de philosophie et de vérité, le *Spectateur* était
plus avancé que notre littérature : c'était l'avantage des
institutions. Mais, dans ce qui touche au goût et à l'art
d'écrire, il était en grande partie formé sur elle. Nulle
part Boileau n'est cité avec plus de respect ; nos grands
tragiques y sont hautement admirés , et Shakspeare
blâmé avec une irrévérence classique. Le tumulte, la
confusion sanglante de la scène anglaise est l'objet de
fines et sévères critiques. Que diraient nos novateurs des
jugements que voici ?

La tragi-comédie, telle que l'a faite le théâtre anglais, est
une des plus monstrueuses inventions qui aient jamais passé
par la tête d'un poëte. On pourrait aussi bien imaginer d'enche-
vêtrer dans un même poëme les aventures d'Énée et celles
d'Hudibras.

Et ailleurs :

Je serais charmé de nous voir imiter les Français, en bannis-
sant de notre théâtre le bruit des tambours, des trompettes, des
huzza, qui est parfois si grand que, lorsqu'il y a bataille au
théâtre de New-Market, on peut l'entendre à l'autre bout de la
ville.

Addison et ses amis ne s'élèvent pas avec moins de force contre cette profusion de meurtres qui jonche la scène anglaise, tout cet attirail de mort qu'elle a dans ses magasins, et qui a récemment passé dans ceux de notre théâtre. Il est curieux de les voir opposer Sophocle à Shakspeare ; et cet exemple prouvera du moins que tout n'est pas à faire dans la critique, et que l'ancienne régularité de notre théâtre s'appuyait sur une savante analyse du cœur humain.

Oreste, dit Addison, était dans la situation même où Shakspeare place Hamlet. Sa mère a tué son père, et s'est emparée du royaume, de complicité avec son amant. Le jeune prince, résolu de venger la mort de son père, s'introduit, par une ruse d'un grand effet, dans l'appartement de sa mère pour la tuer ; mais, comme un tel spectacle aurait été révoltant pour les spectateurs, cette terrible résolution est exécutée derrière la scène. On entend la mère qui demande pitié à son fils, et le fils qui lui répond qu'elle n'a pas eu de pitié pour son père ; puis, elle s'écrie qu'elle est blessée ; et la suite du drame nous apprend qu'elle est morte. Je crois qu'il y a dans ce formidable dialogue entre la mère et le fils, derrière le théâtre, quelque chose d'infiniment plus impressif que ne pouvait l'être toute exécution matérielle sur la scène. Oreste, aussitôt après, rencontre l'usurpateur à la porte du palais ; et, par un art du poëte, il évite aussi de le tuer devant les spectateurs, lui disant qu'il le laisse vivre encore quelques heures dans l'amertume de son âme, et lui ordonnant de se retirer dans la partie du palais où a péri Agamemnon, dont le meurtre doit être vengé sur le lieu même du crime.

Voilà donc, Messieurs, la critique anglaise conduite, par l'étude de l'antiquité, à l'adoption des règles et des bienséances de notre théâtre. Que fallait-il pour achever cette réforme? une œuvre de génie dans le goût classique. En littérature, vous le savez, les bonnes résolutions ne sont rien sans l'âme qui les vivifie. Éviter les fautes est peu de chose, si vous ne savez émouvoir par de grandes beautés. Addison, après avoir blâmé l'irrégularité barbare du théâtre anglais, avait à faire une tragédie régulière et pathétique : il fit jouer *Caton*.

C'était en 1713, dans le déclin du ministère *tory* et la popularité renaissante des *whigs* Entre deux partis animés, tout était allusion dans la pièce. Les *tories* applaudissaient, contre Marlborough, les invectives adressées au dictateur ; et les mots de patrie, de liberté et de sénat faisaient trépigner d'enthousiasme les *whigs*. Mais, ce prestige enlevé, que restait-il à la nouvelle tragédie, pour remplacer le vieux culte de Shakspeare? Elle était fort régulière, sans doute, et conforme aux trois unités ; elle renfermait des choses éloquentes et nobles, que la passion du moment pouvait saisir avec enthousiasme ; mais, en général, elle était froide. Caton dissertait trop dans son petit sénat. L'amour de sa fille Martia pour le roi des Numides, Juba, était insipide jusqu'au moment où il devenait ridicule ; et cela tardait peu. Un traître, Sempronius, qui, après avoir essayé sous main de livrer la ville, avait su garder la confiance de Caton, prend le costume et l'appareil du roi Juba pour enlever la belle Martia. Heureusement le vrai Juba survient et tue son perfide Ménechme. Martia qui avait fui, et qui reparaît aussitôt, trompée par les vêtements du faux Juba étendu mort, laisse éclater sa passion, et se penche même vers lui pour l'embrasser. Le vrai Juba, qui l'aperçoit, tombe à ses pieds et lui rend grâces du secret qu'il a surpris.

Ces fadeurs, il faut l'avouer, déparaient bien l'austérité

républicaine du sujet de Caton, et auraient pu prêter à rire
aux partisans du vieux théâtre national ; mais on ne riait
pas. La pièce avait pour elle un puissant intérêt politique ;
et elle s'avançait la voile haute, poussée par le vent de
deux factions contraires.

L'ouvrage renfermait d'ailleurs quelques beautés
neuves. C'était Caton rencontrant le corps de son fils,
qui vient d'être tué à une des portes de la ville :

Salut ! mon fils. Ici, mes amis ; déposez-le en plein sous mes
yeux ; que je puisse voir à loisir ce corps sanglant, et compter
ses glorieuses blessures ! Que la mort est belle, quand elle est
achetée par le courage ! Qui ne voudrait être ce jeune homme !
Quelle pitié, que nous ne puissions mourir qu'une fois pour notre
pays ! Pourquoi cette tristesse sur vos fronts, mes amis ? J'aurais
rougi de honte, si la maison de Caton était demeurée entière et
florissante, en temps de guerre civile. Porcius, regarde ton
frère, et souviens-toi que ta vie n'est pas à toi, quand Rome la
demande. Hélas ! mes amis, pourquoi pleurez-vous ainsi ? qu'une
perte particulière n'afflige pas vos cœurs ; c'est Rome qui a droit
à nos larmes. La maîtresse du monde, la nourrice des héros, le
délice des dieux, celle qui a humilié les tyrans de la terre et affranchi les nations, Rome n'est plus ! O liberté ! ô vertu ! ô mon pays !

Vous devinez, Messieurs, les applaudissements qu'un
auditoire anglais, ému d'orgueil et de patriotisme à la fin
de la guerre contre Louis XIV, au milieu de l'inquiétude
nationale sur la succession protestante, devait prodiguer
à ces beaux vers, qui ne sont pas tous fort vrais ; car Rome
n'a jamais affranchi les peuples.

Un autre ordre de beautés que le génie de Shakspeare
avait devancé, mais dont l'effet dut être grand, c'était le
monologue de Caton sur l'immortalité de l'âme, et cette
délibération solennelle avant le suicide.

En tout, cette tragédie offrait, avec quelques beautés neuves, une imitation correcte, mais affaiblie, de la manière de Corneille. Conduite avec peu d'art dans sa régularité, elle fut un effort remarquable, mais impuissant, pour changer la forme du théâtre anglais, une œuvre de critique et non de fondateur. Elle ne fut pas inutile à Voltaire pour le choix des ornements qu'il a jetés dans ses pièces romaines, *Brutus, Catilina, la Mort de César, Rome sauvée*. Il en a même emprunté littéralement quelques beaux traits.

Ces vers de *la Mort de César,*

> Nos imprudents aïeux n'ont vaincu que pour lui.
> Ces dépouilles des rois, ce sceptre de la terre, .
> Six cents ans de vertus, de travaux et de guerre,
> César jouit de tout et dévore le fruit
> Que six siècles de gloire à peine avaient produit,

ne rappellent-ils pas ceux-ci?

> Tout ce que la vertu romaine avait conquis est à César. Pour lui les Décius, se dévouant eux-mêmes, sont morts, les Fabius ont péri, et le grand Scipion a vaincu; Pompée même a combattu pour César.

Pendant que le parti des *whigs,* chassé des affaires, triomphait au théâtre, une révolution politique se préparait pour lui. On sait combien furent agitées les dernières années de la reine Anne, par le projet de laisser en mourant le trône à son frère, et de rétablir après elle la ligne directe de Jacques II : projet impossible, qu'une illusion de cour et de famille rendait vraisemblable. Les ministres, favoris de la reine, se divisaient ou sur le but même, ou sur les moyens. Après de longues luttes,

Oxford fut sacrifié. Bolingbroke, plus jeune, plus hardi, plus confiant, resta maître du pouvoir ; mais la reine, à bout de ses forces, mourut trois jours après, sans avoir achevé. La puissance revint aux *whigs,* contre lesquels les *tories* pouvaient lutter, mais non les *jacobites.* La succession protestante fut déclarée, et Georges appelé de Hanovre au trône d'Angleterre.

Quelque temps avant cette crise, Swift, nommé par Oxford au riche doyenné de Saint-Patrice, en Irlande, s'était mis en route pour son canonicat. Bolingbroke se hâta de le rappeler.

Le comte d'Oxford, lui écrivait-il, a été éloigné mardi ; la reine est morte samedi. Qu'est-ce que ce monde? et comme la fortune se raille de nous!... J'ai perdu tout par la mort de la reine, excepté mon courage. Les *whigs* sont un tas de *jacobites ;* ce sera le cri public dans un mois, si vous le voulez.

Malgré tout ce que Bolingbroke espérait des fascinations de son malicieux ami, celui-ci ne revint pas, et s'enveloppa dans sa riche prébende. Tombé du ministère, Bolingbroke fut alors poursuivi et décrété pour la chose même qu'il avait souhaitée plutôt qu'entreprise. Sa fuite le sauva, tandis qu'on accusait son rival Oxford d'avoir été son complice, et Prior de les avoir servis tous deux. La littérature se tut dans ce conflit : George Ier monta sur le trône ; les *whigs* s'établirent au pouvoir, et l'auteur de *Caton* devint ministre d'État.

SEPTIÈME LEÇON.

Résumé sur Addison. — Génie de Pope. — Retour de Bolingbroke
en Angleterre. — Réunion des trois amis. — Nouveaux écrits de
Swift. — Séjour prolongé de Voltaire à Londres. — Ses études;
impressions qu'il dut recevoir. — Poésie anglaise appliquée aux
sciences naturelles et à la métaphysique. — Pompe funèbre de
Newton et hymne à sa louange. — Retour de Voltaire en France.

MESSIEURS,

Addison, et j'en ai bien du regret, fut un très-médiocre
ministre d'État. Cet esprit élégant, qui jugeait si finement les partis, manquait tout à fait de force et d'assu-
rance pour les combattre en face dans une assemblée.
Membre de la chambre des communes, Addison essaya
vainement d'ouvrir la bouche sur un bill en discussion ;
il ne put jamais achever sa première période, et resta
muet devant une plaisanterie de l'opposition. Il paraît
que son goût sévère et circonspect, son purisme de diction
ne le servaient pas mieux dans le cabinet qu'au parlement. Il ne pouvait se résoudre à signer, sans les refaire,
des lettres de bureau ; et quoique les hommes d'État anglais en soient moins chargés que les nôtres, rien ne
s'expédiait dans son ministère. Ajoutez qu'Addison,
homme d'étude avant tout, et ambitieux seulement parce
qu'il était vain, manquait de cette décision de caractère
et d'esprit que demandent surtout les affaires, et sans

laquelle un homme ne compte pas en politique. Sa grande réputation littéraire et sa fidélité à son parti l'avaient porté au gouvernement ; mais elles l'y laissèrent incapable.

Il le sentit bientôt lui-même ; et, au bout d'un an, il se retira du ministère avec une pension de 1,600 guinées. Il donna pour motif sa mauvaise santé. Addison, d'un caractère inquiet et jaloux, malgré ses principes sévèrement religieux, paraît avoir été toute sa vie victime de son amour-propre. Pour donner un appui à sa fortune politique, il avait longtemps recherché la main de la comtesse de Warwick, douairière de haute naissance et d'humeur difficile, dont il avait, dans sa jeunesse, élevé le fils. Cette union inégale ne fut pas heureuse. Humilié dans sa famille comme au parlement, le philosophe qui avait écrit tant de piquantes et sévères censures des faiblesses humaines, mourut de langueur et de chagrin, à quarante-huit ans.

Sa réputation poétique lui a peu survécu ; il n'était pas fait pour les grands ouvrages, et n'avait pas les hautes parties du génie littéraire. Mais sa prose vivra dans la langue anglaise, par la correction facile, la pureté, l'élégance. Les peintures générales de mœurs, les caractères originaux, enfin les fragments de critique jetés par lui dans le *Spectateur,* n'ont jamais été surpassés, malgré tant d'essais semblables : c'est le style anglais dans sa perfection. Goldsmith en Irlande, Francklin en Amérique l'ont pris pour modèle. Sans doute depuis Addison la critique littéraire est devenue plus métaphysique, plus raffinée, plus savante ; elle a pris le beau nom d'*esthétique.* Mais a-t-elle rien fait de préférable aux gracieux et élégants chapitres du *Spectateur* sur l'imagination ? Le style

anglais est devenu tour à tour plus méthodique ou plus
hardi. Blair, à la fin du dernier siècle, rapprochant sa
phrase de la logique rigoureuse de Condillac, trouvait
beaucoup à reprendre dans la diction facile d'Addison.
Mais ce style froid et roide de Blair, dans sa forme cosmopolite et demi-française, approche-t-il de la langue
expressive et indigène du *Spectateur?* et la pompe de
Johnson, ou, de nos jours, la verve inégale et les exagérations fantastiques d'Hazlitt ne sont-elles pas bien loin
de cette raison supérieure et fine? Laissons donc à Addison la gloire d'avoir été moraliste ingénieux, critique spirituel et sensé, surtout excellent écrivain : c'est beaucoup pour une vie partagée entre la politique et les
lettres.

Telle n'a pas été la vie de Pope; jamais vocation ne fut
plus uniformément littéraire. Fils d'un père catholique
qui, en 1688, avait quitté le commerce et Londres pour
aller vivre à Benfield, dans la forêt de Windsor, sur un
fonds de 20,000 guinées qu'il emportait avec lui, Pope
ne prit jamais part aux affaires publiques. Élevé au milieu des livres, avec un instinct poétique qui s'éveilla dès
l'enfance, il n'eut jamais d'autre occupation sérieuse
que les vers. Si des impressions de famille et d'illustres
amitiés l'attachaient aux *tories*, sa vie n'en fut pas moins
exempte de passions politiques, et tourmentée seulement
par les haines littéraires.

A douze ans, il avait composé quelques stances pures
et gracieuses sur la solitude, à seize ans, ses élégantes
églogues, auxquelles il ne manquait rien que la simplicité des champs et l'émotion de la nature, à vingt ans,
le poëme sur la critique, écrit dans le style d'Horace;
puis la belle églogue du *Messie,* empruntée de Virgile et

d'Isaïe ; *la Boucle de cheveux enlevée*, badinage d'une
imagination si brillante et si coquette ; enfin, l'*Épître
d'Héloïse*, où la perfection de l'art simule tout le désordre de la passion. Jamais poëte ne sut atteindre si jeune
au plus haut degré de son art. A la mort de là reine
Anne, il était, à vingt-cinq ans, le premier poëte de
l'Angleterre, de l'aveu même du jaloux Addison.

Alors, averti sans doute par une voix intérieure que
la gloire des grandes compositions originales lui était
refusée, il entreprit la traduction en vers de l'*Iliade*. On
sait quel en fut le succès. Au temps où la Motte s'effor-
çait de rapetisser Homère dans sa traduction, les beaux
vers de Pope donnèrent au vieux récit de la muse grecque
un éclat nouveau qui ravit les compatriotes de Milton.

Toutefois, Messieurs, ne nous y trompons pas, Pope
était peut-être plus rapproché de la Motte que de l'antiquité grecque ; et je ne m'étonne pas si madame Dacier,
avec son intolérance et sa sagacité de femme passionnée,
crut démêler dans les préfaces admiratives de Pope un
enthousiasme trop froid pour le génie d'Homère, et
lui en écrivit amèrement. A vrai dire, Pope était peu
fait pour sentir le grand naturel des poëmes homériques, et cette aimable simplicité du monde naissant,
comme dit Fénelon. Il était philosophe sentencieux, bel
esprit admirateur de l'élégance sociale. Ce qu'il avait
au-dessus de la Motte, c'était l'imagination de style et le
don d'écrire en vers. Il était l'élève de cette belle école
poétique de Racine et de Boileau que dénigrait la Motte ;
il avait étudié, dans leurs ouvrages et dans Virgile, le
grand art de l'élégance continue, de la grâce correcte.
A cela, il joignait un tour particulier de concision et de
finesse : jamais poëte ne mit plus d'esprit dans les al-

lusions et dans les contrastes ; mais il s'agissait de traduire Homère.

Essayons d'étudier, dans quelques détails, cette moderne restauration d'un temple antique. Quelle place
doit-elle occuper dans l'histoire de l'art ? Les critiques
anglais reconnaissent que le vers de Pope réunit la force
et l'élégance, la précision et l'harmonie ; que son expression est prise aux sources les plus pures de l'idiome
anglais, et que, dans ce long travail, la verve ni l'art ne
faiblissent. Quelle objection pourra faire un étranger ?
une seule, mais générale.

L'*Homère* de Pope passe pour admirable ; mais il n'est
pas du tout homérique. Cette diction primitive, aux
images éclatantes, sans périphrases et sans antithèses,
disparaît dans la versification habile et symétrique du
traducteur anglais. Les mœurs, les pensées, les détails
sont les mêmes (Pope n'avait pas songé, comme la Motte,
à refaire l'*Iliade*) ; mais le langage, cette vie extérieure,
cette physionomie de l'âme, est tout autre ; et de là, je
crois, un pénible mécompte pour l'homme de goût qui
lit cette traduction tant vantée. Cette faute est la seule
de l'ouvrage ; mais elle y est à toutes les pages. Homère
dit :

Le fils de Jupiter et de Latone, irrité contre le roi, suscita
dans l'armée un mal destructeur ; et les peuples mouraient.

Pope traduit :

Et pour la faute du roi les peuples mouraient.

Homère dit, au sujet de l'hécatombe qu'il s'agit d'envoyer à Chrysa, pour apaiser le dieu :

Peut-être, l'ayant rendu propice, le persuaderons-nous.

Pope traduit avec une intention philosophique :

Peut-être, à force de sacrifices et de prières, le prêtre pourra pardonner, et le dieu laisser vivre.

Homère fait dire à son Achille :

Je n'ai rien à redemander aux Troyens; car ils n'ont jamais enlevé mes génisses ni mes chevaux; ils n'ont jamais ravagé les moissons dans la terre de Phthie, féconde et guerrière; entre nous, il y a trop de montagnes chargées de forêts, et la mer retentissante.

Pope traduit dans une paraphrase :

Les lointains habitants de Troie ne m'ont jamais offensé; ils n'ont pas conduit de troupes ennemies dans le royaume de Phthie; mes coursiers belliqueux paissent en sûreté dans ses vallons; au loin la mer retentissante et les remparts des rochers garantissent mon empire natal, dont une moisson abondante décore le sol fertile, riche de ses fruits et de sa race guerrière.

Il serait inutile et minutieux de dire comment cette version détruit la grandeur et la simplicité d'Homère. Voulons-nous voir ailleurs le fond même des sentiments, la passion altérée par l'élégance du poëte moderne? Dans Homère, Priam, aux pieds d'Achille :

Souviens-toi de ton père, Achille semblable aux dieux, de ton père, du même âge que moi, et au dernier terme de la vieillesse. Peut-être, en ce moment, ses voisins le menacent; et il n'a personne pour repousser la guerre et la ruine. Mais, te sachant plein de vie, il se réjouit dans le cœur, et espère chaque jour de voir son fils arrivant de Troie.

Pope enjolive cette simplicité sublime :

Toi, le favori des puissances divines, songe à la vieillesse de

ton père, et prends pitié de la mienne. En moi, reconnais cette
image révérée d'un père, ces cheveux blancs, cette tête vénérable; vois ses membres tremblants et sa faiblesse; il est mon
semblable en tout, excepté en malheur; et toutefois, en ce moment peut-être, quelque coup du destin le renverse de sa paisible prospérité. Songe que tu le vois fuir loin de quelque
ennemi puissant, et demander secours avec un faible cri. Cependant une consolation peut naître dans son âme : il apprend
que son fils vit encore pour réjouir ses yeux, et il peut espérer
encore qu'un jour meilleur t'enverra vers lui, pour chasser cet
ennemi.

Où est Homère, où est Priam au milieu de tout ce jeu
de paroles? Conçoit-on que cette prière si forte et si
simple :

Souviens-toi de ton père, du même âge que moi,

soit devenue cette verbeuse, cette longue allusion sans
sérieux et sans pathétique? Que les mots anglais soient
élégants et les vers harmonieux, il n'importe; c'est une
faute de style en deçà des paroles, et qui tient au plus
intime de l'âme.

Je ne poursuivrai pas plus longtemps cette critique;
elle indique ce qui manque au grand art de Pope, et
trop souvent à la poésie du XVIIIᵉ siècle. Racine, sous la
gêne des bienséances de son temps, avait orné la simplicité d'Homère pour le costume et les détails; mais il ne
l'eût pas altérée pour la passion. Pope farde tout à la fois
les sentiments et les images.

Le même reproche s'appliquait encore plus à la version de l'*Odyssée*, que Pope, las de traduire, n'acheva
pas lui-même Quelques vers de la Fontaine, dans *Phi-
lémon et Baucis*, nous donneraient bien mieux l'idée de

la poésie originale de l'*Odyssée,* que l'art de Pope et de ses poëtes auxiliaires. Toutefois, cette grande entreprise achevée assura la gloire et la fortune du poëte.

Depuis quelques années, il avait quitté la forêt de Windsor, et s'était retiré avec ses vieux parents au hameau de Twickenham, le Tibur d'Horace, ou plutôt l'Auteuil de Boileau; car, à vrai dire, je ne sens pas, dans les vers de Pope et dans sa vie, ce goût des champs, du petit bois et de la source voisine, qu'exprimait si bien Horace :

> Hoc erat in votis, modus agri non ita magnus,
> Hortus ubi, et tecto vicinus jugis aquæ fons,
> Et paulum sylvæ super his foret.....

Le souvenir le plus champêtre qui nous soit resté de Twickenham, c'est la jolie grotte de rocailles et de coquilles formée au bout du jardin, dans un passage souterrain sous la grande route, et ornée de miroirs où se reflétait la Tamise. Cela n'est-il pas bien rustique?

Le hameau de Twickenham avait offert dès l'abord au poëte une société non moins mondaine et non moins parée que sa retraite. Les beaux esprits de Londres s'y réunissaient souvent. La célèbre lady Montague, revenue de l'ambassade à Constantinople avec tant de poétiques et curieux souvenirs, habitait ce village une partie de l'année. Elle était depuis longtemps l'admiratrice de Pope, et lui avait écrit d'Orient de spirituels billets, en réponse à ses prétentieuses épîtres. Entourée de la plus brillante noblesse du parti *whig,* elle n'en accueillit pas le poëte *tory* avec moins de faveur; elle écouta ses vers, et lui montra ceux qu'elle faisait elle-même, avec plus de correction et de causticité que de grâce.

Dans ce commerce d'esprit, Pope fut ébloui, et la vanité lui fit oublier quelques désavantages personnels que la gloire ne pouvait effacer. Il en fut puni par des plaisanteries, et se vengea par des traits de satire grossière, auxquels lady Montague répondit en nommant son calomniateur *la méchante guêpe de Twickenham*. La liberté politique et les haines de parti laissaient dans l'élégance anglaise une sorte de rudesse, dont la belle ambassadrice et le poëte ont trop abusé.

Troublé dans sa retraite, et de toutes parts en butte aux critiques, aux sarcasmes, aux injures de l'envie, Pope ne trouva de consolation et d'appui que dans le retour de Bolingbroke. Ce célèbre homme d'État, tout plein des souvenirs de l'antiquité, au milieu de sa vie emportée par l'intrigue et le plaisir, s'était appliqué à lui-même ce que Dolabella écrit à Cicéron :

Tu as fait assez pour le devoir et pour l'amitié ; tu as fait assez pour le parti, et pour la république telle que tu la voulais. Ce qui reste maintenant, c'est de nous placer où est aujourd'hui la république, plutôt que de nous exposer, en la poursuivant sous son ancienne forme, à ne la trouver nulle part [1].

Belles paroles, qui peuvent, selon les circonstances et les caractères, diriger le patriotisme ou excuser la faiblesse.

En conséquence, après avoir été banni comme *jacobite*, et avoir accepté le reproche en se faisant garde des sceaux du *Prétendant*, Bolingbroke, bientôt disgracié dans l'exil

---

[1] Satisfactum est jam a te, vel officio, vel familiaritati : satisfactum etiam partibus et ei reipublicæ, quam tu probabas. Reliquum est, ut ubi nunc est respublica, ibi simus potius, quam, dum illam veterem sequamur, simus in nulla.

même par le parti qu'il voulait servir, s'était retourné
vers les *whigs* vainqueurs, et avait sollicité de George Ier
son rappel en Angleterre. Il l'attendit longtemps, et l'a-
vait acheté bien cher. Mais enfin, en 1723, à l'expiration
du parlement qui avait porté un bill d'*attainder* contre
lui, il fut rappelé par amnistie royale, sans être pourtant
rétabli dans ses droits politiques et civils. Quelque faible
que fût cette grâce qui le ramenait désarmé dans son
pays, il la saisit avec joie, et quitta sa belle retraite de
Touraine et les hardis entretiens de Voltaire, pour venir
embrasser Pope et le peu d'amis fidèles à sa cause.

Un d'eux, Swift, confiné, depuis la chute de Bolingbroke et d'Oxford, dans son doyenné de Saint-Patrice,
avait su tirer de cette condition une influence nouvelle
et sans exemple jusqu'à lui. Le sceptique auteur du
conte du *Tonneau* n'avait plus été qu'un prêtre irlandais
plein de zèle et de charité pour ses frères ; l'esprit politique avait reparu dans sa manière de les servir. On sait
combien l'Irlande, accablée depuis tant d'années par des
lois oppressives, était inculte et arriérée. Un petit nombre de seigneurs, attachés à la religion dominante, y vivaient dans l'insolence et dans un luxe grossier. Le peuple était pauvre, et tous les efforts de l'industrie nationale
ruinés par la concurrence anglaise. Le doyen de Saint-
Patrice, usant à Dublin de la liberté de la presse, comme
il l'avait fait à Londres, devint le défenseur du commerce
de l'Irlande. Par ses pamphlets il décrédite les produits
étrangers, et apprend à l'Irlande à se suffire à elle-même,
et à s'enrichir, en n'achetant pas aux Anglais. Le gouvernement fit poursuivre ses écrits et condamner son impri-
meur. Mais Swift porta bientôt la guerre sur un autre
point. Le parlement avait autorisé pour l'Irlande l'émis-

sion d'une petite monnaie de cuivre de bas aloi, qui
devait remplacer, dans les ateliers et le commerce, un
papier dès longtemps en usage. Swift dénonça ce mono-
pole d'un genre nouveau dans ses lettres du *Drapier*, et
le fit échouer par la défiance universelle.

Dès lors il fut l'idole du peuple de Dublin : on célébrait
sa fête dans les familles et dans les réunions publiques ;
des acclamations s'élevaient sur son passage ; les corpo-
rations de métiers se soumettaient à ses avis ; on demandait son choix pour les élections municipales ; et ce philosophe malicieux et misanthrope était vénéré comme
un génie bienfaisant.

A cet ascendant de popularité, le doyen de Saint-Patrice savait unir une autre influence délicate et mystérieuse. Par sa brillante imagination, par son esprit tour
à tour enjoué et sévère, par les caprices même de son
humeur égoïste, mais passionnée, il avait singulièrement
l'art de plaire aux femmes et de captiver leur esprit. Il
était entouré de leurs assiduités ; elles écoutaient avide-
ment ses paroles amères ou gracieuses ; elles transcri-
vaient ses vers, et entretenaient pour lui, dans la haute
société de Dublin, le même enthousiasme qu'il avait
excité dans le peuple.

Cependant Bolingbroke, après huit ans d'exil, rendu
à l'Angleterre par la tolérance d'un ennemi puissant,
avait attendu deux ans un bill qui fît régulièrement cesser à son égard l'interdiction civile, dont l'avait frappé le
parlement de 1716.

Enfin, écrivait-il à Swift, voilà ma restauration accomplie
aux deux tiers : ma personne est sauve, et mon patrimoine,
avec toute autre propriété que j'ai acquise ou que je peux acquérir, m'est garanti ; mais le bill d'*attainder* est soigneuse-

ment et prudemment maintenu, de peur qu'un membre aussi gâté que moi ne revienne dans la chambre des lords, et, par son mauvais levain, n'aigrisse cette masse douce et pure.

On conçoit en effet la précaution. Walpole voulait bien amnistier un ennemi, mais non relever un rival; et tel était le génie puissant et séducteur de Bolingbroke, que, même après tant de fautes, au milieu de tous les partis dont il avait trompé l'espérance, on craignait encore qu'il ne s'ouvrît, à force de rétractations et d'éloquence, une nouvelle carrière d'ambition. Un député du parti de Walpole, peu rassuré par l'exclusion antérieure qui ne s'appliquait qu'à la pairie, proposa même d'insérer dans le bill qui rendait à Bolingbroke le droit d'hériter et d'acquérir, une clause spéciale pour le déclarer inhabile à siéger dans l'une ou l'autre chambre. Mais la disposition parut superflue, et on s'en tint aux conséquences réservées de l'ancien bill.

A Bolingbroke exclu des deux chambres restait la liberté de la presse. Mais il n'essaya pas d'abord de s'en servir, et parut tenté d'une vie plus paisible. Il acheta dans le comté de Middlesex, près de Londres et de Twickenham, une terre qu'il appelait sa ferme, et s'y retira, méditant sur les systèmes philosophiques, conversant avec Pope, et faisant ses foins. Du fond de cette retraite, il appelait Swift à grands cris, soit pour philosopher, soit pour attaquer le ministère; mais le doyen de Saint-Patrice avait pris quelque humeur du scepticisme irréligieux de son ami. Bolingbroke crut avoir besoin d'apologie près de lui.

Je dois, lui écrivait-il, rectifier en vous une opinion que je serais désolé de vous voir plus longtemps à mon égard. Le

terme d'*esprit fort,* en anglais *libre penseur,* me paraît appliqué
d'ordinaire à des hommes que je regarde comme les pestes de
la société, parce que leurs efforts tendent à en relâcher les liens
et à ôter un frein de la bouche de cette bête féroce que l'on appelle homme, tandis qu'il vaudrait mieux lui en mettre encore
une demi-douzaine d'autres.... Mais si par *esprit fort* vous entendez seulement un homme qui fait un libre usage de sa raison,
qui cherche la vérité sans passion et sans préjugé, et la suit in-
violablement, à mes yeux, c'est là un sage et honnête homme,
tel que je m'efforce de le devenir. Vous ne pouvez, même dans
votre caractère apostolique, improuver de tels *libres penseurs.*
Leur christianisme est fondé sur la meilleure base, celle que saint
Paul lui-même a établie: *Omnia probate; quod bonum est tenete.*

Puis., après quelques traits satiriques contre les abus
de la religion, il termine par ces paroles sérieuses :

Je ne puis douter que vous ne soyez maintenant convaincu de
mon orthodoxie, et que vous ne renonciez à me nommer avec
Spinosa, dont je méprise et abhorre le système sur l'*infinie
substance,* ce que j'ai le droit de faire, parce que je puis montrer pourquoi je le méprise et l'abhorre.

Bolingbroke, je le crois, se défendait moins du scepticisme avec les beaux esprits de France qu'il avait en-
chantés de son érudition, et il ne leur eût pas cité *saint
Paul.* Toutefois, il faut avouer que, dans cette lettre,
se retrouvent les mêmes principes qu'a défendus Voltaire, et la même distinction insurmontable entre les
libres penseurs et les athées. Je ne sais si elle suffisait à
Swift. Mais Pope était mécontent de l'irréligion de Bolingbroke, tout en admirant son génie et sa métaphysique. La libre philosophie de Bolingbroke ne trouvait
donc pas d'appuis, même dans ses deux amis : il revint
à la politique. Swift avait enfin quitté l'Irlande pour lui

faire une visite à Londres. Il apportait avec lui l'ouvrage
de quelques années de retraite, ses *Voyages de Gulliver,*
cette piquante satire de la société, conte de fées pour les
enfants, triste et amère parodie pour les hommes. Le
succès en fut prodigieux à Londres ; les *whigs* en rirent
comme les *tories ;* et Walpole essaya, mais inutilement,
de disputer Swift à l'amitié de Bolingbroke.

Gulliver parut à la même époque où Daniel Foe, le
vieux pamphlétaire puritain du roi Guillaume, publiait
son immortel *Robinson.* Rapprochés par la forme de
voyage, et, à quelques égards, par la savante et vraisemblable minutie des détails, ces deux romans offrent
les deux extrêmes de la narration candide et de l'allégorie fabuleuse, de la bonne foi et de l'ironie sceptique :
tous deux vivront comme œuvres originales. Mais *Robin-*
son Crusoé est une œuvre morale, une exhortation au
travail et à l'espérance en Dieu ; *Gulliver* est souvent une
dérision frivole ou désespérante qui, en ravalant l'espèce humaine, ne lui laisse, pour se relever, ni la vertu
ni la science. Voltaire a dit que c'était un Rabelais dégagé de fatras, un Rabelais perfectionné. Il n'y a pas dans
Swift, nous le croyons, l'intarissable invention et l'éloquence de Rabelais. Son ouvrage, non plus, ne venait
pas aussi à propos que celui de Rabelais ; il n'avait pas
tout ce reste oppressif du moyen âge à diffamer par de
sourdes risées ; il avait affaire, tout compris, à la société
la plus raisonnable du monde, à celle qui renfermait
dans son sein la liberté politique, la liberté de penser,
les recherches de Locke et les découvertes de Newton.
Aussi le Rabelais anglais frappe-t-il souvent à faux dans
ses bizarres attaques, et mérite-t-il parfois le ridicule
qu'il veut jeter sur la science.

Mais quel feu, quelle vivacité, quel mélange d'imagination et de sarcasmes ! quelle gaieté dans la misanthropie ! Retranchez l'île volante et les habitants de Laputa ;
restez à Lilliput, ou bien allez chez ces honnêtes chevaux,
si sobres, si modérés, si sages. Quelle amère et ingénieuse satire! Je ne crois pas non plus que la contemplation des misères humaines, que la misanthropie, que
le spleen aient jamais dicté des pages plus éloquentes
que l'histoire de cette misérable race d'immortels, les
Snulbrug. En traçant ce tableau mélancolique, l'âme de
Swift avait-elle une seconde vue, un frisson avant-cou-
reur de la défaillance morale où il tomba bientôt lui-
même? Ce hardi moqueur languit les dernières années
de sa vie comme un véritable *Snulbrug*, abruti sous les
maux du corps, et mourut imbécile. Mais n'anticipons
pas sur ce triste avenir, et voyons encore Swift dans
l'éclat de son génie, appelé à Londres par Bolingbroke
qui espérait l'associer à sa polémique, et par Pope qui
veut lui lire ses vers.

Swift jouit quelque temps de cette réunion, et de la
célébrité nouvelle que lui donnait, à Londres, son *Gulliver* et l'opposition qu'il avait faite en Irlande. Les trois
amis se voyaient souvent. L'homme d'État mécontent
reprenait ses vastes études d'histoire et de pyrrhonisme.
Le poëte recueillait des idées, qu'il ornait d'images pour
son *Essai sur l'homme;* et le philosophe, si l'on doit
donner ce nom à Swift, songeait tristement qu'il n'aurait plus de ministres à conseiller ou à défendre, et qu'il
lui faudrait bientôt retourner en Irlande. Ces trois hommes, comblés des dons du génie, étaient-ils heureux ?
non, sans doute ; mais ils offraient une réunion de talents bien rare dans l'histoire des lettres, et devant la-

quelle on aime à s'arrêter. Rien n'égalait l'abondance de
vues, la chaleur soudaine, la parole heureuse de Bolingbroke ; mais cette éloquence qui eût dominé le parlement, il l'exhalait en thèses métaphysiques dans les
petites allées du jardin de Twickenham. Swift repartit
pour aller assister aux derniers moments de cette Stella,
dont il avait été si tendrement aimé. Bolingbroke publia
des lettres politiques, et appuya de ses écrits l'opposition
que l'éloquent Pulteney dirigeait, dans la chambre des
communes, contre l'heureux Walpole. Pope, aussi mécontent des critiques et des libraires que Bolingbroke
l'était des ministres, se mit à composer sa *Dunciade*.

Autour de ces hommes illustres se réunissaient d'autres noms non moins célèbres dans les lettres : Gay, poëte
correct et pur, auteur de fables assez froides, et de l'o-
péra du *Gueux*, applaudi pour la hardiesse démocratique plus que pour la poésie ; Arbuthnot, critique plein
de goût ; Congreve devenu oisif depuis qu'il était riche ;
Thomson, arrivé d'Écosse, pauvre et sans appui, avec
le plus beau chant du poëme des *Saisons* ; Young, faisant des tragédies médiocres et de pompeuses dédicaces,
sans soupçonner encore la profondeur de tristesse et
de poésie que l'âge et le malheur devaient révéler
en lui.

Ce fut vers ce temps et dans ce monde que Voltaire,
fuyant la Bastille et la France, arrive à Londres au mois
d'août 1726.

Accueilli par les amis de Bolingbroke, il se retira d'a-
bord à Wandsworth, à deux lieues de Londres, dans la
maison d'un riche négociant, M. Falkener, à qui, dans
la suite, il dédia *Zaïre*. Ce fut là qu'il vécut deux années
dans l'étude des lettres anglaises et le commerce des

hommes les plus célèbres du temps. Malheureusement il y eut alors lacune dans cette correspondance infatigable, le plus curieux et le plus piquant de ses ouvrages. On ne peut assez regretter que, pendant ce long séjour, il ait à peine écrit trois ou quatre fois à ses amis de France. Que de choses il leur eût dites qui ne sont pas même dans ses *Lettres philosophiques* sur les Anglais, et qu'il faut chercher jusqu'à la fin de sa vie, dans les réminiscences quelquefois un peu effacées qui remplissent ses derniers écrits! car ce voyage, ce noviciat anglais a puissamment agi sur tout Voltaire. Son imagination en resta colorée d'une teinte plus libre et plus vive, et sa raison en devint plus hardie. Les études qu'il fit alors se retrouvent partout dans l'histoire de son génie. S'il en rapporta d'abord des formes de tragédie et de poésie morale, bien des années après il y puisait la maligne philosophie de ses *contes* et l'érudition de ses pamphlets sceptiques.

Aujourd'hui, tout lettré français qui passerait deux années en Angleterre la visiterait en tous sens, s'arrêterait près des lacs et sur les monts d'Écosse, et ferait une description complète du pays, sous tous les rapports pittoresques et politiques, commerciaux et littéraires; Voltaire ne paraît guère avoir bougé de la fumée de Londres et de sa banlieue : il n'y a trace dans ses souvenirs des beaux sites d'Angleterre et d'Écosse. Quant à la constitution politique du pays, il n'en rendit qu'un compte fort sommaire, pour s'en moquer autant que pour la louer. Que fit-il donc à Londres pendant deux ans? que rapporta-t-il avec lui? ce qui fut son caractère, son privilége, ce qui manquait à l'Europe du continent, la liberté de penser, loin de cette fausseté con-

venue que le préjugé, l'habitude, l'étiquette de cour,
l'esprit de corps maintenaient en France. C'est par là
que l'Angleterre le frappa dans ses théâtres, ses livres,
ses sermons, ses journaux; c'est par là que cet esprit
élégant se complut à la foule d'originaux dont l'Angleterre abondait à ses yeux, et qui choquaient d'abord son
goût délicat et moqueur.

Le mouvement, la vie d'une société libre, voilà ce qu'il
avait entrevu dans l'activité d'Amsterdam, et ce qu'il
retrouvait avec délices sous une forme plus brillante,
dans le luxe et la richesse de Londres. Il n'y vit pas la
cour, cependant. Bolingbroke, son ami, était, nous l'a-
vons dit, le chef d'une opposition à demi *jacobite*,
demi républicaine, qui luttait contre l'ascendant habile
et corrupteur de Walpole. Voltaire sortit peu de ce cercle dont il aimait les hardis entretiens, sans partager ses
passions. Il vit Congreve, et s'indigna de le trouver plus
gentilhomme que poëte, et plus flatté de ses emplois
publics que de ses anciens succès au théâtre. Il rechercha
Pope, et surtout étudia ses écrits.

Vers ce temps, comme Pope revenait un soir de la
ferme de Bolingbroke, dans le carrosse de son noble
ami, les chevaux, en passant sur un pont demi-rompu,
le versèrent dans la Tamise. Le poëte faillit se noyer[1];
mais, grâce à sa petitesse, on le tira de la voiture à travers la glace brisée d'une des portières. Il fut ramené
chez lui l'épaule démise et la main blessée par les éclats
du verre. Voltaire s'empressa de lui écrire avec une affec-
tueuse inquiétude. Les deux poëtes se virent; mais la

---

[1] He might have been down, if one of my men had not broke
a glass, and pulled him out through the window. (BOLING., *Letter.*)

gravité caustique et prude du poëte anglais goûta peu la
fougue brillante et la gaieté de Voltaire. Un jour, à table
chez Pope, Voltaire ayant plaisanté sur le catholicisme,
Pope, qui versifiait les idées de Bolingbroke, sans être
incrédule comme lui, se leva d'impatience et sortit avec
humeur. Le bruit se répandit que ce jeune Arouet, qui
parlait si étourdiment et si haut, avait quelque mission
secrète du ministère de France, et qu'il fallait s'en dé-
fier. Il n'en était rien. Le cardinal de Fleury ne l'eût pas
choisi pour agent; et Voltaire, qui aimait fort les affaires
d'État, n'eut jamais de mission qu'auprès du roi de
Prusse. Mais on conçoit sans peine que l'intimité de
Bolingbroke, suspect par tant de rôles qu'il avait joués,
et cette alternative de faveur royale, et de disgrâce qu'a-
vait éprouvée Voltaire, pouvait jeter quelque doute sur lui.

Voltaire, d'ailleurs, prêtait à ces calomnies par une
certaine affectation de crédit à la cour de France. On le
voit, à la même époque, offrir à Swift, qui voulait visiter
Paris, une lettre de recommandation pour notre ministre
des affaires étrangères d'alors, M. de Morville, personnage politique fort oublié, que Voltaire, dans cette lettre, accable de louanges, en lui adressant le malin auteur
de *Gulliver*.

Retenu par Bolingbroke, Swift ne partit pas; et Voltaire, qui ne négligeait rien, le pria bientôt à son tour
de recommander en Irlande son poëme de la Ligue,
qu'il réimprimait sous le titre de *Henriade*. Il lui écrivait
pour cela de jolies lettres, en assez bon anglais, et lui
envoyait dans la même langue son *Essai sur les guerres
civiles de France*.

Je n'ai pas vu, lui disait-il dans une de ces lettres, M. Pope cet hiver, mais j'ai vu le troisième volume des *Mélanges* [1] ; et plus je lis vos ouvrages, plus je suis honteux des miens.

Je ne sais si *la Henriade* eut de nombreux souscripteurs en Irlande ; mais, parmi la haute société de Londres, cette publication fut très-favorisée ; et Voltaire, qui, avec son goût habituel d'entreprises financières, venait d'aventurer beaucoup d'argent sur la mer du Sud, se vit dédommagé par sa *spéculation épique*.

Ce qui valait mieux pour le poëte, c'était l'inspiration qu'il recevait de l'Angleterre. Avec l'esprit de liberté, il voyait partout à Londres le sentiment de la dignité des sciences et le respect des lumières. Il faut en convenir, les minces faveurs que le talent et la gloire pouvaient obtenir en France, une invitation à Fontainebleau, une pension sur la cassette, une place à l'Académie, tout cela devait paraître peu de chose à Voltaire, en comparaison des récents souvenirs du ministère d'Addison, de la diplomatie de Prior et de l'influence de Swift.

Pendant son voyage même, Voltaire avait pu voir un autre exemple des grands honneurs que l'Angleterre réservait au génie. Newton mourut le 20 mars 1727. Après que son corps eut été exposé aux flambeaux sur un lit de parade, comme le corps d'un souverain, on le porta dans la sépulture royale de Westminster, suivi d'un immense cortége où marchaient les plus grands seigneurs de l'Angleterre, le chancelier, les ministres, et qu'entourait le respect public. Voltaire, qui dès lors étudiait les grandes découvertes de Newton, en même temps que le théâtre anglais, fut sans doute frappé de ce glorieux

---

[1] Recueil mêlé de pièces de Pope et de Swift.

spectacle et de cette apothéose décernée au génie par la
raison d'un peuple éclairé. On ne peut douter même
qu'il n'ait gardé souvenir des beaux vers que fit alors le
poëte Thomson, pour honorer la mémoire de Newton ;
on y trouve la première pensée, et pour ainsi dire,
l'accent de la belle épître à madame du Châtelet ; et on
conçoit sans peine que, tout ému de ces funérailles de
Newton, il ait jeté dans sa *Henriade* la magnifique explication du système du monde.

Les obsèques presque royales d'un homme qui n'avait
été grand que par les sciences, l'orgueil d'un libre patriotisme mêlé à l'enthousiasme pour le génie, tout cela
était étranger à notre France, d'où Descartes avait fui, et
où ses cendres mêmes n'avaient pu obtenir d'éloge public ; à notre France où Corneille était mort pauvre,
Racine disgracié, Molière sans sépulture. Tout cela était
noble, grand, devait charmer une âme éprise de la
gloire, et qui sentait sa force. Essayons de traduire le
chant funèbre ou plutôt triomphal du poëte anglais sur
la tombe de Newton ; vous jugerez quelle inspiration en
reçut Voltaire :

La grande âme de Newton quittera-t-elle la terre pour se
mêler aux astres son domaine, et les Muses, frappées de silence,
craindront-elles de soulever une telle gloire? Mais que peut notre
faible voix? A cette heure même, les fils de la lumière, par
de sublimes accents unis à la lyre céleste, célèbrent sa présence
sur le rivage de l'éternelle félicité. Je n'y renonce pas cependant; que le sujet soit grand et chanté sur la harpe des anges;
flammes éthérées, j'aspire à me joindre à vous dans ce concert
de la nature !

Et maintenant qu'il est vôtre, quelles merveilles inconnues
pourrez-vous montrer à celui qui, même sur ce point obscur où

les mortels travaillent enveloppés de poussière, avait suivi à
la trace, d'après les lois simples du mouvement, l'invisible
main de la Providence agissant à travers la machine universelle?...

Œil tout intellectuel, pénétrant d'abord notre système solaire,
par les forces mêlées de la gravitation et de la projection, il le
voit accomplir son tour dans une muette harmonie. Cachées au
regard de l'homme, ces lunes nombreuses, dont la clarté réjouit
des planètes lointaines, ont apparu à Newton, dans tous leurs
cercles entrelacés. Il a fixé le cours de la reine errante de nos
nuits, soit que son orbe à peine formé ne rende qu'un faible
éclat, soit que, large flambeau, elle inonde doucement les cieux
de sa pâle lumière. Discernant chacun de ses mouvements, il
les coordonna dans leurs rapports avec ceux de la mer, et ensei-
gna pourquoi la masse de l'onde se gonfle irrésistible, et se
penche sur les rocs brisés, comme un fleuve qui déborde, jusqu'au moment où le reflux laisse de nouveau derrière soi un dé-
sert de sable jaune et stérile.

De là il prit son vol ardent à travers l'azur infini; et toutes
les étoiles que la voûte éclairée d'une nuit d'hiver épanche sur
nos yeux, ou que le tube de l'astronome va tirer de l'obscur
abîme des airs, et celles que plus loin dans les étages successifs
des cieux on avait crues isolées, s'allumèrent en soleil à son
approche, devenant chacune le centre vivant d'un système or-
ganisé, toutes combinées et régies sans erreur, par l'unique
pouvoir qui attire une pierre projetée vers la terre.

O magnificence divine sans profusion! ô sagesse vraiment
parfaite! produire ainsi d'un petit nombre de causes un ensemble de résultats, des effets si variés, si beaux et si grands, un
univers complet! O bien-aimé du ciel, dont l'œil épuré, perçant
ce voile mystérieux, vit au dedans se lever et se mouvoir un si
vaste assemblage! Le premier, il poursuivit la comète dans son
ellipse immense; il dirigea sa route autour de mondes innombrables, jusqu'au point où, reparaissant sur le front de notre
ciel du soir, la flamboyante merveille brille de nouveau, et se-

coue la terreur sur les nations tremblantes. Tous les cieux sont
à lui, ramenés de la chimère barbare des tourbillons et des
sphères circulantes à leur première et sublime simplicité....

La lumière elle-même, qui rend tout visible, brillait ina-
perçue, jusqu'à ce que son génie plus lumineux eût déplié tout
entière la robe éclatante du jour, et, tirant de cette masse in-
distincte de blancheur chaque espèce de rayon, eût produit à
l'œil enchanté le riche appareil des couleurs primitives. D'abord
jaillit l'ardent *écarlate*, puis la teinte sombre de l'*orangé*, puis
le *jaune* gracieux, près duquel tombèrent les doux rayons *du
vert* qui rafraîchit la nature ; ensuite le *bleu* pur, qui gonfle les
cieux d'automne, se joua dans les airs ; et sous une nuance plus
triste parut l'*indigo*, couleur d'un ciel du soir obscurci de fri-
mas ; enfin, les derniers rayons de la lumière réfractée s'éva-
nouirent en une teinte fugitive de *violet*. Telles, quand les
nuages distillent leur rosée, brillent les couleurs distinctives de
l'arc-en-ciel. Pendant qu'au-dessus de nos têtes l'humide apparition est suspendue avec grâce, s'évaporant sur nos campa-
gnes, des myriades de nuances mélangées se forment de ces
couleurs, et des myriades restent encore à naître : source infinie de beauté toujours jaillissante, toujours nouvelle ! Rien de
si beau fut-il jamais imaginé par le poëte rêvant sous les bos-
quets de l'Hélicon, ou par le prophète dont l'enthousiasme fait
descendre le ciel ? En ce moment même le coucher du soleil et
les teintes variées des nuages, vues de tes gracieuses collines,
ô Greenwich ! attestent combien la loi de la réfraction est véritable et belle.

O vous, âmes chargées de ténèbres et sans espérances, vous
qui, n'ayant pas la conscience de ce sublime essor, de cet élan
vers une immortelle vie, osez combattre le plus noble privilége
de l'humanité, dites, une âme douée d'une puissance si vaste,
si profonde, si prodigieuse, peut-elle n'être qu'un souffle plus
choisi d'esprits vitaux qui s'agitent quelques moments dans
leurs tubes, et ont à jamais disparu dans le vide ? Mais, silence ! je crois entendre une voix qui, solennelle, comme à l'ap-

proche d'un grand changement, retentit dans le monde : c'en
est fait, la mesure est comblée, je résigne ma tâche....

Que des pleurs efféminés ne soient pas versés pour lui ! La
vierge moissonnée dans sa fleur, le folâtre jeune homme, le
petit enfant chéri, voilà les tombes qui réclament des larmes et
des élégies. Mais Newton appelle des chants de félicitation ; car
il est errant à travers ces mondes innombrables que d'ici-bas il
avait si bien décrits ; il les admire, et, dans son admiration, il
célèbre leur auteur avec les heureux habitants du ciel ! O gloire
de la Bretagne, soit que tu converses avec les anges, devenu leur
égal et admis à leurs honneurs, soit que, monté sur les ailes des
chérubins, tu suives dans ta course le mouvement des sphères,
comparant les êtres avec les êtres, perdu dans le ravissement et la
reconnaissance pour cette lumière si abondante qui rayonnait dans
ton âme, du sein de la lumière. Oh ! regarde avec pitié l'espèce
humaine, cette race fragile et pleine d'erreurs; relève l'esprit
de ce bas univers; préside à ta patrie déchue, et sois nommé
son génie tutélaire ! Relève ses arts, corrige ses mœurs, inspire
sa jeunesse ; car cette patrie, bien que corrompue et affaiblie,
elle t'a donné naissance, et se glorifie dans ton nom; elle te
montre à tous ses enfants, et leur dit de regarder ton étoile,
tandis que, dans l'attente de cette seconde vie qui commence,
quand le temps aura cessé, ta poussière sacrée dort avec celle
des rois, et ennoblit leurs tombeaux.

Voilà, Messieurs, la source un peu surabondante de
la belle et neuve poésie que Voltaire, quelques années
plus tard, adressait à madame du Châtelet, interprète de
Newton. Vous reconnaissez les pensées, les images :

> Déjà ces tourbillons, l'un par l'autre pressés,
> Se mouvant sans espace, et sans règle entassés,
> Ces fantômes savants à mes yeux disparaissent;
> Un jour plus pur me luit; les mouvements renaissent.
> . . . .

Il découvre à mes yeux, par une main savante,
De l'astre des saisons la robe étincelante :
L'émeraude, l'azur, la pourpre, le rubis,
Sont l'immortel tissu dont brillent ses habits.
Chacun de ses rayons, dans sa substance pure,
Porte en soi les couleurs dont se peint la nature ;
Et, confondus ensemble, ils éclairent nos yeux,
Ils animent le monde, ils emplissent les cieux.
Confidents du Très-Haut, substances éternelles,
Qui brûlez de ses feux, qui couvrez de vos ailes
Le trône où votre maître est assis parmi vous,
Parlez, du grand Newton n'étiez-vous pas jaloux?

Vous voyez ce qu'apprenait Voltaire à l'école de l'i-
magination et de la philosophie anglaises. Londres était
pour lui une Athènes un peu sérieuse, où il puisait la
force et l'étendue des connaissances plutôt que le goût
et la grâce ; mais quel trésor d'idées et d'images s'ouvrait devant lui ! quel nouvel élan pour cet esprit si libre ! il n'est presque aucun écrit de Voltaire où l'on ne
trouve la marque de ces trois années de séjour à Londres.
Nulle part sa vie ne fut plus laborieuse, plus afffranchie du
monde, plus occupée de réflexions et d'études : « Je mène
la vie d'un rose-croix, écrivait-il, toujours ambulant, toujours caché. » Son *grand œuvre*, c'était de former, d'exercer ce génie si varié, érudit, léger, historique, sceptique,
dramatique, fait pour amuser et dominer l'Europe. Pas
un moment perdu ; il refaisait *la Henriade,* tout en lisant
Newton ; d'un entretien métaphysique de Bolingbroke,
d'une lecture de Pope ou de Swift, il allait aux pièces
de Shakspeare méditer ce pathétique terrible, qu'il appelait *barbare,* et dont il reporta l'émotion dans son élégant théâtre. Il étudiait dans Milton et Butler le sublime

et le burlesque anglais, et méditait l'esprit encyclopédique dans Bacon. Il s'inquiétait peu du parlement, alors
fermé au public ; mais parfois, quittant sa solitude de
Wandsworth, il se glissait dans quelqu'une des réunions
de sectaires, communes à Londres, et dont l'enthousiasme un peu bizarre amusait son incrédulité.

Au milieu de cette vie de poëte et d'observateur, Voltaire entrevit avec joie l'occasion de rentrer en France.
Sa moisson était faite. S'il aimait la liberté anglaise, il
voulait la France pour y vivre, pour y être applaudi, en
dépit de la censure et de la Bastille. Un nouveau ministre, le jeune Maurepas, leva la défense qu'un caprice
avait fait mettre ; et Voltaire accourut à Paris avec l'édition de *la Henriade,* et vingt projets d'ouvrages, rêvant
ses *Lettres philosophiques,* ses *Éléments de Newton,*
Brutus, Zaïre, la Mort de César, et tout le XVIII° siècle.

HUITIÈME LEÇON.

Retour de Voltaire en France. — Nouvel éclat de son nom. — Sa
grande composition poétique, *la Henriade.* — Du caractère et
de l'époque des poëmes épiques. — Affinités de *la Henriade* avec
la *Pharsale*, malgré la différence de génie. Idées qui prédo-
minent dans les deux ouvrages; esprit de controverse, scepticisme. — Défauts et béautés neuves de *la Henriade.*

MESSIEURS,

Voltaire retrouvait la France sous la léthargique domination du vieux cardinal de Fleury; c'était le même
train de choses, une cour brillante, un premier ministre
économe et modeste, qui gouvernait despotiquement,
et distribuait avec douceur des milliers de lettres de cachet; une grande ville, où le goût des plaisirs de l'esprit
et du luxe allait croissant, et n'attendait plus l'exemple
de la cour; enfin, au lieu de cette aristocratie hautaine,
active, occupée, qui formait le gouvernement et l'opposition de l'Angleterre, une noblesse oisive, hors du
champ de bataille, et dont la vanité, comme le bon goût,
se plaisait aux lettres.

Voltaire se reprit à ces sociétés aimables; et, com-
mensal familier de Richelieu, ami des seigneurs et des
financiers, bientôt amant de la marquise du Châtelet, il
fut, plus que jamais, l'écrivain célèbre et lu dans le
grand monde. Mais, revenu d'Angleterre avec un sens
plus hardi et plus mûr, cette faveur qu'il aimait ne lui

suffit pas. Le grand poëte voulait une gloire bruyante et populaire. Cette pensée lui avait, tout jeune, inspiré *la Henriade*, qu'il rapportait maintenant du pays de Milton, corrigée, agrandie, épique enfin, autant qu'elle pouvait l'être.

« Lorsque j'entrepris cet ouvrage, dit-il quelque part, je ne comptais pas le pouvoir finir, et je ne savais pas les règles du poëme épique. » J'ignore s'il les apprit plus tard, et quelles sont ces règles. Qu'un poëme épique commence par le milieu, et que l'exposition vienne après, dans un récit,

> . . . . . In medias res,
> Haud secus ac notas, auditorem rapit,

cet ordre peut plaire dans l'*Énéide*; mais ce n'est pas plus une règle, que le songe ou le récit de nos tragédies. Voltaire, d'ailleurs, ne s'est que trop conformé à ces usages, à ces routines épiques, dont il affecte l'ignorance : c'est le défaut même de *la Henriade*, de ressembler à tout ce qui précédait, et surtout à l'*Énéide* ; d'avoir une tempête, un récit, une Gabrielle quittée comme Didon, une descente aux enfers, un Élysée, une vue anticipée des grandeurs et des maux de la patrie, et même un *Tu Marcellus eris,* qui s'applique au Dauphin.

La chose dont aurait dû s'inquiéter Voltaire, ce ne sont pas les règles prescrites à l'épopée, mais les conditions sociales qui lui permettent de naître. Il y a des époques d'enthousiasme, de mœurs naïves et de vertus guerrières, qui ne peuvent s'exprimer et se peindre que dans une épopée. Il y a des époques de corruption fine, d'élégance et de frivolité, qui se résument dans une satire, et dans une chanson. Un grand récit en vers veut s'adresser à des imaginations encore neuves, qu'on puisse surprendre et émouvoir avec cette simplicité, sans laquelle les longs ouvrages sont insupportables. Là où les imaginations ont perdu cette première candeur, le poëte épique ne saurait naître ; il appartient à la jeunesse des nations et des idiomes : seulement, si la nation est rude et l'idiome grossier, on a ces longs récits en vers qui amusaient nos aïeux ; si, au contraire, la nouvelle langue est belle et forte dès son origine, on entend la voix du Dante.

Un peuple, une civilisation ne porte en soi peut-être qu'un sujet d'épopée. Pour que l'inspiration revienne, il faut un autre culte, une autre société, un monde renouvelé. L'épopée véritable des temps modernes, notre *Iliade,* c'était l'expédition des croisés. Tous les peuples de l'Europe avaient contribué, de leur sang et de leur foi, à faire naître cette palme glorieuse : un seul a su la cueillir, le peuple même d'où était partie la guerre sainte, et qui la ranimait sans cesse par la voix de ses pontifes. Le Tasse était inspiré de Grégoire VII et d'Innocent III ; et l'Italie lettrée du xvi⁰ siècle chantait ce qu'avaient fait, dans l'ardeur de leur foi, les prêtres italiens du moyen âge. La *Jérusalem délivrée* avait dû naître sur la terre privilégiée du catholicisme.

Le christianisme renfermait encore un autre sujet, immense et sans date, contemporain de l'humanité, plutôt que d'une époque. Le génie le féconda et le fit éclore au feu d'une guerre religieuse qui ressuscitait, dans toutes leurs violences, les traditions hébraïques. Le coloris de Milton est aussi vrai et aussi durable que celui d'Homère. L'érudition du poëte a disparu sous la foi du sectaire biblique ; il a revu, par l'imagination, le monde primitif, et retrouvé la simplicité par la tradition religieuse.

Ailleurs, un petit peuple de l'Europe chrétienne a-t-il
tout à coup porté ses vaisseaux au delà des mers atlan-
tiques, conquis des royaumes aux bords du Gange, dans
l'orgueil et l'éblouissement de ces découvertes, un poëte
se rencontre pour les chanter : *Vasco de Gama* et les ri-
vages de *Mélinde* seront célébrés par *le Camoëns*. Ainsi
naît le poëme épique, plus rare encore que cette fleur
qui ne couronne qu'une fois dans un siècle la cime de
l'*aloès*.

Cela nous jette bien loin de ces épopées érudites, faites
à froid, comme une élégie sans amour, pour imiter le
passé, ou traduire ce qu'on n'a pas senti. La Grèce, sur
son déclin, eut beaucoup de ces poëmes, et a produit
peut-être le chef-d'œuvre de ce genre faux, les *Argonau-
tiques* d'Apollonius de Rhodes. Sans doute, le poëte est
trop loin de son sujet ; il n'a pas l'enthousiasme de la découverte ; son merveilleux est une mythologie d'antiquaire ; on sent le grammairien d'Alexandrie. Mais si la
couleur épique est recherchée, il y a du naturel dans la
peinture de ces passions, qui sont de tous les temps. Le
poëme est artificiel, mais le drame est vrai. L'amour et
les combats de Médée sont rendus avec une éloquence
digne d'inspirer Virgile. Le poëme a d'ailleurs cette brièveté que le goût indiquait, dans un âge qui n'était plus
celui des naïfs et longs récits. Il forme, à cet égard, un
parfait contraste avec les chants de Nonnus, où tous les
vices et tout l'ennui de la fausse épopée sont étalés avec
diffusion.

Sans supposer, comme Niebühr, que les premiers temps
de Rome aient vu naître de grands poëmes épiques, dont
son histoire fabuleuse garde les lambeaux, je croirai volontiers qu'il était passé dans Ennius quelque chose de

l'âme d'Homère. Le vieux poëte, avec les trois langues
qu'il parlait, eut surtout l'avantage d'être Romain de
cœur et d'accent, et de prêter sa voix à l'enthousiasme
des siens. Rome fut son *Iliade*. Il chanta ses guerres,
comme les exploits d'un héros, et n'eut d'autre unité
que la gloire de ses concitoyens :

> Horrida Romuleûm certamina pango duellûm.

A voir quelques fragments épars, on peut juger que
non-seulement ses vers, mais ses inventions étaient
épiques. Il suffit d'indiquer le songe où Ilia, la mère des
Romains, contemple sa postérité. Un doute seulement :
le merveilleux, sincère, naïf, fait une grande part du
poëme épique ; et je ne sais si Ennius et son peuple n'é-
taient pas déjà trop avancés pour y atteindre. Ennius,
recevant le scepticisme de la Grèce vieillie, avait traduit
le livre d'Évhemère sur l'origine terrestre et la destinée
mortelle des dieux. Comment alors les faire agir en poëte
homérique ?

La grande œuvre des muses romaines, ce fut l'épopée
didactique, l'épopée sans dieux, sans héros, et sans
autre fiction que le merveilleux de la nature, le poëme
de Lucrèce. Il en devait être ainsi sans doute pour un
peuple que la philosophie avait saisi au sortir de la barbarie, et dont elle avait intercepté la jeunesse poétique.
Lucrèce rappelle Homère ; il en a la grandeur et la magnificence transportées dans un autre ordre d'idées, dans
un autre âge de l'esprit humain. Les images des dieux
d'Homère ne sont égalées peut-être que par les démentis de Lucrèce, et sa révolte contre leur pouvoir.

> Humana ante oculos fœde quum vita jaceret
> In terris, oppressa gravi sub relligione,

Quæ caput a cœli regionibus ostendebat,
Horribili super aspectu mortalibus instans;
Primum Graius homo mortales tollere contra
Est oculos ausus, primusque obsistere contra.
Quem neque fama deûm, nec fulmina, nec minitanti
Murmure compressit cœlum; sed eo magis acrem
Inritat animi virtutem, effringere ut arcta
Naturæ primus portarum claustra cupiret.
Ergo vivida vis animi pervicit, et extra
Processit longe flammantia mœnia mundi.

Quand l'humanité gisait honteusement, abattue sous la religion qui montrait sa tête du haut des cieux, pesant sur les mortels de son terrible aspect, un homme de la Grèce, le premier, osa lever à l'encontre ses regards mortels, et lui résister en face. Ni la renommée des dieux, ni leur foudre, ni le ciel au menaçant murmure, ne l'arrêta. Son courage d'esprit s'en accrut, dans le désir ardent de briser le premier les barrières étroites de la nature. Ainsi la force vive de sa pensée vainquit, et s'élança bien loin par delà les murs enflammés de l'univers.

Quel spectacle illimité pour l'imagination! quel enthousiasme de poëte! Cela ne pèse-t-il pas en sublime autant que la chaîne d'or à laquelle sont suspendus tous les dieux, et qu'enlève Jupiter?

Cette supériorité de la poésie didactique chez les Romains se retrouve dans l'admirable génie et l'art savant de Virgile. L'*Énéide* ne fut pas son œuvre native et inspirée; et c'est pour cela que le grand poëte désespérait de son ouvrage, et s'accusait de l'avoir entrepris follement : *Tantum opus pœne vitio mentis ingressus.*

Il y a cependant une passion vraie dans l'*Énéide*, l'amour de Rome et de sa gloire. La mythologie du poëte est froide et timide; le scepticisme l'avait devancée. En décrivant un conseil des dieux dans l'Olympe, il songeait involontairement à la parodie que le vieux satirique Lucile avait déjà faite des assemblées célestes, et il en imitait même quelques vers ; mais il croit au génie de Rome, et à tous les souvenirs de cette grande patrie. De là ces neuves et touchantes peintures des antiquités du Latium. Le génie simple et mélancolique du poëte se retrouve à l'aise sous le toit de chaume du roi Évandre ; il se plait à peindre ses troupeaux errant aux mêmes lieux où seront les comices et les palais de Rome :

Romanoque foro et lautis mugire carinis.

Ainsi l'*Énéide,* admirable copie de l'art grec dans les premiers livres, est un monument indigène, une épopée nationale dans les derniers. Seulement une nuance d'érudition se mêle à l'inspiration du poëte ; il a recherché, il a studieusement découvert des antiquités, plutôt qu'il ne chante par instinct des traditions nationales : par là, même dans la partie la plus épique de son ouvrage, il est moins vrai qu'Homère, que le Dante, ou même que le Camoëns. Comme son style est une exquise imitation de diverses époques, et qu'il tient à la fois d'Homère et du Muséum d'Alexandrie, il a la simplicité que donnent l'art et le goût, mais non cette naïveté primitive des anciens récits. Rien n'était possible au delà ; le siècle d'Auguste était trop raffiné pour être épique. Je le suppose par les jugements mêmes du temps :

. . . . forte epos acer
Ut nemo Varius ducit.

Et ailleurs :

Valgius, æterno propior non alter Homero.

Ce *Varius,* qui fait marcher mieux que personne la
grande épopée ; ce *Valgius,* qui égale l'éternel Homère,
et qui, dès le siècle suivant, était oublié comme *Varius,*
n'est-ce pas une raison de croire que, dans la riche élégance de cette époque, on n'avait pas l'idée vraie de la
grande tradition chantée qui vit dans la mémoire des
hommes et traverse les âges. Plus tard cette idée ne vint
pas davantage aux Romains : ils perdirent la politesse du
goût, sans remonter au naturel. Nous ne parlerons pas
de ces poëmes de Pétrone, de Stace, qui sont à des
récits épiques ce que des exercices de rhéteur sont à l'é-
loquence.

Il n'importe que Stace ait travaillé douze ans sa *Thé-
baïde,* et qu'il ait adoré la trace de Virgile :

> . . . Nec tu divinam Eneida tenta ;
> Sed longe sequere, et vestigia semper adora ;

rien de plus antipathique à la grande poésie de récit que
cette versification laborieuse et recherchée de la décadence romaine. Avec plus de choix et de sobriété dans
les ornements, Valerius Flaccus n'est pas moins dénué
de naturel épique ; ses formes concises, sa mythologie
souvent abstraite et ses sentences philosophiques ne ressemblent pas au langage du poëte qui raconte. Disons
vrai : pour trouver un peu de veine épique, il faut s'arrêter
à Lucain.

Parmi toutes les objections faites à son ouvrage, le
choix d'un sujet historique et récent n'est pas celle qui
me paraît fondée ; au contraire, c'est par là que sa *Pharsale* a plus de grandeur et de vie que les épopées artificielles de la décadence ; c'est par là qu'il l'emporte sur
Stace, son émule en poésie déclamatoire. Au fond, c'est

le procédé naturel de l'épopée ; ainsi chantait le vieil
Ennius ; ainsi nos poëtes du moyen âge ; ainsi l'auteur
espagnol du beau fragment sur le *Cid*. Seulement l'époque
récente choisie par Lucain était bien politique et bien
raffinée pour prêter à la fiction. Mais quel grand spectacle n'offrait-elle pas ? la révolution de Rome et du
monde : et quels hommes pour animer le tableau !

A mon avis, c'est le fond tout historique de la *Pharsale*,
c'est la partialité du poëte qui a fait vivre son ouvrage,
et l'a sauvé du sort destiné aux épopées savantes nées
dans l'arrière-saison des peuples. Les théories de l'art
n'y font rien. La *Pharsale* peut manquer aux conditions
du poëme épique ; elle en a d'autres qu'elle remplit, et
qui en font une œuvre à part.

On a souvent remarqué quel intérêt les récits de Tacite
empruntent à la pensée secrète de l'historien, à son opiniâtre et douloureux souvenir de la liberté romaine. Il y
a là une passion, c'est-à-dire une éloquence : elle est
distincte du grand talent d'écrire ; elle y ajoute un caractère de plus ; et quelquefois, dans la stérilité des événements, lorsque le sujet s'abaisse ou manque, elle supplée
au sujet par l'émotion toujours présente de l'écrivain ;
elle rend dramatique même la nullité du sénat, en s'in-
dignant d'avoir si peu de chose à raconter.

La même passion est dans Lucain : elle vit sous l'emphase et le faux goût du poëte ; elle l'inspire parfois admirablement ; elle l'anime toujours ; et elle est partout
un curieux symptôme de l'esprit romain. Je sais tout ce
que le bon sens peut alléguer contre le poëte, tout ce que
la philosophie de l'histoire peut opposer à la conception
même de son ouvrage. La philosophie, surtout dans ses
théories récentes, n'aura point de peine à prouver que la

passion du poëte est étroite, son héros mal choisi ; que
l'intérêt social était du côté de César ; que César était le
représentant d'un progrès de l'humanité ; qu'il devait
vaincre puisqu'il a vaincu, et qu'il était le plus grand et
le plus utile au monde, puisqu'il devait vaincre. Peu im-
portent ces tardives explications. Le sentiment qui règne
dans la *Pharsale* est grand et poétique. C'est le dernier
soupir, le dernier vœu de la liberté romaine accusant
César sous Néron, et flétrissant l'empire jusque dans son
héroïque fondateur.

Que les faiblesses et le courage avorté de Lucain aient
trahi, dans sa vie et dans sa mort, les généreux sentiments qu'il ressuscitait dans ses vers ; qu'une vanité de
poëte plutôt qu'une colère de citoyen l'ait fait conspirateur ; qu'il ait mis, sous l'invocation de Néron divinisé,
son hommage à la république romaine, ces contradictions
d'une époque dépravée, ces misères d'une âme jeune et
vaine ne détruisent pas le sentiment qui est au fond du
poëme. Là est l'intérêt et le pathétique de la *Pharsale*.

Une autre source d'effets hardis pour la pensée, c'est
l'incrédulité philosophique du poëte, cette incertitude
tout ensemble, et ce fatalisme des époques avancées.
Rien de moins épique, selon la loi du merveilleux ; mais
le domaine de l'imagination se rajeunit par les contraires.
Lucain, comme de nos jours Byron, fait sortir la poésie
du scepticisme qui la détruit. Enfin, il est éloquent (à la
manière des rhéteurs, je l'avoue : il n'y avait plus d'autre
éloquence) ; mais en corrigeant leurs fausses couleurs par
des traits d'un naturel hardi, et par la grandeur réelle
des choses qu'il exprime. De là ces sentences, ces portraits, ces discours, où, parmi les exagérations du faux
goût, éclate un sublime digne d'être recueilli par Corneille.

Malgré les différences entre les âges d'une nation moderne et les époques analogues de la vie romaine, malgré
les différences plus marquées entre la raison poétique de
Voltaire et la verve peu réglée de Lucain, on sent assez
que, si *la Henriade* est un poëme épique, elle ne peut
l'être que sous peine de ressembler beaucoup à la *Pharsale,* d'offrir plus de philosophie que de poésie, plus de
réflexions que d'images. Voltaire, dans *la Henriade,* c'est
Lucain abrégé, tempéré, calmé, Lucain sans figures outrées, sans déclamations, mais aussi moins énergique et
moins éblouissant. Le poëte français a, comme le romain, sa passion de controverse. Le catholicisme est
pour l'un ce que l'empire était pour l'autre. Tous deux
parfois flattent leur ennemi ; mais ils se plaisent aux allusions, aux souvenirs qui le décréditent et l'offensent.
Aussi le chant de la Saint-Barthélemy est-il le plus beau
de *la Henriade.* Mais cette passion même du poëte s'accorde peu avec le dénouement forcé de son ouvrage,
l'abjuration de Henri.

Même contradiction entre les maximes sceptiques
dont il sème ses vers, et le merveilleux chrétien qu'il
emploie. Le dieu impartial du bonze et du brahmane en-
verrait-il saint Louis pour convertir Henri IV, au milieu
d'un assaut?

A cet égard, il y a moins d'unité dans *la Henriade* que
dans la *Pharsale,* et cependant la philosophie répandue
dans *la Henriade* est, au fond, la plus grande beauté de
l'ouvrage. C'est la seule chose qui vienne naturellement
au poëte, qu'il sente et qu'il croie. Tout le reste, voyages,
batailles, combats singuliers, exploits de héros, est pour
lui une sorte de cérémonial épique dont il s'ennuie, et
qu'il abrége le plus qu'il peut. Mais, par cela même, il

le rend d'un médiocre intérêt pour le lecteur : tandis que
la description précise du système planétaire jusqu'au vers
admirable,

>   Par delà tous les cieux le Dieu des cieux réside ;

le tableau de la grandeur anglaise fondée sur la liberté ,
le commerce et les arts , la satire éloquente de Rome catholique , d'autres traits dans la manière de Tacite , pour
peindre une cour digne de Néron, voilà les grandes beautés poétiques de *la Henriade.*

Maintenant, Messieurs, on peut y noter mille défauts
cachés sous l'élégance , y relever des vers faibles, de
nombreux plagiats de style , un chant d'amour sans passion , des personnages sans drame. Il n'importe ; une
part d'originalité est acquise à *la Henriade,* et la conser-
vera dans l'avenir, au-dessous de la *Pharsale :* car le
stoïque et silencieux Mornay n'égale pas Caton refusant
à Labiénus de consulter l'oracle :

>   Quid quæri, Labiene, jubes? num liber in armis
>   Occubuisse velim, potius quam regna videre?
>   An sit vita nihil ?

La brillante peinture du caractère de Guise n'atteint pas
ces touches fières et libres qui frappent dans les portraits
contrastés de César et de Pompée. Les deux poëtes sont
sceptiques ; mais il y a dans le scepticisme de Lucain une
inquiétude ardente, une agitation douloureuse qui a son
pathétique. Le scepticisme de Voltaire est plus raisonnable et plus froid. A défaut des dieux homériques, qui
n'interviennent plus dans l'action, Lucain reçoit de son
temps une croyance vague aux visions, aux apparitions,
aux prodiges, une sorte de mysticisme païen.

C'est le spectre de la patrie apparaissant éplorée à l'autre rive du fleuve que va passer César :

> Ingens visa duci patriæ trepidantis imago,
> Clara per obscuram, vultu mœstissima, noctem.

C'est Marius levant la tête au-dessus de son tombeau brisé, et mettant les laboureurs en fuite :

> Tollentemque caput gelidas Anienis ad undas,
> Agricolæ fracto Marium fugere sepulcro.

C'est l'ombre de Julie troublant de ses prédictions fatales le sommeil de Pompée.

On sent que l'imagination de Lucain croit même à la magie, dernière religion d'un siècle dépravé. Le sacrilége Néron y avait ajouté foi, et il avait épuisé les ressources de son génie prodigue et cruel à poursuivre les secrets de cet art menteur. Du temps de César, il n'y avait plus de croyance aux oracles des temples; mais Sextus Pompée va consulter une magicienne dans les forêts de Thessalie. Elle ranime et fait parler un cadavre, ramassé dans la foule des morts. Que de mélancolie et de terreur dans cette fiction! Comme ce merveilleux matériel et magique frappe les sens par l'horreur des détails!

> Percussæ gelido trepidant sub pectore fibræ,
> Et nova desuetis subrepens vita medullis,
> Miscetur morti. Tunc omnis palpitat artus ;
> Tenduntur nervi.

Ce prophète, tiré du tombeau, raconte que la guerre civile de Rome a troublé les mânes des vieux Romains. Il y a là de beaux traits :

> Tristis felicibus umbris
> Vultus erat : vidi Decios, natumque patremque,

> Lustrales bellis animas, flentemque Camillum.
>
> . . . .
>
> Abruptis Catilina minax fractisque catenis
> Exsultat; Mariique truces, nudique Cethegi.

La place de Pompée est marquée parmi les âmes heureuses ; mais tous, vainqueurs et vaincus, vont bientôt
mourir.

> Veniet quæ misceat omnes
> Hora duces ; properate mori ; magnoque superbi
> Quamvis e parvis animo descendite bustis,
> Et Romanorum manes calcate deorum.
> Quem tumulum Nili, quem Tibridis alluat unda,
> Quæritur, et ducibus tantum de funere pugna est.

Ensuite cet homme, las d'avoir un moment revécu,
reste immobile et triste, et redemande la mort :

> Sic postquam fata peregit,
> Stat vultu mœstu tacito, mortemque reposcit.

Il y a sans doute du bizarre et de l'outré dans quelques traits de cette fiction ; mais elle remue fortement
l'âme.

Voltaire, en essayant de créer aussi un merveilleux
sans mythologie, est loin d'atteindre à cette puissance
de coloris et d'illusion. Prenons pour exemple le sacrifice magique des *Seize,* dans le VI⁵ livre. Cette fiction
était conforme au temps. Ce mélange de superstition et
de scélératesse, ces meurtres lâches que l'on croyait impunément commettre en frappant l'image d'un ennemi,
tout cela prêtait à la poésie.

Voltaire a bien rendu le trait principal :

> De Valois sur l'autel ils vont percer le flanc.
> Avec plus de terreur, et *plus encor de rage,*

De Henri, sous leurs pieds, ils renversent l'image,
Et pensent que la mort, fidèle à leur courroux,
Va transmettre à ce roi l'atteinte de leurs coups.

Mais, dans le reste du tableau, rien d'expressif et de fortement coloré :

Le prêtre de ce temple est un de ces Hébreux
Qui, proscrits sur la terre et citoyens du monde,
Portent de mer en mer leur misère profonde,
Et d'un antique amas de superstitions
Ont rempli dès longtemps toutes les nations.
. . . .
L'Hébreu joint cependant la prière au blasphème :
Il invoque l'abîme, et les cieux, et Dieu même.

On le sent, l'imagination du poëte n'a été ni complice
ni effrayée de ce qu'elle raconte : elle fait des vers élégants, d'ingénieux contrastes.

Le dénoûement de cette scène magique a le même caractère :

Les Seize osent du ciel attendre la réponse :
A dévoiler le sort ils pensent le forcer.
Le ciel pour les punir voulut les exaucer :
Il interrompt pour eux les lois de la nature.

On dirait que le poëte s'excuse d'avoir un prodige à raconter, et qu'il veut le rendre tolérable à la raison de ses
lecteurs.

Les éclairs redoublés dans la profonde nuit,
Poussent un jour affreux qui renaît et qui fuit.
Au milieu de ces feux, Henri brillant de gloire
Apparaît à leurs yeux sur un char de victoire.
Des lauriers couronnaient son front noble et serein ;
Et le sceptre des rois éclatait dans sa main.

L'air s'embrase à l'instant par les traits du tonnèrre ;
L'autel, couvert de feux, tombe et fuit sous la terre ;
Et les Seize éperdus, l'Hébreu saisi d'horreur,
Vont cacher dans la nuit leur crime et leur terreur.

Voilà, sans doute, de nobles expressions, et un fait merveilleux, tel que l'ont cru voir quelquefois de mystiques
conspirateurs, au second siècle de notre ère, du temps
de Valens et de Julien, dans le combat des cultes et les
révolutions de l'empire. Mais la verve épique n'anime pas
cette fiction.

Voltaire n'a pas mieux réussi dans le merveilleux allégorique. Combien sa Discorde, occupée de courir de
Paris au Vatican, est loin d'avoir le naturel et la vie de
cette Discorde que Boileau représente

> Encor toute noire de crimes,
> Sortant des Cordeliers pour entrer aux Minimes.

Le portrait du Fanatisme a plus de vigueur ; mais c'est
encore une abstraction décrite, plutôt qu'une image sensible.

Voltaire n'emploie avec succès que la simple allégorie
de langage, celle qui n'est qu'une métaphore plus vive.

> L'enfer est sous leurs pieds, la foudre est sur leurs têtes ;
> Mais la gloire, à leurs yeux, vole à côté du roi ;
> Ils ne regardent qu'elle, et marchent sans effroi.

C'est l'expression et le mouvement de Valerius Flaccus :

> . . . Tu sola animos mentemque peruris,
> Gloria ! Te viridem videt, immunemque senectæ,
> Phasidis in ripa stantem, juvenesque vocantem.

Voltaire n'avait pas lu l'*Argonautique*. Mais l'épuise-

ment de la fiction rejetait vers les mêmes formes le talent
des deux poëtes.

Voltaire avait à sa disposition le merveilleux chrétien.
Mais le poëte du xviiie siècle pouvait-il en bien user? Le
sujet même en comportait-il l'heureux emploi? *Paris
vaut bien une messe. — C'est demain que je fais le saut
périlleux.* Ce sont là des mots de caractère qui ne permettaient guère d'entourer de miracles la conversion toute
politique de Henri. La pensée intime du poëte, le but
philosophique de son ouvrage le permettaient encore
moins. Cette contradiction à part, il faut admirer la
belle fiction de saint Louis apparaissant sur la brèche
des remparts de Paris pour arrêter le vainqueur. Le
langage est vraiment épique :

> Henri, plein de l'ardeur
> Que le combat encore enflammait dans son cœur,
> Semblable à l'Océan qui s'apaise et qui gronde :
> O fatal habitant d'un invisible monde,
> Que viens-tu m'annoncer? . . . .
> Alors il entendit ces mots pleins de douceur :
> Je suis cet heureux roi que la France révère,
> Le père des Bourbons, ton protecteur, ton père.
>
> . . . .
> Dans Paris, ô mon fils, tu rentreras vainqueur,
> Pour prix de ta clémence et non de ta valeur.

En dehors de ces fictions, il y a, dans la théorie même
du christianisme, un merveilleux bienfait pour tenter la
poésie. Ce n'est pas l'avis de Boileau, je le sais; mais
Boileau n'avait vu cette œuvre essayée que par le père
Lemoine et Chapelain. Leur mauvais style l'en rebutait ;
et, d'autre part, sa foi sérieuse et janséniste ne concevait
pas la religion sous un point de vue d'art et de poésie.

Racine n'osait toucher aux mystères chrétiens que dans une version des hymnes. Voltaire n'avait pas les mêmes scrupules; mais son incrédulité était un autre obstacle : elle ne l'empêchait pas d'exprimer en vers didactiques, avec le mérite de la difficulté vaincue, quelques dogmes chrétiens; mais elle lui refusait l'enthousiasme qui eût animé ces abstractions de la foi. Dans la préface de sa *Henriade* de Londres, il justifiait avec une circonspection maligne l'exactitude de ses expressions théologiques. La plaisanterie pouvait être piquante; mais ces détours ingénieux ne mènent pas à la haute poésie.

On a beaucoup loué ces vers sur Dieu :

> Au milieu des clartés d'un feu pur et durable,
> Dieu mit, avant le temps, son trône inébranlable.
> Le ciel est sous ses pieds; de mille astres divers
> Le cours toujours réglé l'annonce à l'univers.
> La puissance, l'amour avec l'intelligence,
> Unis et divisés, composent son essence.

J'ai honte de le dire; Chapelain, une fois dans sa vie, l'a emporté sur Voltaire.

Aux premiers vers que je viens de lire, ne préférez-vous pas les expressions du poëte tant moqué par Boileau?

> Loin des murs flamboyants qui renferment le monde,
> Dans le centre caché d'une clarté profonde,
> Dieu repose en lui-même, et vêtu de splendeur,
> Sans bornes est rempli de sa propre grandeur.
> Une triple personne en une seule essence,
> Le suprême pouvoir, la suprême science,
> Et le suprême amour, unis en trinité,
> De son règne éternel forment la majesté.

A *la Henriade*, où manque l'imagination religieuse, restait la grandeur historique et la poésie élégante et réfléchie qui appartient au second siècle d'une littérature. Là viennent se placer les portraits, les caractères, les sentences politiques frappés en vers heureux. C'est là surtout que Voltaire se rencontre avec Lucain; et s'il le surpasse pour la raison et pour le goût, jamais, comme lui, il n'atteint au sublime.

Lucain a mille défauts; ses descriptions de la nature, ses récits des événements abondent en fausses images; mais il peint les hommes avec grandeur, d'un trait vif et rapide. Sa concision est alors admirable.

Faut-il résumer la fortune et le génie de César et de Pompée? quelques mots ineffaçables lui suffisent pour dessiner une situation, achever un caractère :

> . . . . Solusque pudor non vincere bello.
> . . . . . Stat magni nominis umbra.

Vous avez devant les yeux les deux rivaux, et le secret de leurs fortunes diverses.

J'avoue que Lucain ne fait pas parler ses héros aussi bien qu'il trace leur caractère : il leur donne à tous sa propre éloquence, outrée, déclamatoire. La simplicité de César, l'impérieuse brièveté de ses paroles, ne se retrouvent guère dans les discours que le poëte met dans sa bouche. Il rend Caton même rhéteur. Mais de quels traits admirables il peint les mœurs stoïques, et l'âme de ce Romain qui, sans haine et sans amour entre les deux rivaux, n'est ému que sur le sort de Rome et du monde!

> . . . Hi mores, hæc duri immota Catonis
> Secta fuit, servare modum finemque tenere,

I.   16

> Naturamque sequi, patriæque impendere vitam,
> Nec sibi, sed toti genitum se credere mundo.
>
> . . . .
>
> . . . Urbi pater est, urbique maritus,
> Justitiæ cultor, rigidi servator honesti;
> In commune bonus : nullosque Catonis in actus
> Subrepsit, partemque tulit sibi nata voluptas.

Mornay est le Caton de *la Henriade*. Mais il y a loin de son portrait antithétique et de son rôle de Mentor dans les jardins d'Anet, aux beaux vers de Lucain.

Le portrait seul de Guise est tracé avec vigueur et nouveauté, mais dans un récit, hors de l'action du poëme, dont les personnages secondaires n'offrent aucun de ces traits éclatants qui laissent un grand souvenir.

Et cependant, Messieurs, après les épopées originales, *la Henriade* occupe une première place; et elle vivra dans notre langue. Tant est grande la difficulté de l'art! tant il est beau d'avoir approché de quelques degrés vers sa sublime hauteur!

La Henriade, soutenue par le nom de Voltaire et de Henri, traversera les siècles. Elle n'a pas enrichi le trésor de l'imagination; elle n'apporte pas avec elle quelques-unes de ces physionomies que le poëte ajoute à la liste des êtres qui ont vécu, une Béatrix, une Clorinde, une Armide, un Renaud, un Tancrède. Souvent même elle n'a pas égalé l'histoire; elle est au-dessous des faits.

L'ingénieuse élégance du XVIIIᵉ siècle ne pouvait rendre, avec leur expressive rudesse, les mœurs de la Ligue; et Voltaire dédaigne et flétrit ces temps, plutôt qu'il ne les décrit, dans leur sanguinaire grandeur. Mais il a de beaux mouvements de poésie, et il est inspiré par un sincère amour de l'humanité. Son poëme est, après

tout, une œuvre durable. Le feu du génie n'y brille que
par intervalles; mais une civilisation élevée, un art ingénieux s'y fait partout sentir.

Quelle beauté, quelle majesté triste et sévère dans ce
début du troisième chant !

> Quand l'arrêt des destins eut, durant quelques jours,
> A tant de cruautés permis un libre cours,
> Et que des assassins, fatigués de leurs crimes,
> Les glaives émoussés manquèrent de victimes,
> Le peuple, dont la reine avait armé le bras,
> Ouvrit enfin les yeux et vit ses attentats.

Comme la pensée philosophique se mêle à l'intérêt du
récit dans ce vers !

> Aisément sa pitié succède à sa furie.

Quelle vérité de pensée et quel coloris dans la peinture un peu anticipée des Anglais !

> Ils sont craints sur la terre, ils sont rois sur les eaux ;
> Leur flotte impérieuse, asservissant Neptune,
> Des bouts de l'univers appelle la fortune.
> Londres, jadis barbare, est le centre des arts,
> Le magasin du monde et le temple de Mars.
> Aux murs de Westminster on voit paraître ensemble
> Trois pouvoirs étonnés du nœud qui les rassemble.

Combien cet ordre d'idées et d'images était nouveau
dans notre poésie ! Le grand Corneille avait admirablement traduit, sur la scène, le génie de Rome républicaine et les époques du despotisme romain; mais la politique moderne, les institutions, les lois de l'Europe
étaient matière inconnue de la poésie. Voltaire fit servir
la poésie aux vérités sérieuses de la vie sociale.

Telle est *la Henriade*, monument d'un art ingénieux et d'une époque florissante. Elle a fait mieux connaître un grand roi dont la gloire était restée dans l'ombre pendant la longue apothéose de Louis XIV régnant. Bossuet, à la vérité, dans une lettre *de direction*, disait à Louis XIV d'admirables choses sur la bonté de cœur de Henri et son amour du peuple ; mais c'était un éloge secret. La chaire chrétienne, les grands écrivains du xviiᵉ siècle parlaient peu de Henri. Je ne sais s'ils lui avaient encore pardonné son hérésie. Voltaire le premier fit briller ce nom d'un éclat nouveau, et en opposa les bienfaisants souvenirs à la gloire onéreuse du dernier règne.

Le succès fut grand et retentit dans toute l'Europe. *La Henriade* fut critiquée, vantée, réimprimée sans cesse. Le roi de Prusse voulut en être l'éditeur, et, dans une préface admirative, la mit à côté de l'*Énéide*.

La postérité a réduit beaucoup cette louange ; mais *la Henriade*, sans être une création originale, conserve un caractère distinct et une place à part parmi tant d'essais d'épopée.

Une revue anglaise, après un examen fort attentif d'un poëme épique nouveau, couronnait ses critiques et ses éloges par ces mots : « A tout prendre, le poëme épique dont nous venons de donner l'analyse est un des meilleurs qui aient paru dans l'année. » Tel est le fleuve d'oubli qui emporte les épopées modernes. Le *Léonidas* de Glover, *la Colombiade* du poëte américain, les épopées italiennes de nos jours sont déjà bien loin : *la Henriade* ne passera pas de même ; elle a la marque d'une époque et d'un génie.

Voltaire en avait fait le premier instrument de sa mis-

sion philosophique ; il y avait employé la poésie, surtout
à plaire à l'opinion ; il y avait gravé, en beaux vers, des
principes de liberté politique et religieuse. Ce qui faisait
la nouveauté hardie de l'ouvrage en est encore la beauté
sérieuse et dernière.

Le monde a beaucoup changé depuis le temps où Voltaire, jeune encore, annonçait, dans un poëme épique,
son apostolat de réforme universelle. Une révolution
terrible a dépassé de bien loin les premières espérances
du poëte, et même tous les vœux de son amère et cynique vieillesse. Elle a brisé, près du catholicisme un moment détruit, la statue de Henri IV, et traité la mémoire
du héros protestant comme celle des rois persécuteurs.
Une réaction des événements et des esprits a de nouveau
tout changé : ce qui était tombé est debout ; la religion
a repris son empire ; la royauté est rétablie ; et parmi
les souvenirs et les noms qu'elle accuse de ses malheurs,
aucun ne lui est plus suspect que celui de Voltaire. Et
cependant, Messieurs, quand cette royauté antique,
pour inaugurer son retour, vient de relever sur nos
places publiques la statue guerrière de Henri IV, le
témoignage qu'on a joint au monument, le mémorial
qu'on a renfermé dans le marbre nouveau, c'est un
exemplaire de *la Henriade*. C'est le génie de Voltaire
qui paraît encore aujourd'hui le plus durable gardien de
la gloire de Henri.

NEUVIÈME LEÇON.

Tragédies de Voltaire depuis son retour de Londres. — A-t-il
profité de Shakspeare comme le grand Corneille des poëtes
espagnols? — *Brutus*. — *Éryphile*. — *Zaïre*. — *La Mort de César*.

———

MESSIEURS,

Dans le riche album de philosophie, de poésie, d'histoire que Voltaire rapportait de Londres à Paris, il y
avait des notes sur Shakspeare, piquantes et curieuses.
Ce fut le texte d'une de ces fameuses *Lettres sur les Anglais,* dont la publication furtive excita tant de rumeur.
Voltaire nous y faisait le premier connaître Shakspeare,
comme Newton, comme Locke, comme l'inoculation,
comme tant d'autres choses, vulgaires au delà du détroit,
nouvelles et hardies pour la France de 1732.

Ce n'était pas que Voltaire eût jugé et employé Shakspeare, comme on le ferait aujourd'hui, si ce grand poëte
était encore à découvrir, et si on venait à l'apporter tout
à coup au milieu des débats et des entreprises de notre
esprit d'aventure littéraire. Nullement ; Voltaire était
toujours élève de Racine en étudiant le théâtre anglais :
non-seulement les *unités,* si favorables à la beauté sévère
du drame, mais toute l'élégance, toute l'étiquette sociale,
adaptées à la scène par l'imitation d'une grande cour, lui
paraissaient une loi essentielle de l'art. L'idée ne lui ve-

nait pas d'appeler la barbarie une *forme,* d'hésiter entre
elle et le goût, de la préférer, même par système, et de
l'imposer comme un exemple. Bien plus, il ne se demandait pas si cette barbarie éloquente ne pouvait pas être
merveilleuse au théâtre, quand il s'agissait de reproduire
et de réaliser des temps et des hommes barbares eux-
mêmes, et si elle ne devenait pas une partie de la vérité.
On ne songeait pas alors à la fine observation qu'a faite
un critique étranger, lorsqu'il oppose le style de l'*Iphi-*
génie de Racine même au sujet de la pièce, et qu'il se
demande si cette exquise politesse de langage et cette
pompeuse bienséance s'accordent avec des *sacrifices hu-*
mains. L'incomparable esprit de Voltaire était dominé
par l'usage. Lui qui trouvait Corneille, même dans ses
beaux ouvrages, trop rude et trop négligé, il n'avait
garde d'admirer avec excès les beautés plus incultes de
Shakspeare. Ses éloges du poëte anglais, éloges dont il
s'est repenti dans sa vieillesse, n'étaient que justice rigoureuse, mêlée de moqueries, et parfois un cri d'admiration
échappé à la sensibilité du grand artiste.

Il faut l'avouer, en considérant ces migrations, ces mélanges qui agissent sans cesse d'une littérature sur l'autre,
et parfois développent l'originalité à la suite de l'imitation
même, nous regrettons que Shakspeare n'ait pas eu en
France un autre introducteur que Voltaire, qu'il ne nous
ait pas été connu plus tôt, à une époque moins avancée
de la langue et du goût ; enfin, qu'il ne soit pas assimilé
à nous, comme un des éléments de notre création théâtrale, au lieu d'être invoqué pour la détruire. Qui de
nous, lisant Shakspeare, n'a regretté parfois que Corneille n'ait pas eu ce plaisir, et ne s'est dit que l'art peut-
être y aurait gagné ? Pensez, en effet, Messieurs, à ce

prodigieux mouvement d'invention et d'énergie théâtrale qui marqua la fin du XVIe siècle, et fut comme le contre-coup poétique de la vie de ce temps, si forte, si agitée, si violente.

Corneille n'en vit qu'un côté ; il échauffa son puissant génie à la flamme de Calderon, de Lope de Véga, et même de ces poëtes sans gloire, Guillen de Castro, Roxas, feux errants du ciel espagnol ; il leur prit *la merveille du Cid*, don Sanche, Héraclius. S'il se fût également approché du théâtre anglais, si, lorsqu'il commençait à languir, après ses grandes créations, il eût été touché par Shakspeare, avec quelle énergie l'inventeur de Rodogune aurait-il pu reproduire lady Macbeth? Même sur les Romains, n'eût-il pas appris quelque chose dans le *Coriolan* de Shak-speare? et quelles vues sur la forme tragique des sujets modernes son génie neuf et hardi n'aurait-il pas re-cueillies dans *Richard III*, dans *Henri VIII*? Avec quelle inspirante émulation il se serait reconnu lui-même, il aurait retrouvé son sublime dans la scène mémorable de Talbot et de son fils? Corneille n'avait pas le préjugé de délicatesse qui domina plus tard. Il ne dédaignait pas l'obscurité de nos temps barbares et la rudesse de ces noms qu'on affectionne trop aujourd'hui. Mais, au lieu d'user les restes de son génie à mettre en scène, dans un sujet mal choisi, Rodelinde et Grimoald, que n'a-t-il pu s'aider d'un emprunt à Shakspeare et d'une lutte contre lui?

Dans un temps où la langue était plus maniable, les formes du théâtre moins arrêtées, l'imitation de Shak-speare aurait ouvert de nouvelles sources tragiques. Il n'en fut pas ainsi pour Voltaire. Au théâtre de Londres, il avait été saisi de quelques grands effets de spectacle et

de pathétique. Il avait entendu *avec ravissement,* ce sont
ses termes, Brutus, un poignard à la main, haranguer le
peuple romain. Sa philosophie s'était plu au monologue
sceptique de Hamlet, à ce doute inquiet sur la vie à venir ; et une traduction en vers de ce morceau fut une des
hardiesses qui, dans ses *Lettres sur les Anglais,* effarou-
chèrent *la censure.* Mais Voltaire n'eut pas d'ailleurs
l'idée d'importer sur notre théâtre une composition de
Shakspeare. Les scènes populaires, le naturel énergique
et bas, les horreurs sanglantes qui remplissent les drames
du poëte anglais, lui semblaient intolérables. La violation
de ces mêmes *unités,* qu'il avait défendues contre la Motte,
ne le choquait pas moins. Il voulut donc, non pas imiter
Shakspeare, mais composer dans le goût anglais, comme
il le dit lui-même. Il entendait par là une certaine liberté
de pensée, une hardiesse républicaine, et non cette imagination irrégulière et forte, cette action sans règles et
sans limites, qui anime le théâtre de Shakspeare.

C'est dans cette vue qu'il écrivit la tragédie de *Brutus,*
jouée l'année même de son retour de Londres.

Cette œuvre de l'inspiration anglaise paraîtrait aujour-
d'hui bien timidement classique. Dans sa préface, adressée à lord Bolingbroke, et semée d'ingénieuses critiques
de notre théâtre, Voltaire se vante d'avoir introduit sur
la scène les sénateurs en robes rouges allant aux opinions. En vérité, la hardiesse était médiocre. Nous avons
vu dans nos assemblées la vive impression, et, comme
dit le journal, la *sensation inexprimable* que produit parfois le dépouillement d'un scrutin. Mais au théâtre rien
de plus froid que ces votes muets, après lesquels Publi-
cola dit à Brutus :

Je vois tout le sénat passer à votre avis.

Au théâtre, point d'hommes assemblés, point de peuple,
si vous n'en faites sortir des traits de passion et de naturel. C'est le grand art de Shakspeare : voyez chez lui une
émeute, un forum, un camp, et dites si cette foule n'est
pas vivante, et si elle n'est pas un personnage de plus,
ou mieux plusieurs personnages sans nom, mais recon-
naissables à la passion qu'ils expriment.

Voltaire, dans *Brutus,* a conservé toute la dignité con-
venue de notre théâtre. Rien de domestique ni de populaire, ni le foyer de Brutus ni la place publique; des
sentiments républicains, un langage noble et ferme qui
pouvait s'apprendre à l'école de Corneille, et auquel
manque seulement la rude simplicité et le sublime des
Horaces.

L'exposition de Brutus n'en est pas moins pleine de
grandeur : le langage est élevé, la situation dramatique,
et le nœud de la pièce se forme dès la première scène.
Les premières paroles de Brutus, son orgueilleux empressement à recevoir dans le sénat l'ambassadeur du roi
d'Étrurie, le discours d'Arons, la réponse de Brutus,
tout me frappe et me plaît, hormis le silence du sénat.
Mais après ce grave début d'une pièce patriotique, fallait-il retomber dans les fadeurs romanesques tant blâ-
mées par Voltaire, et rencontrer tout d'abord un épisode
d'amour? Cet épisode est lié artistement à la pièce. L'ambassadeur de Porsenna vient redemander la fille de Tarquin, restée dans Rome comme captive ou comme otage.
Elle est aimée du fils de Brutus; elle devient le mauvais
génie qui le force à conspirer : tout cela est suivant la vérité du théâtre, et n'a rien d'impossible en soi. Mais, je
ne sais, Tite Live offrait quelque chose de plus neuf et
de plus vrai pour expliquer la conspiration des fils de

Brutus : c'était le mécontentement et l'ennui que l'austérité d'une république naissante donnait à des jeunes gens
alliés à la famille de Tarquin, accoutumés à vivre d'une
façon royale, et regrettant la licence et le faste de leurs
anciens plaisirs. Pour un peintre d'histoire et de nature
comme Shakspeare, il y avait là peut-être le germe de
grandes beautés.

Voltaire s'est arrêté à un lieu commun d'amour ; le
jeune Titus brûle pour Tullie ; cette passion portée jusqu'à l'idolâtrie peut seule l'entraîner. Mais alors, comment supposer l'engagement de son frère dans le même
complot, sans le même amour, et même sans aucun motif indiqué sur la scène? N'y avait-il rien de mieux à imaginer dans un sujet où pouvaient se montrer les vagues
espérances, les repentirs des ambitions mal satisfaites,
les velléités d'entreprises nouvelles, et tout ce chaos enfin qui bouillonne le lendemain d'une révolution? Il eût
été beau de peindre là Brutus inébranlable, et les mécontentements qui fermentent autour de lui, et ses deux
fils entraînés, par les corruptions diverses de l'orgueil et
du plaisir, dans un complot contre la liberté qu'a fondée
leur père.

Mais, dans le drame de Voltaire, les intrigues de l'ambassadeur Arons, et les déclarations, les refus, les coquetteries de Tullie occupent trop de place : il n'y en a
plus pour le tableau politique même que Voltaire a voulu
tracer, « pour ce drame qui doit plaire, disait-il, à un
auditoire patriote et républicain. »

Ce n'est pas que le titre de la pièce et quelques maximes dont elle est semée ne l'aient fait passer pour un
ouvrage hardi. Fréron la dénonçait comme dangereuse
pour la monarchie ; et dans les mauvais jours de notre

révolution elle fut reprise avec ardeur. La censure de la
Terreur y fit même un singulier changement. Brutus dit
quelque part :

> Arrêter un Romain sur de simples soupçons,
> C'est agir en tyrans, nous qui les punissons.

La maxime parut tirer à conséquence dans un temps
où on emprisonnait tant de monde au nom de la liberté ;
et les deux vers furent remplacés par ceux-ci sur le théâtre
de la *République* :

> Arrêter un Romain sur un simple soupçon,
> Ne peut être permis qu'en révolution.

Il eût mieux valu, si la chose était possible, faire d'autres
changements, et remplacer les amours de Tullie par la
vraie peinture des périls et des erreurs d'une liberté nouvelle. Mais il n'importe ; Brutus, tout affadi qu'il est par
cette tradition d'amour romanesque dont Voltaire accusait
notre théâtre, n'en a pas moins de grandes beautés,
quand le poëte touche à ce pathétique des sentiments
naturels si fécond pour lui. Les derniers adieux de Brutus
et de son fils sont d'une éloquence admirable, au-dessus
de l'art, égale aux émotions du cœur. Un poëte anglais,
Nathaniel Lee, contemporain de Dryden, avait traité ce
sujet ; et, dans une scène bien chargée de longueurs, il
avait jeté quelques mots touchants :

> O Titus ! laisse-moi te serrer encore une fois sur mon sein,
> murmurer à ton âme un adieu éternel, au lieu de larmes pleu-
> rer du sang, pleurer le sang de mon cœur sur mon enfant ; car
> tu dois mourir, mon cher Titus, mon fils, tu dois mourir.

Mais Voltaire l'avait-il lu ? avait-il besoin de le lire ? et

n'est-ce pas d'une veine de son génie tragique qu'ont
jailli ces beaux vers?

> O Rome! ô mon pays!
> Proculus,... à la mort que l'on mène mon fils.
> Lève-toi, triste objet d'horreur et de tendresse;
> Lève-toi, cher appui qu'espérait ma vieillesse;
> Viens embrasser ton père : il t'a dû condamner;
> Mais s'il n'était Brutus, il t'allait pardonner.
> Mes pleurs, en te parlant, inondent ton visage :
> Va, porte à ton supplice un plus mâle courage;
> Va, ne t'attendris pas; sois plus Romain que moi,
> Et que Rome t'admire en se vengeant de toi.

Avec ces beautés et ces défauts, la tragédie de *Brutus*
ne donnait aucune idée du vrai théâtre anglais, du théâtre
de Shakspeare. Ce qu'elle imitait réellement, c'était un
modèle copié lui-même sur les nôtres; c'était le style
élégant et précis d'Addison, et cette dignité fière qu'on
peut appeler le langage de cour de la république. L'essai fut d'abord peu goûté : *Brutus* n'obtint qu'un succès
médiocre.

Voltaire, en artiste infatigable, voulut tenter une autre
voie. Je suis persuadé qu'il songeait aux spectres du
théâtre anglais en essayant le terrible sujet d'*Éryphile*,
le même que celui d'*Oreste* et celui d'*Hamlet*; mais l'imitation était déguisée, lointaine. Évidemment, le poëte
français, s'il prenait à l'*Hamlet* de Shakspeare quelques
impressions de terreur mélancolique, croyait avoir besoin
de les relever, de les ennoblir par le merveilleux mythologique et la pompe des traditions grecques. A ce prix,
il osait se passer d'amour, en demandant grâce pour cette
innovation dans un ingénieux prologue.

Éryphile a été abandonnée par l'auteur lui-même. Il a

I.		17

traité cette œuvre comme un monument mal bâti, dont les ornements et les matériaux seraient enlevés pour servir à une construction nouvelle. Mais soit *Éryphile*, soit *Sémiramis*, il est curieux de voir comment le poëte classique est tombé dans une faute que Shakspeare n'avait pas faite.

Vous avez en souvenir (car cela ne s'oublie pas) l'exposition de la tragédie d'*Hamlet*, cette heure de minuit, cette plage déserte, ces sentinelles qui causent et se font peur du revenant qui apparaît enfin ; puis, à cette vue, la prière, la conjuration d'Hamlet effaré :

Anges, et ministres de grâce, défendez-nous. Que tu sois un esprit de salut ou quelque démon damné, que tu apportes avec toi un souffle du ciel ou une vapeur d'enfer, que ton vouloir soit malfaisant ou charitable, tu viens sous un si étrange aspect que je veux te parler. Je t'appelle par ton nom, Hamlet, mon roi, mon père, roi de Danemark. Ah ! réponds-moi : ne laisse pas mon âme se briser dans l'ignorance : dis-moi pourquoi tes os, ensevelis en terre sainte, ont forcé leur cercueil ?... Que signifie cela, que toi, cadavre revêtu d'une armure, tu viennes revoir les pâles lueurs de la lune, et, rendant la nuit plus hideuse, secouer si horriblement nos esprits, à nous pauvres fous, par des pensées au delà des forces de notre âme? Parle ; qu'y a-t-il? pourquoi? que devons-nous faire?

Alors, loin des regards, sur la cime nue du rocher, entre le ciel et la mer, commence cette révélation formidable du père au fils :

Je suis l'esprit de ton père, condamné pour un temps à errer la nuit, et confiné pendant le jour dans des feux expiatoires, jusqu'à ce que les crimes et les souillures de ma vie soient consumés.

Je ne sais, mais ce langage chrétien donne à toute la
vision une vérité terrible. Hamlet apprend le crime secret
de sa mère ; mais la mission qu'il reçoit n'est pas impitoyable comme celle d'Oreste :

> Quoi que tu fasses pour venger cette action, *lui dit l'ombre*,
> ne souille pas ton âme ; ne permets pas à ton esprit de rien
> projeter contre ta mère : abandonne-la au ciel et à ses remords.

Certes, Messieurs, quand cela fut joué devant les spectateurs pieux et crédules du XVIe siècle, l'illusion de la terreur
dut être portée bien loin ; et nos imaginations sceptiques
même doivent en sentir la force. Qu'a fait Voltaire de
cette apparition merveilleuse, aidée par la terreur de la
nuit et de la solitude? une scène à grand spectacle : Éryphile, dès longtemps coupable du meurtre de son époux,
conduit en pompe à l'autel son fils Alcméon, qu'elle ne
connaît pas, et qu'elle veut épouser. Tout à coup l'ombre
d'Amphiaraüs apparaît devant le peuple, à la porte du
temple :

L'OMBRE.

Arrête, malheureux !

ÉRYPHILE.

Amphiaraüs lui-même ! où suis-je?

ALCMÉON.

Ombre fatale,
Quel dieu te fait sortir de la nuit infernale ?
Quel est ce sang qui coule, et quel es-tu?...

L'OMBRE.

Ton roi.
Si tu prétends régner, arrête, obéis-moi.

ALCMÉON.

Eh bien, mon bras est prêt ; parle : que faut-il faire?

L'OMBRE.

Me venger sur ma tombe....

ALCMÉON.

Et de qui?

L'OMBRE.

De ta mère.

ALCMÉON.

Ma mère,... que dis-tu? quel oracle confus....
Mais l'enfer le dérobe à mes yeux éperdus.

O Voltaire! brillant génie, prodigieux esprit, quelle
leçon de goût n'auriez-vous pas dû recevoir ici de l'inculte Shakspeare?

Est-il rien de plus froidement invraisemblable que ce
merveilleux devant tout un peuple et en plein midi? est-
il rien de plus faible que les paroles d'Alcméon? Où est
la terreur, la solitude, l'égarement d'Hamlet?

Cependant Voltaire, dans *Sémiramis,* a fait de nouveau
reparaître cette ombre en grande compagnie, et encouru
les plaisanteries de *Lessing.*

Loin d'accuser Voltaire d'avoir pillé le théâtre anglais,
avouons qu'il en a parfois méconnu les richesses. Il n'y
voyait qu'une idée à prendre, une étincelle à faire jaillir
du caillou brut. Un art plus hardi et plus neuf en aurait
tiré davantage.

Toutefois le reproche doit tomber devant l'heureuse,
la ravissante invention de *Zaïre.*

Malheureux dans le sujet d'*Ériphile,* Voltaire revint
à l'amour, à l'amour furieux, passionné jusqu'au crime.
Il donna *Zaïre,* le chef-d'œuvre de son art, le plus applaudi de ses ouvrages, la pièce enchanteresse, comme
la nommait Rousseau. Je ne veux ni discuter ce jugement, ni copier l'élégante analyse que la Harpe a donnée

de *Zaïre*. *Zaïre* est dans toutes les mémoires ; jamais la
poésie de Voltaire n'eut plus de grâce et de vivacité ! Jamais la faiblesse assez fréquente de son expression ne fut
mieux cachée aux yeux éblouis. *Zaïre,* c'est l'*Athalie* de
Voltaire ; c'est l'inspiration la plus heureuse d'un génie
qui n'était pas fait pour la perfection.

Comment l'idée lui en vint-elle? J'imagine Voltaire
lisant l'*Othello* de Shakspeare, et tout révolté de ces figures outrées, de ces bassesses de langage, de cette féro-
cité d'Othello : quelles images à présenter aux esprits
polis du xviiie siècle, et à ces belles pleureuses des premières loges, comme disait Rousseau. Voltaire avait
entrevu cependant le profond pathétique du sujet, et
voulait en profiter. Mais pour cela il faut tout changer,
tout ennoblir : le Maure de Venise, l'officier de fortune,
vieilli sous les armes, deviendra le soudan de l'Asie, le
jeune et brillant Orosmane. Cette intrigue obscure de
garnison qui fomente la jalousie d'Othello, le poëte la
remplace par les plus beaux noms et les souvenirs les
plus poétiques de notre histoire : saint Louis, la croisade,
Lusignan détrôné et mourant dans les fers. Desdémona
si soumise, si dévouée à son amour, a disparu devant
Zaïre, captive respectée dans le sérail même, fille des rois
de Jérusalem, fière avec Orosmane, et lui disant :

Demain tous mes secrets vous seront révélés.

Il y a loin de cette dignité coquette à Desdémona, fugitive de chez son père et suivant son époux au tribunal
de Venise et à la guerre ! Mais la beauté tragique du sujet
n'a-t-elle rien perdu à ce changement? Le pathétique du
drame anglais, n'est-ce pas que cette jeune fille qui a
tout donné, tout quitté, aimé malgré tous les obstacles,

aimé le Maure de Venise, soit tuée par lui comme infidèle? Mais, a-t-on dit, la jalousie d'Othello n'est pas raisonnable après tant de sacrifices. Eh quoi! si elle est née de ces sacrifices mêmes, si elle se nourrit par la comparaison inquiète de tant de beauté, de jeunesse, d'amour, et du front noir et ridé d'Othello? Avec quel art, d'ailleurs, quelle science dramatique Shakspeare a jeté le germe du mal au cœur d'Othello, à l'instant même de son triomphe, et par cette malédiction désespérée du père de Desdémona :

Prends garde à elle, Maure, si tu as des yeux pour voir. Elle a trompé son père, et elle peut te tromper [1].

Ma vie sur sa foi, répond le généreux Maure. Viens, Desdémona, je n'ai qu'une heure pour te parler d'amour, des affaires du monde, et de mes conseils.

Ce langage est d'une galanterie moins gracieuse que les vers :

Je vais donner une heure au soin de mon empire,
Et le reste du jour sera tout à Zaïre.

Mais n'y a-t-il pas là quelque science de passion et de vérité?

Je ne serais pas étonné d'entendre un critique anglais soutenir qu'entre les deux pièces l'art le plus profond, l'art des préparations, des développements, des vraisemblances est du côté de Shakspeare. Trouvez-vous, dirait-il, beaucoup d'habileté à faire connaître Orosmane par une solennelle déclaration qu'il adresse à Zaïre sur sa

---

[1]

Crois-moi, veille sur elle; une épouse si chère
Peut tromper son époux, ayant trompé son père.

DUCIS.

politique, ses desseins, les exploits des soudans ses
aïeux :

> Mon père, après sa mort, asservit le Jourdain, etc....

Et n'y a-t-il pas, au contraire, un art admirable dans la
défense d'Othello, disant aux sénateurs de Venise comment il a gagné le cœur de Desdémona, par le récit de
ses combats et de ses périls? Quelle exposition que ce plai-
doyer !

La Harpe voit à peine, dans le drame de Shakspeare,
quelques traits épars dignes d'être empruntés et corrigés
par Voltaire. Une étude plus curieuse serait de chercher
dans les deux poëtes la marche de la passion qu'ils veulent
décrire, pour juger où est le naturel, l'ardeur, la vérité.
J'oublie Lusignan et cet admirable épisode enlacé dans
la tragédie française ; je cherche le sujet même : la jalousie du maître et de l'amant. Je la vois naître, comme
dans Othello, de quelques faibles indices :

> Corasmin, que veut donc cet esclave infidèle?
> Il soupirait, ses yeux se sont tournés vers elle....
> Les as-tu remarqués?

Loin de ressembler au méchant Iago, Corasmin répond :

> Que dites-vous, seigneur?
> De ce soupçon jaloux écoutez-vous l'erreur?

Et Orosmane s'écrie en beaux vers :

> Moi jaloux? qu'à ce point ma fierté s'avilisse!
> Que j'éprouve l'horreur de ce honteux supplice!
> Moi, que je puisse aimer comme l'on sait haïr!
>
> . . . .

> Je ne suis point jaloux ; si je l'étais jamais....
> Si mon cœur,... ah ! chassons cette importune idée.
> D'un plaisir pur et doux mon âme est possédée.

Et dans ces paroles de joie, on sent que son cœur est blessé. Mais, je le demande, cela n'est-il pas léger, superficiel, faible, si on le compare au savant début de la jalousie d'Othello ? Il survient à l'heure où le suppliant qu'il a disgracié s'éloigne de Desdémona par respect et par crainte. Iago, son mauvais génie, dit à cette vue :

> Ah ! je n'aime pas cela.

Et Desdémona, qui n'a rien à feindre ou à cacher, nomme tout d'abord Cassio, commence à solliciter pour lui, et prolonge ses demandes avec une obstination naïve, presque enfantine. Othello hésite ; il élude, il est inquiet ; il cède pourtant, car il aime. Mais le ver a piqué son cœur ; et, dès qu'il est seul avec Iago, le trouble de son âme se montre dans ces mots :

> Pauvre enfant !... que la damnation saisisse mon âme, s'il n'est vrai que je t'aime !...

Mais quelqu'un est là comme l'écho fatal de sa pensée intérieure. Iago la fait éclater par la plus insignifiante parole :

> Mon noble maître !...

Othello, troublé, le presse de questions ; il répète ce mot d'Iago :

> Je n'aime pas cela.

Il en veut savoir le sens ; et on voit avec quelle agitation

il a porté ce mot dans son âme tout le temps que Desdémona lui parlait.

Alors viennent les réticences et les malignes insinuations d'Iago :

Oh! gardez-vous, seigneur, de la jalousie!

Othello répond comme Orosmane :

Penses-tu que je voudrais traîner une vie de jaloux, changer
de soupçons avec les phases de la lune? Non!... si je doute une
fois, je suis décidé. Il ne suffit pas, pour me rendre jaloux, de
dire que ma femme est belle; qu'elle aime le monde, qu'elle
parle librement; qu'elle chante et danse bien. Là où est la vertu,
tout cela devient vertueux ; et mon peu de mérite ne me don-
nera pas la moindre crainte, le moindre soupçon de son infidélité; car elle avait des yeux, et elle m'a choisi. Non, Iago, il
faudra que je voie, avant de douter ; mais le doute sera preuve
pour moi ; et alors il n'y a plus rien au delà que de rompre du
même coup avec l'amour et avec la jalousie.

La blessure est faite : Iago l'aigrit lentement par des
doutes, des demi-mots, de perfides souvenirs :

Elle a trompé son père, en vous épousant; et quand elle
semblait craindre et fuir vos regards, c'est alors qu'elle les aimait le plus.

Et après de nouvelles piqûres, de nouveaux circuits
autour du cœur d'Othello, la vipère s'éloigne et le laisse
à lui-même, à ce soliloque si vrai :

Peut-être,... car je suis noir, et je n'ai pas le doux langage
des jeunes damerets; peut-être,... car je suis sur le déclin de
la vie,... pas encore cependant.... Elle est perdue ; je suis outragé, et mon seul soulagement doit être de la haïr. O malédic-

tion du mariage ! etc.... Desdémona vient; si elle est fausse,
oh ! alors, le ciel lui-même se moque de nous !...

La douce parole de Desdémona, ses soins pour soula-
ger l'abattement d'Othello, ce mouchoir dont elle veut
presser sa tête malade, et qui, rejeté par lui, tombe sur
la scène, tout cela est loin de notre ancienne étiquette
théâtrale ; mais pour la jalousie, le mouchoir perdu vaut
bien la lettre de Zaïre ; et combien j'aime ces interrup-
tions apparentes du mal d'Othello, ces distractions qui
nous le renvoient plus malheureux !

Le voilà qui reparaît avec son unique et funeste idée :

Ah ! perfide pour moi ! pour moi !...

Iago l'attendait, et le reçoit :

Quoi ! encore, général ! ne songez plus à cela.

Et Othello éclate :

Va-t'en, fuis ! tu m'as mis sur la roue. Je le jure, il vaut
mieux être tout à fait trompé que d'être informé à demi.

Et dans sa torture d'incertitude, il s'écrie :

Oh ! maintenant, pour jamais adieu la tranquillité d'âme !
adieu le contentement ! adieu les escadrons aux brillants pana-
ches, et la guerre orgueilleuse qui fait de l'ambition une vertu !
Oh ! adieu le coursier hennissant, le cri de la trompette, le
tambour qui excite le courage, la royale bannière, et tout l'orgueil, la pompe et l'appareil des glorieux combats !... La tâche
d'Othello est finie.
— Est-il possible, seigneur?

reprend Iago avec cette froideur de scélérat consommé,
si bien saisie par Racine dans le rôle de Narcisse. Et

Othello lui répond avec cette fureur aveugle qui donne
tant de pouvoir à celui qu'elle menace :

> Misérable! fais ton compte de me prouver que mon amie est
> une prostituée ;... fais ton compte de cela ; mets la preuve sous
> mes yeux ;... ou, j'en jure par mon âme immortelle, mieux
> vaudrait pour toi être un chien que d'avoir à satisfaire à ma
> rage !...

Alors commence ce récit d'Iago dont s'est tant moqué
Voltaire ; récit immodeste, grossier, mais où figure avec
art l'incident du mouchoir perdu. De là, Othello retombe
devant Desdémona, qui lui demande encore avec une
innocente obstination la grâce de Cassio, jusqu'au moment où, tout hors de lui, il redit vingt fois avec fureur
ces mots :

> Le mouchoir! le mouchoir!

que la situation a rendus si terribles.

Aimez-vous mieux, Messieurs, les nobles bienséances,
les susceptibilités délicates de la pièce française? Orosmane disant à Zaïre :

> Les flambeaux de l'hymen brillent pour votre amant.
> . . . .
> Donnez-moi votre main; daignez, belle Zaïre.
> . . . .
> Que j'aime à triompher de ce tendre embarras!

Et Zaïre hésitant, cherchant des excuses, nommant
les chrétiens, et demandant que cette union soit diffé-
rée? Orosmane, irrité, ne dit qu'un mot : « Zaïre. » Et
quand elle s'éloigne épouvantée, il confie de nouveau
sa jalousie au fidèle Corasmin :

> Mais pourquoi donc ces pleurs, ces regrets, cette fuite?

Si c'était ce Français! quel soupçon! quelle horreur!
Quelle lumière affreuse a passé dans mon cœur!
Hélas! je repoussais ma juste défiance....
Un barbare, un esclave aurait cette insolence!...
Cher ami, je verrais un cœur comme le mien
Réduit à redouter un esclave chrétien!
Mais parle; tu pouvais observer son visage,
Tu pouvais de ses yeux entendre le langage;
Ne me déguise rien, mes feux sont-ils trahis?
Apprends-moi mon malheur.... Tu trembles,... tu frémis....
C'en est assez.

Le confident d'Orosmane, aussi insignifiant que celui d'Othello est infernal, excite cependant la colère du soudan.

Je crains d'irriter vos alarmes.
Il est vrai que ses yeux ont versé quelques larmes....
Mais, seigneur, après tout, je n'ai rien observé
Qui doive....

Orosmane s'écrie :

A cet affront je serais réservé!

Et il justifie Zaïre! il veut croire en elle, et il dit ce vers si dramatique :

Écoute : garde-toi de soupçonner Zaïre.

Le bon Corasmin fait cependant, sur la seconde entre-vue de Zaïre et de Nérestan, une réflexion qui rend au sultan toute sa colère :

Qu'il revînt, lui, ce traître!
Qu'aux yeux de ma maîtresse il osât reparaître!
Oui, je le lui rendrai;... mais mourant, mais puni,

Mais versant à ses yeux le sang qui m'a trahi,
Déchiré devant elle ; et ma main dégouttante
Confondrait dans son sang le sang de son amante !

A cette réminiscence d'un vœu atroce d'Othello, Voltaire ajoute :

Non ! c'est trop sur Zaïre arrêter un soupçon.
Non ! son cœur n'est point fait pour une trahison.
Mais ne crois pas non plus que le mien s'avilisse
A souffrir des rigueurs la honte et le supplice,
A me plaindre, à reprendre, à redonner ma foi :
Les éclaircissements sont indignes de moi.

Ces raffinements de fierté délicate conduisent à l'explication d'Orosmane et de Zaïre, aussi noble, aussi gracieuse, aussi parée que le dialogue de Desdémona et d'Othello est terrible et vrai.

Mais, à ne considérer que le but éternel et les formes diverses de l'art, l'œuvre de Shakspeare n'était point surpassée, n'était point reproduite. Bien que le génie du poëte anglais soit un type infiniment moins pur que le génie grec de Sophocle, *Othello* n'a pas gagné plus qu'*OEdipe* aux ornements du goût moderne. Le dirai-je même ? l'art tragique, le développement des passions, est moins savant dans *Zaïre* que dans *Othello*, la catastrophe moins vraisemblable, et, partant, moins terrible. Ce soudan si gracieux, si tendre, ce bienfaiteur si généreux, il passe en un moment au dernier transport de la fureur sur la foi d'un billet, sur un soupçon qu'il n'éclaircit pas. Combien, dans le drame anglais, la passion est plus profonde et prise de plus loin ! Elle a son origine dans l'excès même du bonheur d'Othello, dans l'amour trop abandonné, trop facile de la jeune Desdémona ; elle est

I. 18

préparée par ce retour secret sur soi-même, ce lendemain triste et inquiet, qui suivent une union d'âge trop
inégal ; elle est fomentée par un infernal artifice ; elle
s'accroît des imprudences qui échappent à la candeur
même de Desdémona ; elle passe par tous les degrés du
soupçon, de l'inquiétude, de la fureur ; elle s'envenime
des blessures de l'orgueil et de l'ambition, lorsque
Othello se voit destitué de son rang militaire et remplacé
par le rival qu'il soupçonne ; enfin elle ne connaît plus
de bornes, quand la surprise du meurtre de Cassio
arrache à Desdémona, par la seule émotion d'une vive
pitié, des larmes et des cris qui semblent un aveu d'a-
mour. Alors celle dont il a tout reçu, celle qui a sacrifié
pour lui son honneur et son père, celle qu'il a déjà
maudite, insultée, frappée, Othello peut la tuer : l'horreur tragique est excessive ; mais elle n'a rien de fortuit
ni d'invraisemblable.

Encore un mot sur le dénoûment subit que Voltaire
oppose à cet art profond du barbare Shakspeare. Qu'O-
rosmane soit accablé par l'innocence de Zaïre, aussitôt
que Zaïre est morte,

> Ah ! Zaïre ! ah ! ma sœur !

l'effet théâtral est grand, malgré cette exclamation assez
froide :

> Sa sœur !... Qu'ai-je entendu ?

Mais combien est plus belle, dans l'original anglais,
la conviction de l'erreur d'Othello par la bouche de la
pauvre suivante Émilia, de cette femme vulgaire que
l'excès de l'indignation et de la pitié, sur le meurtre de
sa jeune maîtresse, emporte jusqu'au sublime, et qui se
fait tuer en attestant la vertu de Desdémona ! Vraie

poésie, vraie science du cœur, qui sait ainsi, d'un caractère commun et subalterne, faire jaillir le pathétique par la force du sentiment moral, et par ce cri de vérité dont toute nature humaine est capable !

Othello n'a plus qu'à mourir. Son désespoir est calme :

Je vous prie, dit-il à ceux qui l'entourent, quand vous allez raconter dans vos lettres ces funestes actions, montrez-moi tel que je suis ; ne déguisez, n'altérez rien ; parlez de moi comme d'un homme qui n'a pas aimé sagement, mais qui a trop aimé ; qui ne fut pas aisément jaloux, mais qui, poussé et entraîné perfidement, tomba dans une extrême violence. Dites encore qu'une fois, dans Alep, un méchant Turc, frappant un Vénitien, et insultant la république, je pris à la gorge ce chien de circoncis, et le frappai comme cela.

> Dis-leur que j'ai donné la mort la plus affreuse
> A la plus digne femme, à la plus vertueuse,
> Dont le ciel ait formé les innocents appas ;
> Dis-leur qu'à ses genoux j'avais mis mes États.

J'aime mieux, je l'avouerai, les expressions ardentes et les mouvements d'âme d'Othello.

Mais, hâtons-nous de le dire, si, dans le fond même emprunté de Shakspeare, la jalousie et le meurtre, Voltaire est inférieur pour le pathétique et pour l'art, s'il est moins énergique, moins naturel, moins vraisemblable, il a cependant jeté dans *Zaïre* un charme et un intérêt sans égal. Ce qu'il a créé dédommage de ce qu'il a faiblement imité ; et quoique Voltaire ait cru plaisanter en comparant cette pièce à *Polyeucte*, c'est l'épisode chrétien, c'est Lusignan et la croisade qui fait l'immortelle beauté de *Zaïre*.

Après le succès enivrant de cet ouvrage, Voltaire revint à son idée d'une tragédie plus austère, et voulut réaliser ce drame patriotique et républicain qu'il avait admiré sur le théâtre de Londres, et imparfaitement essayé dans *Brutus*. Il supprima les intrigues d'amour, les personnages de femme, et composa dans le goût anglais, dit-il, *la Mort de César*. Les pensées en sont élevées, le langage élégant et fort : c'est une belle étude d'après Corneille et Shakspeare.

Mais là même Voltaire a-t-il perfectionné ce qu'il emprunte au poëte anglais? A-t-il eu, dans toute la force du terme, plus d'art que Shakspeare? nous en doutons encore. Le dictateur César aspirant à la royauté, l'aristocratie romaine réduite à un assassinat, l'âme de Brutus, son sacrifice de César, rien de si grand que cette tragédie toute faite dans l'histoire. On dirait que Shakspeare en a simplement découpé les pages, en y jetant son expression éloquente et ses contrastes habituels de sublime et de grossièreté.

Toutefois, le drame ainsi conçu, avec une liberté sans limites, fait admirablement comprendre les causes et l'inutilité du meurtre de César. Ces plébéiens oisifs de la première scène nous préparent à ce peuple de Rome entraîné par Antoine, après avoir applaudi Brutus, et plus touché du testament de César que de la liberté. Depuis le jeune esclave, réveillé de son paisible sommeil par les insomnies de Brutus, jusqu'au poëte Cinna, massacré dans la rue pour une ressemblance de nom, chaque incident, chaque personnage est un trait de la vie humaine dans les révolutions. Le costume, le langage antique est souvent altéré par ignorance; mais la nature toujours devinée.

Voltaire fait autrement : il choisit dans l'histoire, il la

transforme, il invente au delà. Ce vague soupçon que
Brutus était fils de César devient le nœud même et l'intérêt dominant de son drame; la grande lutte du sénat
contre l'empire se cache dans un parricide. Voltaire af-
firme ce que ne croyait pas Brutus, lorsque, dans son
admirable lettre contre le jeune Octave, il s'écriait :

> Puissent les dieux me ravir toutes choses, plutôt que la ferme
> résolution de ne point accorder à l'héritier de l'homme que j'ai
> tué ce que je n'ai pas supporté dans cet homme, ce que je ne
> permettrais pas à mon père lui-même, s'il revenait au monde :
> le droit d'avoir, par ma patience, plus de pouvoir que les lois
> et que le sénat!

Sans doute Fontenelle et mademoiselle Barbier avaient
eu grand tort de faire ensemble une tragédie de *la Mort
de César*, et d'y représenter Brutus et César amoureux
et jaloux. Mais fallait-il tout réduire, dans un tel sujet, à
des entretiens de conspirateurs? L'histoire ne pouvait-
elle donner quelque physionomie de femme pure et passionnée, qui se mêlât avec tendresse à ces vertus féroces,
et montrât la vie intime du cœur et la paix domestique
engagées dans les luttes sociales?

Shakspeare n'y a pas manqué. Près de la conspiration
de Brutus, il a placé l'amour conjugal de Porcia. Cette
scène, inspirée de Plutarque, me paraît d'une beauté sublime. Brutus s'est levé dans la nuit, tout agité de son
projet. Porcia l'a suivi, le presse, l'interroge sur sa santé,
sur son silence :

> Non, cher Brutus, vous avez quelque chose dans l'âme; je
> dois le savoir, au nom de mes droits sur vous; et je vous le
> demande à genoux, par ma beauté, que vous vantiez autrefois,
> par tous vos serments d'amour, et par ce grand vœu qui nous

a inséparablement unis l'un à l'autre ; dites-moi, vous-même,
à moi, votre moitié, quel trouble vous accable, et pourquoi des
hommes, ce soir, sont venus près de vous ? Ils étaient six ou
sept, cachant leur visage, même à la nuit.

BRUTUS.

Levez-vous, noble Porcia.

PORCIA.

Je n'aurais pas besoin de vous supplier à genoux, si vous
étiez généreux. Dans le contrat de notre union, dites-moi, Brutus, a-t-il été fait cette réserve que je ne connaîtrais pas les secrets
qui vous appartiennent ? mon lot est-il seulement de m'asseoir
à votre table, de partager votre lit, de vous parler quelquefois ?
Si cela est, et rien davantage, Porcia est la concubine de Brutus, et non sa femme.

BRUTUS.

Vous êtes ma vraie, mon honorable femme, aussi chère pour
moi que les gouttes de sang qui remontent à mon triste cœur.

PORCIA.

S'il est vrai, je dois alors connaître ce secret. Je l'avoue, je
suis une femme, mais une femme que Brutus a prise pour
épouse ; je l'avoue, je suis une femme, mais une femme de
bonne renommée ; la fille de Caton. Croyez-vous que je ne sois
pas plus forte que mon sexe, ayant un tel père et un tel époux ?
Dites-moi vos projets ; je ne les trahirai pas. J'ai fait une forte
épreuve de ma constance, en me blessant moi-même volontai-
rement ici, à la cuisse. Ayant pu souffrir cela patiemment, ne
pourrai-je porter les secrets de mon mari ?

BRUTUS.

O vous, dieux ! rendez-moi digne de cette noble femme.
Écoute, on frappe. Porcia, viens un moment ; et ton sein va
recevoir les secrets de mon cœur.

Ce n'est pas là, je crois, un amour qui rapetisse la
grandeur historique du sujet.

La pièce de Shakspeare et celle de Voltaire sont trop

connues pour permettre une analyse suivie. Marquons seulement quelques différences.

Voltaire, qui n'a pas craint de porter jusqu'au parricide le dévouement civique de Brutus, respecte d'ailleurs le précepte de ne pas ensanglanter la scène ; et, dérobant aux yeux tout ce qui se passe dans le sénat, il ne fait connaître le meurtre de César que par le cri lointain des conjurés, et le retour de Cassius, un poignard à la main : car il n'a pas osé sans doute ramener devant le spectateur Brutus couvert du sang de son père. Mais cette précaution même accuse le faux calcul du poëte d'avoir rendu évident et formel ce qui, dans l'histoire, est enveloppé d'un doute sinistre. Pour avoir exagéré l'horreur du drame, il est obligé d'en cacher le héros. Il n'y a plus ce beau contraste de Brutus et d'Antoine, enlevant tour à tour le cœur des Romains. Tout manque de motifs et de vraisemblance. On conçoit mal pourquoi Cassius, qui n'était pas l'ami de César, cède la parole à Antoine, dont il se défie et qu'il accuse devant le peuple romain.

> Il vient justifier son maître et son empire ;
> Il vous méprise assez pour penser vous séduire.
> Sans doute il peut ici faire entendre sa voix :
> Telle est la loi de Rome, et j'obéis aux lois.
> . . . .
> Redoutez tout d'Antoine, et surtout l'artifice.

La magnanime confiance de Brutus, sa tendresse de cœur, comme dit Plutarque, sa faiblesse pour la mémoire de César, pouvaient seules expliquer la faute qu'il fit alors en laissant parler Antoine, qu'il avait laissé vivre, contre l'avis des autres conjurés.

C'est en cela que Shakspeare a merveilleusement con-

servé, par la vérité de l'histoire, celle du drame. Brutus
a reçu les soumissions et le message d'Antoine. Brutus,
après avoir frappé le grand homme qu'il aimait, veut que
ses restes soient honorés. Il s'adresse d'abord aux Romains pour expliquer son douloureux devoir ; mais il introduit lui-même Antoine, et le recommande, pour ainsi
dire, de ses dernières paroles. Voilà ce qui rend sublime
la péripétie de ce drame oratoire. Et puis, quelle vérité
dans le langage, quelle intime communication avec le
peuple! et comme le peuple parle naturellement à son
tour!

BRUTUS.

S'il est dans cette assemblée quelque ami cher de César, je
lui dirai que l'amour de Brutus pour César n'était pas moindre
que le sien. Si cet ami demande pourquoi Brutus s'est armé
contre César, voici ma réponse : ce n'était pas que j'aimasse
peu César; mais j'aimais Rome davantage. Souhaiteriez-vous de
voir César vivant, et nous tous esclaves, plutôt que César mort,
et de vivre en hommes libres? César m'aimait, je le pleure; il
était vaillant, je l'honore; il était heureux, j'applaudis à sa
fortune. Mais il était ambitieux, je l'ai tué.... Quelqu'un est-il
assez bas pour souhaiter d'être esclave? S'il est ici, qu'il parle;
car je l'ai offensé. Quelqu'un est-il assez stupide pour ne pas
vouloir être Romain? quelqu'un est-il assez vil pour ne pas aimer son pays? S'il est ici, qu'il parle; car je l'ai offensé. Je
m'arrête pour attendre la réponse.

TOUS.

Personne, Brutus, personne.

BRUTUS.

Ainsi, je n'ai offensé personne. Je n'ai pas fait plus à César
que vous ne feriez à Brutus. Voici le corps de César dont le deuil
est mené par Antoine, qui, bien qu'il n'ait pas mis la main
dans cette mort, en recueillera l'inestimable prix de vivre dans
une république. Qui d'entre vous n'en profitera pas de même ?

Je termine par ces mots : J'ai tué mon meilleur ami pour le bien
de Rome ; je garde le même poignard pour moi-même, quand
il plaira à ma patrie de demander ma mort.

Voltaire a traduit presque entièrement ce discours,
mais en le plaçant avec moins de vérité dans la bouche de
Cassius. Et que fait-il répondre par le peuple?

> Aux vengeurs de l'État nos cœurs sont assurés.

Cela vaut à peu près, pour le naturel, l'antithèse admirative que la Motte faisait répéter en chœur par l'armée
grecque, après la réconciliation d'Achille et d'Agamemnon :

> Tout le camp s'écriait, dans une joie extrême :
> Que ne vaincra-t-il pas, il s'est vaincu lui-même!

Oh! ce n'est pas ainsi que le poëte anglais s'y prend pour
donner une âme à la foule et compléter le drame avec des
personnages sans nom. Voici son peuple romain, après le
discours de Brutus :

> TOUS.
>
> Vive, vive Brutus!
>
> PREMIER PLÉBÉIEN.
>
> Conduisez-le en triomphe à sa maison !
>
> DEUXIÈME PLÉBÉIEN.
>
> Donnez-lui une statue parmi ses ancêtres!
>
> TROISIÈME PLÉBÉIEN.
>
> Faisons-le César !

Faire Brutus César ! voilà désormais comment la république est comprise, comment la liberté est reçue par
le peuple romain. Sa reconnaissance n'a plus d'autre
hommage que sa servitude.

Cependant, autorisé et appelé par Brutus, en mémoire de César, Antoine monte à la tribune. On s'écrie autour de lui :

Ce César était un tyran ! nous sommes heureux d'en être dé-livrés. — Écoutons Antoine :

ANTOINE.

Amis, Romains, compatriotes, écoutez-moi. Je viens pour inhumer César, et non pour le louer. Le mal que font les hom-mes leur survit ; le bien reste enseveli souvent avec leurs cen-dres. Qu'il en soit ainsi pour César. Le noble Brutus vous a dit que César était ambitieux : si cela était, c'était une grande faute ; et César en a grandement porté la peine.

Je l'avoue, le sublime de l'art me paraît, cette fois en-core, du côté de Shakspeare. Voici le début d'Antoine dans Voltaire :

> . . . . . Oui, je l'aimais, Romains ;
> Oui, j'aurais de mes jours prolongé ses destins.
> Hélas, vous avez tous pensé comme moi-même ;
> Et lorsque, de son front ôtant le diadème,
> Ce héros à vos lois s'immolait aujourd'hui,
> Qui de vous, en effet, n'eût expiré pour lui ?

Antoine, dans Shakspeare, me paraît d'abord plus touchant et plus simple. Puis il s'anime. Il rappelle les exploits de César, la couronne trois fois offerte, trois fois refusée. Était-ce de l'ambition ? En parlant ainsi, Antoine se trouble, verse des larmes ; et, pendant qu'il s'arrête, le peuple raisonne à sa manière.

UN PLÉBÉIEN.

Remarquez-vous ces paroles ? César ne voulut pas prendre la couronne : donc, il est certain qu'il n'était pas ambitieux.

Admirable logique!

Antoine continue. Il ne va pas, comme l'Antoine de Voltaire, accuser Brutus de parricide :

> Chers amis, je succombe, et mes sens interdits....
> Brutus, son assassin! ce monstre était son fils!
> Brutus! où suis-je? ô ciel! ô crime! ô barbarie!

Rome, qui pouvait abandonner Brutus, mais qui l'estimait, n'eût pas souffert ce langage. Antoine, dans Shakspeare, est artificieux, et non pas déclamateur. Il répète sans cesse que Brutus et Cassius sont des hommes honorables, qu'il ne veut pas leur faire dommage.

Mais voici un papier scellé du sceau de César. C'est sa volonté dernière, son testament. Antoine l'annonce, et ne veut pas le lire. Le peuple de toutes parts demande la lecture.

Nous voulons entendre la volonté de César!

ANTOINE.

Prenez patience, chers amis. Je ne veux pas vous faire cette lecture : il n'est pas bon que vous sachiez à quel point César vous aimait. Vous n'êtes pas de pierre ou de bois. Vous êtes hommes; et si vous entendez lire le testament de César, cela vous irritera, vous rendra furieux. Il vaut mieux que vous ne sachiez pas qu'il vous a faits ses héritiers. Car, si vous devez.... Oh! qu'en adviendrait-il?

UN PLÉBÉIEN.

Lisez-nous le testament; nous devons l'entendre; Antoine, vous devez nous lire le testament, le testament de César.

ANTOINE.

Serez-vous patients? resterez-vous immobiles quelques moments? Je crains de faire tort aux hommes honorables dont les poignards ont assassiné César.

UN PLÉBÉIEN.

C'étaient des traîtres.... Eux des hommes honorables! — Le

testament! le testament! la volonté dernière de César! lisez-
nous le testament.

ANTOINE.

Vous me forcez à lire le testament. Alors, faites-un cercle
autour du corps de César; et laissez-moi vous montrer celui qui
a fait le testament.

Alors il étale la robe sanglante de César, compte et décrit les blessures, nomme chacun des assassins; et les
cris du peuple éclatent.

Vengeance! courons. — Brûlons. — Cherchons. — Massa-
crons. — Ne laissons pas un traître en vie.

Et c'est Antoine qui paraît les arrêter.

Mes bons amis, mes chers amis, que ma voix ne vous emporte pas à ce mouvement soudain. Ceux qui ont fait cette action étaient honorables. Quelles injures particulières ils avaient
à venger? hélas! je ne le sais pas. Ils auront sans doute des
raisons à vous donner. Je ne viens pas, mes amis, pour surprendre vos cœurs: je ne suis pas un orateur, comme Brutus;
mais, comme vous le savez bien, je suis un homme simple et
franc qui aime mon ami; et ils le savent bien, eux qui me donnent permission publique de parler de lui. Je n'ai ni l'esprit,
ni les paroles, ni l'art du débit, ou le pouvoir de l'éloquence
pour exciter les passions des hommes. Seulement, je dis vrai;
je vous dis ce que vous-mêmes vous savez. Je vous montre les
blessures de votre bien-aimé César; et je les charge de parler
pour moi. Mais si j'étais Brutus, Brutus avec le cœur d'Antoine,
j'enlèverais vos âmes, et de chaque blessure de César, je ferais
sortir une voix qui exciterait jusque dans les pierres de Rome
le soulèvement et la révolte.

TOUS.

La révolte! — Brûlons la maison de Brutus! en avant! —
Courez! cherchez les conspirateurs!

Cependant l'artificieux Antoine les arrête encore, pour leur réciter le testament de César, les legs qu'il fait au peuple, les dons en argent qu'il assure à chaque citoyen. Il a gardé l'intérêt pour dernier aiguillon de la fureur ; et il laisse partir enfin, ou plutôt il lance le peuple dé- chaîné.

Ce n'est donc pas, Messieurs, un *diamant brut* que Voltaire a taillé, un essai barbare dont il a fait sortir un chef-d'œuvre. Il a sans doute ajouté quelques traits écla- tants à son modèle ; mais il n'égale point, dans cette scène, la gradation habile et véhémente de Shakspeare, ni surtout ce dialogue de l'orateur et de la foule, ce con- cert admirable des ruses de l'art et du tumulte des pas- sions populaires.

Qu'après ce beau mouvement,

> Dieux ! son sang coule encore !

Antoine s'écrie :

> Il demande vengeance.
> Il l'attend de vos mains et de votre vaillance.
> Entendez-vous sa voix ? éveillez-vous, Romains !
> . . . .
> Ce sont là les honneurs qu'à César on doit rendre.
> Des débris du bûcher qui va le mettre en cendre,
> Embrasons les palais de ces fiers conjurés.
> Enfonçons dans leur sein nos bras désespérés.

Ce sont là d'assez beaux vers, mais un discours comme tant d'autres. Combien plus originale, dans Shakspeare, cette hypocrite modération d'Antoine qui fait éclater des cris de mort, sans en proférer aucun, et qui précipite ce peuple qu'elle a l'air de retenir !

I.   19

Voltaire n'a donc pas corrigé Shakspeare, comme on le disait. Peut-être même, dans l'impatience de son goût délicat et moqueur, n'en a-t-il pas senti toutes les beautés : du moins ne les a-t-il pas reproduites. Toutefois cette étude fortifia son génie. Il y puisa quelque chose de ces grands effets de théâtre, de cette manière éloquente et passionnée qui animent ses drames, et en font un grand poëte après Racine.

DIXIÈME LEÇON.

Tradition religieuse du XVIIᵉ siècle conservée dans le XVIIIᵉ. — École janséniste. — D'Aguesseau. — Rollin ; ses disgrâces ; visites domiciliaires. — Succès de ses ouvrages. — Sa correspondance avec Frédéric. — Ses amis ; Mesanguy, l'abbé d'Asfeld. — Louis Racine élève de Rollin. — Sa vie, ses ouvrages de critique. — Le duc de Saint-Simon, janséniste à la cour. — Ses Mémoires.

MESSIEURS,

Le nom de Voltaire nous a d'abord entraînés ; il semble que lui seul nous apparaisse dans ce XVIIIᵉ siècle, qu'il a partout sillonné de sa lumière. Nous le voyons dominant, par la poésie, un temps et une civilisation peu poétiques, élégant et timide dans l'épopée, puissant et pathétique au théâtre, fidèle aux traditions du goût, et rejetant toutes les autres. La poésie favorite de Voltaire, celle dont nous parlons le moins, cette poésie sceptique et moqueuse, qu'il osa dès sa jeunesse et qui ne vieillit pas chez lui, est l'image du XVIIIᵉ siècle. Comme la poésie sérieuse de Voltaire, elle avait un autre but que l'art même : elle servait au triomphe d'une opinion ; elle flattait la mollesse des mœurs, comme *la Henriade, Alzire* et *Mahomet* l'indépendance de la raison : car Voltaire, choqué des abus et non des vices de son temps, eut pour règle singulière de propager la réforme par la li-

cence, et de corrompre les mœurs pour enhardir les
opinions.

Mais en marquant cette influence, qui, parée de poésie,
d'imagination, d'esprit, grandissait presque seule dans la
société française, nous ne devons pas cependant négliger
ou méconnaître une autre école qui se maintenait encore
par le bon sens et la pureté morale, bien plus que par le
génie. Cette école avait d'autant plus de force qu'elle se
liait à un parti religieux. C'était le dernier reste de Port-
Royal. Histoire, philosophie, littérature variée, poésie,
cette école, peu nombreuse, avait tout embrassé. Elle se
composait de quelques hommes de bien, dans des situations fort diverses, le chancelier d'Aguesseau, au ministère, ou dans sa retraite de Fresne; Rollin, dans sa
petite maison d'ancien recteur; Racine le fils, dans ses
obscurs emplois de finance; le duc de Saint-Simon,
dans l'entresol de Versailles, d'où ce caustique et profond contemplateur a vu passer Louis XIV et la régence.

Ces hommes semblent les débris épars d'un autre
monde, tout différent du monde sceptique, raisonneur,
frivole, où régnait Voltaire ainsi annoncé dans Saint-
Simon :

> C'était le fils du notaire de mon père, M. Arouet, que j'ai vu
> bien des fois lui apporter des actes à signer, et qui n'avait ja-
> mais pu rien faire de ce fils libertin, dont le libertinage a fait
> enfin la fortune, sous le nom de Voltaire, qu'il a pris pour dé-
> guiser le sien.

Ce n'est pas tout, Messieurs; à côté de ces hommes
qui conservaient, en plein XVIIIᵉ siècle, les mœurs graves
et les pieuses traditions de l'âge précédent, il y avait une
autre école, qui, sans être du XVIIIᵉ siècle par la foi et

les mœurs, lui appartenait par la simplicité du bon sens, la haine des nouveautés et une soumission modeste et bourgeoise aux autorités établies et aux usages reçus, lors même qu'elle n'y gagnait rien. C'était le parti des libres penseurs qui n'étaient pas philosophes, des Crébillon fils, des Prévost, des le Sage. Nous y viendrons tout à l'heure. Mais voyons d'abord ceux qui n'étaient ni philosophes, dans l'acception nouvelle du mot, ni libres penseurs.

Et d'abord, pourquoi cette classe d'hommes honorée par des vertus et des talents remarquables eut-elle alors si peu de pouvoir? Ce ne fut pas seulement par l'impulsion contraire du siècle; mais le génie lui manqua, hormis à Saint-Simon, qui ne s'en servit que pour des Mémoires posthumes. Prenez, en effet, le chancelier d'Aguesseau. Quelle éducation plus complète, sous la discipline d'un père vertueux! quelle science des affaires et de la législation! quelles vastes études de philosophie, d'histoire, de littérature comparée! quels grands emplois noblement occupés, plus noblement quittés! Que manquait-il au chancelier d'Aguesseau? le génie; et par là même, le goût lui a quelquefois manqué. Son esprit, enrichi de tant de souvenirs, avait peu de vues et d'idées. Son éloquence, tant vantée au Palais, n'était qu'une rhétorique élégante. Son savoir et sa piété se consumèrent en vaines querelles sur une bulle, et ne servirent pas à défendre les grands principes que des mains hardies commençaient d'ébranler. D'Aguesseau fut respecté, sans être puissant : il n'arrêta rien, il ne fit obstacle à aucune innovation. Si on parcourt ses lettres sur des questions de philosophie et de littérature, on n'y trouve rien d'original. Son ouvrage de prédilection, le

..

Discours sur la vie de son père, est sans doute une précieuse image de ces vertus héréditaires dans quelques familles de l'ancienne magistrature. Les faits racontés ont même un intérêt historique, et peuvent éclairer quelques parties de l'administration de Louis XIV. On y sent ce caractère d'homme de bien, cette fermeté douce que fortifie la religion.

Mais, le dirai-je? un ouvrage dicté par des sentiments si purs est écrit cependant avec peu de naturel, dans un style à la fois trop oratoire et trop raffiné. Le savant et grave chancelier tombe dans le bel esprit. Son expression, ornée et un peu languissante, devient parfois d'une singulière affectation. A-t-il rappelé que son père fut nommé maître des requêtes au conseil d'État? il ajoute avec une gravité coquette : « Les maîtres des requêtes ressemblent aux désirs du cœur humain; ils aspirent à n'être plus; » c'est-à-dire, sans doute, à devenir conseillers d'État.

On a quelque honte de ces mièvreries dans un si grave personnage; et pourtant les dernières pages de ce *Discours* sont belles et touchantes : c'est la mort d'un chrétien digne des anciens jours. Mais auprès de ce lit funèbre, entouré des cérémonies saintes et des larmes d'une pieuse famille, apparaît déjà l'esprit nouveau qui devait partout pénétrer. « Mon père, dit le chancelier, après avoir donné la bénédiction à mon frère, et avoir prié Dieu pour lui, ajouta quelques paroles pour lui recommander de n'être pas trop philosophe. »

Ce frère du chancelier ne tint compte des avis de son père. Plein d'esprit et de savoir, mais indifférent à tout, il continua cette vie libre et obscure, alors très à la mode, et qui préparait le règne des esprits forts.

La supériorité de d'Aguesseau, c'était d'avoir vécu
dans le XVIIᵉ siècle, d'en avoir connu les grands hommes,
d'avoir entendu leur parole. Comme la plupart d'entre
eux, il était attaché à cette espèce de réforme orthodoxe
et mitigée, qui naissait de l'Église gallicane, et était dé-
savouée par elle. Arnaud et Nicole sont les maîtres de
raisonnement et de morale qu'il cite de préférence; et
quoiqu'il ait faibli parfois, et que sa douceur de caractère
fût mêlée d'indécision, il était janséniste, autant qu'un
ministre peut l'être. Mais qu'avait à faire cette vertu timide, entre un fripon comme Dubois, et un corrupteur
comme le régent? Il était tour à tour leur victime et leur
instrument. Créé chancelier, puis bientôt privé des
sceaux, et exilé dans sa terre, pour s'être opposé au
système de Law, il fut rappelé deux ans après, pour
mettre par sa probité de l'ordre dans la banqueroute
qu'il avait prévue. Il poussa la complaisance jusqu'à soutenir l'enregistrement de la bulle *Unigenitus,* qu'il avait
refusé même à Louis XIV. Dans cette cour de la régence,
sa faiblesse ne sauva pas sa vertu d'un nouvel exil. Rappelé sous le cardinal de Fleury, il fut impuissant à pré-
venir la persécution religieuse que des intrigants et des
hypocrites faisaient éprouver, pour soupçon de jansénisme, à des gens de bien opiniâtres, peut-être les seuls
chrétiens d'alors. Mais, renfermé dans le devoir de sa
charge législative autant que judiciaire, il fit de belles ordonnances dont s'est enrichi notre droit civil, et donna
le modèle de tous les talents et de toutes les vertus, hormis le talent politique et le courage civil.

A la même époque, dans une condition beaucoup
moins élevée, un autre homme de bien défendait, avec
plus de force et de persévérance, les principes qu'il em-

pruntait, comme le chancelier, aux traditions de Port-
Royal. C'était l'auteur du *Traité des Études,* Rollin, un
professeur, un principal; oui, Rollin, que nous croyons
avoir fort surpassé par nos méthodes nouvelles, mais à
qui Racine recommandait l'éducation de son fils, en disant : « M. Rollin en sait bien plus que moi là-dessus; »
Rollin que le roi de Prusse, le moqueur et incrédule
Frédéric, lisait avec goût, et auquel Voltaire lui-même a
porté respect :

> Non loin de là Rollin dictait
> Quelques leçons à la jeunesse ;
> Et quoiqu'en robe on l'écoutait.

Qu'il me soit permis, Messieurs, peut-être en expiation
de mon enseignement, et de bien des choses qui m'é-
chappent, de m'arrêter sur l'éloge, c'est-à-dire sur la vie,
sur les écrits, sur la vocation unique et touchante de
Rollin, sur le souvenir de ce maître si cordialement ami
de la jeunesse, si vertueux par bonté de nature et par
goût des lettres, véritable saint de l'*enseignement,* qui,
mieux que personne, a consacré l'alliance des bonnes
études et des bonnes mœurs, des belles-lettres, comme
on disait alors, et des beaux sentiments.

Aujourd'hui nous sommes tous profanes, même dans
notre dévouement à l'instruction de la jeunesse : notre
esprit est préoccupé, distrait par mille autres pensées,
ambition, vanité littéraire, succès de monde ou de parti.
Mais Rollin, l'éducation de la jeunesse, et par elle le
progrès des mœurs publiques, était toute sa pensée.
Personne ne fut jamais meilleur citoyen, sans le dire,
sans le savoir. Le mélange naïf de l'antiquité et du christianisme, les vertus républicaines de ces grands hommes

de Plutarque, les vertus soumises et douces de l'Évangile, l'enthousiasme pour le beau littéraire dans l'Écriture sainte, dans Homère, dans Bossuet, la tendresse attentive et paternelle pour l'enfance, l'affection grave et pleine d'espérance pour la vive jeunesse, toutes ces émotions, réunies dans une âme saine et pure, au milieu de la vie la plus simple, de la plus décente pauvreté, voilà comment s'est formé Rollin, écrivain inimitable, sans être un écrivain de génie. Sa gloire même, sa gloire qui nous est chère, est la dernière et la plus utile leçon qu'il nous ait donnée. Elle montre jusqu'à quel point les dons de l'esprit s'accroissent et fructifient par les vertus, et quelle puissance l'amour du bien ajoute au talent.

Vous savez que Rollin était fils d'un pauvre coutelier, qu'il obtint une bourse, fit d'excellentes études, une rhétorique brillante au collége du Plessis, sous le célèbre *Hersan,* devint professeur lui-même, recteur, principal du collége de Beauvais, et, sans entrer dans le sacerdoce, en eut toutes les vertus et toute la ferveur. Vous savez aussi qu'il écrivit tard en français, à soixante ans, pour achever son œuvre, et pour continuer jusqu'à la fin son apostolat près de la jeunesse. Cependant, Messieurs, sa vie n'est pas là tout entière. Rollin fut persécuté; on le destitua; on le tint pour suspect. L'Académie française, qui estimait ses travaux, n'osa l'adopter. A sa mort, il n'obtint pas d'éloge public. Je vous l'ai dit, il appartenait à ce parti de gens de bien qui furent persécutés comme hérétiques sous l'incrédule régent.

Du temps de Louis XIV, Rollin n'avait pas échappé à l'inquisition religieuse qui attrista les dernières années de ce beau règne. Admirateur d'Arnauld, aimé du cardinal de Noailles, lié à la querelle de l'Université contre

les jésuites, il fut poursuivi comme janséniste. On le
força, en 1712, de quitter la direction du collége de
Beauvais, il se retira dans une chétive maison du faubourg Saint-Marceau, où il avait un petit jardin dont il
décrit, dans une de ses lettres, le berceau de verdure,
les deux allées, le petit espalier couvert de *cinq abrico-
tiers et de dix pêchers.* C'est là qu'il vécut pour Dieu et
pour l'étude, et que, déjà sur le déclin de la vie, il commença ses ouvrages de critique et d'histoire. Son premier
travail, ce fut le *Traité des Études,* monument de raison, de goût, et un des livres le mieux écrits dans notre
langue, après les livres de génie. Cet excellent style français, toujours fort rare, était chose inouïe dans l'Université, exclusivement célèbre alors par les harangues latines. Aussi d'Aguesseau, en remerciant Rollin de son
bel ouvrage, lui écrivait-il : « Vous parlez le français,
comme si c'était votre langue naturelle. »

Je n'analyserai pas, Messieurs, cet ouvrage si connu,
mais un peu négligé de nos jours, comme si on avait, depuis Rollin, découvert des méthodes nouvelles pour former l'intelligence et le cœur. Hélas! il n'en est rien : on
n'a pas fait un pas; on ne fera pas un meilleur *Traité
des Études.* Nulle part l'éducation par les lettres, la seule
éducation complète de l'homme moral, n'a été rendue
plus utile et plus aimable. Je n'hésite pas à le dire, avec
le *Traité des Études,* bien compris et heureusement
appliqué, vous formerez dans votre élève un cœur
droit et pur, un jugement ferme et sain, une imagination ornée et animée par les plus naïves impressions du
beau.

Rollin, dans ce livre, renversait l'échafaudage des anciennes rhétoriques, et tout cet artifice de procédés ora-

toires que le génie grec lui-même avait trop réduit en
système, et qui était devenu la plus fausse et la plus pué-
rile des sciences. A ces règles arbitraires, qu'on l'accusa
de négliger, il substituait l'intelligence et la vive admiration des grands modèles ; il ramenait l'art au bon sens
et aux expériences du génie.

Rousseau dit quelque part : « Figurez-vous d'un côté
mon Émile, et de l'autre un polisson de collége lisant le
quatrième livre de l'*Énéide,* ou *Tibulle* ou le *Banquet de
Platon* ; quelle différence ! Combien le cœur de l'un est
remué de ce qui n'affecte pas même l'autre ! » Je ne sais
si la lecture de *Tibulle* est bien choisie, et j'ai quelque
doute à cet égard ; mais j'admets encore moins le dédaigneux contraste que fait ici Rousseau, et j'opposerais volontiers à son *Émile,* le *polisson* du collége de Beauvais,
l'élève de Rollin. Il n'aura pas été formé à grands frais
par un maître destiné pour lui seul, avec des circonstances
artificielles et de petits coups de théâtre habilement ména-
gés ; il ne recevra pas de leçons d'un faiseur de tours, aposté
par son précepteur ; il n'ignorera pas jusqu'à quinze ans son
Dieu et son âme ; il n'apprendra pas la géométrie avant le ca-
téchisme. On ne l'a pas entouré d'un monde fait pour lui,
sous prétexte de lui apprendre à se mieux passer de tout :
il est jeté dans la foule, il s'y débat, il y grandit sous la
loi d'une vigilante discipline, sous la garde de la religion,
partout présente à son jeune cœur, et mêlée à toutes ses
études par l'imagination et l'éloquence ; il étudie avec
une ardeur salutaire les modèles de grâce et de sublime
que l'on met sous ses yeux ; il est à la fois instruit et candide ; et la préoccupation même du savoir prolonge son
innocence. Il n'a pas, comme on le dit, appris seulement
des mots, mais toutes les vérités intellectuelles, toutes

les nuances morales que renferme la perfection du langage. Il a étudié dans le travail de la *traduction* la méthode pour penser. Il a recueilli, ainsi le voulait Rollin,
mille notions de philosophie, d'histoire, de sciences naturelles, qui sont comme la matière de l'art de penser
et d'écrire. De plus, encore enfant par le cœur, il a déjà
commencé la vie d'homme par un noviciat de travail assidu. Il a fait avec zèle et persévérance son état d'étudiant comme il remplira plus tard quelque devoir public.
C'est qu'il est élevé pour la société, et non pas hors d'elle,
comme l'Émile de Rousseau ; et il apprend dès le jeune
âge à quel prix elle donne son estime.

Ces maximes d'éducation, Rollin les avait puisées dans
son expérience et dans le commerce de quelques amis
vertueux. Son *Traité des Études* est une continuation de
l'enseignement de Port-Royal. Seulement, son âme af-
fectueuse adoucit l'austérité de l'ancienne école janséniste, et rend la même pureté plus aimable. Il emprunte
aussi à cette grande école, sur laquelle Pascal a jeté sa
lumière, un goût de sciences et de recherches qui devait
étendre l'instruction de la jeunesse. En cela, il était secondé par deux hommes dont le souvenir, effacé sous le
torrent des opinions du dernier siècle, mérite d'être rappelé. L'un était Mesanguy, condamné par la cour de
Rome en 1761, auteur d'excellents ouvrages de religion
et de controverse. Rollin l'avait recueilli dans son collége
de Beauvais. C'est sous ses yeux que Mesanguy composa
ses beaux extraits de l'Ancien Testament, et son *Exposition de la doctrine chrétienne*, précédée de trois entretiens, où l'on retrouve cette grâce éloquente de quelques-
uns des Pères, alliée à des notions précises sur les sciences
naturelles. Mesanguy avait tracé dans un de ses dialogues

religieux l'exacte description physiologique dont s'emparait Voltaire dans une épître :

> Demandez à Sylva par quel secret mystère,
> Ce pain, cet aliment dans mon corps digéré,
> Se transforme en un lait doucement préparé ;
> Comment, filtré toujours par des routes certaines,
> Enlongs ruisseaux de pourpre il court enfler mes veines ;
> A mes sens épuisés rend un pouvoir nouveau,
> Fait palpiter mon cœur et penser mon cerveau.

Mais, on le reconnaît au dernier trait de ce passage, la science qui fortifiait la foi de Mesanguy armait l'incrédulité de Voltaire. Les livres de Mesanguy sont une des meilleures études qu'on puisse indiquer à la jeunesse. Une méthode parfaite, un style élégant et pur y servent à l'exposition de grandes vérités ; et la religion s'y montre partout appuyée du raisonnement.

Un autre ami de Rollin, le compagnon de ses promenades et de ses lectures, ce fut l'abbé d'Asfeld, frère du maréchal de ce nom, qui contribua si glorieusement à la victoire d'Almanza, et parut seul digne de remplacer Berwick. Rollin vécut dans l'intimité des deux frères inséparablement unis. Il allait chaque année passer de longues vacances à leur terre de Colombe, lisant Plutarque et la Bible avec l'abbé d'Asfeld, et écoutant curieusement le maréchal sur la politique et la guerre. L'abbé d'Asfeld, comme Rollin, comme Mesanguy, comme Duguet, qu'il avait aidé dans la composition de quelques ouvrages, était *janséniste* ; et malgré la gloire de son frère et ses vertus, il n'échappa point aux *lettres de cachet*, sous le ministère *moliniste* du cardinal de Fleury.

I. 20

Arraché à tous les siens, l'abbé d'Asfeld passa plusieurs années d'exil dans une campagne éloignée. Témoin de la tristesse du maréchal et de sa famille, Rollin fut ébranlé, et engagea son ami à quelques soumissions, pour obtenir un rappel momentané. L'abbé, regardant son exil comme un ordre de la Providence, et craignant que son retour ne parût un abandon de sa foi, refusa, quoique avec douleur : « Puis-je, après tant d'années, répondait-il à Rollin, rétracter sans infidélité un sacrifice dont l'éloignement de mes proches a fait la portion la plus sensible et la plus méritoire? puis-je renoncer à une promesse qui m'assure de la vie éternelle, pour avoir quitté mon frère et ma sœur? » On dédaigne aujourd'hui les querelles religieuses ; mais qui ne s'intéresserait à cette fermeté de conscience et de foi?

L'abbé d'Asfeld soutint avec sérénité son exil, par la prière, la lecture, et cette contemplation des œuvres du Créateur qui inspirait, à la fin du XVIIIᵉ siècle, les *Études de la Nature*. C'est le sujet d'une lettre charmante, où il raconte à Rollin l'emploi de sa vie solitaire, ses courses à travers la neige, le secours qu'il donne dans les champs aux pauvres femmes qui ramassent des ramées et des feuilles, et aux petits enfants du village. On croirait lire quelques pages des rêveries du *Promeneur solitaire*, n'était plus de simplicité, et une paix du cœur que n'avait pas le philosophe dans la retraite, et que le vertueux prêtre a conservée dans l'exil.

La cause *janséniste,* à cette époque, était malheureusement bien pis que persécutée : elle tombait dans le fanatisme et le ridicule. C'était le temps du diacre Pâris, et de ses miracles défendus par la police et chansonnés par le public. Des hommes graves, des savants, des magis-

trats croyaient à ces miracles, dans l'espoir d'y trouver
une protestation contre la bulle *Unigenitus* et la cour de
Rome, à peu près comme Racine et tout Port-Royal avaient,
en haine des jésuites, adopté le miracle de la sainte-épine.
Rollin partagea cette crédulité de conscience ou de parti.

Les miracles n'étaient pas la seule arme des jansénistes:
ils composaient force brochures, et les publiaient furtivement, comme avaient paru jadis les *Provinciales*. On
accusa Rollin de ces infractions à la censure; et le cardinal de Fleury ordonna des visites dans sa maison et dans
ses caves, que *le lieutenant de police* appelait des *souter-
rains*. La recherche fut inutile, comme on peut le croire;
et Rollin, justement offensé, se plaignit au premier ministre, du ton d'un honnête homme qui croit mériter
qu'on se fie à sa parole. Le ministre, en mêlant à quelques
termes assez flatteurs des reproches indirects sur les assiduités de M. Rollin à Saint-Médard, exprimait le regret
de voir un homme de lettres tel que lui ne pas se borner
aux choses *qui sont de sa sphère*. C'est un raisonnement
commode, et que le pouvoir applique parfois à d'autres
matières que la théologie.

Le bon Rollin, sans désavouer aucune de ses opinions,
répondit en opposant à tous les reproches sa vie retirée
et ses ouvrages.

J'écarte, disait-il, avec une rigide sévérité tout ce qui peut
m'en distraire. Je ne fais ma cour à personne; je n'importune
point les puissances; je ne sollicite point de grâces, vous le savez, Monseigneur. Il n'y a point de place, quelque lucrative ou
honorable qu'elle puisse être, qui soit capable de me tenter : il
n'est pas nécessaire de m'en fermer la porte; je m'en exclus
moi-même, pour vaquer sans partage à un travail qu'il semble
que la Providence m'a imposé.

C'était son *Histoire ancienne,* dont les volumes se succédaient rapidement, et avec la plus grande faveur publique. Le cardinal se le tint pour dit, et laissa Rollin
tranquille, sans persécution ni grâces de cour.

La récompense lui vint d'ailleurs.

Un honnête homme, écrivait Montesquieu, M. Rollin, a, par
ses ouvrages d'histoire, enchanté le public. C'est le cœur qui
parle au cœur. On sent une secrète satisfaction d'entendre parler la vertu : c'est l'abeille de la France.

Ce succès ne se borna pas à la France. Le nom de
Rollin devint célèbre en Europe. On le félicitait de toutes
parts; et il est curieux de voir, en 1730, le jeune prince
royal de Prusse lui adresser presque les mêmes avances
et les mêmes hommages qu'à Voltaire. Était-ce estime
sincère et goût naturel pour le bon sens et le bon style
de Rollin? était-ce désir de ménager et d'honorer une
réputation chère au public? je ne sais. Mais il y a loin de
cette correspondance à d'autres lettres de Frédéric. Le
jeune prince, à chaque nouveau volume qu'il reçoit, remercie Rollin en termes un peu emphatiques, le compare
à Thucydide, le félicite de préparer pour la France un
peuple de héros, un peuple de savants, loue sa morale
et sa probité, et lui souhaite de pouvoir rendre les rois
hommes et les princes citoyens. Rollin, touché de cet
honneur, se prit à son tour d'une vive affection pour Frédéric; et, lorsque le prince devint roi, il fut des premiers
à saluer son avénement.

Pendant que Voltaire adressait au jeune roi ses flatteuses épîtres,

> Quoi! vous êtes monarque, et vous m'aimez encor!

. . . .

Vivez, prince, et passez dans la paix, dans la guerre,
Surtout dans les plaisirs, tous les *ics* de la terre,
Théodoric, Ulric, Genséric, Alaric!

Rollin, sur un ton plus modeste, se félicitait de voir les
lettres et les sciences monter, en quelque sorte, sur le
trône avec Frédéric; et, lui rappelant l'obligation de faire
le bonheur des peuples que la Providence lui avait con-
fiés, priait Dieu de le rendre un roi selon son cœur. Frédéric ne put se défendre de quelque ironie, en remerciant
son cher, son vénérable Rollin. « J'ai trouvé, disait-il,
dans votre lettre les conseils d'un sage, la tendresse
d'une nourrice, et l'empressement d'un ami. » Mais le
bon Rollin ne vit que les paroles obligeantes, et ce qu'il
appelait l'amitié du roi. Il en était tendrement ému, et
l'en remerciait avec effusion de cœur.

Les rois, lui écrivait-il, ne se piquent pas d'ordinaire d'avoir
des amis; et il est rare qu'ils en aient de véritables. Votre Majesté n'en use pas ainsi. Elle descend du trône jusqu'à son ser-
viteur, et par là trouve le moyen de se mettre de niveau avec
lui, pour en faire son ami. Oui, Sire, je le serai toute la vie.
Mais, c'est trop peu pour moi; que me reste-t-il encore à vivre! Je souhaite l'être pendant toute l'éternité : cet unique vœu
dit beaucoup de choses.

Que la pieuse candeur de cette expression est touchante! L'incrédule Frédéric n'en a-t-il pas souri? Mais
combien ce langage est supérieur aux lettres où, trente
ans plus tard, Frédéric et d'Alembert vieillis se lamentent
sur leurs maux d'estomac, sans grand intérêt l'un pour
l'autre, et voient dans les infirmités qu'ils se racontent
le gage de leur prochaine rentrée dans le néant.

La pure et sublime croyance qui brilla sur la vieillesse

et sur toute la vie de Rollin, est aussi l'âme de son ouvrage. C'est elle, c'est la foi à la Providence, à l'immortalité, à la vertu, qui a répandu dans ses récits un charme
singulier de douceur et de gravité. On sait combien il
traduit les anciens, combien il copie même parfois les
modernes; et cependant sa composition est une et animée. Il manque de critique et même d'érudition; il ne
choisit pas toujours bien ses autorités; il ne connaît pas
l'art ingénieux de tirer, par conjecture, des moindres
textes quelques inductions pour l'histoire. On dirait
même qu'il a quelquefois ignoré ou négligé de précieux
détails, clairement indiqués dans les monuments antiques. Loin d'avoir le plus léger doute sur la série des
rois de Rome, qui, de nos jours, sont devenus des mythes
ou symboles, il prend tous les faits, comme les donne
Tite Live; il suppose Porsenna et les Gaulois vaincus,
sans souci des textes contraires de Pline et de Polybe.
Enfin, si la simplicité abondante et la candeur de sa
diction semblent s'allier heureusement aux couleurs primitives d'Hérodote et aux temps qu'il décrit, on ne peut
nier qu'elles ne rendent faiblement la vie guerrière et
agitée des républiques anciennes, et qu'elles n'altèrent
ces fortes vertus et ces grands caractères par un ton habituel de bonhomie modeste.

Toutefois son *Histoire ancienne* et ce qu'il a composé
de l'histoire romaine donnent une idée généralement
vraie de l'antiquité, à peu près comme madame Dacier
fait mieux sentir Homère que ne le font des traducteurs
plus exacts ou plus éloquents. Conseillez donc à la jeunesse de lire les longues histoires de M. Rollin; ne les
abrégez pas : les détails avivent le souvenir, et sont la
poésie en même temps que la vérité de l'histoire.

Le plus célèbre élève de Rollin fut Louis Racine, le bon versificateur fils du grand poëte, comme a dit Voltaire. Nous ne le considérons, en ce moment, que sous le point de vue de l'érudition et de la critique. Il a été, dans les lettres comme dans la morale, un des derniers et des meilleurs héritiers de Port-Royal. Aux traditions les plus pures du goût, il mêlait une curieuse variété d'études. Versé dans l'antiquité et les langues modernes, connaissant Lope de Véga et Shakspeare, comme Sophocle, il avait beaucoup comparé, sans théorie subtile et sans admiration paradoxale.

Ses réflexions sur la *poésie* et sur l'*art dramatique* sont écrites avec un grand charme de simplicité. On voit que l'auteur aimait avec passion la chose dont il parle. Dans son admiration des beautés de l'art, il entre souvent aussi un intérêt de cœur, une piété filiale. Cet exemple n'était pas inconnu dans l'histoire des lettres. Dante a été commenté par son fils; et on recherche encore avec intérêt cette interprétation domestique. Bien que ce commentaire, un peu sec et dogmatique dans la forme, s'occupe surtout de théologie, on y reconnaît parfois l'héritier du sang, à la vive intelligence des pensées du poëte; et tous les commentaires si savants, si subtils, que les beaux esprits des âges suivants ont accumulés sur la *Divina Comedia,* sont restés bien loin de cette glose première et naïve.

Dans l'analyse que Louis Racine fait du théâtre de son père, la critique n'est pas fort élevée, fort étendue. L'attention aux formes du style peut sembler minutieuse. Dans un siècle rude et prétentieux, on doit surtout dédaigner cette critique, comme on a perdu le secret de cette langue admirable. Mais l'homme de goût trouvera,

dans les remarques simples et modestes de Racine, plus
à apprendre et à méditer que dans les théories conjecturales de l'art : c'est le génie commenté par cette justesse de sens et cette vérité d'impression qui lui sont analogues, même en restant loin de lui.

Ces réflexions diverses, ces remarques de style et de
goût sont précédées des *Mémoires sur la vie de Jean Racine,* monument de famille qu'a lu la postérité. Quoique
Louis Racine fût encore dans l'enfance quand il perdit
son excellent père, un souvenir plein d'attendrissement
anime toute cette biographie. On y voit la vie de ces grands
hommes du siècle de Louis XIV, à partir de Port-Royal,
leur école. De tels Mémoires sont purs et sévères, comme
le cœur qui les dictait ; et le respect filial n'y pouvait rappeler aucune anecdote sur la jeunesse passionnée de Racine, quand même l'autorité janséniste aurait permis de
tels souvenirs. Mais quelques mots, à demi voilés, ont un
grand charme.

> Oui, mon fils, il était né tendre ; et vous l'entendrez dire
> assez. Mais il fut tendre pour Dieu, dès qu'il revint à lui. La
> passion des vers égara sa jeunesse, etc.

On peut sourire des pieux efforts de Louis Racine pour
faire croire, et se persuader à lui-même, que son père
n'a jamais cédé à la passion de l'amour et que la vive
sensibilité qui anime ses ouvrages n'était qu'un prodigieux talent d'imitation. Il faut l'entendre nous prémunir
sur ce point contre le témoignage imprudent de madame
de Sévigné. Combien cette discrète pudeur est préférable
au minutieux étalage des confessions modernes, et à cet
enregistrement historique des moindres faiblesses d'un
homme illustre ! Combien même n'a-t-elle pas plus de

vérité ! car c'est la puissance d'une âme passionnée, et non le facile empressement à céder aux passions, qui sert bien le génie.

Corneille, dans une vie étroite et bourgeoise, a trouvé les plus sublimes accents de l'héroïsme et de l'amour. Racine, avec une âme tendre, contenue par une vie studieuse, par l'ardeur de la gloire, et par le joug à demi rejeté des leçons de Port-Royal, mit plus de feu et de passion dans ses vers que n'en donnaient à Byron les courses d'une vie aventureuse et l'emportement du plaisir. Et quand Racine eut renoncé, par scrupule, aux peintures ordinaires du théâtre, un autre ordre de sentiments et de poésie n'est-il pas né pour lui de la simplicité même de sa vie chrétienne et retirée ?

Mon père, dit Louis Racine, était de tous nos jeux. Je me souviens de processions dans lesquelles mes sœurs étaient le clergé, j'étais le curé ; et l'auteur d'*Athalie*, chantant avec nous, portait la croix.

N'est-ce point dans la candeur de ces amusements que Racine a trouvé ces vers si nouveaux ?

. . . . . Quelquefois à l'autel
Je présente au grand prêtre ou l'encens, ou le sel ;
J'entends chanter de Dieu les grandeurs infinies ;
Je vois l'ordre pompeux de ses cérémonies.

Les détails de cette vie de Racine si simple et, comme nous dirions, si prosaïque, reçoivent un nouvel intérêt de quelques peintures de cour qui s'y trouvent mêlées. De madame Racine, qui, belle et pieuse, ne connaissait pas un vers des tragédies de son mari, on passe à l'altière Vasthi surprenant, au chevet du lit de Louis XIV, madame de Maintenon, qui écoutait, seule avec le roi, une lecture de Racine. Un personnage qui anime la scène de ces Mémoires, et qui est là comme le censeur public, c'est Boileau, avec son inflexible probité d'homme et de critique, sa franchise sans gêne, sa droiture étourdie, même à Versailles. Il fait d'autant mieux ressortir l'exquise élégance, le charme d'imagination et de douceur qui brillait dans chaque parole de Racine, et en faisait, hors des lettres même, un autre Fénelon, non moins délicat, non moins fier, également touché des malheurs du peuple, également disgracié pour cet amour du bien qu'on appelle chimère.

On a souvent rapporté l'anecdote de ce Mémoire politique composé par Racine, et qui fit dire à Louis XIV avec humeur : « Parce qu'il est grand poëte, veut-il être ministre d'État? » Louis Racine nous raconte le chagrin et les inquiétudes que ce mot répété donnait à son père. Pauvre Racine! il n'était plus reçu dans le cabinet du roi; il n'allait plus chez madame de Maintenon. Déjà suspect de jansénisme, il se voyait accablé sous un tort plus grave et plus rare, le tort d'avoir osé réfléchir sur les affaires du temps. Se promenant un jour tristement dans le parc de Versailles, il put enfin s'approcher de madame de Maintenon, qui le reçut avec bonté et lui promit son appui. Mais Racine, mêlant ses pensées pieuses et ses regrets de cour, prenait peu d'espérance. « Je sais quel est votre crédit, madame, disait-il; mais j'ai une tante qui m'aime d'une façon bien différente. Cette sainte fille demande toujours pour moi des disgrâces, des humiliations et des sujets de pénitence; et elle aura plus de crédit que vous. » A ce moment de l'entretien, on entendit le bruit d'une calèche. « C'est le roi qui se pro-

mène, s'écria madame de Maintenon; cachez-vous. »
Racine se cacher, au passage du roi dont il avait illustré
le règne! Il obéit, comme à l'accomplissement des pieuses prières de sa tante, la sainte religieuse de Port-Royal;
mais il revint de Versailles la mort dans le cœur.

Les derniers moments de Racine, son testament, sa sépulture à Port-Royal, l'effroi conservé dans sa famille
pour la gloire des lettres, la comparution de Louis Racine devant Boileau, quand le jeune homme est soupçonné par sa mère de se déranger jusqu'à faire des vers,
tout cela fait des Mémoires sur Racine un tableau de
mœurs inimitable. C'est un filon de l'or pur du xviie
siècle, qui se prolonge dans l'âge suivant.

Resté sans fortune, avec l'amour des lettres, Louis Racine, marié de bonne heure, passa vingt-cinq ans dans
les emplois de finances. Il n'y avait plus pour la poésie
cette protection magnifique de Louis XIV; et le nom
glorieux de Racine servait moins au jeune poëte que la
note de *jansénisme* ne pouvait lui nuire. Il vécut loin de
la faveur et de la cour, dans l'intimité de quelques hommes pieux et lettrés.

Le plus illustre de ses appuis était d'Aguesseau. Un
moment Louis Racine, accusé de quelque faiblesse de
jeune homme, craignit le refroidissement de cette noble
amitié. On ne peut lire sans émotion, dans la correspondance du chancelier, la lettre qui rappelle Louis Racine
à Fresne; car d'Aguesseau n'était plus à la cour; et c'é-
tait de la maison d'un exilé que le jeune poëte tremblait
d'être exclu.

Racine trouva dans la noblesse parlementaire un autre
ami également attaché aux traditions littéraires et religieuses du xviie siècle : c'était Lefranc de Pompignan,

que la terrible raillerie de Voltaire rendit presque ridicule, et qui fut cependant un magistrat aussi indépendant qu'éclairé, et un citoyen courageux. Lefranc de Pompignan avec sa *Didon* se crut un moment le rival de Voltaire; et l'illusion était grande; mais il n'en fut pas moins un homme de talent et de goût, auteur de quelques vers admirables, et un des hommes du xviiie siècle qui connurent le mieux l'antiquité.

Jusqu'ici les écrivains que nous rencontrons dans le xviiie siècle fidèles aux doctrines de l'âge précédent, se recommandent plutôt par la sagesse d'esprit et la pureté du goût que par l'éclat du talent. Mais à la même époque écrivait, dans la langue et l'esprit du xviie siècle, un des génies les plus originaux de notre littérature, le premier des satiriques en prose, inépuisable en détails de mœurs, et qui peint d'un mot, comme Tacite, créateur d'une langue tout à lui, et, sans correction, sans ordre, sans art, admirable écrivain.

Cet homme est le duc de Saint-Simon, avec son ardente curiosité, sa fièvre de cour et sa justesse de coup d'œil dans le feu de la passion. Il complète notre esquisse morale de cette colonie janséniste, conservée dans le xviiie siècle. Il n'est pas plus entaché des souillures de la régence, qu'il ne s'était courbé sous le sceptre de Louis XIV. Il va d'un siècle à l'autre, la tête haute, l'esprit libre ou dominé seulement par les préjugés de son choix. Il est pétri de contradictions. Il aime le *jansénisme* à Port-Royal, le hait au parlement, déteste le pouvoir absolu, même dans Louis XIV, et ne conçoit la liberté que pour *les ducs et pairs*. Il se trompe souvent quand il agit, quand il conseille; mais quel connaisseur des hommes, quand il ne faut que les peindre! De Fénelon jusqu'à Dubois, que de caractères du vice et de la vertu, que de contrastes, que de nuances admirablement saisis, que de surprises faites à notre nature! Comme il se complaît, comme il se dilate dans l'approfondissement d'une âme humaine! comme sa verve d'indignation le rend attentif à tout, et comme sa malignité devine juste, même en exagérant!

Vous figurez-vous ce spectateur si intelligent et toujours ému, assistant à soixante années de cour, de fêtes, d'intrigues, déchiffrant sans cesse les intentions, et copiant, avec une ardeur toujours égale, les personnages si divers qui posent devant lui?

Le fade et froid Dangeau s'était occupé du même travail, et avait écrit chaque soir, pendant cinquante ans, son journal de la cour. Mais il faut voir comme Saint-Simon ressuscite toutes ces figures mortes sous la plume du vieux courtisan. Lisez les notes que Saint-Simon a jetées à la marge du journal de Dangeau : son expression électrique met en mouvement tout cet ossuaire de cour.

Quant aux propres Mémoires de Saint-Simon, formant des annales suivies, même dans une publication incomplète et par extraits, ils ont offert la plus expressive histoire du xviie siècle, et, pour ainsi dire, une nouvelle forme, une variété caractéristique de son admirable littérature. On y trouve, en effet, une éloquence de plus, l'éloquence qui manquerait encore, même après Pascal, Bossuet et Sévigné, le style de cour dans un homme de génie, le style sans frein dans un homme plein d'honneur et de vertu; enfin, ce qui est plus rare, cette entière sincérité de l'écrivain, cette âme mise à nu par le récit dans un travail solitaire qui ne s'adresse qu'à l'avenir.

Ce sont là, en partie, les mérites des notes et des Mé-

moires de Saint-Simon. Il avait quarante ans à l'époque
où mourut Louis XIV. C'est depuis cette époque surtout
qu'il écrivait ses souvenirs, qui restèrent inédits et sans
influence sur l'opinion jusqu'aux dernières années
du XVIIIᵉ siècle. Voltaire, presque seul, en avait eu connaissance, et avait promis en bon courtisan de les réfuter.
Après lui, Marmontel en tira quelques demi-pages originales, pour animer ses languissants Mémoires de la régence. Et enfin, dans ce grand éclat de publicité de 1789,
on en fit paraître plusieurs volumes confusément extraits.
Puissions-nous un jour les posséder entiers, sans re-
tranchements et sans cartons[1]!

Il n'est pas de secret que le temps ne révèle.

[1] Ce vœu, si souvent exprimé, s'est accompli avant même la
nouvelle révolution, qui a donné plus d'essor à toute publicité.
En 1829 parurent les premiers volumes de la belle et complète
édition des *Mémoires de Saint-Simon*, recueil incomparable et
dont l'ensemble renferme beaucoup de parties égales ou supé-
rieures à tous les fragments choisis qu'on en avait tirés jusque-là.
C'est le vrai *Siècle de Louis XIV* : l'ouvrage de Voltaire n'est qu'une
brillante esquisse et un panégyrique. Je n'ai pas voulu cependant
allonger ici mes anciennes observations sur Saint-Simon, de peur
de répéter et d'affaiblir ce qu'a dit cette année un jeune et célèbre professeur dans plusieurs de ses spirituelles et piquantes
leçons. Je souhaite seulement de voir publier toutes les notes de
Saint-Simon sur Dangeau, comme nous avons maintenant tous
ses Mémoires. La publication que M. Lemontey a faite de ces notes
n'en renferme qu'une partie, choisie avec goût, mais dans une
intention presque unique, et tout ce qu'a écrit Saint-Simon en fait
de peinture de mœurs et d'anecdotes mérite également d'être
connu. On peut négliger seulement quelques *Dissertations* et *Considérations* où son génie l'abandonne, où son expression s'em-
brouille et languit ; car il est bien moins publiciste que peintre de
mœurs et grand écrivain.

Les archives mêmes du Vatican, le saint des saints en fait de diplomatie, sont venues à Paris, et chacun a pu les consulter. Les archives de nos affaires étrangères ne garderont pas indéfiniment leurs trésors. La censure, qui n'est jamais bonne, est surtout bien inutile envers le passé. A la distance d'un siècle et d'une révolution sociale, les indiscrétions et les médisances n'ont aucun danger, et elles renferment souvent une portion de vérité qui n'est plus que de l'instruction sans scandale.

ONZIÈME LEÇON.

Autres prosateurs de l'ancienne école dans le xviii⁰ siècle. — Romanciers classiques; moralistes : le Sage. — Prévost. — Madame de Tencin. — Mademoiselle de Launay.

MESSIEURS,

Dans son catalogue des écrivains du siècle de Louis XIV, Voltaire a jeté le nom de le Sage, avec ces mots d'une brièveté tant soit peu dédaigneuse : « Son roman de *Gil Blas* est resté, parce qu'il y a du naturel. » La première partie de *Gil Blas* parut, en effet, l'année même de la mort de Louis XIV; mais, par le génie plutôt que par la date, ce livre appartient à l'âge littéraire dont il marquait la fin. Le Sage doit être compté parmi les écrivains les plus purs et du goût le plus vrai dans notre langue. Si c'est là ce que Voltaire a voulu dire, l'éloge est juste : « Son roman de *Gil Blas* est resté, parce qu'il y a du naturel; » oui, du naturel, ce don précieux qui manquait à plusieurs hommes de talent du xviii⁰ siècle.

A cet égard, le Sage, dans sa vie obscure et modeste, sans prétention de secte ou de parti, fut un modèle à part, un classique de bonne plaisanterie et de bon sens, qui descendait en droite ligne de Molière, et avait emprunté la judicieuse et fine observation de la Bruyère, avec plus de simplicité dans l'expression.

Mettons-le donc à part, comme un de ces prosateurs de l'ancienne école qui, dans le xviiie siècle, conservèrent le goût du siècle précédent.

Né en 1668, à Vannes en Bretagne, le Sage, après d'excellentes études chez les jésuites de cette ville, et quelques années perdues dans un obscur emploi de finances, vint à Paris chercher fortune, et fit, parmi d'autres essais littéraires, une traduction des lettres d'amour du *sophiste grec Aristenète* : singulier début d'un écrivain si naturel ! Bientôt, par le conseil d'un ami, il étudia la langue et la littérature espagnoles, mine abandonnée depuis Corneille. Il n'en tira d'abord que de petites comédies, bien écrites, mais d'un effet médiocre, et une traduction de la mauvaise suite de *Don Quichotte,* par Avellaneda.

Soit que l'amour du plaisir, ou les embarras de fortune, ou le goût de libres études, ou peut-être toutes ces choses à la fois aient occupé la jeunesse de le Sage, il fut de ces hommes dont le talent ne paraît que dans leur maturité. Il avait quarante-cinq ans quand il publia le *Diable boiteux,* et cinquante quand il fit jouer *Turcaret.*

Dans la langueur et l'ennui où s'éteignaient les dernières années du siècle brillant de Louis XIV, la vive satire du *Diable boiteux* eut un prodigieux succès ; le titre et le fond étaient pris de l'espagnol, mais rajeunis par des allusions toutes contemporaines. L'édition fut enlevée rapidement ; et deux jeunes seigneurs se disputèrent, l'épée à la main, dans la boutique du libraire, le dernier exemplaire de ce livre, où la cour était si bien peinte.

Animé par cette faveur publique, le Sage fit son chef-

d'œuvre, le chef-d'œuvre de la comédie-roman, *Gil Blas*.
Puis, en vieillissant, il traduisit ou imita de l'espagnol
*Gusman d'Alfarache, Estevanille, le Bachelier de Sala-
manque*. De là, sans doute, le procès littéraire fait à le
Sage sur la propriété de son meilleur roman ; car de nos
jours encore, une prétention nationale lui dispute son
Gil Blas, en disant : « Il nous a pris même ses plus médiocres ouvrages ; à plus forte raison son chef-d'œuvre ; »
raisonnement d'après lequel les Espagnols pourraient
soutenir que le Sage, ayant emprunté d'eux ses petites
comédies du *Point d'Honneur* et de *Don César,* il a dû
leur prendre aussi *Turcaret*.

Un mot, Messieurs, sur cette controverse qui, bien
comprise, est un honneur sans exemple pour le Sage.
Jamais, en effet, dans ces simulations de mœurs étrangères, ces contrefaçons de costumes admises en littérature, on ne vit l'art porté si loin, que le peuple imité se
prétendît lui-même l'auteur de l'imitation, et prît la fiction à la lettre. C'est là pourtant ce qui est arrivé de *Gil
Blas* et des Espagnols. Dans le siècle dernier, un homme
d'esprit de cette nation, le père Isla, bon prédicateur et
assez bon romancier, soutint que l'ouvrage de le Sage
avait été volé d'un manuscrit espagnol inédit, et, pour
grande preuve, le retraduisit sous ce titre fanfaron et bien
espagnol : « *Les Aventures de Gil Blas de Santillane,*
volées à l'Espagne par M. le Sage, restituées à leur patrie et à leur langue naturelles par un Espagnol zélé,
qui ne souffre pas qu'on se moque de sa nation. » Le
père Isla n'indique pas, à la vérité, le manuscrit original ;
il n'emploie que des inductions, et parfois les plus contradictoires.

Le Sage a-t-il admirablement peint le duc de Lerme,

et le comte d'Olivarès ? « Voyez, s'écrie le père Isla, le vol èst évident. Un Espagnol seul pouvait si bien connaître nos ministres. » Le Sage est-il tombé dans quelqu'une de ces erreurs de lieux et de distance dont les livres seuls ne préservent pas ? « Voyez, dit le père Isla, quelle ruse pour cacher son vol, pour en effacer la trace! c'est l'artifice de Cacus. »

De tout cela, Messieurs, il faut conclure seulement l'admirable vérité et le succès universel du *Gil Blas,* traduit dans toutes les langues, revendiqué pour espagnol en Espagne, et reconnu indigène en France pour la vivacité, le naturel et la gaieté.

Ce n'est pas que, dans cette affaire, nous prétendions tout à fait nier la dette envers l'Espagne ; mais elle est autre qu'on ne le dit. Notre *Gil Blas* n'est pas volé, quoi qu'en ait dit le père Isla, et tout récemment le docte Lorente. Il n'y a pas eu de manuscrit mystérieux trouvé par le Sage, et caché pour tout le monde; mais nul doute que le Sage n'ait habilement recueilli cette plaisanterie sensée, cette philosophie grave avec douceur, maligne avec enjouement, qui brille dans Cervántes et dans Cuevedo, et dont quelques traits heureux se rencontrent toujours dans les moralistes et les conteurs espagnols. A cette imitation générale et libre, le Sage mêle le goût de la meilleure antiquité : il est, pour le style, l'élève de Térence et d'Horace.

Le Sage a été dignement loué, de nos jours, par Walter Scott. L'inventeur du roman historique, celui qui a rafraîchi l'imagination de notre vieille Europe, en évoquant tous les souvenirs du moyen âge, toutes les singularités des coutumes locales, des superstitions populaires, a senti le prodigieux mérite d'un roman qui

occupe, divertit, intéresse avec les incidents de la vie
commune, où tout est neuf et près de nous, où l'homme
de notre société, l'homme d'hier, l'homme d'aujour-
d'hui est sans cesse devant nos yeux. Le merveilleux,
l'extraordinaire a sans doute un grand charme, surtout
à deux époques, quand la réalité est encore mal connue,
et quand elle est épuisée; mais, dans l'intervalle, il est
un point où ce qui plaît surtout, ce qui est invention,
c'est le vrai, découvert avec justesse et vivement exprimé.

Walter Scott, par souvenir de lui-même dans sa no-
tice de le Sage, a loué surtout l'expression pittoresque
et le talent de description du romancier français. Par
exemple, il admire le site agreste et le minutieux inventaire de la grotte où se cachait don Raphaël, sous un
habit d'ermite. La description est heureuse en effet, et
surtout sans longueurs; mais ce genre de beautés est
secondaire pour le Sage : il n'a nul besoin du prestige
des lieux et de la surprise faite à l'imagination par quelque spectacle ou quelque personnage mystérieux. Le
cours ordinaire des choses est son meilleur théâtre; il
ne tire ses incidents et sa nouveauté que du cœur de
l'homme.

Dans *le Diable boiteux*, il n'avait écrit que des anecdotes et des fragments sur la vie humaine. C'était la forme
naturelle de l'ouvrage, cadre ouvert aux portraits satiriques, aux réflexions morales, aux épigrammes, à la
rêverie. Il y avait toutefois de l'unité et quelque invention dans le caractère du *Diable,* pris de l'espagnol, mais
fort perfectionné. Le Sage en avait fait le Diable *bon
homme,* lui donnant cette nature friponne et déliée, ma-
licieuse plutôt que méchante, qui domine dans son per-

sonnage de Scipion, et dont Gil Blas lui-même a quelques traits. Asmodée est resté le génie familier de tous les héros de le Sage, le démon de la bonne plaisanterie. Asmodée est bien supérieur au diable Chrysal, diable d'ailleurs fort spirituel, qu'a imaginé, d'après le *Diable boiteux*, un romancier anglais, enlevant pour lui les toits des maisons royales et des palais ministériels. Le roman de *Chrysal* était une excellente satire politique, qui ne se comprend plus guère aujourd'hui; le roman de le Sage, une satire morale encore piquante. L'auteur y a pris tous les tons, même celui d'une grave et religieuse éloquence. Son chapitre sur les tombeaux est presque une méditation d'Hervey, n'étaient quelques bons traits de maligne satire qui se mêlent à la morale et préviennent la monotonie.

Mais enfin ce ne sont là que des notes, et *l'album* de voyage du grand peintre de la vie humaine. C'est dans *Gil Blas* qu'il l'a décrite par une fiction fort simple, celle d'un spectateur qui s'est mêlé à tout, a passé par toutes les conditions, depuis celle de valet jusqu'à celle de premier commis et de sous-ministre, et a fait connaissance avec tous les vices, tous les travers, tous les ridicules, par l'exemple d'autrui, et souvent par le sien. Cette forme a été partout imitée. On a fait le *Gil Blas* de chaque pays; et le meilleur livre que nous ayons sur l'Orient, l'*Anastase* de M. Hope, est une espèce de *Gil Blas*, racontant par quelle succession d'aventures il a tour à tour essayé toutes les conditions de la vie grecque et musulmane. Mais, en Orient, cette variété de tableaux ne peut naître que d'une foule de vicissitudes violentes et romanesques. Dans notre civilisation paisible, c'est une suite d'événements fort simples qui nous montrent la société sous tous les points de vue. Aucun incident pris à part n'est rare ni singulier. Quant au personnage principal, comme acteur et comme témoin, il est également tiré de *la moyenne* de l'humanité. Il n'a ni vertus ni talents extraordinaires.

> . . . . Quemvis media erue turba,
> Aut ab avaritia, aut miser ambitione laborat.
> Nam vitiis nemo sine nascitur; optimus ille est
> Qui minimis urgetur.

Aussi le tout est conté d'un ton si simple et si vrai, qu'après avoir lu le livre, on connaît et parfois dans le monde on retrouve les personnages. Gil Blas, par exemple, « c'est un homme d'esprit, né pour le bien, mais facilement entraîné vers le mal; profitant de l'expérience qu'il acquiert à ses dépens pour tromper à son tour les hommes qui l'ont trompé; se livrant sans trop de scrupule à cette représaille, et quittant volontiers le parti des dupes pour celui des fripons; capable cependant de repentir et de retour; conservant jusqu'au bout le goût de la probité, et se promettant bien de redevenir honnête homme à la première occasion. »

Ce n'est pas moi, Messieurs, qui ai tracé cet ingénieux portrait; je le prends comme résumé historique dans un éloge[1] de le Sage. Quant au docteur Sangrado, au poëte Fabrice, et même à l'archevêque de Grenade, ils sont tellement connus qu'il n'y a plus à les décrire : leur nom est leur portrait.

Un seul reproche sérieux a été fait au roman de *Gil Blas*, c'est l'absence trop marquée de toute élévation de

---

[1] *Éloge de le Sage*, par M. Patin.

sentiments. L'égoïsme, la poltronnerie, la servilité y sont peints avec indulgence, a-t-on dit; et on s'y plaît avec les fripons. Nous l'avouons, il y a peu d'exaltation morale dans *Gil Blas*. C'est la marque du temps où il fut écrit. Il appartient à l'école de ces écrivains libres penseurs, qui, dans leur hardiesse un peu bourgeoise, riaient sous cape des vices du siècle, mais prenaient tout doucement le monde comme il est, sans espoir de le réformer. De ce nombre étaient Crébillon fils, Piron, et plus tard Collé. Le Sage eut sur eux l'inestimable avantage de respecter toujours les mœurs. Il est moins idéal, mais non moins pur que Walter Scott. Du reste, fort honnête homme pour son compte, et d'un caractère noble et désintéressé, il est sans colère contre les malhonnêtes gens. Les côtés peu nobles de notre nature, l'égoïsme, l'intérêt, la complaisance servile, le défaut de courage, ne le choquent pas assez; il en rit, et parfois les excuse. Un critique célèbre a vivement blâmé cette habitude d'esprit qu'il appelle *prosaïque*. Nous y voyons surtout la marque du temps, l'esprit de ces dernières années du règne de Louis XIV, qui se fondent si bien avec les premières de la régence, époque de corruption sourde, de religion sans foi, de bassesse, de vénalité. Le Sage ne s'indigne pas de vices si communs sous ses yeux; mais il les rend, pour toute punition, avec une vérité parfaite.

Quand il peint l'ébranlement de la vieille monarchie espagnole, les sottes obstinations des ministres, les friponneries des premiers commis, évidemment il songeait à la France. Les touches sont légères et prudentes. Le Sage n'est pas philosophe; il n'aime pas les novateurs, même en littérature. C'est un libre penseur du vieux temps,

qui, loin de la cour et du grand monde, content des douceurs d'une vie obscure, rit tout bas de ce qui se passe
au-dessus de lui. Ce point de vue était tout autre que
celui de la Motte, de Fontenelle, de Voltaire, novateurs,
mais courtisans, sceptiques en religion, mais ménageant
fort les cardinaux premiers ministres.

Le Sage, très-sévère pour Fontenelle et les esprits subtils qui veulent changer *la langue du blanc au noir,* n'é-
pargne pas davantage le génie tragique de Voltaire. Non
content de s'en moquer sur le théâtre de la Foire, où venaient les grandes dames de la régence avec le même
empressement que leurs laquais, c'est Voltaire qu'il a
mis dans *Gil Blas,* sous le nom du poëte Gabriel Tria-
quero, dont les vers, *farcis de maximes et mal rimés,*
font fureur à Valence, et sont préférés à ceux du sublime
Lope de Véga et du moelleux Caldéron. Voltaire sans
doute aussi s'est souvenu de ce passage, lorsqu'il a parlé
trop légèrement de le Sage, dont il aurait dû beaucoup
admirer la prose, aussi nette et aussi vive que la sienne.

Le Sage, éloigné du monde, passa ses dernières années
dans une retraite moins agréable que le château de Lirias,
à Boulogne-sur-Mer, chez un de ses fils devenu chanoine.
Son autre fils s'était fait comédien. Dans la vieillesse et
la surdité, le Sagé conserva l'esprit et la gaieté du conteur
le plus aimable, et mourut respecté de tous ceux qu'il
avait fait rire.

La vie de le Sage, comme celle de quelques autres
moralistes, s'écoula sans événements, et ne fut pas agitée de vives passions. Il avait pris pour devise le mot de
la Bruyère, et s'y renferma : « Le philosophe use ses
esprits à démêler les vices et le ridicule des hommes. »

Il n'en est pas ainsi d'un autre romancier célèbre du

même siècle, qui, dans ses fictions, prit le côté tragique de la vie humaine, dont il avait pour son compte éprouvé toutes les passions et tous les orages.

Le savoir-faire dans le monde, la justesse du sens et la modération des goûts, assez de bonté, nulle sensibilité romanesque, voilà ce qui plaît à le Sage. L'abbé Prévost[1] est, au contraire, tout romanesque, mais vivement, naturellement. Ses aventures, source de ses écrits, commencèrent au sortir de l'enfance. C'était un des hommes les mieux doués de tous les dons extérieurs, et de toutes les qualités brillantes de l'imagination et de l'esprit. Une sorte d'inertie rêveuse, d'insouciance monacale se mêlait en lui à des passions ardentes ; et sa vie s'écoula dans ces agitations, ces alternatives de faiblesses et de remords, qui donnent peu de dignité au caractère, mais servent bien le talent.

Né, en 1697, à Hesdin, dans l'Artois, d'un père, magistrat estimé, Prévost, élevé chez les jésuites de la ville, fut d'abord fervent novice. Puis, à seize ans, il quitta le collége et s'engagea dans l'armée comme volontaire. Il se lassa bientôt de cette vie bruyante, ennemie de l'étude ; il revint chez les Pères jésuites, avec une ferveur de repentir et de noviciat que le talent qu'il annonçait fit sans peine accueillir. Mais bientôt ce ne fut plus l'inconstance d'esprit, ce fut une passion plus forte qui tourmenta Prévost, et vint le disputer au cloître. Il quitta de nouveau les Pères, rentra dans l'armée avec un grade, et goûta vivement la vie libre et dissipée d'un jeune officier.

---

[1] Un homme de talent, poëte et critique plein d'imagination, vient d'écrire sur l'abbé Prévost quelques pages qui auraient dû faire supprimer celles-ci.

I.   22

Dans l'emportement de faciles plaisirs, il avait conçu cependant une profonde passion pour une personne qui lui fut enlevée avec des circonstances obscures.

La fin d'un engagement trop tendre, dit-il lui-même dans une lettre, me conduisit au tombeau. C'est le nom que je donne à l'ordre respectable où j'allai m'ensevelir, et où je demeurai quelque temps si bien mort, que mes parents et mes amis ignorèrent ce que j'étais devenu.

Cet ordre était celui des bénédictins de Saint-Maur. Prévost, qui n'avait encore que vingt-deux ans, ne tarda pas d'y prendre la prêtrise, et fut choisi par ses supérieurs pour prêcher un carême dans la ville d'Évreux. Sa belle imagination ravit l'auditoire. Mais il ne remonta plus dans la chaire, et fut envoyé à l'abbaye de Saint-Germain-des-Prés, pour travailler aux *collections savantes*. Il n'avait pas sans doute plus de goût pour ces arides études que n'en avait eu jadis le père Malebranche. L'ennui du cloître réveilla bientôt dans son cœur le souvenir du monde ; et, en compilant son volume de la *Gallia christiana,* il commença son premier roman. Son imagination, qui avait besoin de se répandre, animait les soirées d'hiver du couvent, par de longs récits d'aventures qu'il faisait sur-le-champ, à la demande de ses pieux confrères ; et parfois le jour surprit la savante congrégation dans ces veilles d'une nouvelle espèce.

Cependant, ni les plaisirs de l'imagination, ni l'étude ne pouvaient remplacer ce qu'il avait perdu. « Le sentiment me revint, a-t-il avoué quelque part ; et je connus que ce cœur si vif était encore brûlant sous la cendre. » Mais Prévost s'était lié cette fois pour jamais. Ne pouvant espérer la liberté, il souhaita du moins une captivité plus

douce, et fit demander en cour de Rome sa translation
à Cluny, monastère dont la règle était moins rigoureuse.
Elle lui fut accordée. Mais l'évêque d'Amiens, auquel le
bref était confié, refusa de le publier. Prévost, qui, dans
son impatience, avait brusquement quitté Saint-Germain-
des-Prés, se trouva sans asile, et s'enfuit en Hollande,
évasion qui lui attira, même de Voltaire, le titre fâcheux
de *moine défroqué*. Il faudrait savoir, avant de le juger,
tout ce que cet homme, né tendre et passionné, avait
souffert dans la sécheresse et les tracasseries du cloître,
et combien il avait besoin de respirer l'air libre, au prix
même du malheur et de la disgrâce publique.

Il vécut quelque temps à la Haye, et y publia les *Mémoires d'un homme de qualité*, son premier ouvrage. Les
passions qu'il peignait si vivement n'avaient pas cessé
pour lui. Dans la société de quelques familles réfugiées,
il connut une jeune personne protestante, aussi belle que
malheureuse. Il l'aima, s'en fit aimer, et prodigua tout
pour elle, sans vouloir cependant l'épouser par un souvenir de ses anciens vœux. Elle le suivit en Angleterre,
où il entreprit un journal littéraire, *le Pour et le Contre*,
et fit paraître, en 1732, *Cléveland* et *Manon Lescaut*.

Les aventures de Prévost commençaient à devenir célèbres en même temps que ses ouvrages. Un érudit français très-caustique, Lenglet Dufresnoy publia que l'abbé
Prévost venait d'être enlevé par une femme, qu'il chan-
geait de religion en changeant de pays, et allait bientôt
se faire Turc pour devenir muphti. Prévost se défendit
du ridicule d'avoir été enlevé, et répondit aux autres reproches en se représentant comme un homme d'études,
« qui passe quelquefois des semaines entières sans sortir
de son cabinet; civil par éducation, mais peu galant;

d'une humeur douce, mais mélancolique; sobre enfin,
et réglé dans sa conduite. » Et malgré les écarts de sa vie,
rien n'oblige de douter que ce portrait ne soit, en grande
partie, véridique.

Après plusieurs années passées à Londres dans cette
vie équivoque et laborieuse, Prévost, dont la réputation
s'étendait chaque jour en France, obtint d'y rentrer. Il
fut dispensé de ses vœux de bénédictin, et, restant prêtre
séculier, fut choisi pour aumônier par le prince de Conti,
qui goûtait fort ses romans. Dans cette situation plus libre
et plus heureuse, Prévost continua *le Pour et le Contre,*
et publia *le Doyen de Killerine,* et d'autres ouvrages. Sa
vie fut encore troublée. Accusé d'avoir pris part à une
gazette qui déplut à la cour, il n'évita une lettre de cachet qu'en se retirant à Bruxelles. Il en revint bientôt;
et, sous la protection du chancelier d'Aguesseau, entreprit sa grande collection de l'*Histoire des voyages,* en partie traduite de l'anglais, en partie composée par lui avec
un talent quelquefois très-remarquable, et qui laisse bien
loin l'incomplet et fautif abrégé de la Harpe.

En même temps, il naturalisait dans notre langue les
beaux romans de Richardson, et aidait ainsi cette influence du goût anglais que Voltaire avait commencée
parmi nous.

On sait quel accident funeste termina prématurément
la vie de l'abbé Prévost. Comme il traversait le bois de
Chantilly pour retourner à une petite campagne qu'il
avait, il fut frappé d'évanouissement. Trouvé au pied d'un
arbre et rapporté sans connaissance, il expira sous le
scalpel d'un chirurgien de village, à l'âge de soixante-
quatre ans.

Il avait écrit plus que Voltaire; et on peut fort juste-

ment lui appliquer ce que Voltaire disait de Dryden :
« Qu'il manquait à cet homme, pour jouir d'une grande
renommée, de n'avoir fait que le quart de ses ouvrages.»
Une partie de ceux de l'abbé Prévost est, en effet, ou
compilée pour des libraires, ou composée trop vite, sans
recherches savantes et sans choix. Mais il eut deux grands
mérites, la passion et le naturel. Il n'invente pas toujours
heureusement; il se jette dans de faciles récits d'aventures; mais il occupe, il attache, il est éloquent. « La
lecture des malheurs imaginaires de Cléveland, dit
Rousseau, faite avec fureur et souvent interrompue,
m'a fait faire, je crois, plus de mauvais sang que les
miens. »

Dans les combinaisons si variées du roman moderne,
on remarquera qu'il n'y a guère de source d'intérêt, de
forme de nouveauté que n'ait pressentie et que n'ait essayée Prévost. Il a devancé le plus célèbre des romanciers
de nos jours, par la manière habile dont il mêle à ses
personnages, dont il enlace dans ses fictions des noms
et des souvenirs historiques. Il a peint non-seulement
les caractères de la vie commune, mais les intrigues des
partis, les passions des sectes, les fanatiques d'Angleterre,
les catholiques d'Irlande, la colonie protestante qu'il rêve
à l'île de Sainte-Hélène. Son imagination dispose avec
candeur du monde entier. Le premier il a fait entrer sur
la scène de l'humanité la vie sauvage, et tiré de nouveaux
effets, non de l'exagération factice des caractères, mais
de la diversité des mœurs et des climats.

Prévost est aujourd'hui moins lu que le Sage. Ses inventions ont fait leur temps, et ne seraient plus assez piquantes
et assez neuves pour nous. Mais quand elles succédaient à
la grave littérature du XVIIᵉ siècle, quand l'auteur ouvrit

tout à coup ce monde d'aventures à l'imagination, je ne
m'étonne pas qu'il ait enchanté les esprits et obtenu le
même succès que Walter Scott de nos jours. Peut-être
même a-t-il un avantage sur le grand romancier de notre
siècle, c'est d'être moins antiquaire, moins artiste, moins
habile à découper dans l'histoire le cadre de son roman,
et plus occupé de s'y placer lui-même avec ses passions
et ses souvenirs. C'est là ce qui jette au milieu de tant
d'aventures, parfois peu naturelles et peu liées, un grand
air de vérité. Ses personnages ont quelque chose de lui-
même : ils ont de grands intervalles de folle passion et
de solitude mélancolique ; ils sont tendres et studieux ;
ils passent par le cloître ou ils y reviennent. Le héros des
Mémoires d'un homme de qualité, Cléveland, Patrice dans
le Doyen de Killerine, tous ces personnages sont empreints de la physionomie de l'abbé Prévost, qui, suivant
l'expression de Voltaire dans un moment de justice,
« n'était pas seulement un auteur, mais un homme ayant
connu et senti les passions. »

Cette impression de ressemblance ne peut-elle pas se
soupçonner aussi dans le chef-d'œuvre de l'abbé Prévost,
son roman impérissable où un intérêt si touchant naît de
personnages en apparence si dégradés, où le vice même
se rachète et se transforme par la passion ? Je ne voudrais
pas faire tort à la jeunesse de l'abbé Prévost, ni supposer
qu'il s'est jamais autant écarté de l'honneur que le chevalier des Grieux ; mais j'ai peine à croire que plus d'une
situation si bien peinte dans ce roman n'ait pas été sentie
et éprouvée par l'auteur. Cette passion irrésistible du
chevalier, cette fuite de la maison paternelle, ces retours
vers l'étude et la théologie, cette évasion de Saint-La-
zare, tout cela me paraît bien ressembler aux noviciats

interrompus de Prévost, et à sa brusque sortie de Saint-
Germain-des-Prés. L'homme vertueux du roman de
Manon Lescaut, l'abbé Thiberge, ce prêtre indulgent,
ce modèle des amis généreux, était un personnage
réel, connu sous ce nom même, et dont Prévost avait
peut-être éprouvé pour son compte la sagesse et l'amitié.

Sans admettre en tout cette conjecture, on ne peut
douter que, dans ce roman, bien des choses ne soient
peintes d'original, et que Prévost, dans sa vie d'aventures, n'ait rencontré cette femme si légère, cette coquette
charmante et pernicieuse que l'excès du malheur rend si
noble et si tendre. Par là, ce livre, dont le début annonçait une aventure vulgaire, dont les détails offrent souvent des mœurs dégradées, s'élève, en finissant, au sublime de la passion. Cette jeune courtisane devient une
épouse admirable, et sa mort, dans les solitudes d'Amérique, n'est pas une scène moins éloquente que la mort
d'Atala.

L'imagination n'est pas tout ici. Prévost avait souffert
quelques douleurs semblables. Ce sont là ces anciens
chagrins dont il parle, et qui avaient laissé, dit-il, une
empreinte durable sur son visage.

Malheureusement, lorsque l'homme de talent trahit à
demi dans ses ouvrages quelque triste mystère de sa destinée, les conjectures des oisifs vont au delà; et, si son
imagination attristée se plaît à des fictions sinistres, on
finit par soupçonner sa vie. Byron avouait des fautes et
des regrets : on lui a supposé des crimes [1]. La vérité
des peintures mélancoliques de l'abbé Prévost fut égale-

---

[1] Voyez un article littéraire et psychologique de Gœthe, où
Byron est représenté comme coupable d'un assassinat.

ment expliquée par une lugubre calomnie. On imagina
qu'il était poursuivi d'un affreux souvenir ; que jeune ,
dans un transport d'amour et de fureur, voulant venger sa
maîtresse, il avait repoussé son père avec une violence qui
causa la mort du vieillard. Rien dans la réalité n'accré-
dite cette fable odieuse ; elle désespéra longtemps l'abbé
Prévost, sans le détourner des tristes peintures où le portait son génie, et qui ont fait sa renommée. Tout semble
attester d'ailleurs que cet écrivain mélancolique était un
excellent homme, du caractère le plus doux et le plus
aimable , tendre , généreux , sincère, prodigue pour les
autres. Seulement la pauvreté le réduisit parfois à d'hu-
miliantes démarches, et on souffre à la lecture d'une lettre où il sollicite un prêt d'argent de Voltaire, en lui of-
frant des éloges. L'abbé Prévost, du reste, ne fut jamais
ni le détracteur du génie de Voltaire, ni le partisan de
ses opinions. Malgré les aventures de sa jeunesse, et son
séjour de Hollande et d'Angleterre, il paraît même avoir
toujours eu le cœur touché de la religion. Il projetait ,
dans ses dernières années, de grands ouvrages pour la
défendre ; et il ne lui a manqué, pour être fort édifiant,
que de n'avoir pas été prêtre.

Dans le même temps, une autre personne, également
échappée aux vœux monastiques, portait dans la peinture
de l'amour un art plus délicat et non moins de passion.
C'était madame de Tencin, phénomène moral, qui réunit
les plus étranges contrastes : une vie d'intrigues, de séductions intéressées, et un talent pur, sensible, passionné,
la prostitution au cardinal Dubois et l'amitié de Montesquieu.

Madame de Tencin fut une des personnes qui ont pra-
tiqué les premières avec succès le grand art d'arriver à la

considération sans estime. Petite religieuse dans un couvent de province, elle réussit à tout, à sortir de son couvent d'abord, à devenir dame chanoinesse, puis à faire
annuler ses vœux, à vivre à Paris dans le grand monde,
s'appuyant des dévots et des philosophes, se mêlant de
bulles et de galanteries. Condamnée, comme femme, à
n'avoir d'ambition que pour autrui, elle fit de son frère,
abbé médiocre et fripon, un évêque, un archevêque, un
cardinal, un ministre; elle l'eût fait pape, si Dubois eût
régné plus longtemps.

Mais cette excellente sœur fut mère dénaturée, et, par
bienséance, fit exposer furtivement son enfant au berceau, son enfant qu'une pauvre vitrière adopta, et qui
devint d'Alembert. Madame de Tencin ne fut pas tourmentée pour cette faute, comme l'était à Londres la mère
moins coupable peut-être du poëte Savage. D'Alembert
ne daigna jamais se plaindre ni réclamer son nom.

Le cœur de madame de Tencin fut mis à d'autres épreu-
ves. Un amant jaloux se tua chez elle à ses pieds. Elle fut
arrêtée et poursuivie criminellement pour cette mort,
dont pourtant elle se justifia très-bien.

Ces incidents ne troublèrent qu'une part de sa vie. Le
reste s'acheva dans une heureuse retraite, au milieu des
plaisirs de l'esprit et de l'intimité assidue des premiers
hommes du temps. Ce règne paisible, ce gouvernement
des beaux esprits, qu'elle appelait ses *bêtes,* dura jusqu'à
l'époque où madame Geoffrin lui succéda, comme une
bourgeoise à une princesse.

Quoi qu'il en soit, dans les agitations ou le calme de sa
longue vie, madame de Tencin écrivit quelques romans
pleins de charme. Il n'y a besoin de dire que l'amour en
est le sujet et l'âme. C'est, du reste, l'élégance et l'ima-

gination sensible de madame de Lafayette, mais quelque
chose de moins réservé, de moins sage.

Dans celui de ses romans qui remonte à une époque
assez éloignée, *le Siége de Calais,* on remarque parfois
ce défaut de simplicité, et ces ornements de cour que
notre belle littérature jetait sur le moyen âge. Mais, pour
le goût, la passion, le naturel, rien ne surpasse les *Mémoires du comte de Comminges.* On y sent, comme dans
les ouvrages de l'abbé Prévost, le contre-coup de la solitude et l'émotion du cloître. La dernière scène est
d'un pathétique admirable. Un jeune frère de la Trappe,
mourant et couché sur la cendre, fait sa confession à
haute voix, devant la communauté assemblée. Ce jeune
frère est une femme : elle était libre, elle meurt; et ses
dernières paroles sont entendues par celui que le désespoir de l'avoir perdue avait conduit dans le même monastère, et qui est là, près d'elle, sous le vêtement qu'elle-
même avait pris. Depuis que la religion est surtout em-
ployée comme effet dramatique, et mise en lutte avec
l'amour, a-t-on jamais imaginé situation plus touchante?
L'auteur a mis dans une fiction autant de passion et
d'éloquence que mademoiselle de Lespinasse dans des
lettres véritables, témoignage d'un amour qui lui coûta
la vie.

Le roman du *comte de Comminges,* qu'une anecdote
obscure a voulu ôter à madame de Tencin, pour le donner à M. d'Argental, est resté le plus beau titre littéraire
des femmes dans le xviiie siècle. La pureté délicate de
Zaïde et de *la Princesse de Clèves* s'y retrouve, avec
une simplicité plus libre et plus animée. Surtout, on n'y
voit rien de ces grâces un peu maniérées, fort à la mode
dans la société même de madame de Tencin. Tout est

naturel et ingénu dans cet ouvrage d'une personne qui l'était si peu.

A la même époque, une autre femme de beaucoup d'art et d'esprit, qui avait aussi mêlé dans sa vie les intrigues de la politique et celles de l'amour, écrivait non pas des romans, mais des *Mémoires* assez peu sincères. C'était mademoiselle de Launay, femme de chambre de la duchesse du Maine, sans grâce et sans beauté, mais recherchée, pour son esprit, par les hommes les plus distingués du temps, chantée par Chaulieu, admirée par Fontenelle, flattée par Voltaire, et ayant eu l'honneur d'être mise en prison, pour conspiration de cour avec un prince du sang.

Les écrits de mademoiselle de Launay sont curieux à plus d'un titre, et surtout parce qu'ils marquent une époque de la langue et du goût, un certain art de simplicité mêlée de finesse, d'élégance discrète et de bienséance ingénieuse. C'était le ton de la cour de Sceaux. C'était le style net et fin qui plaît dans la Motte, auquel Fontenelle ajouta de nouvelles grâces, que Mairan, madame de Lambert, Maupertuis employèrent avec goût, que Montesquieu mêla parfois à son génie, et dont quelques nuances se retrouvent dans la concision piquante de Duclos et dans la subtilité prétentieuse de Marivaux. Sous la plume de mademoiselle de Launay, ce style est à son point de perfection, poli, enjoué, facile, et parfois, lorsque son cœur est engagé dans ce qu'elle raconte, vif et coloré, en dépit de la modestie de l'expression.

Il y a peu de choses dans ces *Mémoires,* peu de choses dans la vie de mademoiselle de Launay, vie de couvent et de petite cour, sèche, bienséante, contenue. Fontenelle, qui avait beaucoup connu l'auteur, a dit du livre :

« Cela est écrit avec une élégance agréable ; mais cela ne valait pas la peine d'être écrit. — Les femmes sont de votre avis, lui répondit-on ; mais les hommes n'en sont pas. — Les femmes ont raison, reprit Fontenelle ; il est vrai que ce n'est peut-être pas par raison. » La forme de ce jugement ressemble au tour d'esprit dont il fait la critique. Ce sont des contrastes ingénieux, quelque chose d'épigrammatique et de poli, un jeu calculé d'expressions, qui marquent des différences délicatement saisies entre les idées. A-t-on jamais mieux peint, par exemple, la froide et tyrannique amitié des grands, que dans ce peu de mots sur la duchesse du Maine : « Cette princesse, qui avait le malheur de ne pouvoir se passer des personnes dont elle ne se souciait pas? » Et de pareils traits se rencontrent sans cesse et sans effort dans le style de mademoiselle de Launay.

Souvent l'esprit coûte quelque chose à la justesse : c'est une vive saillie, un caprice amusant. Dans mademoiselle de Launay, l'esprit c'est la plus fine justesse de pensée et d'expression. Aussi avait-elle étudié, comme madame de Grignan, la philosophie de Descartes et un peu de géométrie. Elle tirait de cette science certaines analogies qu'elle appliquait même à l'amour. C'est ainsi que, fort jeune, elle fit une remarque digne d'*Euclide*, sur une personne qui lui donnait souvent la main pour la ramener le soir à son couvent : « Il y avait une grande place à passer, et dans les commencements il prenait son chemin par les côtés de cette place. Je vis alors qu'il la traversait par le milieu : d'où je jugeai que son amour était au moins diminué de la différence de la diagonale aux deux côtés du carré. » Mademoiselle de Launay ne porta pas toujours cette précision scientifique dans les affections du cœur : elle aima, même sans être aimée.

Mais son plus grand malheur fut la servitude où elle vécut, avec un esprit d'observation qui lui rendait le joug insupportable. De là aussi, dans ses *Mémoires*, quelques tableaux de mœurs vivement sentis, et peints de même. Mademoiselle de Launay a fait, pour une société de cour, deux comédies assez froides et presque ennuyeuses, malgré beaucoup d'esprit. Mais il y a, dans ses *Mémoires,* des scènes d'un excellent comique ; par exemple, sa présentation à tout Versailles, par une grande dame, qui s'est engouée d'elle, l'accable d'éloges, et la fait tenir debout dix heures durant, lui demande son horoscope, et une lettre d'affaires pour son procureur.

Voilà, dit la grande dame, en traînant sur ses pas sa protégée, cette personne dont je vous ai entretenue, qui a un si grand esprit, qui sait tant de choses. Allons, mademoiselle, parlez. Madame, vous allez voir comme elle parle. — Elle vit que j'hésitais à répondre, et pensa qu'il fallait m'aider, comme une chanteuse qui prélude, à qui l'on indique l'air qu'on désire entendre. — Parlez un peu de religion, dit-elle ; vous direz ensuite autre chose.

Il y aurait eu de quoi embarrasser Voltaire lui-même. Mademoiselle de Launay se tira pourtant de cette épreuve.

Présentée chez la duchesse du Maine, elle y fut d'abord femme de chambre, dans la rigueur du mot et des fonctions. Puis une lettre à Fontenelle, sur un petit événement du jour, courut les salons et la rendit célèbre. Elle entra dans les plaisirs d'esprit et les fêtes de Sceaux. L'abbé Chaulieu, qui devenait aveugle, s'éprit d'amour

pour elle, et lui adressa de jolis vers. Fontenelle compta
son suffrage. Le savant Dacier, qui venait de perdre madame Dacier, songea sérieusement à l'épouser; et enfin
la princesse qu'elle servait daigna lui parler.

Cette haute faveur lui devint fatale; et c'est là le point
curieux de l'ouvrage. On y voit cette conspiration de Cel-
lamare, tramée par une princesse bel esprit, avec les plus
grands projets du monde et les plus petits ressorts. Il ne
s'agissait de rien moins, en effet, que d'une grande ligue du Nord et du Midi, du rétablissement des Stuarts,
tout cela pour arriver à renverser le régent, et à rétablir M. le duc du Maine dans tous ses priviléges de bâ-
tard légitimé, qu'il avait perdus, sans mot dire, à la
séance du parlement. Saint-Simon a fait un récit incomparable de cette séance, et du piètre rôle qu'y joua
le duc du Maine. C'est l'hymne du parti vainqueur. Mademoiselle de Launay nous donne les Mémoires secrets
du parti vaincu; et on ne s'étonne pas de sa défaite. Jamais conspiration de femmelette bel esprit ne fut plus
étourdiment conduite. La duchesse, dans son dépit de
voir échapper à son mari l'héritage de Louis XIV, con-
sulte tour à tour des érudits, des devineresses, des intrigants faiseurs de mémoires politiques, puis enfin s'arrête
à l'idée de faire demander par l'Espagne la convo-
cation des États généraux en France. La découverte de
ce plan, la saisie de force mémoires à l'appui, l'empri-
sonnement de la duchesse du Maine et de son mari, sont
des événements historiques assez connus. Le régent, tout
engourdi qu'il était par les plaisirs, avait une grande supériorité sur de pareils conspirateurs. Il n'y eut plus
pour mademoiselle de Launay d'autre rôle et d'autre
sujet de récit qu'une prison bien supportée, puis un re-

tour dans le palais désormais attristé de la duchesse du
Maine réduite à ne plus être que la reine de Sceaux.

La vie et le style de mademoiselle de Launay caracté-
risent parfaitement cette école spirituelle, bienséante,
parfois maniérée, toujours un peu sèche, dont la Motte
était le poëte et dont Fontenelle fut le Voltaire. Il est
impossible de songer moins à sa mère et à sa sœur que
ne le fait mademoiselle de Launay; et elle paraît aimer
fort médiocrement la princesse même, à qui elle s'était
dévouée. Mariée un peu tard, et uniquement pour avoir
le droit de monter dans les carrosses, à un officier suisse,
M. de Staal, elle resta dans la petite cour de Sceaux, qui
se consolait par le bel esprit de ses revers politiques.

C'est là qu'elle vit et qu'elle a malignement dépeint
Voltaire et madame du Châtelet, venant jouer la comédie. Ils dérangèrent un peu les allures concertées et les
amusements officiels du palais; et mademoiselle de
Launay trouva que c'étaient des *non-valeurs* dans une
société. Elle ridiculise tant qu'elle peut leur conduite
inusitée, et les livres d'algèbre et la toilette de madame
du Châtelet. Elle adressait ses peintures satiriques à madame du Deffant, qui n'était pas plus indulgente qu'elle,
quoique jeune alors. Avec beaucoup d'esprit et d'élégance, mademoiselle de Launay a le pli de sa condition :
c'est une soubrette de cour, mais une soubrette; toutefois, pour la langue, le goût et l'histoire des mœurs, il
faut lire ses *Mémoires*. Leur frivolité même est un curieux témoignage de l'esprit du temps.

DOUZIÈME LEÇON.

Retour à la poésie du xviiiᵉ siècle. — Influence et supériorité de Voltaire dans tous les genres, hormis le lyrique et le comique. Pourquoi ces deux formes de l'art lui ont-elles manqué? — De l'école poétique, anti-philosophe; Louis Racine; Lefranc de Pompignan. — Destouches; Piron; Gresset.

MESSIEURS,

Malgré le passage de Voltaire dans le palais de la duchesse du Maine, nous étions là bien loin de la poésie. Cette cour de Sceaux était la miniature du Versailles de Louis XIV. On y sentait, en fait de goût, un peu de bâtardise. Il y avait beaucoup de politesse et de luxe, mais nulle grandeur; et Voltaire lui-même y venait composer et jouer une comédie fort peu plaisante, qu'on ne cherche guère dans ses œuvres. Quand on voit cependant quel était alors le goût des esprits délicats du grand monde, on admire d'autant plus le génie poétique conservé par Voltaire, au milieu d'une société si peu faite pour la poésie. Dans le xviiiᵉ siècle, avec tant d'esprit, rester poëte, ce n'est pas la moindre originalité de Voltaire! Ni les fausses théories du temps, ni la distraction d'études sévères, ni les premières atteintes de l'âge n'affaiblirent, dans Voltaire, cette source féconde. Depuis sa retraite à Cirey, entre deux géomètres, Kœnig et madame du Châ-

telet, quelles inspirations de poésie lui viennent encore !
Alzire, Mahomet, Mérope, Catilina, Oreste, Nanine,
quelle suite d'ouvrages éclatants !

Tout cela ne permet nullement de proclamer Voltaire,

> Vainqueur des deux rivaux qui régnaient sur la scène,

ni de le juger *le plus tragique de nos poëtes,* comme a
fait la Harpe. Le temps, ce critique souverain, a déjà
montré que les ouvrages dramatiques de Voltaire avaient
rarement ces fortes teintes qui gagnent à vieillir. Nulle
pièce de Corneille, même *le Cid,* n'avait été plus applaudie, à sa naissance, que dans la reprise de gloire
qu'eut ce grand homme, il y a vingt ans, un siècle et
demi après sa mort. Alors aussi, quelques-uns des chefs-
d'œuvre de Racine excitaient un universel enthousiasme ;
et, je le crois, malgré le paradoxe et la satiété, ces retours du goût public se verront encore. Mais l'épreuve
ne fut pas aussi favorable à Voltaire. Plus rapproché de
nous par la date, il était cependant moins compris,
moins aimé. Ses grands effets de théâtre et ses sentences
philosophiques semblaient usés ; sa bruyante éloquence
de théâtre ne saisissait pas les âmes, comme le génie du
vieux Corneille et la perfection passionnée de Racine.
On démêlait dans son éclat beaucoup de ces fausses
couleurs qui ne tiennent pas.

Voltaire dit quelque part : « Il y a des beautés de sentiment, et des beautés de déclamation. » Rien ne se
vérifie mieux par son exemple. Sans cesse il tombe dans
ce genre de beautés déclamatoires. On en est étonné
pour cet esprit si juste, si naturel, si vif. Mais c'est, je
crois, que la grande poésie, le tragique, était un rôle

de convention qu'il prenait à son gré, et dont il riait
dans la coulisse. Voyez sa *Correspondance* : comme il s'y
joue de son fracas théâtral et de sa pompe poétique !
Corneille et Racine travaillaient avec plus de bonne foi ;
et leurs beautés sont plus sérieuses.

Voltaire a voulu enhardir et animer la scène, multi-
plier les effets de théâtre. Il y a souvent réussi ; mais,
pour la grandeur et la nouveauté des caractères, ce qui
est la vie même du drame, a-t-il approché de ses deux
modèles ? A-t-il rien de comparable à ces créations originales et neuves de don Diègue, de Pauline, de Sévère,
de Burrhus, d'Acomat, de Joad ? Sa diction, dramatique par le mouvement et la chaleur, l'est-elle autant
par la vérité ? égale-t-elle la poésie de Racine ou de Corneille, quand il est Corneille ? et la perfection de la
poésie n'est-elle pas une partie nécessaire de notre
théâtre sévère et régulier ?

Contre les sophismes de la Motte et de Fontenelle,
Voltaire avait défendu la poésie, comme son bien et son
domaine. Mais plus tard il se mit à l'aise dans cet héritage qu'il avait conquis, et où il régnait seul. Il s'attacha
de moins près au grand art de Racine, son premier modèle. Son vers, moins travaillé, se remplit de paroles
plus sonores qu'expressives ; et sur le style poétique, il
prit insensiblement quelques-unes des opinions qu'il
avait combattues. Après s'être moqué de la peine qu'a-
vait prise la Motte de mettre en prose une scène de Racine, il soutint que les bons vers ne devaient être que de
la prose bien faite, à laquelle on ajoutait la mesure et la
rime ; et partant de ce principe, qui demandait moins
de soins et d'efforts, il fut souvent prosaïque et négligé
dans ses vers. Il eut peu de ces formes hardies, de ces

tours originaux, de ces vives images qui sont l'accent même de la poésie.

Il n'en était pas moins fidèle à l'étiquette de notre théâtre ; il en exagéra même la pompe habituelle et les périphrases bienséantes, sans les corriger par ces tours naïfs que Corneille trouvait dans la langue de son temps, et que Racine mêlait artistement à celle de la cour. Par là il fut à la fois moins poétique et moins simple, moins vrai que ses grands devanciers.

Voltaire n'en exerça pas moins sur son siècle la puissance prestigieuse du poëte. Par une rare exception, il la garda même toujours, sachant la transformer selon les âges de la vie, et laissant échapper, à quatre-vingts ans, quelques-uns de ses plus heureux vers. Il est vrai que ces vers étaient dans un style familier, sur le ton sceptique d'un vieillard qui se permet tout ; et cette liberté était peut-être plus favorable au naturel d'un poëte qui n'était pas né, comme Racine, pour la perfection de l'art, et n'avait pas la patience d'y atteindre.

Je ne m'étonnerai donc pas, Messieurs, d'entendre préférer aux plus éclatantes tirades, aux plus belles scènes de Voltaire, son *Épître à Horace,* ou ses *Stances* à madame *du Deffant.*

Là Voltaire est poëte à sa manière, et poëte original. Ailleurs il est imitateur, et surpassé. Qu'on lise dans la tragédie de *Mahomet* cette vive apostrophe :

> Si la Mecque est sacrée, en savez-vous la cause ?
> Ibrahim y naquit, et sa cendre y repose ;
> Ibrahim, dont le bras, docile à l'Éternel,
> Traîna son fils unique aux marches de l'autel,
> Étouffant pour son Dieu les cris de la nature,

le mouvement de ces vers entraîne ; mais pour juger
combien les couleurs poétiques en sont faibles et communes, cherchez la même pensée sous l'expression de
Racine :

> N'êtes-vous pas ici sur la montagne sainte
> Où le père des Juifs, sur son fils innocent,
> Leva sans murmurer un bras obéissant,
> Et mit sur un bûcher ce fruit de sa vieillesse,
> Laissant à Dieu le soin d'accomplir sa promesse,
> Et lui sacrifiant, avec ce fils aimé,
> Tout l'espoir de sa race en lui seul renfermé ?

Trop inférieur à la perfection de Racine, Voltaire,
dans la souplesse de son génie, s'est quelquefois heureusement approprié la mâle gravité de Corneille. Ce
caractère est surtout remarquable dans sa tragédie de
Catilina, œuvre de son âge mûr, qu'il avait fortement
travaillée, et dont il joua lui-même le principal rôle sur
le théâtre de Sceaux. L'antiquité raconte la ruse pathétique d'un acteur qui avait mis les cendres de son propre fils dans l'urne d'Oreste pour être ému d'une vraie
douleur en recevant cette urne sur la scène. C'est ainsi
que Voltaire ne jouait pas un rôle, mais était lui-même,
quand il s'écriait par la bouche de Cicéron :

> Romains, j'aime la gloire, et ne veux point m'en taire,
> Des travaux des humains c'est le digne salaire ;
> Qui n'ose la vouloir n'ose la mériter.

Cette gloire qu'il poursuivait depuis quarante années
partout et sans cesse, par les grands travaux et les essais
frivoles, par les plus belles inspirations de l'art et par la
licence, il l'avait, il en jouissait, malgré toutes les ca-

lomnies et toutes les haines. Les lettres régnaient sur l'Europe et Voltaire sur les lettres. Son nom était le premier nom du siècle après celui du vainqueur de Dresde, qui se faisait son disciple et lui demandait la gloire. Le pays le plus vanté par lui, l'Angleterre, lui rendait hommage, et un de ses plus grands poëtes lui disait en beaux vers :

A toi, Voltaire, il est donné de plonger dans l'abîme des temps, d'élever les exploits des héros, d'agrandir le nom du monarque ! à toi le drame, le drame renouvelé, à toi la trompette épique.

Rien ne manquait à Voltaire, même la faveur ou du moins les bienfaits de la cour. Mais, parvenu au comble de ses vœux, ayant épuisé la gloire poétique, il était gêné en France pour cette liberté d'opinion qu'il sentait croître en lui par le déclin même de l'âge. Mieux valait pour un philosophe être l'hôte et l'ami de Frédéric, que le protégé de madame de Pompadour. Il partit donc pour Berlin quelques mois après la mort de madame du Châtelet. Là, Frédéric, guerrier, philosophe et ennemi du christianisme comme Julien, vivait comme lui, sans cour et sans luxe, dans la compagnie de quelques lettrés. Mais les transports de Julien, courant hors de son palais recevoir Libanius, ne pouvaient surpasser la joie qu'eut Frédéric en prenant possession de Voltaire, qu'il fit son chambellan. On sait que l'enchantement dura peu : les amours-propres s'aigrirent, les tracasseries survinrent. Frédéric était, en amitié même, despotique et moqueur. Voltaire médisait du roi, et même du poëte. Ce n'est pas seulement une querelle au sujet de Maupertuis qui les brouilla. Voltaire, en composant à Postdam son

poëme sur *la Loi naturelle*, y glissait des vers tels que
ceux-ci :

> Assemblage éclatant de qualités contraires,
> Écrasant les humains et les nommant ses frères ;
> . . . .
> Pétri de passions, et cherchant la sagesse,
> Dangereux politique et dangereux auteur,
> Mon patron, mon disciple et mon persécuteur.

Frédéric le sut et ne le pardonna pas. De là, Messieurs, après dix-huit mois de séjour *dans le palais d'Al-
cine*, bien des lectures, des confidences poétiques, des
soupers philosophiques, des tracasseries et des ruptures,
l'évasion de Voltaire échappé de sa chaîne, et son avanie
dans Francfort, où il est arrêté, rançonné, fouillé par
un commissaire prussien qui lui redemande les *poeshies
du roi son maître*.

A partir de cette époque commence la retraite et la
puissance de Voltaire sur le territoire neutre qu'il s'était
assuré. Comme la Hollande au XVIIᵉ siècle, Ferney devint
un arsenal de libres opinions pour l'Europe ; et Voltaire,
affranchi par l'âge, *extrema senecta liber*, osa tout contre les préjugés, mais beaucoup trop contre la religion
et les mœurs.

C'est alors qu'il écrivit les derniers chants du poëme
frivole et licencieux dont il était depuis vingt ans obsédé
comme d'une tentation. Mais c'est alors aussi que, dans
une joie d'indépendance qui épure et ennoblit sa pensée, il laissa échapper ces beaux vers :

> La liberté ! j'ai vu cette déesse altière,
> Avec égalité, répandant tous les biens,
> Descendre de Morat en habit de guerrière,

Les mains teintes du sang des fiers Autrichiens,
    Et de Charles le Téméraire.
Devant elle on portait ces piques et ces dards,
On traînait ces canons, ces échelles fatales,
Qu'elle-même brisa, quand ses mains triomphales
De Genève en danger défendaient les remparts.
Un peuple entier la suit......

Il y a dans ces vers, inspirés par les Alpes et l'histoire,
une verve lyrique accordée rarement à Voltaire. C'est
que le poëte était ému. Les vives impressions, les saillants contrastes se multipliaient dans sa pensée.

Le voilà ce théâtre et de neige et de gloire,
    Éternel boulevard, qui n'a pas garanti
        Des Lombards le beau territoire.

Ces mots *et de neige et de gloire* portent en un moment nos souvenirs sur la vanité de l'ambition humaine.
C'est un genre de beauté familier à Voltaire, mais dont
quelquefois il abuse.

Au reste, que Voltaire, avec sa facilité si prompte, sa
piquante justesse qui lui interdisait de se passionner pour
des formules poétiques, ait été médiocre et gêné dans
l'ode, et soit resté bien au-dessous d'un rival qu'il dédaignait, on le conçoit sans peine. Mais il semble que
le spirituel prosaïsme de ses vers aurait dû s'appliquer
à merveille au dialogue comique; et on peut s'étonner
que l'auteur de tant de piquantes épîtres, et du *Pauvre
diable*, n'ait pas compris, dans l'universalité de sa gloire
poétique, le talent d'écrire la comédie en vers, que tant
de poëtes ont eu parmi nous.

Voltaire n'a été bon plaisant que dans son propre rôle,
comme il n'a été grand poëte que dans la poésie scepti-

que et mondaine. La comédie et l'ode lui manquaient également. Mais, dans la comédie, le xviii° siècle, à défaut de Voltaire, compta plus d'un talent heureux et facile. Dans la haute poésie, Voltaire n'eut que des rivaux malheureux, qu'il écrasait tantôt de ses ouvrages, tantôt de ses critiques; et, quoiqu'il fût loin d'atteindre à la perfection de l'art, il resta le modèle et tint l'imagination de son siècle au degré que lui-même ne dépassait pas. Son vers tragique ne fut point égalé; il n'y eut d'épopée après *la Henriade* que *la Pétréide*, qui ne fut pas achevée, et dont les fragments mêmes paraissent longs à la lecture. Et quant aux odes, si Voltaire en fit de bien médiocres, les meilleures du même temps n'avaient pas beaucoup plus de succès que les siennes.

Deux hommes cependant cultivèrent alors avec talent cette poésie morale et lyrique dont le xviii° siècle était peu touché. Dans leur élégance correcte et leur gravité, Louis Racine et Pompignan furent classiques, autant qu'on peut l'être sans génie. Louis Racine était bien loin de chercher la redoutable concurrence de Voltaire. Par scrupule religieux autant que par modestie, il s'interdisait d'écrire pour le théâtre. La poésie à elle seule ne lui semblait déjà que trop dangereuse : il voulait au moins la sanctifier par le but. Ses premiers vers, inspirés par sa pieuse éducation, étaient bien étrangers au monde du xviii° siècle; il chantait *la Grâce*, à l'imitation de saint Prosper.

Louis Racine a plus d'élégance et de goût que son modèle; mais il n'a pas cette ardeur et cette imagination du christianisme naissant. Il est théologien où saint Prosper était enthousiaste. Son mérite est de traduire en vers harmonieux, avec une douceur élégante, quelques beaux passages des *Confessions de saint Augustin*. On regrette que Louis Racine n'ait pas été averti par cet exemple même des sources où il devait puiser la poésie, et qu'il se soit réduit trop souvent à la sécheresse didactique. Né avec une âme tendre, il lui a manqué d'oser en avoir le langage. Par là il a failli dans un plus grand et plus heureux sujet, *la Religion*. Que l'on compare les chants de son poëme aux chapitres du *Génie du Christianisme*; c'est dans le livre de critique littéraire et d'histoire qu'apparaît la beauté du sujet essayé par Racine, et que se montre la poésie de la religion. Toutefois cette différence ne tient pas au génie seul; mais on sent que la pensée du poëte est enchaînée sous sa foi. Il n'ose employer que les raisonnements et les paroles consacrés par la tradition.

Le plan de son ouvrage d'ailleurs est net et régulier; d'abord, il combat les athées par le spectacle de la création; puis les déistes, les anciens philosophes, les philosophes modernes, leur opposant à tous la foi chrétienne comme vérité nécessaire, vérité sublime, vérité consolante. Les événements d'un tel poëme, c'étaient l'âge héroïque du christianisme, les souffrances des martyrs, la vie bienheureuse des solitaires, la chute des temples idolâtres, le renouvellement du monde, l'Église et les Barbares.

Malheureusement, le poëte, si bien nourri par l'étude et la foi dans les anciens temps du christianisme, abandonne ces grandes images pour le raisonnement. Tout est chez lui dogmatique et sévère; nulle peinture naïve des temps apostoliques; nulle description touchante des combats du cœur; point de Cymodocée, point de Velleda.

Malgré l'immense richesse du sujet, le poëme est

I.   24

court et monotone. L'auteur est occupé de glaner et
d'extraire les pensées des défenseurs du christianisme;
mais il ne représente pas le christianisme même dans le
cours de sa merveilleuse histoire. Et puis, il quitte les
grandes faces de son sujet; il se détourne de la colonne
lumineuse pour tomber dans de petites querelles d'é-
cole.

Ce sont là de graves fautes de goût dans un écrivain si
pur. Voltaire avait donné jadis au poëme de *la Grâce*
quelques louanges mêlées d'épigrammes, reprochant à
l'auteur d'être janséniste et trop peu soumis à l'Église.
Plus tard, il fit une ingénieuse critique du poëme de *la
Religion,* sans y méconnaître la correction, et parfois la
beauté des vers. Racine garda le silence. Voltaire, non
content de ces critiques, voulut faire la contre-partie de
l'ouvrage de Racine, et il écrivit le poëme sur *la Loi naturelle,* élégante profession de foi théiste, où ne manquent pas les bons raisonnements et les bons vers, mais
qui laisse l'esprit incertain de sa route, et ne peut suffire
ni à l'explication de notre nature, ni au besoin de notre
cœur. Toutefois, dans le xviii⁰ siècle, la poésie modeste
et sévère de Louis Racine restait bien effacée par le brillant coloris de Voltaire. Il n'avait de supériorité que
dans quelques hymnes tirées de l'Écriture, et où le souffle
de son père semble descendu sur lui.

Lefranc de Pompignan, son ami, le suivit dans cette
carrière, après avoir essayé celle du théâtre. Il y avait
réussi par sa médiocre tragédie de *Didon,* et il avait
entrepris, sous le titre de *Zoraïde,* le sujet que Voltaire a si poétiquement traité dans *Alzire.* Mais il y renonça, pour ne plus s'occuper que de poésie morale
et d'odes sacrées. Son vers, pur et froid, reproduit heu-

reusement la grave simplicité des *Gnomiques* grecs. Mais,
il faut l'avouer, ces vieilles vérités, simplement exprimées, étaient un peu fades au goût du xviiie siècle, à
côté des discours en vers de Voltaire, si libres dans leur
allure, et si piquants de scepticisme et de nouveauté. On
lut peu les épîtres morales de Pompignan ; encore moins
ses cantiques sacrés.

Et pourtant il y avait parfois dans ces poésies une élévation et une harmonie dignes de nos premiers maîtres.
L'âme de l'auteur était capable d'enthousiasme. C'est par
là que, dans son ode sur la mort de Rousseau, il a été
accidentellement si grand poëte, et fait quelques vers
impérissables qui nuisent peut-être à sa renommée ; car
ils sont si beaux qu'on n'en cite jamais d'autres de lui.

Nul homme, dans le xviiie siècle, ne connaissait mieux
les anciens et n'avait une littérature plus variée. Malgré
sa sévérité de goût et de principes, il a mis en vers quelques scènes de Shakspeare et la *Prière universelle* de
Pope, comme il a traduit Eschyle et le poëme chrétien de
Grégoire de Nazianze. Nul secours ne manquait à son talent, ni l'étude, ni le loisir, ni la passion ; car il était
animé d'une vive haine contre la philosophie nouvelle,
bien qu'il fût, par caractère, ennemi des abus et indépendant du pouvoir. Mais, depuis le succès d'*Alzire* jusqu'aux facéties des *mais,* des *si,* des *quand* et des *pourquoi,* il resta toujours accablé sous l'astre prédominant
de Voltaire. On sent qu'il est mal à l'aise dans le siècle
où règne celui-ci. Il a tout l'embarras, toute la mal-
adresse d'une vanité souffrante. Il ne sut pas se résigner à
un second rang, et il fit plus et moins qu'il n'aurait dû
faire.

L'élégance travaillée de ses vers et l'ordre sérieux de

ses idées ne pouvaient tenir contre l'éclat, l'agrément infini et la hardiesse de Voltaire. On ne chercha pas ce que
ses ouvrages pouvaient offrir de sensé, d'ingénieux et
parfois d'admirable. Vanté seulement par son ami le
marquis de Mirabeau, ce novateur féodal, cet économiste
antiphilosophe, il fut mal apprécié de son temps, et ne
sera point vengé par l'avenir. Toutefois, l'homme de
goût qui voudra parcourir ses cantiques, ses odes, ses
épîtres, et jusqu'à sa traduction des *Géorgiques,* y trouvera des beautés et de l'art.

Dans l'histoire des opinions et des mœurs, les œuvres
de Pompignan sont plus curieuses encore. Il représente
un parti vaincu, et qui, sur quelques points, avait raison,
le parti qui voulait une réforme sans révolution, le soulagement du peuple, et non la ruine du culte et des
mœurs.

Mais son esprit n'avait pas assez de force et d'éclat
pour une telle lutte. Il attaquait la philosophie nouvelle
dans des préfaces et dans des *opéras.* Un homme de goût
de notre temps a fait un ingénieux commentaire sur le
Prométhée d'Eschyle, où il retrouve le type de la liberté
de penser et de la civilisation opprimée par le pouvoir
arbitraire. Dans une vue tout opposée, Pompignan fit de
la même tragédie une imitation lyrique dirigée contre la
philosophie, ou plutôt contre Voltaire, qu'il appelle
Prométhée. Thémis elle-même accuse son fils Prométhée :

Tes arts ont pris la place et des lois et des dieux,

lui dit-elle. Prométhée n'en tient compte ; et, tout en
servant les humains, il continue de braver les dieux. Sa
statue est couronnée dans une sorte d'apothéose que lui

décernent des *artistes* et des citoyens. Il paraît que Pompignan avait deviné le triomphe de Voltaire à la représentation d'*Irène*. Mais tout à coup le tonnerre éclate et tombe sur les trophées. La ville est en feu, les édifices s'écroulent. Malheureusement cette allégorie prophétique est médiocre et sans verve. Pour attaquer l'abus des arts, il aurait fallu transporter dans un tel sujet quelque chose de l'éloquente âpreté de Rousseau.

Pompignan survécut à Voltaire ; mais il passa ses vingt dernières années dans la retraite, loin des échos bruyants qui renvoyaient alors la célébrité. Son orgueil était au-dessus de son talent ; et ce fut la plaie de sa vie. Mais son talent n'en est pas moins digne d'estime, et son courage de respect ; car il lutta contre le plus fort.

C'était la destinée de tous ceux qui voulaient, dans le XVIIIe siècle, résister au torrent de l'esprit philosophique. Le combat n'était jamais égal, et cela ne tenait pas seulement à l'inégalité des talents. Mais les défenseurs des anciennes maximes, dans ce qu'elles avaient de pur et d'utile, étaient adossés à un rempart croulant de despotisme et d'abus. Il y avait derrière eux les lettres de cachet pour soupçon de jansénisme, les scandales de cour, les persécutions ecclésiastiques, la censure. Dans un pays libre comme l'Angleterre, on a vu l'esprit moral et religieux se ranimer et grandir par les attaques de l'esprit sceptique, les talents se partager dans les deux camps rivaux, et, à plusieurs reprises, les écrivains religieux et spiritualistes l'emporter par l'éloquence, l'érudition et la faveur publique ; mais en France, le scepticisme, réprimé au lieu d'être réfuté, pointait toujours victorieusement, et domina seul, du moins jusqu'au *schisme* de Rousseau. Les exceptions à cette règle étaient

rares, et quelques-unes peuvent étonner. Le parti religieux était recruté par des poëtes comiques, Destouches, Gresset, et jusqu'à Piron, qui faisait des épigrammes fort zélées contre les philosophes.

Cette singularité s'explique d'elle-même pour Destouches : ce poëte tenait, par le goût et l'esprit, au temps
passé. L'excellent comique Regnard, et même l'ingénieux Dufresny, sont restés, par la date, dans l'histoire
littéraire du XVIIᵉ siècle, dont ils avaient exploité les ridicules après Molière. Destouches, né plus tard, tient
de la même école; mais il n'a pas la même verve et la
même gaieté, et sa vie, mêlée de politique et d'affaires,
annonce une époque nouvelle, comme ses ouvrages offrent un nouveau genre d'imitation étrangère.

Il paraît que sa première jeunesse n'avait pas été sans
orage, et qu'après ses études, il avait tour à tour servi
comme volontaire dans nos guerres d'Espagne en 1703,
et pris parti dans une troupe de comédiens. Ce dernier
point cependant fut contesté longtemps après par la délicatesse de sa famille. Mais qu'il ait été comédien ambulant à Lausanne, ou qu'il ait joué la comédie chez
l'ambassadeur de France, M. de Puisieux, le fait certain, c'est qu'il passa de cet emploi de sa vie errante
dans les bureaux de l'ambassade.

Il faisait en même temps des vers, et les envoyait à
Boileau, qui, tout en y blâmant quelques rimes, y trouvait, dit-il dans sa réponse, beaucoup de facilité, de
feu, et surtout de religion. Nous ne connaissons pas,
du reste, ces vers pieux, et nous ne pouvons juger de
la poésie de Destouches que par son théâtre.

Il fit des comédies pour les sociétés devant lesquelles
il avait joué. La première, *le Curieux impertinent*, fut

applaudie d'abord en Suisse. Mais elle réussit également
à Paris ; et le jeune secrétaire d'ambassade donna successivement *l'Ingrat, l'Irrésolu, le Médisant*. Ces titres
mêmes annoncent que Destouches aspirait à la haute
comédie, celle qui trouve et peint des caractères. Mais
le choix n'était pas heureux : *l'Ingrat* était odieux et
triste, *l'Irrésolu* devenait monotone par le retour prévu
de ses incertitudes, et n'était vraiment comique qu'au
dernier vers du dénoûment. *Le Médisant* n'était qu'une
nuance du *Méchant*, et n'avait rien de Sheridan ni de
Gresset. Ces trois pièces cependant, écrites avec goût et
pureté, suffirent à la réputation poétique du jeune diplomate et servirent à sa fortune. Le régent n'avait pas
le préjugé commun alors en France sur l'incapacité des
gens de lettres dans les affaires, et, en 1717, il fit passer Destouches à Londres pour une mission fort délicate, en le mettant, il est vrai, sous la tutelle de l'abbé
Dubois.

La diplomatie, à cette époque, et sous un pareil chef,
était sans doute une école où le poëte moraliste aurait
pu beaucoup profiter ; et tout ce qu'il apprit, soit comme
assistant de Dubois, soit comme son successeur à Londres, quand Dubois fut roi de France sous le régent,
devait offrir des leçons d'un piquant et vigoureux comique. Mais Destouches était discret, et nulle indignation de ce qu'il avait vu n'a transpiré dans ses écrits. Il
négocia l'appui du roi d'Angleterre pour faire nommer
Dubois à l'archevêché de Cambrai, sans songer peut-
être qu'il n'inventerait jamais rien de si comique et qui
peignît autant les mœurs du siècle.

Le séjour de Destouches à Londres ne fut pas sans influence sur sa vie littéraire ; il y étudia la langue et le

théâtre anglais, douze ans avant Voltaire. A la vérité,
ce ne fut pas pour enhardir notre scène ; mais l'impression de la verve dramatique anglaise sur l'esprit bienséant et sage de Destouches n'en est pas moins curieuse
à rechercher ; et nous en dirons quelques mots.

Après six ans de résidence diplomatique, Destouches
avait quitté Londres ; et, soit qu'il eût fait encore pour
le cardinal Dubois quelque négociation secrète, ou rendu
par son esprit juste et fin des services plus importants à
l'État, il revenait à la cour avec grande faveur. Mais ce
crédit ne lui valut guère qu'une place à l'Académie ; et
la cour ayant changé de face depuis la mort du régent,
il renonça pour jamais à l'ambition, et se retira dans
une petite terre près de Melun, où il vécut heureux par
la modération de ses désirs et le succès de ses comédies.
Une des plus applaudies et des meilleures fut *le Philosophe marié*, emprunté à sa propre histoire. Il est assez
singulier que ce soit une anecdote vraie qui ait fourni le
type d'un caractère si peu vraisemblable. On ne conçoit
guère un homme jeune encore qui rougit d'être marié à
une femme aimable. Cette manie de l'*incognito* dans le
mariage est plus forcée que plaisante. Mais enfin Destouches a tiré quelques effets dramatiques d'une situation
par laquelle il avait passé ; il paraît qu'il a mis sur la
scène, non-seulement sa femme dans le personnage aimable de Mélite, mais la sœur de sa femme, belle et
capricieuse anglaise, qui fut très-blessée du portrait. La
pièce est d'ailleurs agréable par les détails. C'est le mérite de Destouches. Il n'a pas de force comique, mais il
a cette douceur de style dont parle César :

> Lenibus atque utinam scriptis adjuncta foret vis
> Comica !

et il a dessiné avec grâce des personnages de femmes,
même dans quelques pièces oubliées, telles que *les Philosophes amoureux*, qui succédèrent au *Philosophe marié*. Ce qui manque à Destouches après la gaieté, c'est
la vérité des caractères. Les siens sont presque toujours
exagérés et faux. Ici nous croyons reconnaître l'imitation du théâtre anglais, dont les touches sont si souvent
outrées. De son aveu, Destouches lui a emprunté quelques bonnes caricatures, comme celle de *M. Pincé*,
l'homme aux trois raisons; mais ce n'est pas tout. Indépendamment de cette traduction presque littérale d'une
petite pièce d'Addison, Destouches, si peu gai, a voulu
souvent imiter la gaieté anglaise.

Ce n'est pas qu'il ne soit très-choqué des énormes libertés que les auteurs comiques se donnent en Angleterre, et qu'il n'ait vu avec surprise à Londres des dames
vertueuses et modestes assister à des pièces si licencieuses, avec la faible ressource d'en rougir sous un éventail; mais, s'il laisse aux Anglais l'indécence, il emprunte d'eux l'exagération du comique. Dans ses préfaces,
en louant beaucoup les excellentes choses du théâtre
anglais, les caractères plaisants, bien soutenus, le dialogue vif, agréable, énergique, le ridicule merveilleusement copié, il ne nomme, à la vérité, que Ben Johnson, Dryden et Congreve; mais on ne peut douter qu'il
n'eût aussi fort étudié Shakspeare, et ne l'imite sans mot
dire. Lisez la préface du *Dissipateur*. Destouches, après
avoir rappelé que Molière a imité *l'Avare* de Plaute, se
vante, lui, de n'avoir travaillé sur aucun modèle. Mais
lisez *le Dissipateur,* vous y reconnaissez, avec l'exagération anglaise dans le rôle de l'honnête friponne, bien des
traits affaiblis du *Timon* de Shakspeare.

La Harpe fait honneur à Destouches de la scène où un
valet fidèle apporte le peu qu'il possède à son maître
abandonné de tout le monde ; mais ce n'est que le pâle
extrait d'une piquante et admirable scène de Shakspeare :

> Ah ! ce trait-là m'accable !
> Voilà le seul ami qui me demeure, ingrats !
> Et cet exemple-là ne vous confondra pas !
> Va-t'en. . . . . .
> . . . . . Va, sors,
> Et tu m'obligeras.

Ce langage du dissipateur est faible et contradictoire.
Mais quand Timon répond à une offre semblable de son
intendant, quelle verve amère, quelle ironie pathétique !

> J'avais un intendant si sincère et si droit, et aujourd'hui si
> secourable ! Cela change presque ma sauvage haine. Laisse-moi
> te regarder en face. Excusez, ô dieux ! ma fureur générale,
> universelle, perpétuelle. Je proclame l'existence d'un honnête
> homme ; entendez-moi bien, d'un seul ; rien de plus, je vous
> prie ; et c'est un intendant !

Puis il s'en défie, l'interroge encore, s'attendrit, s'ir-
rite, le chasse enfin.

La Fausse Agnès, la seule comédie de Destouches qui
fasse rire, et *l'Homme singulier,* qu'on ne lit guère,
sont aussi parsemées d'imitations anglaises. On le remarque seulement parce que sa froide régularité est si
fort en contraste avec l'excessive vivacité de ses modèles. Au reste, même chose est arrivée à Voltaire, qui a
tiré de la plus piquante pièce de Wycherley son insipide
comédie de *la Prude.*

Quant à Destouches, malgré ce que l'étude ajoute à

son esprit juste et fin, ce poëte que Voltaire nomme
tantôt le moins comique des comiques, tantôt *mon cher
Térence*, ne fût pas resté au théâtre, et serait enseveli
sous le nombre de ses pièces médiocres, s'il n'eût enfin
rencontré un sujet heureux, un de ces sujets qui élèvent
le talent au-dessus de lui-même, en lui donnant à peindre ce qu'il sait le mieux. Il essaya d'abord le sujet de
l'Ambitieux, dont le modèle avait souvent posé devant
lui dans sa vie d'ambassade ; mais, soit défaut de vigueur, ou réserve habituelle, il ne saisit aucun des traits
marquants du personnage, et ne fit jamais œuvre moins
dramatique, et qui justifiât mieux les deux vers d'un
poëte de la Foire :

> Le comique écrit noblement
> Fait bâiller ordinairement.

Mais l'idée du *Glorieux* lui vint, et il eut enfin pour
titre une excellente pièce. C'est qu'il avait frappé au vif
sur un ridicule présent qui datait du bon temps de notre
comédie, et qui n'avait fait que croître et s'épanouir, la
mésalliance avide et dédaigneuse de la noblesse avec la
richesse. Molière avait pris ce grand fonds de comique,
à l'origine, au moment où l'homme de cour emprunte
au bourgeois son argent et sa maison, mais ne se con-
fond pas encore avec lui. Les choses avaient mûri depuis. Dans les dernières années de Louis XIV, les traitants s'étaient enrichis et enhardis. La puissance de
l'argent avait grandi à côté de celle des *titres*. Il y avait
pour le poëte comique double moisson de ridicule : d'une
part, la condescendance comique et forcée des grands ;
de l'autre, la vanité croissante et les prétentions des
nouveaux riches. Il ne suffisait plus d'emprunter et de

ne pas payer; il fallait s'*encanailler* pour avoir la dot,
comme dans *l'École des Bourgeois*. M. Jourdain, devenu
plus opulent et plus rusé, sans être moins vaniteux, ne
prêtait plus qu'à bonnes enseignes. Le roi lui-même en
fit l'épreuve, et en donna le spectacle à sa cour. On vit
ce prince, si superbe et si jaloux de l'étiquette, prome-
ner en personne, à Marly, Samuel Bernard, et lui montrer ses jardins avec mille coquetteries royales, dont
s'indignait Saint-Simon. Le duc et pair ne pouvait supporter cette *prostitution* d'un roi, si avare de ses paroles, à un homme de l'espèce de Samuel Bernard. Mais
quoi! le surintendant des finances Desmarets ne savait
plus de quel bois faire flèche. Le roi payait si mal, que
personne ne voulait lui prêter, le riche Bernard pas plus
que les autres. Mais Bernard était fou de vanité, disait-
on, et capable d'ouvrir sa bourse si le roi daignait le
flatter. Un bon ridicule tenait lieu de crédit public.

Bernard fut encore plus fêté sous Louis XV, maria sa
fille au premier président Molé, et vécut avec les grands,
qui supportaient à leur tour ses hauteurs de banquier et
ses brusqueries d'homme d'affaires. Ce grand modèle
n'était pas le seul. Les opérations financières de la régence avaient multiplié les fortunes inespérées et les
pauvretés subites, en même temps que le goût du luxe
et du plaisir s'était accru pour tout le monde. Le rapprochement de la noblesse et de la richesse, leurs chocs,
leurs alliances, leurs ridicules mutuels, et les vices
qu'elles se communiquaient en devinrent plus fréquents
et plus comiques. C'est le point qu'a saisi Destouches,
et qu'il met en saillie dans ces deux personnages du noble altier, fastueux, impertinent, et du riche, libertin,
dur, sottement familier. Seulement, on peut trouver

que Destouches n'a pas tenu la balance très-exacte entre les deux caractères principaux, et qu'il traite plus favorablement la noblesse que la richesse. Ce ne fut pas, comme on l'a dit, par égard pour l'orgueil du comédien Dufresne, qui ne voulait pas être humilié dans son personnage : c'était une préférence naturelle à l'esprit de l'auteur, et d'accord avec ses opinions et sa vie.

Le portrait satirique où Destouches s'est complu, qu'il a vivement et hardiment tracé, c'est celui du bourgeois, riche, insolent, vicieux,

> Et seigneur suzerain de deux millions d'écus.

Il y a de l'excellent comique dans le rôle en soi, et dans son contre-coup sur le glorieux. Ce dernier personnage n'est pas manqué, comme l'a dit Voltaire : il est seulement flatté. Il n'en offre pas moins d'heureux traits de naturel et même de bonne plaisanterie, surtout dans la scène où le père du glorieux passe pour son intendant. Il n'y a pas faute dans le dénoûment, comme on l'a dit encore, et le mariage du comte ne détruit en rien la leçon. Aurait-elle profité davantage si l'insolence de la richesse eût congédié à la fin l'insolence du nom? nullement. Il valait mieux prolonger le conflit des deux ridicules, les mettre au supplice l'un par l'autre, et enfin les mettre d'accord par le besoin mutuel, et sauf la correction que chacun d'eux a pu recevoir. C'était la vérité, et ce qui se passait dans les mariages d'intérêt et de vanité, si communs alors en France entre la finance et la robe ou l'épée. Destouches a fait une excellente pièce, parce que le comique en est à la fois anecdotique et durable, selon les mœurs d'une époque et selon le cœur humain. L'orgueil, tel qu'il le peint, n'est

1.   25

pas seulement un vice de caractère, mais un vice d'époque
et d'institutions. Il serait difficile de bien comprendre
les anciennes distinctions de la société en France, sans
songer au *Glorieux* de Destouches. Voilà pour la vérité.

Sous le rapport de l'art, l'ouvrage n'est pas moins habilement dessiné. Ce qu'il y a d'imprévu, et, si l'on veut,
de romanesque, dans le personnage de Lycandre, le père
du glorieux est placé à propos, nettement expliqué, et
amène l'émotion croissante du drame jusqu'au sublime
de ces vers :

> J'entends, la vanité me déclare à genoux
> Qu'un père infortuné n'est pas digne de vous.

On ne peut guère blàmer que la caricature un peu forte
du rôle de Philinte, bien que plusieurs traits de sa dou-
cereuse politesse ne soient pas sans piquant et sans gràce.
Quant au style de l'ouvrage, il est partout élégant, naturel, vif même, et varié suivant les personnages ; et ce
chef-d'œuvre inespéré de Destouches est un des chefs-
d'œuvre de la scène.

Il faut s'arrêter là, en parlant d'un poëte qui n'eut pas,
une seconde fois dans sa vie, pareille bonne fortune de
talent. Destouches continua jusqu'à soixante ans de faire
des comédies toujours peu plaisantes, et dont quelques-
unes touchaient tout à fait au drame. Dans l'une d'elles,
la Force du naturel, il cherchait à relever la noblesse, et
la faisait presque d'institution divine.

Mais, las du théâtre et peu content du public, il ne fit
pas représenter ses derniers ouvrages ; et, renonçant à une
comédie de *l'Esprit fort,* qu'il avait projetée contre les
philosophes, il se réduisit à les attaquer par des épigrammes qu'il envoyait au *Mercure galant,* et même par

des dissertations théologiques, dont il remplissait ce journal. Ces traits, il faut l'avouer, étaient fort émoussés ; et il n'avait pas aussi beau jeu contre l'érudition de Bayle, les réticences de Fontenelle et les malignes insinuations de Voltaire, que Palissot l'eut dans la suite contre Diderot et la Mettrie. La cour de Louis XV cependant lui sut gré de son zèle ; et, après sa mort, on fit au Louvre une magnifique édition de toutes ses comédies. La postérité en gardera deux ou trois, et *le Glorieux,* qu'on ne joue plus, doit vivre autant que notre langue.

Destouches avait incliné au drame sérieux dans la comédie. Mais ce qu'il avait fait pour quelques scènes devint systématique pour des ouvrages entiers. Nivelle de la Chaussée, qui écrivait avec pureté des vers prosaïques, introduisit au théâtre le genre qu'on a nommé *comique larmoyant,* dont Diderot s'empara dans la suite, en supprimant seulement les bienséances et la rime. Toute une question de goût, de mœurs, de vérité, fut attachée à cette prétendue création ; et on y cherche encore le principe moderne qui doit rajeunir la tragédie.

Sans réveiller ce vieux débat, nous nous étonnons que le XVIIIᵉ siècle ait cru inventer ce qui est partout, et pris pour un genre nouveau les fautes de goût, l'emphase et l'affectation qu'il jetait dans un cadre aussi ancien que la vie humaine. Cela venait de l'idée singulière qui n'admet la tragédie qu'entre rois et princes, ou du moins personnages héroïques. Mais la tragédie court les rues, comme disait Ducis. Il faut seulement bien choisir celle qu'on arrête au passage. Il faut qu'elle soit à la fois pathétique et instructive. Il n'est pas impossible que le comique se montre à côté d'elle, et fasse ressortir encore l'expres-

sion de ses traits ; mais cela doit être naturel, involon-
taire, amené par les chances probables de la vie, et non
par un contraste artificiel. Le *Barnwel* de Lillo, ce drame
où la séduction des sens et la passion du jeu dans un
jeune homme aboutissent au crime et au meurtre, est,
malgré le rang obscur des personnages et la familiarité
des détails, une vraie et terrible tragédie. Il y a un drame
anglais plus attendrissant que *Zaïre,* bien qu'on n'y voie
ni Orosmane ni Othello ; c'est l'ouvrage d'un contemporain de Shakspeare, Thomas Heywood, peu lu et peu
cité même des critiques anglais. Il a mis sur la scène un
mari outragé qui se sépare de sa femme sans fureurs, sans
menaces, et la fait partir pour sa campagne. Tous les détails sont simples, prosaïques, empruntés à la vie commune. Le mari, M. Frankfort, seul avec un ami et un
domestique, parcourt la chambre nuptiale que sa femme
vient de quitter, et où il ne veut rien garder qui soit à
elle ; il trouve dans un coin son luth qu'il lui renvoie et
qu'elle brise sur la route. Arrivée à la maison de campagne qu'elle doit habiter, bientôt on l'y voit mourante
du regret de sa faute impunie. Ses paroles à son lit de
mort, la présence, les adieux, le pardon de son mari,
sont du plus touchant pathétique. Voilà bien cette tragédie bourgeoise, ce drame vrai que Diderot se vantait
d'avoir trouvé. Mais la beauté d'un tel ouvrage tient à la
naïveté même avec laquelle il a été conçu par Heywood,
qui appelle tout simplement *tragédie* ce qu'il sent et ce
qu'il exprime avec attendrissement, sans souci d'ailleurs
du rang des personnages et de la simplicité vulgaire des
incidents.

Cette idée ne venait pas au xviiie siècle. Il laissait à la
tragédie son royal domaine ; mais comme il concevait

aussi des souffrances vulgaires et des douleurs bour-
geoises à mettre sur la scène, pour tout concilier, il ap-
pela d'abord ce tableau comédie. Tels furent les ouvrages
de la Chaussée. Il n'y a pas l'ombre de comique dans la
plupart de ses pièces, et les plaisanteries qui s'y trouvent
ne sont qu'un hors-d'œuvre dans le sujet comme dans le
talent de l'auteur. Mais il y a de la vérité dans la peinture des mœurs. Ce sont quelques côtés tristes de la comédie du monde. *Le Préjugé à la mode* attaque un défaut
social du XVIIIᵉ siècle, l'espèce de défaveur jetée sur le
mariage. *Mélanide* montre une des situations tragiques
qui peuvent naître des liaisons irrégulières du monde,
la rivalité et le duel imminent d'un père et de son fils. Il
y a des sentiments délicats, des vers heureux, mais des
nuances trop fréquentes de cette sensibilité fade qui
plaisait au XVIIIᵉ siècle. En s'occupant des sentiments naturels et des douleurs domestiques, le poëte ne les voit
et ne les retrace que dans un monde fort restreint et très-
artificiel. Son pathétique est, en général, un pathétique
de salon, poli, complimenteur, exagéré. On doute qu'il
y eût dans son âme une source vive d'émotion, surtout
quand on pense qu'il composait des parades licencieuses
avec la même facilité que des comédies attendrissantes.
Ce n'est pas la confusion des genres que nous reprochons
à la Chaussée, c'est d'avoir rendu le drame à peu près
aussi artificiel que la tragédie, c'est d'être revenu au naturel par le romanesque, et d'avoir prêché une bonne
morale en termes doucereux. La décence, qu'on a fort
louée dans le théâtre sérieux de ce poëte, et qu'il oubliait
volontiers dans d'autres pièces, tient surtout à l'étiquette;
et malgré l'*odeur de vertu* que d'Alembert trouve dans
ses pièces, la plus morale, à tout prendre, nous paraît

celle où la Chaussée introduit quelques intentions plaisantes, *l'École des mères.*

A dire vrai, le défaut de la Chaussée n'est pas dans le mélange de quelques scènes attendrissantes avec des images
ou des situations comiques, mais dans le caractère de ce
mélange, c'est-à-dire dans la langueur un peu maniérée de
la tristesse, et dans le tour contraint de la gaieté. En soi, la
souffrance, les regrets sont une part trop grande de la
vie commune pour ne pas trouver place dans le poëme
qui en est la représentation. Cela même est un des charmes
de Térence. La première scène de *l'Andrienne* n'offre-
t-elle pas un tableau plein de mélancolie, au milieu des
apprêts d'une intrigue comique? On y décrit une cérémonie funèbre, des femmes en pleurs qui la suivent :

> Funus interim
> Procedit; sequimur : ad sepulcrum venimus;
> In ignem posita est : fletur....
> . . . .
> Adcurrit præceps, mulierem ab igne retrahit,
> Mea Glycerium, inquit, quid agis? cur te is perditum?
> Tum illa, ut consuetum facile amorem cerneres,
> Rejecit se in eum, flens quam familiariter.

Fénelon admirait le pathétique ingénu qui respire dans
ces vers. On le retrouve partout chez Térence. Voyez,
dans *l'Hécyre*, cette scène où une femme, rudoyée par
son mari, veut se sacrifier au bonheur de son fils et
céder la place à sa bru. Quelle émotion simple et rési-
gnée !

Je ne veux pas, dit le fils, que tu quittes pour moi tes amis,
tes parentes et nos fêtes. — Non, répond la mère, ces choses-
là ne me donnent plus de plaisir. Tant que l'âge le permettait,

je les ai goûtées : mais j'en suis lasse. Mon premier soin maintenant, c'est que la longueur de ma vie ne soit gênante pour
personne, et qu'on n'attende pas ma mort. Ici je suis odieuse,
sans l'avoir mérité. Il est temps de me retirer.

> . . . . . Nihil jam mihi istæc res voluptatis ferunt.
> Dum ætatis tempus tulit, perfuncta satis sum : satias jam tenet
> Studiorum istorum : hæc mihi nunc cura est maxima, ut ne cui meæ
> Longinquitas ætatis obstet, mortemve exspectet meam.
> Hic video me esse invisam immerito : tempus est concedere.

Qui ne serait attendri de ce langage si naturel? Le goût
et la délicatesse du poëte, c'est de n'avoir pas poussé à
l'extrême l'intérêt de cette situation. La haine dont se
plaint la mère n'était qu'apparente, et tout finit heureusement. Cette autre pièce où Térence nous montre un père
inconsolable d'avoir éloigné son fils par sa rigueur, et
s'en punissant lui-même dans les privations d'une vie
solitaire et dure, n'est-ce pas le modèle du drame attendrissant et l'image de cette tragédie que cache souvent
l'intérieur des familles? En fera-t-on un reproche au
poëte que César appelait un demi-Ménandre? y verra-
t-on le signe prématuré de la confusion des genres et de
la décadence? Il est vraisemblable, au contraire, que
cette belle comédie grecque, dont Térence n'était que
l'écho pur et affaibli, offrait elle-même ces nuances de
pathétique sans lesquelles on n'aurait qu'une moitié du
tableau de la vie.

Depuis que la parodie politique et la satire personnelle
avaient été interdites au théâtre d'Athènes, on conçoit en
effet que la comédie, dans une société moins artificielle,
moins divisée, moins complexe que la nôtre, aurait eu
peine à varier et à renouveler ses portraits, si elle avait
évité tout ce qui tient aux émotions fortes et touchantes

de la vie commune. Les ruses et les plaisanteries des esclaves, les séductions folâtres des courtisanes, l'avarice
et la duperie des pères, tout cela n'aurait pas défrayé le
théâtre de Ménandre, et suffi à ce génie d'éloquence qu'on
admirait en lui. A voir les titres ou quelques vers épars
des comédies de Ménandre, on ne peut douter que son
drame ne rassemblât toutes les couleurs de la destinée
humaine, et n'offrît souvent des teintes de tristesse. N'est-
ce pas dans une de ces comédies qu'on trouvait cette
maxime touchante et chrétienne?

Celui que les dieux aiment meurt jeune.

N'est-ce pas lui encore qui a tracé ces vers, d'une si profonde mélancolie?

Le plus heureux, je le dis, ô Parmenon, c'est l'homme qui,
sans chagrins dans la vie, ayant contemplé ces beaux spectacles, le soleil, l'eau, les nuages, le feu, s'en est retourné bien
vite d'où il était venu. Ces choses, qu'il vive cent ans ou un
petit nombre d'années, il les verra toujours les mêmes; et il ne
verra jamais rien de plus beau qu'elles. Regarde ce qu'on appelle le temps comme une foire étrangère, un lieu d'émigration
pour les hommes, foule, marché, voleurs, jeu de hasard, hô-
tellerie où l'on s'arrête. Si tu pars le premier, ton voyage est le
meilleur; tu t'en vas avec ton argent, et sans avoir d'ennemis.
Celui qui tarde périt après avoir souffert; et, vieillissant avec
malheur, il est toujours privé de quelque chose. Il rencontre
quelque part les ennemis qui lui dressaient des piéges. On ne
sort pas de la vie par une mort heureuse, quand on y reste trop
longtemps.

Est-ce Ménandre[1], est-ce Bossuet qui a tenu ce langage?

---

[1] L'Hécyre était elle-même imitée de Ménandre, bien que le
poëte romain n'en dise mot dans son prologue; mais nous l'ap-

Ce n'est pas le pathétique dans la comédie qu'il faut blâmer, mais c'est l'espèce de pathétique fade qu'y porta le xviiie siècle. La Chaussée n'a pas créé un genre nouveau, comme le disait Voltaire ; mais il a gâté souvent, par l'affectation et la monotonie, un intérêt qui avait pu toujours se mêler à la comédie. Il fallait que l'influence du temps à cet égard fût bien forte, puisque les talents le plus faits pour la vivacité piquante et l'enjouement du dialogue n'échappèrent pas à la manie langoureuse du drame.

Piron a débuté dans la triste pièce des *Fils ingrats*, et Gresset a mis sur la scène comique la mélancolie et les tristes vapeurs d'un suicide.

Mais ces ouvrages ne sont que l'exagération d'une forme naturelle de l'art ; et ce n'est pas là qu'on peut trouver les vraies créations de la poésie dramatique après le xviie siècle ; cherchons-les tout simplement dans la mine déjà fouillée, mais inépuisable, la comédie de mœurs, la comédie qui fait rire.

Les exemples, il est vrai, en sont rares au xviiie siècle ; et ce rire même n'est plus celui de Molière : il a plus d'esprit que de gaieté. La haute comédie, la comédie naturelle et poétique n'en compte pas moins deux chefs-d'œuvre depuis *le Glorieux*. Nous ne parlons pas du reste. Le

----

prenons par le témoignage d'un évêque des Gaules, qui, au ve siècle, lisait Térence et Ménandre dans une ville d'Auvergne : « Dernièrement, dit Sidoine Apollinaire, moi et mon fils nous repassions *l'Hécyre* de Térence. Je l'aidais dans son travail, me souvenant de la nature et oubliant ma profession, et, pour qu'il saisît plus complétement les vers du poëte comique, j'avais à la main une autre pièce sur le même sujet, *le Choix des Arbitres*, de Ménandre. » (SID. APPOLL., ép. 4.)

point de vue de la postérité abrége beaucoup l'histoire
littéraire ; les réputations qui ont survécu un siècle ou un
demi-siècle sont dégagées de tous les titres douteux ou
médiocres, et ne gardent plus que la parcelle d'immortalité qui s'y mêlait. Les œuvres de Piron, aujourd'hui,
c'est *la Métromanie*. Piron a vécu quatre-vingt-quatre
ans ; il a fait beaucoup de vers durs et négligés ; il s'est
essayé avec des succès fort inégaux dans tous les genres,
depuis ceux qu'on ne nomme pas jusqu'à la traduction
poétique des hymnes de l'Église. Il n'importe : de tout
cela reste un monument, une épitaphe indestructible,
une œuvre de génie. Par là, Piron, personnage peu régulier, peu grave, qui n'a soigné ni ses ouvrages ni sa vie,
dédaigné dans son temps par le grand monde et par
l'Académie, licencieux sans savoir être philosophe, se
trouve bien au-dessus de tant d'hommes de talent et de
beaux esprits. Il est en tête, il va seul. Il sera nommé,
quand on ne répétera plus que sept ou huit noms de ce
xviiie siècle, où tant d'hommes furent célèbres. Ce n'est
pas que, de son vivant même, il n'ait eu pendant quelques années l'avant-goût de cette destinée. L'envie, qui
est parfois fort louangeuse, imagina de l'opposer à Voltaire et de prétendre qu'il l'égalait, au moins pour la tragédie et pour les bons mots. Piron lui-même eut la bonhomie de tremper dans cette rivalité ; et quand les comédiens, pour obtenir le changement de quelques vers de
ses pièces en répétition, lui citaient l'exemple de M. de
Voltaire, si prodigue de corrections et de variantes, il ré-
pondait fièrement : « M. de Voltaire travaille en mar-
queterie ; et moi je jette en bronze. »

Ces bronzes n'ont pas duré, sauf *la Métromanie*. Ce
n'est pas que dans *Callisthène, Gustave, Fernand Cortès,*

on ne puisse trouver çà et là quelques scènes dramatiques, quelques vers assez beaux, quoique durs; mais ce sont des ouvrages comme beaucoup d'autres : c'est la suite d'une école. Il n'en est pas ainsi des épigrammes de Piron; quelques-unes sont excellentes de correction et de verve. Mais Piron a abusé du genre; et là aussi il devenait auteur par métier, comme dans ses pièces de *la Foire,* et ses *opéras.*

Heureusement pour son génie, cet homme avait une passion prédominante, une idée fixe, les vers, et la vie libre des anciens rimeurs. Après des études mal faites, où ses maîtres l'avaient déclaré, nous dit-il, atteint et convaincu d'une incapacité totale et perpétuelle, Piron, dont la fougueuse jeunesse scandalisait sa famille de bons bourgeois de Dijon, ne voulant être ni abbé, ni commis de finances, ni avocat, ni médecin, s'enfuit à Paris pour être poëte. Il y fut d'abord très-malheureux, copiant des rôles d'écriture pour vivre, puis faisant des pièces au théâtre de la Foire, comme il avait fait des copies. Enfin, il s'élève jusqu'au Théâtre-Français, et, à travers les succès et les chutes, fait retentir son nom, et vit de son talent dans une joyeuse et libre pauvreté. C'est là, c'est dans les agitations de la vie de poëte qu'il imagine de prendre cette vie même pour sujet, et conçoit un ouvrage sérieux et gai, enthousiaste et plaisant, dont le héros est l'auteur, jouant au naturel dans sa passion et y sacrifiant tout. Jamais ce qu'on appelle verve n'avait été si bien l'âme de l'écrivain; jamais l'illusion du naturel n'avait été si complète.

Est-ce vous qui parlez, ou si c'est votre rôle?

Ce mot d'une situation de la pièce est la devise de la

pièce entière. Voilà pourquoi *la Métromanie* est une comédie à part, un chef-d'œuvre, sans que Piron soit peut-
être un grand poëte comique. Il n'avait que cette pièce
en lui ; c'était lui-même. Seulement, ne disons pas, avec
un critique célèbre, que la supériorité de cette comédie
est moins admirable, parce que le sujet en est plus rare,
plus détourné, et ne présente, pour ainsi dire, qu'un ridicule d'exception. Ce serait faire à une œuvre originale
un tort de son originalité même. La perfection de l'art,
c'est d'avoir personnifié avec tant de naturel et de vie la
passion de la poésie, de telle sorte qu'on l'admire en
riant, et que le ridicule soit mêlé de grâce et d'intérêt.
Mais, dira-t-on, cette fois la comédie ne corrigera pas ;
le métromane est peint en beau ; il y a de quoi séduire
à la poésie, au lieu d'en détourner. L'inconvénient nous
paraît léger. Nous croyons peu à l'influence réformatrice
du théâtre ; et cet attrait pour la vie de poëte, cette complaisance de l'auteur pour le ridicule qu'il attaque, fait,
en revanche, la vive inspiration de l'ouvrage, le naturel,
l'élégance, la vivacité du style. On ne parle si bien que
d'une chose passionnément aimée.

L'autre comédie originale du xviiie siècle est prise à
l'extrémité opposée de l'art. Elle n'est pas inspirée par la
fantaisie solitaire et la vive préoccupation du poëte, mais
écrite sous la dictée du monde, et comme un calque brillant et fidèle des salons du xviiie siècle. Un mot à cet égard
sur le talent original de Gresset, qu'il siérait mal de louer
longuement.

Doué d'une singulière flexibilité d'élégance, sans force
d'invention, Gresset paraît avoir eu le privilége de reproduire dans d'heureuses esquisses chacune des scènes de
la vie à laquelle il fut mêlé. D'abord, élève et affilié des

jésuites, la vie du collége, les occupations et les ridicules
des cloîtres le frappèrent, et il les rendit avec autant de
poésie que de gaieté ; puis, échappé de la cellule, accueilli,
pour ses jolis vers, dans les salons du beau monde, il en
saisit avec une admirable justesse les tons malicieux et
légers. Enfin, jeune encore, retiré dans sa ville natale,
n'ayant plus que des ennuyeux à peindre, il prit quelque
peu l'empreinte de son sujet. Il rima longuement *le Par-
rain magnifique*, et un autre poëme contre un vieux
médecin, lecteur de gazettes, jetant toujours sur l'insi-
pidité du fond le coloris de quelques jolis vers mar-
quetés d'épithètes brillantes. N'accusons pas trop cette
vieillesse prématurée de son esprit ; il nous en avait pré-
venus :

> Mais apprenez que l'harmonie
> Ne verse ses heureux présents
> Que sur le matin de la vie ;
> Et que sans un peu de folie
> On ne rime plus à trente ans.

C'est en effet avant cet âge qu'il avait achevé ses char-
mants badinages, *Vert-Vert, la Chartreuse*. Mais, après
avoir vu le monde il fit *le Méchant*, léger et immortel
monument de ce siècle où l'esprit de société, le talent de
converser, occupa tant de place.

Le Méchant est la médaille des salons du xviiie siècle.
Leur physionomie est là, comme la vive allure et la facile conscience des jeunes seigneurs de la Fronde se
trouve dans les *Mémoires de Grammont*. Voltaire lui-
même ne vous donnerait pas toute la langue spirituelle
du xviiie siècle, si vous n'aviez *le Méchant* de Gresset. Jamais toutes les grâces du monde, cette flatterie maligne,

I.   26

cette amertume mêlée d'insouciance, ces exagérations si
vives, cette verve de dédain, cette franchise d'égoïsme
qui veut être gaie, cette raillerie apparente sur soi-même
pour se moquer des autres, ce sacrifice de toutes choses
à l'esprit et cette satiété de l'esprit qui jette dans le paradoxe, cette légèreté enfin qui n'est souvent que le défaut
d'attention et de raison, n'ont été si bien rendus ; et l'effet
poétique est né de cette peinture si fidèle d'une société
sans âme et sans poésie. *Cléon*, copié sur un modèle
du temps, est une création dans la langue de la comédie.

On dit que le grand Frédéric, qui se donnait tant de
peine pour être poëte français, goûtait peu et ne saisissait qu'à demi le style du *Méchant*. Ce style, en effet, est
le dernier raffinement d'une langue à part, qui ne s'apprend pas dans les livres, la langue des salons. L'art merveilleux de Gresset, c'est d'avoir donné une vie durable
à des nuances si fugitives, et fixé les fantaisies de la mode
en les imitant. Ce style n'a pas la force comique du style
des grands maîtres ; mais il est à la fois une création originale et un tableau de mœurs. Je ne sais si par ce motif
Gresset a dû se passer d'une intrigue dans sa pièce ; mais
on s'aperçoit peu de ce défaut, et, par l'expression seule,
il a fait à ravir ce que Voltaire lui reproche d'avoir
manqué,

    Des mœurs du temps le portrait véritable.

Bien que Gresset, ennuyé du collége et du cloître, eût
reçu avec vivacité les impressions du monde, et pris
d'abord les idées sceptiques et épicuriennes de son
temps, on peut juger par *le Méchant* qu'il s'arrêta bientôt.

Il a déjà dans cette pièce d'excellents traits pour peindre
les froids calculs de l'intérêt personnel :

> La parenté m'excède, et ces liens, ces chaînes
> De gens dont on partage ou les torts ou les peines,
> Tout cela, préjugés, misères du vieux temps ;
> C'est pour le peuple enfin que sont faits les parents.
>
> . . . .
> Chacun n'est que pour soi.

Voilà bien, dans l'application usuelle, la philosophie
du xviiie siècle, quoique, à l'époque du *Méchant*, elle
n'eût pas encore été érigée en système par Helvétius et
tant d'autres. Gresset, qui avait été quelque peu philosophe chez les jésuites, redevint religieux dans la société.
Il s'éloigna d'abord du théâtre. La veine de corruption
et de ridicule, si bien effleurée dans *le Méchant*, pouvait
encore beaucoup fournir au poëte ; mais de bonne heure
devenu grave, retiré et marié en province, on peut croire
que la délicatesse de son goût s'émoussa, en même temps
que sa conscience devint plus timorée. Il avait achevé
cependant quelques comédies dont le titre promettait :
l'Esprit à la mode et *le Monde tel qu'il est*. Mais son
scrupule s'étant fort augmenté dans les entretiens de l'évêque d'Amiens, il les brûla ; et, ne croyant pas que la comédie pût se sanctifier même en attaquant les philosophes, il ne réserva d'une pièce qu'il avait faite contre
eux que quelques vers, pour les employer à la même fin
dans un poëme qui n'a jamais paru. Voltaire sans doute
en fut la cause. Gresset avait annoncé son pieux repentir,
et le petit *auto-da-fé* qu'il faisait de ses comédies, par
une lettre publique. Mais cette lettre, où le poëte parlait
des vérités lumineuses de la foi, et rétractait d'un ton

solennel jusqu'aux hardiesses de *Vert-Vert,* venant à
tomber au milieu des salons oisifs et moqueurs de Paris,
eut fort peu de succès; et bientôt on répéta les vers si
malicieux de Voltaire :

> Gresset se trompe, il n'est pas si coupable, etc., etc.

Celui-ci n'engagea point le combat, et resta dans sa ville
et ses bois de Picardie, d'où il ne sortit que quinze ans
après, pour faire, comme directeur de l'Académie française, alors toute philosophique, un discours froid et
prétentieux contre le style à la mode. L'ingénieux poëte
avait vieilli ; son discours n'était que la caricature de sa
charmante comédie du *Méchant.* Il n'osait pas dire tout
ce qu'il avait dans l'âme contre la philosophie de son
temps ; et, sur le reste, son langage était devenu puéril
ou suranné. Mais qu'importe un discours? Gresset fut
poëte, peu de temps il est vrai, et sur peu de sujets, mais
assez ; car il vivra toujours. Il ferme cette première moitié
du xviiie siècle, où le grand art de faire des vers se soutenait par tradition ; et il égale Voltaire dans le seul genre
où Voltaire fut grand poëte. L'imagination va changer de
place : de longtemps il n'y aura plus de poëtes que Buffon
et Rousseau.

TREIZIÈME LEÇON.

Fontenelle. — Application du bel esprit aux sciences. — Nouvelle école de prose ; sès défauts, son influence. — Mairan. — Terrasson. — Marivaux.

MESSIEURS,

Nous avons réservé jusqu'ici un écrivain unique, sans être grand, auquel il a été donné d'être contemporain de deux siècles mémorables, qui siégea dans l'Académie près de Racine et de Boileau, fit même contre eux des épigrammes, et fut trente ans le rival de Voltaire et l'ami de Montesquieu ; qui prit part à la vieille querelle des anciens et des modernes, et donna des conseils pour l'*Encyclopédie*. Je me souviens d'avoir ouï dire à M. Suard qu'à son arrivée à Paris, il avait entendu, dans le salon de madame Geoffrin, M. de Fontenelle, debout devant la cheminée, conter la peine qu'il avait eue, en 1674, à soutenir, tout jeune qu'il était, la dernière pièce de son oncle le grand Corneille, la tragédie de *Suréna*, contre laquelle cabalaient les amis de M. Racine. « Mon oncle, ajoutait Fontenelle, dans les dix années qu'il vécut encore, m'apprit tout ce que je sais sur la poétique, et m'indiqua, pour mon premier essai lyrique, le sujet de Psyché qu'il avait traité lui-même en commun avec M. Molière, dont il était fort ami. » M. Suard,

vieillard aimable et de l'esprit le plus fin, ressuscitait
pour nous Fontenelle; et nous semblions toucher à cet
âge héroïque des lettres françaises, où Corneille, Racine et Molière illustraient le théâtre que Bossuet et
Bourdaloue excommuniaient avec tant d'éloquence.

Ce n'est pas que Fontenelle ait eu également le génie
des deux époques auxquelles il assista; mais enfin, dès
le temps même où il n'était encore qu'un bel esprit accusé de mauvais goût, et dépeint malignement par la
Bruyère, il se ménageait une sorte de gloire nouvelle,
en appliquant l'art du style à la science, et le doute philosophique à l'étude des lettres. Plus tard, après avoir
été le novateur discret et timide du xviie siècle, il fut le
sage du xviiie, dont il avait prévu plutôt que hâté le
mouvement. Sans être un homme de génie, il fut original; sans ardeur et sans esprit de système, il exerça
beaucoup d'influence sur les esprits, et fut le créateur
d'une école en littérature.

Fontenelle avait étudié d'abord chez les jésuites de
Rouen, et fait là beaucoup de vers latins et même de
vers grecs aussi beaux que ceux d'Homère, dit-il; *car
ils en étaient*. Il prit ensuite la profession du barreau;
mais il s'en dégoûta bien vite, comme on peut croire;
et, après une cause perdue, vint à Paris chercher fortune dans les lettres.

Il y vécut d'abord obscur, de cette vie heureuse et
occupée que vous savez, avec quelques jeunes compatriotes, studieux comme lui. Un d'eux était l'abbé de
Saint-Pierre, plus célèbre dans la suite par ses rêveries
que par ses talents. Cet abbé, qui avait une espèce de
richesse pour un étudiant, 1800 livres de rente, en avait
donné 300 à un jeune géomètre nommé *Varignon*, et

s'était logé avec lui dans une petite maison du faubourg Saint-Jacques. Fontenelle et Vertot venaient les voir souvent. « Nous nous rassemblions, dit Fontenelle, avec un extrême plaisir, jeunes, pleins de la première ardeur de savoir, fort unis, et, ce que nous ne comptions pas alors pour un assez grand bien, peu connus. » Qui n'est touché de ce souvenir, Messieurs? Et, parmi ceux qui m'écoutent, n'en est-il pas plusieurs, dont le soir, dans ce même quartier Saint-Jacques, on aperçoit la lampe qui éclaire leurs veilles laborieuses et leurs conférences d'étudiants, d'où sortiront un jour quelques hommes célèbres, des Bichat, des Dupuytren, des Thierry?

Fontenelle n'avait pas cependant cette ardeur opiniâtre à l'étude qui fait les grands monuments; il prenait un peu de tout dans les sciences avec mesure et facilité. Nul homme ne réalisa mieux la pensée de Tacite, *retinuit, quod est difficillimum, ex sapientia modum*. Il ne s'enfonça pas dans le calcul et la géométrie, mais il en apprit assez de Varignon et des livres pour en parler avec justesse et clarté. Il n'étudia l'anatomie que dans le cours fait par Duverney pour le Dauphin, et assidûment suivi par Bossuet. Il ne fit aucun voyage savant, pas même une course de botaniste; mais il recueillit de toutes les sciences naturelles des notions exactes et simples qu'il rendait avec grâce.

Malgré ce goût dominant pour la philosophie, comme on disait alors, Fontenelle étant d'une famille de poëte, et voyant la poésie fort prisée dans le siècle de Louis le Grand, fit d'abord des vers, et, qui pis est, des tragédies. Une épigramme de Racine nous apprend le sort de son *Aspar*; et son *Brutus* ne vaut pas mieux. Toutefois, plus discret que la Motte, il ne médit pas de l'ancienne forme poétique, ni même de la rime. Il composa jusqu'à des églogues, afin de montrer sans doute qu'un homme d'esprit peut tout faire ; et on a cité de lui celle d'*Ismène,* qui n'est pas sans élégance et sans grâce. Mais en même temps il publiait des lettres galantes dont Molière se fût moqué autant que des précieuses ridicules ; et même, dans ses *Dialogues des morts,* le premier ouvrage où il eût réussi, il jetait mille traits d'affectation et de faux goût.

Voltaire, qui certes avait plus d'esprit que Fontenelle, car il en affecte moins, a fait de ces *Dialogues des morts* une vive et saine critique. Il y relève le rapprochement artificiel et forcé des personnages, la mignardise des pensées et du style. Il n'a pas de peine à montrer le ridicule de Faustine se comparant à Brutus, Julie de Gonzague à Soliman, et Diane de Poitiers à César. Et toutefois Voltaire semble avoir emprunté un peu de cet ouvrage sa manière d'expliquer les grands effets par les petites causes, et de rabaisser à plaisir les événements et les caractères, en prenant, comme il le dit, les deux hémisphères en ridicule. Au fond, ce langage est plus déplacé dans l'histoire que dans une composition factice et satirique, comme des *dialogues* des morts. Lucien, peut-être l'inventeur du genre, l'avait fait servir à la parodie de l'antiquité, dans un temps de scepticisme et de décadence. Les *Césars* de l'empereur Julien, autre dialogue des morts, ne sont également qu'une satire. Le tort de Fontenelle, c'est que la sienne est sans but moral, toute composée de paradoxes qu'il ne croit pas, et de jeux d'esprit parfaitement inutiles.

L'auteur fut plus heureux dans une autre forme de dialogue, que l'antiquité avait ornée de toutes les grâces

du génie, le dialogue philosophique ; il le fit servir à
l'exposition même des sciences. Galilée, un esprit créateur, avait donné cet exemple dans ses *Dialoghi delle*
scienze nuove. Fontenelle n'invente pas ; il ne fait pas
même un choix sévère entre les inventions des autres ;
et il aime de la science le merveilleux, le singulier, autant que le vrai. Son mérite est dans un agrément, une
coquetterie de style qui attire et amuse le lecteur. Le
premier, il traduisit en langue vulgaire le *Système du*
monde, tel qu'alors on le connaissait du moins, encore
à demi enveloppé de la vapeur des tourbillons, incomplet, obscur sur quelques points, mais tout étincelant,
par intervalle, d'une immortelle lumière. Plus tard, et
dans la pleine clarté de la science, on préférera plus de
simplicité, et on pensera que ce qu'il y a de plus grand
dans la réalité et pour l'imagination, l'astronomie, n'a
pas besoin des petits ornements et des mièvreries galantes du bel esprit. On aimera mieux quelques pages de
Fourrier sur Herschell, ou quelques paroles nettes et
précises d'Arago, dans une leçon de l'Observatoire, que
toutes les dissertations de Fontenelle sur les *beautés*
blondes et les *beautés brunes*, au sujet de la lune. Mais
souvenons-nous des vers de Boileau contre les femmes
qui étudiaient l'astronomie, et même contre l'astronomie, et nous excuserons peut-être Fontenelle.

La frivolité du cadre et des digressions n'empêche pas
d'ailleurs qu'il n'expose avec beaucoup de justesse ce
qu'il sait bien, et ne démontre, comme un savant de
nos jours, que le soleil est immobile, et que la lune n'a
pas d'atmosphère. Il en mesure même les montagnes
d'après Cassini ; et quant à la supposition d'êtres animés
dans cette planète, sauf les galanteries qu'il leur prête,

il n'a rien dit en cela de contraire aux découvertes récentes.

A la vérité, l'antiquité avait dit même chose, suivant trois vers orphiques cités par Proclus :

Il existe une autre terre immense, que les immortels nomment *Séléné*, que les hommes appellent *Mené*, et qui a beaucoup de montagnes, beaucoup de villes, beaucoup de palais.

On ne croit plus aujourd'hui à ces palais ; mais on voit dans la lune plus de montagnes que jamais. Un autre Grec, Xénophane, auteur d'un système admirablement restauré ou deviné par un philosophe de nos jours [1], avait affirmé qu'il existait dans l'orbe de la lune une autre terre, et là une autre race d'hommes, qui vivaient de la même manière que nous ici-bas, et qui, la nuit, recevaient la lumière d'un autre globe, comme nous recevons celle du leur [2]. Le progrès moderne, c'est, non de ruiner tout à fait cette opinion, mais de la rectifier, en prouvant, par une statistique détaillée de la lune, que ses habitants ne peuvent avoir aucune de nos conditions d'existence, point d'eau, point de fluide, point d'air respirable, nulle végétation.

Mais Fontenelle avait lui-même aperçu cette différence, et il en tirait tout à la fois un raisonnement et une précaution :

Elle regarde ces gens scrupuleux et difficiles à contenter, dit-il dans sa préface, qui pourront s'imaginer qu'il y a du dan-

---

[1] M. Cousin.

[2] Dixit Xenophanes intra concavum lunæ sinum esse aliam terram, et ibi aliud genus hominum simili modo vivere, quo nos in hac terra vivamus. Habent igitur illi lunatici homines alteram lunam,

ger, par rapport à la religion, à mettre des habitants ailleurs
que sur la terre, etc.

Mais la science vient ici au secours de la science ; et
Fontenelle prouve déjà très-bien que ces habitants de la
lune ne sont et ne peuvent être en rien semblables aux
habitants de la terre. C'est l'idée sur laquelle Voltaire a
bâti son *Micromégas*, en raillant Fontenelle, et en le
copiant un peu.

En tout, cet ouvrage et le ton de la préface, que nous
venons de rappeler, annonçaient une autre innovation
que celle du sujet et de la forme. On y sentait une certaine liberté de penser, et même un commencement
d'ironie sceptique, que Fontenelle porta bientôt de la
science dans l'érudition. Nul doute que, par son esprit
et son caractère, il n'appartînt à ce parti raisonneur et
peu chrétien qui n'avait jamais cessé tout à fait sous
Louis XIV. Il était lié avec les savants de Hollande, cor-
respondait avec Basnage, et lui envoya, dans une lettre,
cette petite relation de l'*Ile de Bornéo*, satire allégorique
du catholicisme, accueillie par Bayle, et qui remplit
une page in-folio de son journal. Cette page, imprimée
en Hollande, faillit compromettre gravement Fontenelle.
D'Argenson, déjà fort en crédit, les auva du père Letellier : et Fontenelle continua ses discrètes excursions de
libre penseur.

Ayant reçu de Hollande le livre latin du docte Van
Dale sur les *Oracles* du paganisme, il imagina d'en faire
un ouvrage amusant et de facile lecture. Au fond, rien
de plus piquant que l'érudition ; et c'est par le préjugé

quæ illis nocturnum lumen exhibeat, sicut hæc exhibet nobis ; et
fortasse noster hic orbis alterius inferioris luna sit.   (CICERO.)

des lecteurs, ou la faute des écrivains, qu'elle passe
souvent pour ennuyeuse. L'objet du livre de Van Dale,
c'était de prouver que les oracles n'avaient pas cessé,
comme on l'avait dit souvent, à l'avénement du Christ,
et qu'ils n'étaient pas le prodige du démon, mais la fourberie des prêtres païens. Je ne sais si un médecin ana-
baptiste, écrivant sur ce sujet en Hollande, n'avait pas
quelque double intention de satire ; mais la thèse qu'il
soutient était d'ailleurs conforme au bon sens et à l'histoire. Il n'y avait, pour la religion même, nul intérêt à
prétendre que le diable avait été prophète, et à justifier
l'erreur du paganisme par des prestiges surnaturels. Mais
plusieurs Pères de l'Église avaient donné dans cette illusion, et des docteurs modernes y tenaient encore.
Cependant la Mothe le Vayer, dès le commencement
du siècle, en avait fait justice dans une lettre sur les
Oracles[1], où il attribuait leur cessation à des causes tout
humaines, tout historiques, et leur long empire à la
fourberie, à l'équivoque et à la démence. Mais la Mothe
le Vayer avait passé pour incrédule ; et on sent, jusque
dans la manière dont Fontenelle soutient la même opinion, certaine ironie discrète, et un ton de badinage
universel qui parut très-hardi. La prétention d'être toujours léger, mondain, y nuit un peu à l'érudition. Le
style, agréable et piquant, est parfois gâté par les sous-
entendus, les demi-mots et les petites grâces de salon.

Malgré ces réserves et cet air de frivolité, l'histoire des
Oracles ayant été vivement attaquée par le jésuite Bal-
tus, Fontenelle, qui tenait bien plus à son repos qu'à
une opinion, ou même qu'à un trait d'esprit, se dé-

[1] Tome XIII, p. 157.

tourna tout à fait des recherches de critiques et d'histoire, et s'enferma dans l'Académie des sciences, dont il devint le secrétaire vraiment perpétuel en 1699. Vous savez qu'il remplit seul et sans cesse, pendant quarante-trois ans, cette belle et noble fonction, aujourd'hui partagée entre deux savants. Il s'en démit à l'âge de quatre-vingt-quatre ans, pour être un peu plus libre et achever quelques pièces de théâtre.

Ce demi-siècle, donné à la culture des sciences par un esprit si pénétrant et si juste, a produit la belle *Histoire* de l'Académie, formée des *Analyses* de ses travaux, et des *Éloges* de ses membres. Les *Éloges* sont connus, et partout publiés ; mais les *Analyses* sont demeurées dans le recueil de l'Académie, où personne ne les lit plus. On ne peut cependant parcourir cette immense série de rapports sur des objets si divers sans être émerveillé du génie facile de Fontenelle. Physique générale, anatomie, chimie, botanique, mathématiques, astronomie, optique, hydrographie, acoustique, mécanique, il rend compte de tous les points de ces sciences traitées dans les discussions, la correspondance ou les *Mémoires* de l'Académie. La description précise d'un fait d'histoire naturelle succède à un exposé fort net de l'arithmétique binaire inventée par Leibnitz, et retrouvée dans une antiquité chinoise. Vous êtes entretenu par le même homme d'une comète aperçue à Pékin, d'une aurore boréale visible trois années de suite à Paris, des taches au soleil et de la cataracte, du calcul des infiniment petits et des forces motrices de la vapeur, d'un système de musique et d'une roue ou *vis* de forme nouvelle, des quatre lunes de Saturne, et de la digestion.

C'est bien là, et dans un homme seul, le premier essai

de cet esprit encyclopédique auquel aspira le XVIII° siècle,
et qui, plus tard, pour mieux embrasser toutes les sciences,
en partage l'étude entre des observateurs différents. Ajou-
tons que ces extraits, ces résumés, ce procès-verbal universel que Fontenelle rédigea pendant quarante ans, porte
partout son caractère, partout la même netteté de sens,
le même tour négligé, quand il n'y a point de place pour
l'esprit, la même réflexion délicate et fine, dès qu'elle
peut se montrer.

Que beaucoup de notions dont il parle fussent encore
naissantes, beaucoup d'observations qu'il reproduit, in-
complètes et fautives, que la science de son temps fût
bornée et qu'il ne la possédât pas tout entière, que sa
clarté soit souvent superficielle et plaise en instruisant
peu, il n'importe. On sentira, sous le rapport de la méthode et du goût, le seul qui nous occupe en ce moment,
quelle philosophie, quelle intelligence générale des choses
il avait dû puiser dans cet ensemble de vues comparées.
On y voit aussi quel genre de supériorité il portait avec
lui, et le charme singulier et célèbre attaché à sa conversation autant qu'à ses écrits. Il ne contait que des
choses nouvelles. Il était le seul interprète entre l'obscurité de connaissances inaccessibles et la curiosité du
monde ; il rendait simple ce qu'on n'avait pas même
compris jusqu'alors, et à la simplicité de l'exposition il
ajoutait les recherches délicates de la pensée. Il faisait
en même temps ressortir avec art l'utilité positive qui se
mêlait au merveilleux des sciences, et il intéressait le bon
sens comme le bel esprit. De là son succès prodigieux et
son influence.

Un monument immortel en est resté, ses *Éloges,* où
il a fait pour les savants ce que Plutarque avait fait pour

les guerriers et les politiques. Il les a montrés dans leur
génie, dans leur caractère, dans la simplicité de leur vie
privée. Il les a fait comprendre, il les a fait aimer. « L'histoire d'une Académie, avait-il dit en commençant, ne
saurait être que l'histoire de ses pensées. » A cette abstraction continue, les *Éloges* sont venus mêler un intérêt
réel, varié, une passion et des personnages. Grâce à la
libre composition de l'Académie, cette belle revue offre
tour à tour les noms de tous les pays, les représentants
de la science sous toutes les formes et dans toutes les
fortunes, souverains, généraux, hommes de guerre et
d'action, contemplateurs paisibles, vastes génies qui ont
tout parcouru, en jetant la lumière, opiniâtres et patients
esprits, qui n'ont éclairé que quelque coin obscur du
champ des découvertes. L'unité du recueil, c'est l'amour
de la science, le spectacle de ses progrès, et l'avantage
qu'elle apporte à la vie humaine. Bien des réputations
qu'on y célèbre sont effacées, bien des travaux tombés
dans l'oubli. Mais avec quel intérêt on y retrouve souvent, dans l'éloge d'un savant à peine nommé de nos
jours, le germe ou le premier essai de nos inventions et
de nos entreprises modernes ; tantôt l'application du
calcul des probabilités aux choses morales et politiques,
tantôt le premier emploi d'un alphabet télégraphique [1],
pour communiquer en quelques heures de Paris à
Rome.

Mais, à vrai dire, les notions positives éparses dans ce
recueil n'en sont pas le premier mérite. On y trouve con-
signées autant d'erreurs que de découvertes ; elles y
traitent d'égal à égal : la chimère des tourbillons y va de

---

[1] *Éloges* de Jacques Bernoulli et d'Amontons.

pair avec la loi de la gravitation. Souvent aussi les résultats de la science y sont ramenés à une généralité superficielle, qui se comprend sans étude, mais qui n'instruit
pas. Le prix de cet ouvrage est donc surtout dans le style,
dans l'art plein d'agrément avec lequel l'auteur raconte.
Ce n'est pas que, même à cet égard, son goût soit irréprochable, et qu'il ait renoncé à toutes les affectations du
bel esprit. Tantôt il les cherche dans le contraste d'un
terme familier avec une idée savante, d'une expression
galante et mondaine avec de sérieuses études. Tantôt il
rend avec subtilité une pensée commune, ou fait une
plaisanterie froide et contournée. Quelquefois même il
est obscur à force de finesse. Il a ce caractère particulier
remarqué dans d'autres littérateurs, d'avoir gâté la diction, avant la langue, et de composer souvent des phrases
recherchées avec des expressions très-purés et des tours
indigènes.

Sous ce rapport, il marque la même décadence que
Pline ou Sénèque. Mais, en même temps, et cette
différence est due tout à la fois à l'influence des sciences
et à la supériorité de sa raison, il a souvent une belle et
heureuse netteté que l'esprit orne avec discrétion, et ne
surcharge pas. Il est même quelquefois simple, oui,
simple, quoique Fontenelle. Dirai-je plus? il est quelquefois touchant; il a presque de l'onction en décrivant
l'uniformité candide et silencieuse de quelques vies
du XVIIᵉ siècle, toutes partagées entre Dieu et la botanique ou l'anatomie. Quand il entre dans le détail de certaines pratiques austères et minutieuses, on entrevoit
sur ses lèvres un léger sourire d'homme du monde; mais
il redevient aussitôt sérieux et attendri, autant qu'il peut
l'être, sur des vertus dont profite la science : car il aime

la science, il conçoit l'ardeur qu'elle inspire. Et le calme avec lequel il juge l'enthousiasme des autres ne semble en lui qu'une supériorité de raison et de lumières.

Nil admirari prope res est una, Numici,
Solaque quæ possit facere et servare beatum.

Un autre mérite des *Éloges*, c'est la philosophie dans le sens ordinaire du mot. Malgré la subtilité trop fréquente du style, je ne sais dans quel ouvrage on pourrait recueillir plus de pensées justes pour l'usage de la vie, plus de vues morales sur le caractère des hommes. Seulement le vrai, dans Fontenelle, est toujours ingénieux et un peu détourné de la voie commune. Il s'y mêle aussi une sorte d'ironie légèrement sceptique. Fontenelle semble une intelligence dégagée de ce qu'elle raconte, spectatrice de la vie comme de la science, et qui ne s'y met jamais tout entière.

De là ces portraits inimitables de tant de savants solitaires, silencieux, timides, auxquels le peintre ressemble si peu, et qu'il comprend si bien. Ayant l'air de savoir au juste les bornes de leur esprit, et presque celles de l'esprit humain, il les interprète, les juge, les devine, voit le faible de la science et celui du savant, et donne pour dernière leçon de philosophie les petitesses des philosophes ; le tout sans amertume, sans satire, avec cette supériorité bienveillante qui connaît à fond notre nature et qui lui pardonne. Il y a là, pour le goût et le style, un tempérament merveilleux qui ne s'est point retrouvé, malgré tout ce qu'un Condorcet, un Cuvier ont jeté d'instruction solide et de vues philosophiques dans des sujets semblables. Fontenelle peut donc être considéré comme le modèle d'une éloquence à part, châtiée sans

être sévère, qui n'emprunte rien à la poésie et s'interdit
la passion. Elle a quelque chose de cette pureté délicate
et de cette précision que les anciens, si grands maîtres
de la tribune, admiraient dans Lysias. Mais elle joint le
bel esprit à l'atticisme.

A cet égard, elle eut un privilége bien rare ; elle ne
perdit rien par les années, ou plutôt elle s'accrut avec la
vieillesse de l'orateur. Comme la chaleur du sang et les
vives images agissaient peu sur lui, sa pensée resta la
même, ingénieuse et calme ; et l'âge donna parfois à son
langage, ingénieux et poli, quelques teintes attendrissantes. C'est à quatre-vingt-cinq ans qu'il eut le plus
d'éloquence, en parlant au nom de l'Académie française,
dont il était membre depuis cinquante années, et qu'il
avait vue se renouveler plusieurs fois : « Il m'est permis,
disait-il à ses confrères, d'avoir pour vous une espèce
d'amour paternel, pareil cependant à celui d'un père qui
se verrait des enfants fort élevés au-dessus de lui, et qui
n'aurait guère d'autre gloire que celle qu'il tirerait
d'eux. » A quatre-vingt-douze ans il fut encore l'orateur
de la même Académie, en recevant le successeur du cardinal de Rohan ; et ses pensées, ses expressions avaient
gardé le même éclat tempéré, la même finesse élégante.
Plus concis que Nestor, auquel il se compare, il n'avait
pas un langage moins persuasif et moins doux. C'est par
là qu'il fut l'idole d'une société polie, toujours fêté, et
plein d'esprit et de grâce jusqu'à cent ans.

On connaît sa prudence craintive et sa circonspection.
L'âge sans doute n'avait pas dû l'en corriger. Quelquefois
même il eut des ménagements qu'on pourrait appeler
d'un autre nom. Courtisan du cardinal Dubois, pour lequel il écrivait des manifestes, il le reçut à l'Académie,

en le louant avec une exagération qui fait sourire la postérité, dont il promettait les hommages au cardinal.

Dubois succédait au bon M. Dacier. Fontenelle ne
manque pas d'y voir un grand honneur pour M. Dacier,
« dont le nom, déjà lié par ses travaux à ceux de Platon,
de Plutarque, de Marc-Aurèle, le sera désormais à celui
du cardinal Dubois. » Cela est bien fort pour un philosophe, et dit en face à ce Dubois, que Saint-Simon a
fouetté et marqué si justement.

Ce n'est pas tout ; Fontenelle s'émeut :

> Les applaudissements que nous vous devions, dit-il, seront
> désormais non pas plus vifs, mais plus tendres. Dans un con-
> cert de louanges, il est facile de distinguer les voix de ceux qui
> admirent et de ceux qui aiment. Toute votre gloire est devenue
> la nôtre.... Le régent du royaume a pensé ; son ministre a pensé
> avec lui, et a exécuté. Les siècles suivants en sauront davan-
> tage : fiez-vous à eux, Monseigneur.

Fontenelle sans doute, comme un contemporain, et
un contemporain bien traité par le ministre, ne savait
pas toute la vérité ; mais il devinait ce qu'on a mieux su
dans la suite, la grande habileté que Dubois porta dans
les affaires. Peut-être aussi, nous le disons avec regret,
le calme sceptique du philosophe voyait-il avec trop d'indulgence ce qui ne blessait que la morale ; peut-être
enfin avait-il ce faible d'admiration que des gens d'esprit,
parfaitement sages dans leur conduite, ont souvent pour
les gens d'esprit hardis et corrompus. Quoi qu'il en soit,
Fontenelle se montra fidèle à la mémoire de Dubois ; et,
quelques mois après la mort de ce ministre, il le louait
encore à l'Académie, au risque de n'être, cette fois, applaudi par personne.

Dans son extrême vieillesse, Fontenelle, tout en restant attaché à la théorie des *tourbillons* de Descartes, ne
s'occupa plus que de littérature et de *poésie légère*,
comme dans sa jeunesse. Son génie n'était pas là ; il n'a
pas le goût vrai dans la critique. Ses grandes louanges
de Corneille semblent une vanité de famille et une malice
contre Racine, plutôt qu'une admiration vivement sentie.
On sait quel jugement il portait de Théocrite ; le poëte
Eschyle lui paraissait une espèce de fou ; enfin, il avait
défini le *naïf,* une nuance du *bas :* ce qui montre assez
comment il sentait la nature. Fontenelle fut donc, en
théorie et en pratique, un corrupteur du goût. Il fit même
toute une école de décadence. Mais, ayant eu le bonheur
d'appliquer son talent à des sujets instructifs, dont il a
ingénieusement tempéré la sécheresse, et qui ont con-
tenu et corrigé l'affectation naturelle à son esprit, il a
élevé un monument immortel, et il mérite la première
place dans notre littérature, après les hommes de
génie.

On a fait une grande hyperbole académique en le sup-
posant le promoteur de tout le xviii siècle. Il n'avait été
d'abord que l'écho assez discret des libres penseurs de
Hollande. Sa hardiesse se bornait à quelques allusions
délicates et malignes, et s'arrêta de bonne heure. Mais,
selon toute apparence, il n'en jugeait pas moins tout ce
qui se préparait autour de lui. En 1743, il écrivait dans
la préface de ses comédies :

> Nous sommes dans un siècle où les vues commencent sensi-
> blement à s'étendre de tous côtés. Tout ce qui peut être pensé
> ne l'a pas été encore. L'immense avenir nous garde des événe-
> ments que nous ne croirions pas aujourd'hui, si quelqu'un pou-
> vait les prédire.

Voyait-il déjà les conséquences extrêmes des opinions sceptiques, et les dernières années du xviiie siècle ? Sa réserve alors ne nous paraîtrait pas seulement prudence, mais vertu ; et nous lui saurions gré de n'avoir pas aidé à cette grande destruction, où les vérités religieuses et morales étaient emportées avec les abus.

Fontenelle eut des disciples de ses opinions et des imitateurs de son style. On les reconnaît à leur égal éloignement de l'orthodoxie soumise du xviie siècle, et des témérités du xviiie. On les retrouve dans la philosophie et la théorie des arts, dans les sciences et dans les lettres. Ce ne sera pas l'abbé Trublet, son plagiaire plutôt que son élève ; mais ce seront des hommes d'un esprit rare, Terrasson, Mairan, Marivaux, et, à quelques égards, Montesquieu lui-même, si l'histoire et l'antiquité ne l'eussent pas ramené bientôt à une école plus sévère.

Terrasson avait emprunté beaucoup de choses à Fontenelle, mais non l'art d'amuser. Il était *cartésien* comme lui, comme lui contempteur d'Homère, c'est-à-dire de la grande et naturelle poésie ; comme lui fort épris des sciences, et les mêlant aux lettres. Mais au lieu d'écrire, comme Fontenelle, quelques pages fines et spécieuses sur les anciens et les modernes, il fit deux gros volumes au sujet de l'*Iliade* ; et puis il voulut la remplacer par un poëme épique en prose, où les découvertes modernes seraient cachées sous les emblèmes de l'antique Égypte. De là *Séthos*, le *Télémaque* de l'Académie des sciences, ouvrage ennuyeux, malgré beaucoup de savoir et d'esprit.

L'abbé Terrasson, qui ne rêve pas, dans *Séthos*, un gouvernemsnt moins idéal que celui de Salente, ne s'était

pas cependant toujours tenu loin de la vie réelle et des
affaires humaines. Comme Fontenelle, il était fort bien
accueilli du régent. Il écrivit même une brochure en faveur du système de Law.

Le système fut utile à son défenseur. Terrasson fit tout
à coup fortune, prit voiture et disait gaiement de lui-
même : « Je réponds de moi jusqu'à un million. » Mais
ruiné bientôt, comme il s'était enrichi, il revint à *Séthos*
et à l'antiquité.

Voltaire a fort loué dans *Séthos* l'éloge funèbre de la
reine Nephté. Les dix livres de ce roman, plus érudit que
poétique, offriraient encore d'autres beautés remarquables, des traits de mœurs bien saisis, des vues morales
éloquemment rendues. Mais l'ensemble est froid, dans
un genre de composition qui ne peut vivre qu'à force
d'imagination et de génie. Séthos est entraîné par le
même oubli que *Télèphe* et *les Incas*. *Télémaque* et *les
Martyrs,* voilà nos seuls poëmes épiques. Terrasson n'en
sera pas moins compté, au-dessous de Fontenelle, parmi
les précurseurs de l'esprit philosophique au xviiie siècle,
et les hommes qui renouvelèrent par système cette union
des sciences et des lettres, que Descartes et Pascal avaient
faite de génie, et dont Buffon tira son éloquence.

L'abbé Terrasson, en prenant à l'école de Fontenelle
l'esprit de critique et le goût des sciences, avait eu le tort
d'ambitionner en même temps les succès de l'imagination.
Un autre émule de Fontenelle, qui lui ressembla par les
agréments de l'esprit, le calme du caractère et presque
la longue vie, eut le bon sens de se renfermer dans le
cercle des sciences. Ce fut Mairan, mort en 1771, à l'âge
de quatre-vingt-treize ans, après une vie passée dans
l'étude et dans les salons. Comme Fontenelle, il fut mem-

bre des trois Académies, fort aimé du régent, philosophe
discret et spirituel écrivain. Mais il n'était pas seulement,
comme Fontenelle, l'interprète élégant des sciences; il
en avait le génie. Au lieu de commencer par des opéras
et des lettres galantes, pour appliquer ensuite le bel esprit aux sciences, il s'était annoncé d'abord par des *observations* précises. On le vit tour à tour appliquer la
science à des objets d'utilité pratique, ou l'étendre par de
belles et neuves expériences. Géomètre, physicien, astronome, il découvrit là où Fontenelle avait agréablement
parlé.

Mais le goût du temps et la réputation même de Fontenelle avertirent Mairan de mêler aux recherches pour
les savants l'art de plaire pour le public. Des mémoires
sur la *réflexion* des corps, sur la *rotation* de la lune, sur
le *froid* et sur le *chaud,* n'auraient pas suffi pour cela. Il
choisit un sujet agréable par le nom seul et par l'espèce
de merveilleux qui s'y mêle à la science ; il fit l'histoire
complète de ces *aurores boréales* dont Fontenelle avait
marqué quelques récentes apparitions. C'est à la fois le
livre d'un physicien, d'un érudit, d'un homme de goût ;
et l'hypothèse scientifique en fût-elle erronée, comme on
l'a dit depuis, le choix et l'examen des traditions, l'esprit
philosophique, la clarté, l'agrément, n'en font pas moins
de cet ouvrage un modèle de justesse et de goût : c'est
Fontenelle corrigé de quelque affectation.

Il est vrai que Mairan n'a pas conservé toute l'ingénieuse fécondité et toute la finesse d'observation morale
de son modèle dans les éloges des savants qu'il fit après
lui ; il ne sait pas, comme Fontenelle, démêler, dans l'uniformité de la vie la plus simple, de curieux traits de nature,
et les mettre en relief avec une sorte de malice enjouée ;

il laisse un peu sec et nu ce qui est sans intérêt par soi-
même : mais quand le sujet a quelque grandeur scientifique, il le présente dignement et le remplit tout entier.
On le sent à l'éloge de Halley, de ce digne compatriote et
ami de Newton, qui fut érudit, géomètre, grand astronome, célèbre navigateur. Avec quel intérêt retrace-t-il
cette belle vie de contemplations et d'aventures tout à la
fois, ces courses savantes de Halley, qui, revenu de l'île
Sainte-Hélène où il était allé examiner un point du ciel,
repart pour Dantzick, afin de causer de sa découverte avec
le célèbre Helvétius, astronome et premier magistrat de
cette ville.

Il y arriva le 26 mai 1679, dit avec simplicité Mairan ; et,
sans autre préliminaire, les deux astronomes observèrent ensemble, le même soir, comme gens qui se connaissaient depuis
longtemps, et qui s'étaient vus dans cette commune patrie vers
laquelle ils dirigeaient leurs regards.

J'ai nommé Sainte-Hélène, Messieurs ; ce nom, qui
vous a frappés, était alors noté pour la première fois par
la science. Halley avait fait le voyage de Sainte-Hélène
pour compléter la liste des étoiles fixes, et observer celles
qui ne sont visibles qu'auprès de l'équateur et de l'hémi-
sphère austral. Il en reconnut plusieurs déjà signalées ;
il en découvrit d'autres qu'il nomma de nouveaux noms
empruntés à l'histoire de son pays et de son temps, et
qu'a maintenus la science moderne : l'une d'elles, entre
autres, fut appelée par lui *le Chêne de Charles*, en mémoire de l'arbre touffu qui avait caché dans son feuillage
le jeune roi poursuivi par Cromwell. Napoléon aura retrouvé ce souvenir de la science à Sainte-Hélène ; et, pendant les nuits brillantes de l'équateur, ce remplaçant des

rois, bien plus grand que Cromwel, aura pu reconnaître
dans le ciel même de son exil une image de la royauté
légitime rétablie par sa chute, et rêver à la durée éphé-
mère des empires sous la pâle lueur de la constellation de
Charles II.

Mairan ne garda que trois années le poste dfficile où
il avait si bien remplacé Fontenelle : comme lui il s'en
démit, passé quatre-vingts ans, pour jouir librement de
sa vieillesse. Son esprit, non moins étendu que pénétrant, s'était porté sur toutes choses. Aussi bon hellé-
niste qu'habile géomètre, il était fort zélé pour les travaux
de l'Académie des inscriptions, qu'avait un peu négligés
Fontenelle. Sa *Dissertation sur* la fable de *l'Olympe*
montre un esprit orné des plus riants souvenirs de la
poésie grecque; ses trois *Lettres* au père Parennin sont,
pour le temps, une divination : c'est là que, pour la première fois, est nettement expliquée la singularité de la
langue et de l'écriture chinoise. Mairan compare cette
écriture à nos chiffres arabes, également compris par les
peuples qui expriment diversement ce que ces chiffres
indiquent. Il avait saisi entre l'Égypte et la Chine d'ingénieux rapports, contestés dans la suite, mais dont la
première vue a mis peut-être sur la trace d'une grande
découverte de nos jours. Enfin Mairan est partout un
délicat observateur, un philosophe ingénieux, un écrivain
précis, élégant et de bon goût. Voltaire, qui, dans la ferveur de ses études mathématiques, avait souvent consulté
ce maître habile, lui porta toujours grande estime, sans
oser pourtant le préférer à Fontenelle, dont Mairan n'a
pas les défauts, mais dont il n'a pas le piquant et la grâce.

Le succès qui s'attacha dès l'origine aux *Éloges* de
Fontenelle avait mis à la mode ce genre de composition.

I.   28

L'Académie des inscriptions, d'abord uniquement occupée de devises modernes et de médailles antiques, eut
aussi son historien qui, sous des formes un peu sèches,
alliait l'urbanité du monde à l'érudition. L'école accré-
ditée par Fontenelle se reconnaît jusque dans le froid et
sévère M. *de Boze,* parlant de Montfaucon et de Mabillon ;
c'est quelque chose de discret plutôt que de simple, de
ténu plutôt que d'élégant ; parfois même la précision
exacte des idées et du style devient subtilité ; et l'art,
quoiqu'un peu nu, n'est pas exempt de cette affectation
que Barthélemy porta, longtemps après, dans son agréable et savant ouvrage. Toutefois l'ami des lettres ne peut
lire sans un vif attrait ces premiers mémoires biographi-
ques sur une compagnie qui a soutenu sans décadence
la gloire de l'érudition française, et d'où sortent encore
de nos jours tant de précieux travaux.

Un des caractères de la supériorité de Fontenelle, ce
fut la diversité de son influence ; elle ne polit pas seulement le langage des sciences et de l'érudition, elle créa
dans les choses mêmes d'imagination une école nouvelle,
école qui manque parfois de goût à force de finesse,
mais qui, sans nulle poésie, a quelque invention et offre
çà et là des nuances originales. L'ingénieuse madame de
Staal était de cette école, et la contenait dans un juste
milieu de précision et de délicatesse. Marivaux en exagéra le caractère, la renforça d'une teinte métaphysique
et subtile, la corrompit quelquefois jusqu'au jargon, mais
y mêla des beautés véritables.

Arrêtons-nous, Messieurs, sur cet écrivain qui, malgré
sa prétention d'être né de lui-même, se trouve rangé
dans la descendance de Fontenelle, mais à part, et comme
un disciple inventeur. Nul doute que Marivaux n'ait d'au-

tant plus emprunté à Fontenelle, qu'il travaillait beaucoup sa propre manière, et se fit original à la sueur de
son front : ses premiers écrits le montrent clairement.
Né à Paris en 1688, élevé avec soin dans le goût des lettres, son premier ouvrage, une comédie, *le Père prudent
et équitable,* n'était que froid et médiocre. C'est plus tard,
c'est par l'éducation du monde et des lettres que son esprit et son style acquirent la subtilité prétentieuse qui
les a rendus célèbres. D'abord même, Marivaux ne tira
du scepticisme et de l'esprit novateur que le mépris pour
l'antiquité, et le goût assez bizarre d'en faire la parodie.
On sait qu'il commença par celle d'Homère ; la traduction
de la Motte suffisait pour cela ; c'était une parodie innocente en vers secs et froids. Marivaux, qui avait réellement
beaucoup d'humeur contre la gloire d'Homère, le tra-
vestit, mais ennuyeusement ; puis, de l'*Iliade* il porta ses
rimes burlesques sur *Télémaque,* dont la Motte et Fontenelle faisaient plus de cas que d'Homère, et qu'il traita
de même. Ce goût de la parodie, vraiment singulier dans
un esprit qui se pique d'être original, le conduisit à tra-
vestir aussi le chef-d'œuvre de Cervantes, oui, *Don Quichotte,* c'est-à-dire l'épopée de la parodie, la seule parodie sublime qu'on ait jamais faite. Tous ces efforts-là,
ce semble, étaient bien malheureux, même en y joi-
gnant une tragédie d'*Annibal,* qui fut fort applaudie, et
où le vieux capitaine carthaginois disait à Laodice, fille
de Prusias :

> Hélas ! un doux espoir m'amenait dans ces lieux ,

et disputait tendrement le cœur et l'hymen de la princesse à l'ambassadeur romain Flaminius. Tout cela était
bien ridicule, sans doute ; heureusement les écrits et la

conversation de Fontenelle avertirent Marivaux de son
talent, et il chercha dans une prose ingénieusement travaillée l'effet et le coloris qu'il demandait bien inutilement à la poésie.

Fontenelle avait lui-même appliqué à la comédie le mélange de familiarité coquette et de finesse qui caractérise sa manière habituelle. Ses pièces de théâtre, qu'on
n'a guère jouées et qu'on ne lit plus, ont, pour le tour
du dialogue, la subtilité des sentiments, et la recherche
de naïveté maligne, un air de parenté avec le théâtre de
Marivaux. Il y manque l'intrigue, et cette invention de
scène qui soutient l'attention du spectateur. Marivaux
eut, au contraire, ce mérite ; et par là il devint le créateur
d'un genre nouveau, fort dégénéré de la bonne comédie,
mais éloigné du drame, et amusant parfois sans être gai.
Cette comédie, que Voltaire appelait métaphysique, et
qui semble plutôt sensuelle avec subtilité, était conforme
au temps, et vraie par la recherche même du langage. Il
y eut, dans les mœurs du xviiie siècle, un côté de licence
qui passait la comédie régulière. Mais la partie élégante
et ostensible de ces mœurs n'eut pas d'interprète plus
piquant et plus fidèle que Marivaux. C'est là qu'il apprit
ces analyses de sentiments, ces grâces maniérées et ces
éternelles surprises du cœur qui remplissent son théâtre :
c'était de l'amour à l'usage de la bonne société.

La révolution des mœurs influa peu sur cette comédie
artificielle. On sait combien elle était applaudie, il y a
vingt-cinq ans, sous l'empire. Elle a sans doute exagéré
la nature, comme tous les types expressifs ; mais elle fait
partie de l'histoire morale du dernier siècle ; et il suffit
de la désigner ainsi, sans critiquer en détail ce que Voltaire appelait *les drames bourgeois* du *néologue* Marivaux

et ce qui paraîtrait aujourd'hui d'une pureté classique à bien des gens.

A notre avis, cependant, ce n'est pas au théâtre que Marivaux est vraiment supérieur. Il est plus à son aise dans le roman. Il ne prête pas son genre d'esprit à tous ses personnages : il s'en sert pour raconter. Il est peintre moraliste ; il est souvent pathétique, et trouve, dans un vif sentiment des misères humaines, une éloquence naturelle. C'est par là qu'il a mérité tant de lecteurs, avec deux romans, qui ne sont pas habilement conduits, et ne sont pas même finis, *Marianne* et *le Paysan parvenu*. Ce sont les seuls ouvrages de notre langue où, pour la peinture de la vie, la sensibilité morale de Richardson soit égalée, sans dessein de l'imiter : c'est la belle innovation de Marivaux ; c'est son génie. Il est expressif et touchant par les détails, pris dans la vie la plus simple, la condition la plus obscure. C'est le genre de mérite qui doit faire vivre quelques fragments de son *Spectateur*, ouvrage oublié. Avez-vous lu sa lettre d'un père qui se plaint d'un fils ingrat ? Il n'y a pas une affectation, pas un effort : ce sont des circonstances toutes simples, senties par une âme vive ; et rien n'est plus éloquent. Marivaux ne tenait pas du calme sceptique de Fontenelle. Il était fier, délicat, sensible ; et par là, dans l'insouciante gaieté du xviii⁰ siècle, il eut un tour d'imagination à part. Son esprit pourrait se confondre avec celui de son temps, et n'en serait qu'une forme exagérée et souvent factice : son humeur est à lui, et elle a empreint quelques pages d'un cachet qui ne s'effacera pas.

QUATORZIÈME LEÇON.

Montesquieu ; sa jeunesse. — De l'esprit de société dans le xviiie siècle. — Les *Lettres persanes*. — Voyages de Montesquieu ; sa liaison avec lord Chesterfield ; son séjour en Angleterre. — *La Grandeur et la Décadence des Romains*. — *Niebuhr*. — De l'*Esprit des
Lois*.

MESSIEURS,

Je vous prie de considérer que l'enseignement classique et même technique doit occuper la plus grande part
de nos séances. Il ne faut donc pas que quelques-uns de
nos jeunes auditeurs soient attirés ici par l'espérance
d'entendre des généralités hardies et nouvelles pour eux,
sur la politique et l'histoire. Je me les interdis, au contraire. Peut-être même je m'attacherai pendant quelques
séances à être plus spécialement ennuyeux, pour dé-
concerter les conjectures et les reproches. Cependant, à
part la facilité qu'on a toujours de prendre cette dernière
précaution, il est certain que le sujet n'y prête nullement ; car jamais intérêt plus vif, spectacle plus piquant,
plus varié, ne fut offert à la curiosité ; jamais littérature
ne répéta plus vivement une époque plus spirituelle.

Un point de vue qu'il ne faut pas oublier, c'est le caractère mélangé, complexe de notre littérature, et les
emprunts qu'elle fait au passé et à l'étranger. Par là, elle
n'est pas seulement l'expression de la société, comme on
l'a dit ; elle est souvent le reflet du monde entier. C'est
un foyer où rayonnent les lumières de tous les âges. Ce

qui domine au xviiie siècle, c'est l'élégance sociale, la légèreté mondaine, l'esprit épicurien et sceptique, la mollesse des mœurs et la hardiesse des idées. Il n'y en a pas moins place, dans la même époque, pour le génie de l'antiquité, et pour une éloquence· qui le reproduit ou qui l'égale.

Mais voyons d'abord l'influence des mœurs, avant celle de l'étude.

Un jeune président à mortier du parlement de Bordeaux, doué, comme son compatriote Montaigne, de cette imagination fantasque et vive qui appartient au pays, mais contraint, par devoir d'état, à pâlir sur le *Digeste* et à écouter des plaideurs, cherche une distraction dans des études plus libres. La philosophie lui suffirait bien, et la controverse, même théologique, ne lui déplairait pas. Le premier fruit de ses lectures et son premier ouvrage fut un traité pour établir que les païens n'étaient pas de plein droit frappés de damnation éternelle, opinion adoptée de nos jours par un prélat fort orthodoxe, et qu'on retrouve dans saint Justin et dans beaucoup d'autres Pères.

A la controverse semi-théologique, l'esprit du jeune magistrat mêlait, avec la même ardeur, des recherches de philosophie naturelle. Il était un des fondateurs d'une académie des sciences dans Bordeaux, et il y lisait des mémoires sur *les glandes rénales,* sur la cause de *l'écho,* sur *la pesanteur des corps,* sur leur *transparence,* précieux témoignage de cette curiosité universelle qui agitait les esprits après le grand siècle des lettres. Il projetait même, sous le rapport géologique et physique, une histoire générale de la terre. On en trouve l'annonce dans les journaux du temps, avec prière à tous les sa-

vants de l'Europe d'envoyer leurs observations et leurs
mémoires *à Bordeaux, rue Margaux, chez M. de Montesquieu, président au parlement de Guyenne, qui en
paiera le port.*

Mais en même temps, à travers sa grave profession et
ses savantes études, Montesquieu, à peine âgé de trente
ans, achevait les *Lettres persanes*, le plus profond des
livres frivoles, ce livre si bien écrit, si vif, si moqueur,
si fait pour amuser le public après l'ennui des dernières
années de Louis XIV, et pour le faire réfléchir après
l'orgie de la régence. Si Voltaire lui-même le trouve peu
sérieux, n'oublions pas quel était le goût du temps, et
ce qu'il fallait pour lui plaire; souvenons-nous que Fontenelle fut pendant vingt-cinq ans le premier écrivain de
France, parce qu'il était le plus bel esprit de salon.

Il fallait qu'un homme aussi grave que Montesquieu
eût en même temps infiniment d'esprit, qu'il saisît la
gloire en s'abandonnant à la mode; il fallait qu'il débu-
tât dans la carrière du génie par l'agrément et la satire
légère, afin d'acquérir le droit de devenir aussi sérieux
qu'il devait l'être pour le besoin de sa pensée. Ne vous
étonnez donc pas qu'un magistrat, qu'un publiciste,
qu'un homme qui, lorsqu'il faisait son état, était au
moins un juge, et qui, lorsqu'il sortait de son état, était
un esprit spéculatif, un écrivain de l'école de Platon, ait
commencé par un livre que nous ne pouvons pas lire
ici Cela s'explique par les mœurs du temps et ce tribut
que les plus grandes intelligences paient à l'opinion
commune.

Voltaire veut que les *Lettres persanes* soient empruntées du *Siamois* de Dufrény. Il y a bien en effet quelques
expressions sur la robe et l'épée, et une plaisanterie sur

les jeunes marchandes du Palais, qui ont passé du poëte comique au président ; mais ce n'est pas la fiction vulgaire de Dufrény, et ses observations fort superficielles que Montesquieu avait, je crois, envie d'imiter. Ce qu'il imite, ou plutôt ce qu'il égale, c'est la Bruyère, pour la vivacité piquante des portraits, l'hyperbole moqueuse, la verve de peintre moraliste ; c'est Pascal, dont il a souvent l'expression nerveuse et hardie, avec les teintes élégantes d'une autre époque, et une licence sceptique, une imagination sensuelle dont Pascal aurait frémi. Dans ce style si amusant, si net et si coloré, il y a toutes les opinions de Fontenelle, mais rien de sa manière. C'est plus tard que Montesquieu y tomba quelquefois, par le désir d'orner un peu trop ce qui est assez beau de soi-même, la justice et la vérité. Ici, le fond seul est frivole ; tout est mûr, vigoureux, précis dans l'expression.

Au reste, ce qui dominait dans ce premier écrit épicurien et moqueur, c'était le goût des études politiques et la philosophie de l'histoire, chose alors bien nouvelle en France. C'est là que se portait évidemment le génie de l'auteur. En ce sens, on peut dire que tous ses ouvrages se tiennent, se suivent, et qu'il y a, dans les *Lettres persanes,* le germe de l'*Esprit des Lois.*

On ne songeait pas, il y a un siècle, à examiner en quoi les peuples modernes diffèrent des anciens sous les rapports *statistiques.* Ce mot même n'était pas inventé. On n'avait pas non plus agité vingt autres questions relatives aux éléments de l'état social, à l'influence des lois sur les mœurs, à l'industrie qui n'avait pas encore de nom collectif, et n'était qu'une dépendance obscure du négoce. Cette Angleterre même, qui, suivant l'expres-

sion de Montesquieu, mêle le commerce avec l'empire,
n'avait pas encore remarqué que son empire naissait de
son commerce; et en France, Colbert seul l'avait deviné.

Tout à coup un livre frivole, amusante satire du dernier règne et de la société présente, pose hardiment
toutes ces questions, les résume avec profondeur, les
résout par des épigrammes, et mêle des pensées de Tacite et de Machiavel à quelques peintures dignes du *So-
pha* de Crébillon. On conçoit le prodigieux succès d'un
tel livre, publié six ans après la mort de Louis XIV, dans
cette France égayée, remuée, ruinée par *la régence*. Tout
s'y trouvait spirituellement dit : paradoxes et vérités piquantes, *Système de Law* et *Jansénisme,* salons de Paris
et politique de l'Europe.

Quoique cet ouvrage jurât un peu avec la profession
de l'auteur, le ton en était si fort au goût du siècle, que
Montesquieu fit ensuite paraître *le Temple de Gnide,*
qu'il n'avait écrit, disait-il, que pour des têtes bien fri-
sées et bien poudrées : tant l'homme de génie, le penseur
original avait besoin de se concilier d'abord la bonne
compagnie et les gens à la mode ! Il en était fort accueilli
dans ses fréquents voyages de Bordeaux à Paris, et il
voulut s'en rapprocher, en quittant Bordeaux, où sa
charge de président l'ennuyait un peu. « Je n'entendais
pas la procédure, dit-il; ce qui m'en dégoûtait le plus,
c'est que je voyais à des bêtes le même talent qui me
fuyait, pour ainsi dire. » Il vendit donc sa charge, en
1726, et ne fut plus qu'homme du monde et homme de
lettres : ce qui semblait encore, dans ce temps, une
petite dérogation, pour un président à mortier, né baron
et seigneur de château. Pour achever son établissement

d'homme de lettres, il ne lui manquait plus que l'Académie. On l'y porta tout d'une voix, après quelques désaveux qu'il fallut faire au cardinal de Fleury, pour les *Lettres persanes*. On rejeta quelques hardiesses de ces *Lettres* sur le compte des éditeurs de Hollande ; on fit lire au vieux cardinal une édition expurgée ; et Montesquieu fut académicien, sans qu'on osât, en le recevant, trop parler de l'ouvrage même qui lui donnait un si grand titre.

Ce fut alors que ce génie, qui jusque-là s'était formé entre deux influences bien diverses, l'étude des anciens et les salons de Paris, voulut regarder au delà, voir l'Europe, connaître les peuples chez eux. Il partit pour Vienne, où il retrouvait, à la cour et dans la société du prince Eugène, toute la politesse de France. Mais il considérait en même temps les mœurs indigènes du pays ; et il alla jusqu'en Hongrie surprendre les derniers traits de cette vigueur féodale, qu'il a si vivement dépeinte dans quelques lignes de l'*Esprit des Lois*. De là il vint en Italie regarder les arts et les constitutions de ces villes libres, sans indépendance, qui semblaient un musée de petites républiques. Il s'arrêta quelque temps à Florence, en admiration devant un pouvoir absolu qui ne pesait à personne.

Un objet des plus agréables pour moi, dit-il, ce fut de voir le premier ministre du grand-duc sur une petite chaise de bois, en casaquin et en chapeau de paille, devant sa porte. Heureux pays, où le premier ministre vit dans une pareille simplicité et dans un pareil désœuvrement !

Mais de là il vint à Venise. Il paraît que ce célèbre et mystérieux gouvernement, qui n'était plus déjà qu'un

vieil épouvantail, frappa l'imagination de Montesquieu,
au point de lui faire peur. On fait ce conte du moins.
Montesquieu, à Venise, examinait tout avec grand
soin, et vivait beaucoup avec un autre voyageur, lord
Chesterfield, le plus spirituel et le plus français des Anglais de ce temps. Les deux amis discutaient sur toutes
choses, même sur une bien vieille question, la prééminence entre les deux peuples. Chesterfield avouait que
les Français avaient plus d'esprit ; mais il soutenait que
les Anglais avaient infiniment plus de bon sens ; et Montesquieu n'en convenait pas. A travers ces petites discussions, Montesquieu reçoit un jour, dans son cabinet, la
visite d'un inconnu, d'assez pauvre apparence, qui lui
dit : « Je viens, Monsieur, vous révéler un important
secret. Votre qualité d'étranger et vos recherches, vos
questions pour tout connaître à Venise, vous ont rendu
suspect au gouvernement. Par ordre du conseil des Dix,
vos papiers vont être saisis, et vous arrêté dans la nuit. »
Puis l'inconnu se retire, sans plus de détails. Montesquieu, fort troublé, ne perd pas de temps pour mettre
ordre à ses papiers, jette au feu ses notes les plus hardies sur l'inquisition vénitienne, et fait demander des
chevaux de poste pour minuit. Lord Chesterfield ren-
trant le trouva dans tout l'émoi de ce départ précipité.
L'Anglais écoute le récit de l'avertissement singulier qu'a
reçu Montesquieu ; puis il fait à ce sujet quelques objections de bon sens. Quel homme est cet inconnu ? quel
intérêt peut-il porter au voyageur ? Comment peut-il
savoir les secrets du conseil des Dix ? Est-ce un espion,
un agent des inquisiteurs ? Pourquoi les trahirait-il *gra-*
tis ? Et de doute en doute, il fait sentir que Montesquieu
a cru trop légèrement, et brûlé ses papiers trop vite.

Après cette petite épreuve, les deux amis partirent pour la Hollande, qui leur offrait, mieux que Venise, l'image de la liberté industrieuse et des mœurs républicaines. De Hollande, Montesquieu s'embarqua pour l'Angleterre, sur le yacht de son ami lord Chesterfield, le 31 octobre 1729 ; il y a tout à l'heure cent ans. Cent ans ! Messieurs, quel court espace dans la vie de l'univers ! et cependant quelle vaste révolution, quel changement de mœurs a rempli cet intervalle ! que de choses sont nées et se sont développées ! que d'opinions ont grandi et sont devenues des puissances, depuis que Montesquieu venait étudier l'Angleterre, examinait ses lois, et jugeait sa constitution qu'un siècle de grandeur n'avait pas encore consacrée, qui, mal comprise sur le continent, n'y paraissait qu'un vain simulacre, ou un essai turbulent de liberté, sorti de la guerre civile et tout froissé par elle ?

Depuis ce temps, que de choses l'Angleterre a faites ! Alors elle avait, en Amérique, des colonies naissantes et soumises ; puis ces colonies ont grandi rapidement, et sont devenues si fortes, que, séparées tout à coup de leur impérieuse métropole, elles ont jeté dans le monde un nouveau monde politique. L'Angleterre avait alors une compagnie de marchands qui négociait dans l'Inde, et commençait à lever de petites armées pour défendre ses comptoirs ; puis ces armées sont devenues de grandes armées, recrutées par une partie des vaincus. Un commis aux écritures du *comptoir* de Madras, devenu général, a renouvelé la conquête d'Alexandre, et préparé la domination de sa patrie sur cinquante millions de sujets. Un second empire britannique, avec son luxe, ses immenses richesses, sa race conquérante et ses peuples conquis, pèse sur toute l'Asie. Et cette Angleterre, que

n'a-t-elle pas fait encore? Elle avait longtemps disserté
sur les axiomes : *mare clausum, mare liberum;* elle
s'était longtemps bornée à établir le domaine souverain
de la Grande-Bretagne sur les mers d'Écosse et d'Irlande.
Maintenant elle a jeté des garnisons menaçantes depuis
Malte jusqu'à Sainte-Hélène, et depuis Corfou jusqu'à
Ceylan ; elle a mis partout des gardes aux barrières de
l'Océan. (*Applaudissements.*)

Je ne sais quelle joie cela vous donne. Ce n'est pas au
reste le panégyrique d'un peuple étranger, mais un fait
que nous retraçons; et il ne s'agit pas seulement ici de
ces prodigieux succès, devenus au dehors l'éclatante
couronne de la constitution anglaise. Au dedans s'est
accru le principe vital de cette constitution. Montesquieu
était d'abord en doute à cet égard : vous le voyez aux
notes négligemment jetées, à l'époque de son voyage.
La licence des papiers périodiques le frappait singulièrement; et, tout en expliquant cette illusion bruyante de
la presse, qui fait croire que le peuple va se révolter
demain, parce qu'il crie, dans un pays libre, ce qu'on
pense ailleurs, il en paraît lui-même étourdi. « Les choses ne peuvent demeurer longtemps comme cela, dit-il. »
Il prévoit une république en Angleterre; il en redoute
l'hostilité pour la France. « Elle agirait par toutes ses
forces, ajoute-t-il; au lieu qu'avec un roi, l'Angleterre
agit avec des forces divisées. »

Sa pensée n'allait pas plus loin, et il ne songeait pas
au danger de l'exemple pour notre vieille monarchie.
Seulement il enviait tout bas pour elle quelques-unes
des libertés anglaises ; et peut-être espérait-il les trouver
dans nos parlements, malgré le doute moqueur de son
ami lord Chesterfield, qui lui disait, bien à faux, je veux

le croire : « Vous autres Français, vous savez élever des barricades ; mais vous n'élèverez jamais de barrières. »

Après deux ans de séjour à Londres, Montesquieu revint, enrichi, comme Voltaire, de tout un ordre d'idées nouvelles, mais sans empressement de les produire. Au contraire, comme s'il n'eût recueilli dans ce voyage que des matériaux pour l'étude et pour la méditation, il se retira paisiblement à la Brède, et y mûrit son traité sur *la Grandeur et la Décadence des Romains*.

C'est une chose remarquable que ce besoin de solitude qui préoccupa les esprits du xviiie siècle, toutes les fois qu'ils voulurent élever un monument durable. Voltaire, le dieu de la mode et de la société, s'exila sans cesse de Paris. C'est dans une petite chambre à Rouen, c'est dans des auberges où il passait inconnu, c'est dans le tranquille séjour de Cirey, qu'il fit ses plus beaux ouvrages. C'est à Montbar, dans le dédain des frivolités de salon, que Buffon poursuivit ses grands travaux, et leur imprima, dans les longues heures de la retraite, quelque chose de la durée et de la majesté de la nature. Enfin, Rousseau lui-même, malgré sa vie errante, ses passions, ses querelles, la pauvreté lui donna la solitude. Montesquieu la chercha. Quoiqu'il n'eût rien à craindre, sous l'inquisition à la fois molle et ombrageuse de cette époque, et que, pour lui du moins, l'esprit eût réhabilité la hardiesse, il s'éloigna du monde, pour mériter la gloire.

On peut voir encore le château de Montesquieu, non moins vénéré que celui de Montaigne. Tout y est simple, et rappelle l'ancien temps. Cette tourelle, où le philosophe a tant médité, avait servi, un siècle auparavant, pour canarder les ennemis qui infestaient la plaine. Voici

le bureau noir sur lequel écrivait Montesquieu, son vieux
fauteuil, et le chambranle de la cheminée, usé à une
seule place, par le pied qu'il y posait en travaillant étendu
dans ce fauteuil. Voici le grand verger où son jardinier
lui demandait, avec l'accent gascon, des nouvelles de ses
amis, l'*abbat Guasco* et l'*abbat Cerati.* En dehors étaient
ses bois et ses champs, qu'il n'avait pas accrus, qu'il
n'avait pas diminués, et dont rien n'est resté aux héritiers de son nom.

Ainsi, à la même époque où Voltaire, revenu de Londres, jetait au public ses *Lettres anglaises ,* si légères et
si malignes, Montesquieu, se détournant des sujets modernes, appliquait la philosophie de l'histoire à l'inoffen-
sive antiquité, et ajournait pour bien des années ce bel
éloge de la constitution anglaise, qui remplit un livre de
l'*Esprit des Lois,* et s'y trouve amené dans la revue impartiale de toutes les formes de gouvernement. En attendant, il écrit sur les Romains : *uberiorem securioremque
materiam.* Là même, il n'est point critique hardi ou novateur : nourri du génie des grands historiens de Rome,
il les égale pour le style, et il profite pour le reste de
Machiavel et de Bossuet.

Vous avez lu Machiavel sur *Tite Live ;* vous connaissez
le caractère de son ouvrage. Rien n'est moins paradoxal
et moins spéculatif. Machiavel est un penseur pratique ;
il lisait *Tite Live,* comme le cardinal de Retz lisait tous
les récits de conspiration, afin de faire ses études de conspirateur. La grande science du temps était la politique,
non la science des principes et des droits, mais la politique d'action et d'expérience, l'art de dominer, honnê-
tement ou non. Machiavel suit du reste à la lettre l'histoire des Romains ; il ne fait pas d'objections conjecturales

sur la vérité des faits ; il les prend pour bons, et passe à l'application. « Brutus a eu raison de faire périr ses fils ; car, de nos jours, voyez ce qu'il en a coûté à *Soderini*, pour avoir épargné ses neveux, qui avaient conspiré contre lui. » Et ainsi va Machiavel, montrant la raison des choses dans leur durée, ou dans leur succès.

Bossuet, si éloigné de cette politique charnelle, comme il l'aurait dit, suit pourtant une méthode qui revient à peu près au même. Il ne raffine pas sur les probabilités historiques ; il croit ce qu'on a raconté ; et, après avoir fait la grande part de Dieu et de ses desseins, il explique tout par les passions des hommes.

Au retour d'Angleterre, où il avait vécu dans cette société de politiques et de raisonneurs qui se mettaient à rire, dit-il, au mot de religion, l'auteur des *Lettres persanes* était bien loin sans doute du point de vue historique de Bossuet ; mais son esprit n'en était pas plus éveillé au doute, sur l'histoire même. Ouvrez son livre. Il admet, avec une confiance que rien ne semble affaiblir, la suite des premiers rois de Rome. Il prend ce récit à la lettre, sans y voir de mythes ou d'emblèmes, comme on ferait de nos jours. Nulle invraisemblance ne l'arrête. Son imagination de poëte et d'orateur le tire d'une difficulté par un mot éloquent.

La critique moderne demanderait, dès les premières pages, comment il peut se faire qu'un peuple pauvre et grossier, qu'une bande de pâtres et de brigands, ait construit dans sa ville nouvelle ces immenses égouts, dont un art si hardi a courbé les voûtes formées de vastes pierres qui, sans lien et sans ciment, s'unissent et se soutiennent en se touchant. Montesquieu se borne à dire : « On commençait déjà à bâtir la ville éternelle. »

Et ce trait d'imagination oratoire est sa seule réflexion.

De nos jours, un Allemand, jurisconsulte, philologue, antiquaire, ayant longtemps vécu parmi les monuments et les textes latins, et déchiffré quelques lambeaux de palimpsestes, a découvert, dit-on, une autre histoire romaine. Son scepticisme est ingénieux et savant. Témoignages négligés ou mal compris avant lui, étude comparée de la civilisation naissante chez les divers peuples, explication de l'antiquité par *le moyen âge,* notions ou preuves de l'histoire empruntées à la science du droit, il emploie tout habilement. Il a vu, par exemple, qu'en Espagne, en Écosse, en Scandinavie, partout, des espèces de ballades héroïques avaient précédé l'histoire. Il a lu les *Chants populaires* récemment recueillis des Grecs modernes. Il en conclut que l'histoire des premiers temps de Rome n'est que le recueil fait en prose de chants semblables conservés dans le pays.

L'histoire de Romulus lui paraît, à elle seule, toute une épopée. Dans Tullus Hostilius, les Horaces, et la chute d'Albe, il voit un autre poëme épique. L'arrivée de Tarquin Priscus à Rome, l'enfance de Servius, Tarquin le Superbe et sa parricide épouse, Brutus et sa feinte folie, la mort de Lucrèce, la guerre de Porsenna, la bataille près du lac Régille, annoncée sur la place publique de Rome par Castor et Pollux, qui rafraîchissent leurs chevaux haletants à la fontaine d'Apollon, ne sont-ce pas des fragments de traditions chantées, des anneaux épars d'un cycle épique mutilé ou perdu? Ne voyez-vous pas ces vieux récits populaires tomber de bouche en bouche jusqu'à la prose éloquente de Tite Live, où Niebuhr croit reconnaître quelque part les mètres de l'*Horrendum carmen,* comme Thierry retrouve, dans le début pompeux de la loi salique, les restes d'un vieux chant national?

A dire vrai, et sauf un certain dogmatisme dans le doute, cette critique de Niebuhr n'est pas nouvelle. Dans le sixième volume des *Mémoires* de l'Académie des inscriptions, je trouve déjà l'authenticité des premiers siècles de l'histoire romaine fort savamment attaquée. Seulement le critique, au lieu de chants populaires, voit partout des copies de traditions grecques. Ainsi, il retrouve l'épisode des Horaces et des Curiaces dans un fragment des *Arcadiques* de Démarate ; et Scévola n'est que l'imitation d'un récit d'Agatarchide. Un autre érudit français, M. de Beaufort, avait, d'une manière plus curieuse encore, discuté les premiers temps de l'histoire romaine ; et il n'est pas une objection de Niebuhr qu'il n'ait entrevue ou démontrée.

Montesquieu n'avait pas pris de tels soucis. Il n'approfondit pas même toujours ces institutions auxquelles il attribue la grandeur de Rome. Il peint, d'après Tite Live, le sénat et le peuple. Mais il n'explique pas des choses en apparence contradictoires, la fidélité des *clients*, qui tous étaient des plébéiens, et les révoltes du peuple qui devait être composé de *clients*. Sur l'organisation du patriciat, son origine sacerdotale, sur les familles romaines, il n'a rien éclairci, là où Niebuhr a jeté tant de lumière. C'est dans l'auteur allemand qu'il faut voir la société romaine se former du mélange de plusieurs peuples, avec des droits divers. C'est lui qui, par des exemples pris à la Grèce, au moyen âge, à des hommes de nos jours, nous fait comprendre bien des choses de l'histoire romaine, sur lesquelles on passait sans y regarder. Voyez l'Écosse, nous dira-t-il ; avant que la civilisation eût

aplani les mœurs comme les montagnes, et que les as-
pérités de ce poétique sol eussent disparu sous les canaux
et les chemins de fer, elle comptait des *clans* nombreux,
puis un peuple distinct de ces *clans*. C'est ainsi qu'à Rome
il existait des plébéiens, qui n'avaient pas de famille, de
clan, *vos gentem non habetis,* et des familles civiles, des
clans, *gentes,* qui réunissaient des hommes sans parenté
naturelle et de rang inégal, patriciens et plébéiens.

A travers les digressions et les longueurs, Niebuhr explique admirablement plusieurs points semblables. Mais
ne se trompe-t-il pas, en cherchant toujours dans les
récits vulgaires une tradition poétique et une allégorie?
N'abuse-t-il pas de la symbolique, quand il veut abso-
lument ne voir, dans le rapt des Sabines, qu'un symbole
attestant que le droit de *connubium* n'existait pas entre
les deux villes unies? Est-ce donc chose incroyable, dans
les mœurs barbares, que des femmes enlevées? et le savant historien, qui compare ailleurs la cité de Rome naissante à un village de Souli, ne trouverait-il pas, dans
l'histoire des Grecs modernes, plus d'enlèvements que
de symboles?

Il y a donc excès à tout nier, comme à tout adopter
dans l'histoire. Mais l'investigation du passé par la critique, l'intelligence des monuments comparés n'en ont
pas moins fait de véritables progrès, depuis Montesquieu :
cela même tourne à sa gloire. Son livre sur les Romains
n'est pas une source d'instruction complète. Bien des
choses ont été dites depuis, auxquelles il n'avait pas
songé. Mais ce livre est un monument du grand art de
composer et d'écrire. C'est ainsi que le triomphe des dons
propres de l'imagination et de la pensée éclate encore
dans ces défaites inévitables que le progrès du temps fait

éprouver au génie. S'il est vaincu parfois dans ce qui appartient à la patience des recherches, au hasard des découvertes, il l'emporte dans ce qui appartient à lui-même, la méthode et la pensée. Se fût-il trompé sur quelques détails, sur quelques vérités historiques même, il n'a pas failli à cette vérité intellectuelle, cette beauté de l'expression, qui produit une œuvre vivante et durable, un bien propre et à toujours, comme disait Thucydide, κτῆμα εἰς ἀεί, et non un jeu d'esprit pour amuser en passant.

On ne peut trop admirer la riche brièveté de l'ouvrage, et cette concision de génie, dans un sujet immense. Niebuhr, avec trois volumes de recherches et de digressions, vous conduit jusqu'à l'établissement des décemvirs; et il vous laisse, pour fruit d'une laborieuse recherche, beaucoup de doutes, et quelques vues neuves. Montesquieu, en deux cents pages, résume et peint à la fois toute l'histoire politique des Romains, c'est-à-dire du peuple auquel avait abouti l'antiquité, et d'où est sorti le monde moderne.

On a supposé plusieurs modèles à ce livre original. On a cité les *Considérations* de Saint-Évremont, le *Traité du puritain Walter Moyle sur le gouvernement de Rome.* Montesquieu, dans le fait, n'a eu que deux sortes de maîtres, les anciens et Bossuet. De là le caractère élevé, le style grave, simple, nerveux de son ouvrage : c'est une étude antique, pour la forme comme pour le sujet. Il y a seulement la différence de la vie toute spéculative de Montesquieu à la vie active de l'antiquité.

Un Thucydide, un Polybe, un Salluste, un Tacite avaient manié les affaires humaines, dans les camps et dans les conseils. Thucydide s'était mêlé aux factions d'Athènes,

avait eu l'avantage d'être général, de commander des
flottes, d'être banni. Tacite avait occupé de grandes
charges, et traversé les périls de la vie sénatoriale sous
l'empire. Montesquieu, par la destinée de son temps, fut
seulement un sage oisif, un *homme de lettres,* comme il
disait lui-même avec quelque regret, en se plaignant des
institutions, ou plutôt du défaut d'institutions de son
pays. Son livre est une œuvre d'étude, conçue loin des
affaires, loin des passions, loin des cours, loin de tout
ce qui avait animé ou éclairé Machiavel, Guicciardin, de
Thou. Et cependant quelle profonde sagacité, quelle justesse vigoureuse, quelle assimilation naturelle de sa pensée à celle de ces grands historiens pratiques de l'antiquité ! que de choses étrangères à la mollesse heureuse
du XVIIIᵉ siècle il voit par le génie, et réalise par la peinture ! soit la perpétuité de l'esprit de conquête dans le
sénat, soit la première révolte du monde barbare dans
Mithridate, soit les proscriptions, soit la longue et orageuse décadence de l'empire ! Combien sa philosophie
contemplative devient éloquente et passionnée, lorsqu'il
s'écrie à ce dernier tableau :

C'est ici qu'il faut se donner le spectacle des choses humaines. Qu'on voie dans l'histoire de Rome tant de guerres entreprises, tant de sang répandu, tant de peuples détruits, tant de
grandes actions, tant de triomphes, tant de politique, de sagesse, de prudence, de constance, de courage; ce projet d'en-
vahir tout, si bien formé, si bien soutenu, si bien fini, à quoi
aboutit-il, qu'à assouvir le bonheur de cinq ou six monstres ?
Quoi ! ce sénat n'avait fait évanouir tant de rois que pour tomber lui-même dans le plus bas esclavage de quelques-uns de
ses plus indignes citoyens, et s'exterminer par ses propres ar-
rêts !...

Dans la foule de faits et d'idées, de généralités et de détails qu'a rapidement condensés Montesquieu, on peut nier quelques points : je n'en choisirai qu'un. Après avoir montré l'empire qui se rétrécit, et l'Italie qui devient frontière, Montesquieu accuse Constantin d'avoir hâté la ruine de l'empire en le transférant à Byzance. Mais n'était-il pas beau d'aller au-devant de l'ennemi, de le repousser par une nouvelle capitale, et de se couvrir du Bosphore quand on perdait le Rhin ? La grandeur de cette politique ne paraît-elle pas dans la faiblesse même de cet empire grec, qui, si décrépit et si attaqué, s'est traîné pourtant jusqu'à la fin du moyen âge, et presque jusqu'à nous, tandis que la ville de Rome, débarrassée de l'empire, et ne gardant que le pontificat, sert de passage de la civilisation antique aux temps modernes, et empêche que, dans cette grande révolution, il y ait un seul jour de barbarie absolue pour l'Europe ?

Peut-être aussi relèvera-t-on, dans cet ouvrage si plein et si rapide, quelques traits de cette exagération un peu théâtrale qui se mêle à l'énergie et au pathétique du dialogue d'Eucrate et du fragment sur Lysimaque. C'est le cachet du temps : il se trouve même dans l'*Esprit des Lois*. Et cependant quel admirable ouvrage !

Je voudrais en parler brièvement, pour ne pas me copier moi-même. Je dirai surtout ce qui peut en faciliter, et non en épargner l'étude. Mais pour cela, il faut, par quelques recherches, confronter cet ouvrage avec le passé, et avec l'avenir qu'entrevoyait Montesquieu, et qui s'est accompli. Puis nous laisserons les commentaires, et nous vous renverrons à l'*Esprit des Lois*, qui, comme tout livre original, excite la pensée autant qu'il la satisfait, et est plus fécond, plus il est étudié.

Le sujet, par lui-même, est le plus grand que puisse
se proposer l'esprit humain, la philosophie des lois, la
science des principes et des règles qui font exister les
États. Cette science fut le plus grand effort des sages, si
nous remontons au temps où il y avait des sages, c'est-
à-dire des hommes qui, méditant loin de la foule pour
la gouverner, remplaçaient par leur raison solitaire et
épurée ce qu'on appelle aujourd'hui la raison publique.
Il nous est resté, sous les noms d'Archytas, de Sthenida,
de Zaleucus, quelques préambules qui attestent le caractère tout religieux et tout moral des premières lois. Ce
caractère se retrouve à l'origine de tous les peuples. Plus
tard, au lieu de faire la législation, les sages ne firent
plus que des spéculations sur les lois. Ce fut l'œuvre de
Platon, œuvre hautement avouée dans les deux grands
traités de *la République* et des *Lois,* mais également recon-
naissable dans presque tous ses écrits : car partout que
cherche-t-il ? une vérité, une justice, une sainteté qui ne
dépende pas des conventions humaines, mais de l'idée
éternelle des choses, et qui résulte, non pas de la volonté
d'un pouvoir, mais de l'expression d'un droit antérieur.
Seulement Platon, sur cette doctrine de son maître So-
crate, élève les belles utopies de sa propre imagination,
et conçoit une société toute factice et tout arbitraire,
d'après le modèle du juste et du beau qu'il se propose.

A côté de cette philosophie des lois, toute théorique,
il s'en formait une autre, tout expérimentale, concluant
le droit du fait, et trouvant la raison des choses dans
leur établissement et leur durée. Il y a deux mille ans
qu'a été fixé le premier cadre de l'*Esprit des Lois* : c'est
Aristote qui l'a tracé, et qui l'a rempli par l'analyse comparée de tous les gouvernements qu'il connaissait, et

dont il avait rassemblé les cent cinquante-huit constitutions. On est frappé de voir que ce jeune et étroit univers de la Grèce, d'une portion de l'Asie, de la côte sep-
tentrionale de l'Afrique et de quelques îles, avait déjà
épuisé toutes les combinaisons politiques et tous les
systèmes qui se sont produits dans notre monde agrandi
et vieilli. Monarchie absolue, mixte, tempérée, république variée sous toutes les formes, influence du climat
sur les mœurs et sur le gouvernement, influence des lois
politiques sur les lois civiles, quel point de vue moderne
ne trouve-t-on pas déjà dans Aristote?

Pendant qu'Aristote résumait ainsi les législations du
monde grec et barbare soumis par Alexandre, Rome
avait grandi ; et elle portait déjà des hommes dignes,
selon Tite Live, d'arrêter la fortune d'Alexandre, s'il se
fût détourné vers l'Italie. Les lois des Douze Tables exi-
staient, ces lois que Cicéron préfère, pour la sagesse et
l'utilité, à tous les recueils des philosophes, et que Tacite
appelle le complément de l'équité, *finis œqui juris,* première origine et fondement de cet amas de lois sous
lequel peinait le monde romain : *ut antehac flagitiis, ita
tunc legibus laborabatur.* Que les premières lois romaines
aient été ou non empruntées d'Athènes, on sait que plus
tard la philosophie grecque pénétra dans ces lois, mais
une philosophie assortie elle-même à l'âpreté de l'esprit
romain, et qui donnait à ses rigueurs instinctives l'appui
de la méthode et du raisonnement. Les jurisconsultes de
Rome appartenaient presque tous à la secte stoïque. On
en retrouve la trace dans leur argumentation et leur langage, aux plus belles époques de la civilisation romaine.

Mais l'esprit de nationalité et l'esprit de secte réunis
sont peu favorables à l'étude comparative des divers sys-

I   30

tèmes de lois. Rome ne concevait et n'approuvait que
Rome. Cela paraît même dans l'esprit le plus universel
qu'elle ait produit, Cicéron. Son livre *des Lois* n'est
qu'un commentaire admiratif des anciennes lois, des
anciens rites de la patrie. Quant à son traité *de la République*, dont la découverte récente nous a tous un peu
trompés, surtout moi qui en traduisais avec ardeur les
feuillets mutilés, les recevant un à un de Rome, je crois,
autant qu'il est permis de conjecturer sur des fragments,
que Cicéron y jetait peu de vues nouvelles. Il louait Rome,
et imitait Platon. Il reproduisait cette idée [1] du gouvernement mixte, cette théorie des trois pouvoirs que l'on
rencontre dans le pythagoricien Hippodame, et que Montesquieu va chercher dans les bois de la Germanie. Var-
ron, Nigidius, Sulpicius, d'autres contemporains célèbres
de Cicéron, furent des antiquaires et des jurisconsultes ;
mais il n'y eut pas de publiciste romain.

Plus tard, et durant la décadence romaine, l'esprit
fut absorbé dans la pratique et le détail des lois. Il n'y
eut plus ombre de droit politique, et le droit civil même
fut corrompu par la servitude. Le respect de la vie du
citoyen, qui avait autrefois rendu les lois si douces,
ayant cessé, elles devinrent atroces. Seulement, de cet
abîme de maux et d'oppression sortait un droit nouveau,
une législation toute pénitentielle et médicinale, celle de
l'Église chrétienne. Il faut le dire, dût cette parole dé-
plaire, le droit canonique a été la première émancipation
de l'esprit humain : car, émanciper l'homme, ce n'est
pas le soustraire à toute règle, à toute loi ; c'est le faire

---

[1] Placet esse quiddam in republica præstans et regale, esse
aliud auctoritati principum partum ac tributum, esse quasdam
res servatas judicio voluntatique multitudinis.

passer du joug de la force à celui de la morale, de
l'obéissance aveugle à la croyance, du supplice au repentir.

En cela les publicistes chrétiens, dès le commencement, furent admirables. C'est dans une lettre de saint
Augustin qu'on trouve la première protestation contre
la peine de mort, même à l'égard de meurtriers convaincus. L'évêque d'Hippone écrit au tribun Marcellin
pour lui demander la vie de quelques sectaires qui
avaient tué deux prêtres catholiques. « Il faut, dit-il,
que ces deux hommes subissent la prison, au lieu du
supplice, afin d'être ramenés d'une énergie malfaisante
à quelque travail utile, et de la folie du crime à la raison
et au repentir. » C'est, vous le voyez, le système péni-
tentiaire de la philanthropie moderne anticipé de quinze
siècles par la foi chrétienne. Ces idées, que la religion
opposait à la loi romaine, dominèrent souvent les lois
barbares. Non-seulement le droit canonique, considéré
comme droit spécial, fut un grand progrès de douceur
et d'équité ; mais, chez plusieurs peuples, il se fondit
avec le droit commun et le transforma. On reconnaît surtout cette influence dans le code célèbre adopté, à la fin
du vii* siècle, par le concile de Tolède, et qui, sous le
titre de *fuero juzgo*, gouverna longtemps la Castille. Le
préambule et les axiomes généraux de ce code rappellent
le caractère moral et philosophique des lois de Zaleucus.
C'était de nouveau le pouvoir législatif exercé par les sages.

Cependant, après la chute de l'empire romain, et au
milieu de la survivance de l'Église, l'Europe, délivrée
et envahie, restait soumise à une foule de *coutumes* contradictoires et barbares. La tradition des lois romaines,
qui n'avait jamais été complétement effacée dans les États

du Midi , y reprit , dès le xiiiᵉ siècle, un grand empire ,
comme raison écrite ; et du chaos même des coutumes
barbares sortit de nouveau , par le fait et par le besoin ,
la science comparée des lois, la philosophie sociale. On
en voit partout des traces dans les docteurs du temps,
dans les scolastiques, dans les poëtes. Le Dante discute ,
dans son livre *de Monarchia*, ces questions de droit
politique que la querelle du sacerdoce et de l'empire
avait soulevées dès le xiᵉ siècle. Saint Thomas les résout
par la souveraineté du peuple , dans son traité *de Regimine principum* ; et il éclaire en même temps toutes les
parties du droit civil , par des inductions tirées de la
vérité morale.

A la même époque , la France eut un publiciste dont
les idées, reproduites plus de deux cents ans après par
Bodin , n'ont pas été inutiles à Montesquieu. C'était un
moine italien, Gilles de Rome, appelé en France pour
l'éducation de Philippe le Bel , et nommé par lui arche-
vèque de Bourges. Les deux premiers livres de son ouvrage *de Regimine principum* ne sont qu'une direction
de conscience à l'usage des rois. Mais le troisième est un
traité de droit politique , où l'auteur examine les diverses
formes de gouvernement et les lois civiles qui s'y rap-
portent , discute les opinions d'Aristote , de Platon , et
même ce fragment d'Hippodame , si curieux et si peu
connu. Gilles de Rome est grand adversaire de la servitude personnelle , et ne reconnaît de royauté que celle
qui se conforme aux lois éternelles de la justice. Il est
même partisan de la république, dans les petits États du
moins. Ce livre est un exemple de plus du degré singulier de culture qui se conserva toujours dans quelques
esprits du moyen âge.

Vous savez quelle grande place la science du droit
occupa dans le travail immense du XVIe siècle. Enseignée
depuis trois siècles, avec éclat, dans les écoles de Bolo-
gne, de Padoue, de Florence, elle prenait en France
plus de précision et de vigueur, en se mêlant à l'action
réelle des parlements. La science du droit écrit avait
servi la domination allemande et les prétentions de l'Empire dans l'Italie, pleine de républiques : elle fut en
France, sous la monarchie, le meilleur instrument de
liberté. Budé porta dans cette étude sa profonde érudition, et fut un grand archéologue ; mais Cujas fut un
législateur, tout en ne faisant que disposer et éclaircir
les vastes monuments de la jurisprudence romaine.
L'esprit du publiciste et du citoyen anima les travaux
des autres grands jurisconsultes du même siècle : Bris-
son, le martyr des *Seize*, qui mourut en demandant
vainement quelques jours pour achever son dernier
ouvrage sur le droit romain ; Dumoulin, que d'Aguesseau appelle un profond génie ; Guy Coquille, le savant
et courageux député aux états généraux, qui a montré
l'intime union des lois et de la vie d'un peuple dans son
Histoire du Nivernais ; Loisel, qui retrace si bien les
graves études et l'esprit de liberté du barreau ; Pasquier,
la Roche-Flavin, du Tillet, qui ne sont que des antiquaires, mais des antiquaires nationaux ; l'Hôpital, enfin,
sage et modéré novateur dans son beau traité *de la
Réformation de la justice.*

Tant de travaux divers sur la science du droit devaient
naturellement conduire à la recherche des fondements
de la société, et tout y poussait les esprits dans la France
du XVIe siècle, où les diverses formes de gouvernement,
l'hérédité, l'élection, la république aristocratique, la

démocratie n'étaient pas seulement mises en présence
par la spéculation et la controverse, mais se heurtaient
par le combat. Chercher les principes, dans ce chaos,
fut l'œuvre essayée par Bodin dans ses six livres sur la
République. Bodin, qui compile plus qu'il ne raisonne,
était cependant mieux qu'un érudit ; il avait l'âme d'un
citoyen ; député aux états généraux de Blois, il y soutint
avec fermeté les droits populaires, sans esprit de faction,
et plus tard il défendit les droits du prince contre les
sectaires et les ligueurs qui voulaient le déposer ; mais
alors même il réclamait des limites à l'autorité royale, et
refusait au roi le pouvoir de lever des impôts sans le con-
sentement du peuple. Sur ce point, et sur beaucoup
d'autres, que Montesquieu lui-même n'a pas touchés
assez librement, Bodin n'a fait que commenter notre
vieux droit public ; car, en France, c'est le despotisme
qui est l'innovation.

L'ouvrage de Bodin avait de plus un autre caractère
qui excita vivement l'attention du xvie siècle ; c'était la
généralité des vues et la variété des exemples. Son livre
était une sorte de théâtre politique où passaient toutes
les religions, tous les gouvernements, toutes les coutumes diverses, au grand étonnement des hommes si passionnés alors pour leur foi antique ou leur nouvelle
croyance. Bodin reproduisait le premier cette vieille idée
de l'influence des climats, tant répétée depuis ; il voulait
la substituer à l'influence des astres, alors très-accré-
ditée, et dont il attaquait le ridicule empire, quoiqu'il
crût lui-même aux sorciers. Il fut tour à tour accusé
d'athéisme ou de magie ; cependant son livre, traduit
dans plusieurs langues, commença de répandre quelques
idées de droit public en Europe : il fut le Montesquieu

du XVIᵉ siècle : mais, sans vues originales, et ne marquant d'aucune empreinte la langue informe dont il se sert ; il n'avait rien du génie qui aurait pu donner une vie durable à son ouvrage.

C'est dans Rabelais, dans la satire *Ménippée* et dans Montaigne qu'on trouvera des principes de justice sociale, des idées de réforme exprimées avec autant de profondeur que d'éloquence ; elles y sont éparses, cachées par la bouffonnerie dans Rabelais, tempérées par l'insouciance philosophique dans Montaigne ; mais elles attestent tout ce que l'étude de l'antiquité, les luttes religieuses et la guerre civile mettaient d'idées politiques en mouvement.

La grande histoire du président de Thou marquait au plus haut degré l'esprit de liberté légale sous la monarchie. Calvin avait été le législateur despotique d'une démocratie. Cependant la réforme suscitait partout les questions de liberté civile enfermées dans la question même de liberté religieuse ; et comme les gouvernements du moyen âge étaient nés de l'Église, les novateurs politiques naissaient des théologiens dissidents.

Ce fut un curieux spectacle donné par l'Europe du XVIᵉ siècle. A mesure que la souveraineté pontificale faiblissait dans les esprits, la souveraineté du peuple grandissait, et bientôt les catholiques mêmes l'invoquèrent. Le droit positif fut considéré dans un nouvel esprit, et la spéculation devint plus hardie. Un catholique zélé, Thomas Morus, donna l'exemple de ces libres contemplations dans sa célèbre *Utopie* : c'était l'idéal de Platon sous une autre forme, et la censure allégorique, non plus de la démocratie d'Athènes, mais de la royauté féodale.

Dans la première partie de cet ouvrage, Thomas Morus,

qui n'était pas encore chancelier, blâmait avec force la
rigueur des lois anglaises, la mort appliquée au vol et la
prison à la mendicité ; et il cherchait le remède à ces
maux de la société dans une répression plus humaine et
une meilleure économie sociale ; puis il touchait aux
questions politiques, et mettait en scène un voyageur
philosophe revenu de cette Amérique récemment découverte, où les imaginations d'Europe rêvaient tant de merveilles, et où cet homme disait avoir vu la merveille plus
rare encore d'un parfait gouvernement. Peut-être l'Amérique avait-elle déjà, dans l'antiquité, fourni une place à
ces illusions des sages? La ville des Atlantes, décrite par
Platon, a de singulières ressemblances avec Mexico.
Quant à l'île d'Utopie, la position géographique en est
aussi fabuleuse que l'histoire; et si la description même
du lieu ressemble à quelque chose, ce serait à l'Angleterre même.

Il n'y a, du reste, dans cette île ni cour fastueuse, ni
seigneurs entourés d'un nombreux cortége, ni métiers
de luxe à côté de la misère publique ; les biens sont
presque également partagés ; le commerce et l'agricul-
ture occupent tous les habitants ; ils y sont formés dès
l'enfance dans les écoles publiques ; d'autres écoles sont,
à certaines heures, toujours ouvertes aux adultes ; les
magistrats sont électifs et annuels ; le roi est choisi au
scrutin secret, par le sénat, entre quatre candidats dési-
gnés par le peuple, et son autorité est à vie, s'il n'est
déposé pour tendance à la tyrannie ; il n'y a pas d'armée,
mais tout le peuple sait manier les armes et déteste la
guerre ; tous les cultes sont libres en restant paisibles,
depuis l'idolâtrie jusqu'au pur déisme ; mais les hommes
qui, en prêchant leur religion, excitent une révolte, sont

bannis ; et on voit dans le récit de l'auteur un chrétien ,
qui a donné cet exemple, subir cette loi.

Je ne sais ce qu'Henri VIII pensait d'un tel ouvrage,
et si cette innocente rêverie, qui n'empêcha pas Thomas
Morus d'être fait chancelier d'Angleterre, ne fut pas ,
comme le traité *de Clementia* de Sénèque, un fâcheux
ressouvenir pour le prince devenu tyran ; mais on doit
reconnaître dans ce livre, fort admiré par les contemporains, un curieux indice du travail et du vœu des
esprits.

Sous le règne brillant et absolu d'Élisabeth, on n'écrivit plus d'utopie politique, et le droit public de la nation,
si abandonné par les parlements, ne trouva pas d'autres
défenseurs. Bacon détournait timidement son génie de
ces questions redoutables ; et, quand il ne le consacrait
pas aux sublimes découvertes des sciences naturelles, il
le retenait dans l'examen des points de droit civil et de
procédure parlementaire. Les publicistes du pouvoir absolu parurent avec Jacques Ier ; mais toutes les doctrines
de liberté, entées sur les vieilles lois anglaises, et développées par le protestantisme, se reproduisaient également. Elles eurent leurs théoriciens inflexibles et leurs
jurisconsultes, dans Pyme, dans Selden, dans Sidney ;
leurs enthousiastes et leurs spéculatifs, dans Milton et
dans Harrington. L'*Oceana* est une seconde *Utopie,* faite
contre la démocratie militaire, comme celle de Morus
contre la royauté féodale. En face de cette utopie populaire, le despotisme fit aussi la sienne. Filmer, dans *le
Patriarcha,* Hobbes, dans le traité *du Magistrat et de la
Puissance civile,* établissent le pouvoir absolu, l'un sur
le droit divin, l'autre sur la force. Une révolution nouvelle hâtée par ces sophismes les fit disparaître ; et l'An-

gleterre, redevenue libre sous un roi, traita hautement toutes les questions interdites à la France de
Louis XIV.

La Hollande les discutait aussi, mais avec plus d'érudition que de liberté ; et le républicain Grotius semblait
ne pouvoir secouer le joug des codes de l'Empire. En
Italie, la science du droit continuait d'être une étude de
savant, d'antiquaire, mais non de citoyen. Gravina cependant y jetait de vives lumières, par la supériorité de
l'esprit philosophique, en même temps que Vico en ébran-
lait les fondements par ses hardis systèmes.

En France, la tâche du chevalier Filmer échut à Bossuet. Ce grand homme fut le publiciste du siècle de
Louis XIV, comme il en était le prédicateur et le théologien. Sa *Politique,* tirée de l'Écriture sainte, a pour
type une royauté absolue et paternelle. Tout, dans Bossuet, depuis cette imagination qui se laissait ravir aux
splendeurs royales, jusqu'à ce bon sens qu'il appelle le
maître de la vie humaine, favorisait l'établissement d'un
pouvoir ferme et régulier. Il n'avait pas sans doute
l'âme servile ; mais il vivait à Versailles, et ne concevait,
dans une société bien ordonnée, qu'un roi chrétien,
maître de tout, et un peuple soumis. Louis XIV n'admettait pas d'autre doctrine. Fénelon, presque seul
alors, rappelait l'ancien privilége des états généraux de
voter les subsides, et se plaignait de l'autorité absolue
que les rois avaient prise. *Salente* était son *Atlantide.*
Durant ce règne, toutefois, si le droit politique était
suspendu, le droit civil profita de tous les accroissements
de l'esprit humain. Domat fut justement nommé *le Res-*
taurateur de la raison dans la jurisprudence; et l'esprit
équitable et modéré du législateur dicta les belles or-

donnances rédigées par Lamoignon. La France avait toutes les lumières du génie pour éclairer la science des lois, il ne lui manquait encore que cette liberté politique dont l'absence faisait dire plus tard à Montesquieu, en tête de son ouvrage : *Prolem sine matre creatam.*

QUINZIÈME LEÇON.

Suite des considérations sur l'*Esprit des Lois.* — Premiers publicistes du xviiie siècle. — Essai d'une Académie des sciences morales et politiques. — L'abbé de Saint-Pierre; le marquis d'Argenson. — Divisions de l'*Esprit des Lois.* — Quelques objections à ce sujet. — Voltaire; M. de Tracy. — En quoi la théorie de Montesquieu est véritable et appuyée par des faits nouveaux. — De la monarchie de Louis XV et des États-Unis. — De l'opinion de Montesquieu sur l'influence des climats. — Passage d'Hippocrate. Exemples nouveaux. — Réponse à quelques autres critiques de l'*Esprit des Lois.* — Caractère distinctif et utilité actuelle de cet ouvrage. — Résumé-sur la personne, le génie et l'influence de Montesquieu.

—————

MESSIEURS,

La fin du règne de Louis XIV, en affranchissant les esprits sur tant de points, les tourna vers la politique. Ces idées de réforme et de liberté que Fénelon avait proposées dans des mémoires confidentiels, étaient devenues l'entretien de tous les esprits éclairés. Le régent trompa, détourna quelque temps cette disposition nouvelle : Fleury parut la ménager d'abord, mais pour l'endormir. Sous son ministère et de son aveu, il se forma deux sociétés des sciences morales et politiques, l'une, il est vrai, présidée par un jésuite, et siégeant à l'hôtel de Rohan; mais l'autre, plus hardie, et connue sous le nom de *Club de l'entresol,* comptait parmi ses membres l'abbé de Saint-Pierre, le marquis d'Argenson, ce ministre patriote, perdu dans le règne de Louis XV, et Bolingbroke qui, bien que jacobite, était, par ses habitudes de liberté anglaise et de scepticisme, un grand révolutionnaire pour Versailles. Ces réunions, que le vieux cardinal-ministre finit par craindre et supprimer, attestent l'esprit nouveau et le goût d'études politiques que rencontra Montesquieu, et dont il anima son génie.

On peut placer parmi les précurseurs de l'*Esprit des Lois* cet abbé de Saint-Pierre, moqué par Voltaire, et traduit en beau français par Rousseau. Et d'abord il fut le martyr de la foi nouvelle, en fait de liberté. Vous savez que l'Académie française le raya solennellement de sa liste, pour avoir, dans un discours à la louange des conseils d'administration établis par le régent, critiqué le gouvernement du feu roi. L'abbé de Saint-Pierre, qui était homme de qualité, n'en fut que plus hardi à professer ses idées de réforme politique. Louis XIV avait jugé Fénelon le plus bel esprit et l'esprit le plus chimérique de son royaume. Les gens de cour trouvaient l'abbé de Saint-Pierre rêveur, mais bon homme. On le laissa dire ; et, hormis sa disgrâce académique, la liberté de la presse exista pour lui seul. Il écrivit contre les faveurs de cour et l'aveugle distribution des emplois. Il proposa l'établissement d'une académie divisée en deux classes, dont la plus élevée fournirait une triple liste de candidats, sur laquelle le roi choisirait ses ministres. Cela n'était-il pas remarquable, douze ou quinze ans après Louis XIV? et n'était-ce pas un singulier prélude au régime constitutionnel, et aux ministères de majorités?

L'abbé de Saint-Pierre allait frappant çà et là sur les abus de l'ancienne monarchie, et proposait des réformes à tout. On riait des réformes souvent impraticables ; mais l'abus était décrédité, et le profond changement de l'état social apparaissait sous les naïvetés impunies du bon abbé. Par exemple, dans le titre seul d'un de ses écrits, *Projet pour rendre les ducs et pairs utiles,* on pouvait reconnaître le vice d'une société qui gardait une aristocratie de cour et n'avait point d'aristocratie politique. L'abbé de Saint-Pierre prenait ainsi un à un tous les rouages du gouvernement d'alors : lits de justice, lettres de cachet, impôts excessifs donnés à bail à des traitants, vénalité des charges ; et sur toutes choses, il envoyait des mémoires aux ministres, sauf à n'être pas lu ; il publiait même de temps en temps quelque forte vérité entourée de rêveries qui la faisaient passer à la censure. La *paix perpétuelle* est le seul de ses plans dont on se souvienne aujourd'hui ; et on conçoit que ce plan n'ait pas choqué le cardinal de Fleury, ministre d'humeur fort pacifique, malgré la déplorable guerre dans laquelle, à quatre-vingt-neuf ans, il jeta la France. Mais l'abbé de Saint-Pierre touchait à bien d'autres questions politiques et religieuses. Il était de la race de ces hommes doux et opiniâtres qui suivent patiemment leurs idées jusqu'au bout, et n'en changent jamais. La collection de ses écrits, la plupart, il est vrai, publiés après sa mort, est un programme complet de révolution sociale, dont la hardiesse étonnait même Jean-Jacques Rousseau.

Dans la petite académie de l'*entresol,* comme à Versailles, l'abbé de Saint-Pierre avait toujours passé pour un rêveur plutôt que pour un politique : on y contredisait ses plans par des notions précises de droit public et d'histoire, et il donnait à rire à Bolingbroke. Il n'en était pas de même d'un autre membre de cette société

qui devint ministre, et qui avait le portefeuille des affaires étrangères à l'époque de Fontenoy : le marquis
d'Argenson. Voltaire, son ami, l'a renvoyé, je le sais, à
être *secrétaire d'État dans la république de Platon*, mais
Voltaire adressait ce jugement à Richelieu; et il flattait
quelque peu le vieux maréchal, en se moquant d'un
grand seigneur populaire et d'un ministre homme de
bien. Sans doute, le marquis d'Argenson avait l'esprit
réformateur; mais ses vues n'étaient nullement chimériques.

Le marquis d'Argenson n'en était pas même encore
à la théorie du gouvernement représentatif; il n'approuve pas la constitution d'Angleterre ; il lui reproche
de rendre les rois nuls, et la juge peu durable. Ce qu'il
conçoit pour la France, c'est la monarchie absolue s'appuyant sur des institutions municipales; c'est l'unité du
pouvoir politique et la liberté des communes.

Tout l'art du gouvernement, dit-il, ne consista jamais que
dans la parfaite imitation de Dieu. Les politiques ont épuisé
leurs réflexions à donner et à retrancher du pouvoir de celui
qui gouverne, en faveur de ceux qui sont gouvernés. La puissance tribunitienne chez les Romains, le droit des parlements
chez les Anglais, celui des états nationaux, provinciaux ou de
remontrances, chez nous, de tous ces remèdes mal appliqués,
il ne résulte que des maux; ils partagent la puissance, tandis
qu'elle doit être une et décidée.

Il aurait pu ajouter surtout qu'elle doit être éclairée ;
mais, comme vous le voyez, le marquis d'Argenson, dans
cet ouvrage plus cité que bien connu, était fort monarchique, et paraissait même peu goûter cette monarchie
mixte dont l'unité se forme par transaction.

Il prend pour devise *une foi, un roi, une loi*. Mais si l'on se reporte aux abus de l'ancienne monarchie, qu'il décrit en quelques pages de la manière la plus énergique et la moins déclamatoire, ce plan si simple n'en était pas moins une grande révolution ; car c'était l'introduction du droit commun dans la France hérissée de priviléges et d'inégalités.

Tel est le caractère d'une espèce de constitution que le marquis d'Argenson avait rédigée sous forme d'ordonnance royale, et que, dès 1739, il montrait confidentiellement à ses amis. Là, plus de priviléges féodaux, plus de redevances seigneuriales, plus de terres privilégiées et exemptes d'impositions envers l'État ; enfin, pour toute la France, égalité de charges et de droits, toutes les provinces devant être plus libres que ne l'étaient, par exception, quelques pays d'états. Les provinces étaient partagées en *districts,* qui se divisaient en villes, bourgs et arrondissements, dont les administrateurs, élus chaque année, devaient répartir l'impôt, assurer la police, et se réunir en session de quinze jours pour former l'assemblée du *district*. Chaque province avait de plus une assemblée des états, formée d'un certain nombre de députés des *districts,* et de quelques propriétaires qui siégeraient de plein droit, mais sans former une chambre à part, et sans votes prépondérants. Ces états provinciaux devaient entendre, chaque année, l'exposé des besoins du royaume, mais sans qu'il fût à leur option d'accorder ou de refuser, de restreindre ou de modifier la part des charges que leurs provinces auraient à supporter.

Avec les priviléges nobiliaires, le marquis d'Argenson supprimait cette foule de charges vénales et lucratives qui couvraient la France, et il mettait partout à leur place

une administration gratuite et locale ; car il est ennemi
de la centralisation presque autant que du privilége. Il
veut que les communes fassent beaucoup par elles-
mêmes, et qu'il ne faille plus un arrêt du conseil *pour
réparer un mauvais pas, ou reboucher un trou.* Vous
voyez, Messieurs, que la révolution n'a pas renouvelé
tout en France : l'égalité est venue; mais la centralisation n'a pas cessé. Le marquis d'Argenson, du reste, laissait au roi tout le pouvoir législatif, sauf une communication consultative aux cours souveraines ; mais point
d'assemblées nationales, point de triple pouvoir, point de
gouvernement de majorité : le roi, et des communes ;
le roi et des *conseils généraux* électifs.

Pourquoi tous ces détails, Messieurs? pour mieux comprendre l'*Esprit des Lois.* Nul grand écrivain n'est né de
lui-même. Tout a préparé le livre de Montesquieu, son
temps, comme ses études. Le gouvernement pouvait paraître encore absolu : il y avait lettres de cachet et censure; mais le libre examen était entré dans la société. Les
querelles de sectes et le doute philosophique, le jansénisme et la régence, la vertu et les mauvaises mœurs
l'avaient également favorisé.

Le cardinal de Fleury, doux, économe, absolu avec modestie, avait fait de son mieux pour assoupir la France.
Il avait amorti la contradiction des parlements, triomphé
des intrigues de cour ; mais il n'avait pu atteindre le
libre penser, réfugié dans les lettres, d'où il devait tout
regagner. Après Fleury, avait enfin régné un jeune prince,
qui parut annoncer des qualités brillantes, et fut d'abord
aimé du peuple. Mais faible, inappliqué, voluptueux,
il n'était bon qu'à acheminer lentement la vieille monarchie vers sa ruine. Despotique comme Louis XIV, il arrê-

tait une humble remontrance du parlement de Paris par
les mots *taisez-vous*. Mais il ne prenait ce poids immense
du pouvoir absolu, que pour l'abandonner à des ministres et à des maîtresses. La gloire militaire cependant vint
donner un éclat inattendu au règne de ce prince engagé
dans des guerres impolitiques ; mais, enfin, c'étaient des
guerres ; et cela charmait la France. Celle de 1733 nous
avait acquis la Lorraine ; celle de 1740 nous valut la glorieuse journée de Fontenoy, couronnée par la paix d'Aix-
la-Chapelle, en 1748, l'année même où parut l'*Esprit
des Lois*.

Montesquieu, qui avait commencé cet ouvrage vingt
années auparavant, et l'avait poursuivi à travers un cir-
cuit d'immenses lectures, sentant la vie s'avancer, avait
pressé le travail ; et passé trois ans de suite à la Brède,
pour finir. Maintenant il fallait publier. Pour échapper à
la censure, l'ouvrage fut imprimé à Genève, et rapidement répandu en France, en Angleterre, en Italie. On
en fit vingt-deux éditions en dix-huit mois. Les questions
du gouvernement civil, si longtemps cachées à tous les
regards, étaient devenues le plus grand objet de la curiosité de l'Europe.

La publication de l'*Esprit des Lois,* en 1748, coupe en
deux le XVIIIe siècle par une date mémorable. Nul ouvrage neuf et de génie ne pouvait être écrit avec plus de
modération et de réserve ; nul esprit indépendant ne fut
moins novateur que Montesquieu. L'étendue même de
ses études et de son esprit le disposait à l'impartialité ;
et, par caractère, il n'avait pas cette conviction ardente,
intraitable, qui fait les réformateurs. Il a dit quelque
part qu'il n'éprouva jamais de chagrin dont une demi-
heure de lecture ne l'ait distrait.

Le marquis d'Argenson, qui, sans avoir son génie, sentait plus vivement, le juge de même :

M. de Montesquieu, dit-il, ne se tourmente pour personne ; il n'a point pour lui-même d'ambition ; il lit, il voyage, il amasse des connaissances ; il écrit enfin, et le tout uniquement pour son plaisir.

Aussi d'Argenson, tout en parlant avec admiration du grand travail de Montesquieu, prédit,

Que ce ne sera pas le livre qui nous manque, bien qu'on y doive trouver beaucoup d'idées profondes, de pensées neuves, d'images frappantes, de saillies d'esprit et de génie, et une multitude de faits curieux, dont l'application suppose encore plus de goût que d'étude.

Cette prédiction, Messieurs, ne serait-elle pas aujourd'hui même un assez bon jugement?

Autrefois, je l'avouerai, j'avais cru voir dans l'ouvrage de Montesquieu une composition savante, complète dans toutes ses parties ; et j'en avais essayé l'analyse. Tout m'y paraissait méthodique et lumineux : en l'étudiant davantage, je l'ai moins compris. J'ai cru du moins y remarquer des contradictions, des lacunes, et plus d'un problème sans réponse.

Peu de livres, au reste, ont été plus contredits que l'*Esprit des Lois*, pour l'ensemble et pour les détails. On y a relevé des divisions arbitraires, de fausses conséquences, des faits inexacts. Il a subi les plus rudes atteintes de l'esprit et de la logique, depuis Voltaire jusqu'à M. de Tracy. La révolution française l'a tout d'abord dédaigné et outre-passé ; l'idéologie l'a mis en pièces ; la science politique l'a laissé en arrière, et s'est enrichie

d'expériences qu'il ne connaissait pas. Et cependant,
malgré ces attaques et ces progrès, le monument n'a
rien perdu de son prix, et subsiste tout entier. C'est qu'il
a le mérite d'être surtout historique ; c'est que les vues
générales en sont vives et justes, et qu'il n'y a guère que
des erreurs partielles ; ce qui , dans les ouvrages de
génie, ne compte pas plus que les fractions dans un grand
calcul. Montesquieu n'a pas fait une théorie pour guider
le législateur , un système de réforme future , mais une
étude comparée du passé ; il a expliqué les lois comme
des faits. Par là son livre est demeuré si instructif et si
fécond. Des idées conjecturales auraient passé plus vite.

Deux philosophies, qui sont nées toujours dans le loisir des nations polies, le scepticisme et l'épicurisme ,
envahissaient le xviiie siècle. Elles y tenaient vingt écoles
dans des salons célèbres ; elles y pénétraient les mœurs
de la cour et de la ville, et formaient le caractère des
écrits les plus agréables au public. De ces doctrines était
partie, à la fin de l'âge précédent , la puissance de
Bayle, ce précurseur de l'*Encyclopédie*. C'était le premier
prestige de Voltaire lui-même ; c'était l'arme presque
unique et la séduction de beaucoup d'écrivains médiocres , comptés pour de hardis penseurs.

Montesquieu jugea et dédaigna ces systèmes. Il avait
pour ami le jeune Helvétius , épris avec candeur de tout
le matérialisme du temps. Il lui confia son ouvrage près
de paraître. Helvétius en fut mécontent, le trouva faible,
arriéré , dénué de grandes vues , et , tremblant pour la
gloire de son ami , le détournait de le publier. Mais où
sont aujourd'hui les théories d'Helvétius, et les nouveautés hardies qu'il écrivait pour les salons à la mode? elles
sont rayées de la philosophie , et servent seulement

d'appendice à l'histoire morale du xviiiᵉ siècle. Le livre
de Montesquieu, au contraire, en admettant ces expériences positives et cette étude physique de l'homme à
laquelle tendait le xviiiᵉ siècle, est remonté à des principes plus élevés et plus durables. Malgré quelques expressions jetées çà et là, et, suivant nous, inexactes par
leur matérialisme même, le caractère de son livre est
une métaphysique généreuse. Succédant au scepticisme
et à l'épicurisme léger, brillant, de la première moitié
du xviiiᵉ siècle, l'*Esprit des Lois* commence la réaction
spiritualiste que continua Rousseau.

Montesquieu traite d'abord la question de la justice
absolue, de cette justice qu'avaient niée Carnéade et les
sophistes grecs, tant copiés par Bayle. Il reconnaît des
rapports d'équité, antérieurs à toute loi positive, et
même à toute existence humaine; et il ajoute ces paroles :

> Dire qu'il n'y a rien de juste ni d'injuste que ce qu'ordonnent
> ou défendent les lois positives, c'est dire qu'avant qu'on eût
> tracé de cercle, tous les rayons n'étaient pas égaux.

Voltaire ne voit là que l'ancienne querelle des *réalis-
tes* et des *nominaux*, une subtilité métaphysique. Mais
cette subtilité, qu'est-ce autre chose que l'idée même
du devoir et de la vérité morale? Oui, il y a une justice
antérieure, et c'est pour cela que des lois justes sont
possibles; car l'homme ne crée rien, et il ne saurait
créer la justice; il ne peut que la déduire d'un type
éternel.

Ce principe agira sur l'ouvrage entier; il en est toute
la morale, au milieu de cette infinie variété de lois artificielles, arbitraires, que Montesquieu parcourt comme
autant de faits historiques, dont il cherche la cause et

les conséquences, mais qu'il n'approuve pas. Dans ce point de vue, beaucoup d'objections faites à l'*Esprit des Lois* disparaissent. Commençons par celle qui porte sur la division célèbre des gouvernements.

On a trouvé cette division tour à tour vulgaire ou fausse. Voltaire nie que le despotisme soit une forme de gouvernement distincte et durable. L'habile dialecticien qui de nos jours a commenté pied à pied l'*Esprit des Lois*, M. de Tracy, renverse d'abord cette division, et propose d'y substituer celle des gouvernements *spéciaux* et des gouvernements *nationaux*, les premiers, quelle que soit leur forme, qui sont fondés sur un autre droit que la volonté générale; les seconds, où cette volonté agit soit par elle-même, soit en confiant ses pouvoirs à un seul homme, même à vie, même héréditairement, même d'une manière illimitée.

Mais, en bonne foi, cette division nouvelle n'a guère le droit de blâmer l'ancienne. N'est-ce pas, en effet, une dérision que de réunir sous le même titre, au nom d'une volonté nationale antérieure, et la république la plus libre, et le despotisme le plus illimité? N'est-ce pas se payer d'un mot, et méconnaître les faits et les principes, que de mettre, d'un côté, dans une même classe, le gouvernement impérial et les États-Unis d'Amérique, et, de l'autre, l'aristocratique Angleterre et l'apathique Espagne? Cela rappelle certaines classifications de Linné, où les êtres les plus disparates, l'homme et l'*unau-aï*, se trouvent réunis sous la même *espèce*, à cause de quelques conformités secrètes aperçues par la science, et perdues pour le vulgaire dans une profonde dissemblance.

Dans l'ordre moral, ce rapport sur un seul point,

quand il y a opposition sur tous les autres, ne fait souvent qu'accroître l'intervalle ; et le gouvernement absolu d'un seul, qui se dit national, n'est qu'un despotisme plus fort, et plus aveuglément obéi. C'était celui des empereurs romains, auxquels une loi avait, dit-on, transmis tous les pouvoirs du peuple, et qui étaient ainsi les successeurs uniques du *forum*, comme le *forum* avait été l'impitoyable roi du monde.

Je croirais donc la vieille division adoptée par Montesquieu plus claire et plus vraie que celle des gouvernements *spéciaux* et des gouvernements *nationaux*, qui deviennent fort spéciaux quand ils sont tyranniques.

Les conséquences que Montesquieu attache à sa division en États monarchiques, républicains, despotiques, n'ont pas été moins contestées que cette division même. Qu'est-ce que l'honneur, a-t-on dit, dans ces monarchies dont vous avez peint avec tant de force les vices et la vénalité ? Qu'est-ce que cette vertu dont vous faites l'apanage des républiques, si souvent factieuses et corrompues ? Quant à la crainte, on ne discute pas, et on la laisse volontiers au despotisme.

Montesquieu avait fait comme M. de Tracy ; il ménageait dans sa théorie le pouvoir contemporain, et lui laissait une place honorable, ne rangeant pas, comme Machiavel, la France dans le même ordre de gouvernement que la Turquie. Au fond, c'était justice : il fallait bien reconnaître cette monarchie pure, mais non despotique, où le souverain peut tout, mais ne veut pas tout ce qu'il peut ; où l'obstacle n'est pas dans la loi, mais dans la conscience, le point d'honneur, l'usage. Comment concevoir autrement les belles années du règne de Louis XIV, et tant de génie sans liberté ? C'est qu'il y avait, pour beaucoup d'esprits du moins, de l'honneur dans l'obéissance, et de l'élévation morale dans le dévouement. On servait un maître, mais on en était fier. A ce sentiment, reste épuré d'une monarchie militaire, Montesquieu voulait joindre une autre force morale, l'indépendance de la magistrature. Il la trouvait également dans l'histoire : c'était encore l'honneur sous une autre forme.

Quant à la vertu qu'il demande aux républiques, qu'est-ce autre chose sinon un principe de simplicité et d'égalité, un amour du pays, un attachement à ses lois? Cette condition est si essentielle qu'on la remarque aux époques les plus diverses de l'histoire. Montesquieu ne cède pas, comme l'a dit Voltaire, à des admirations de collége pour l'antiquité. Voyez, au xiiie siècle, dans les vers du Dante, la description de Florence : n'est-ce pas la même image de patriotisme et de simplicité, la même vertu que dans les meilleurs temps des républiques dépeintes par Plutarque? Voyez au xvie siècle : à part la différence de la civilisation et du culte, Calvin est législateur dans le même esprit que Lycurgue. Voyez au xviie : à l'origine des institutions démocratiques qui fondèrent les États-Unis d'Amérique, on retrouve le même asservissement de la vie privée à la vie publique, le même esprit de renoncement et de privation, la même police morale que dans ces constitutions de l'antiquité dont M. de Tracy tourne en dérision la rigueur monacale. Les colons puritains du *Connecticut* et du *Massachusetts,* ces premiers fondateurs de la république américaine, ressemblent à des Spartiates, sauf l'incomparable supériorité du christianisme. Leur vie entière était placée sous la sanction publique; les lois réglaient minutieusement leurs actions, et frappaient le péché comme le crime. Il

était interdit de voyager le dimanche ; la paresse, l'ivro-
gnerie, le mensonge étaient punis de l'amende et du
fouet ; l'adultère était puni de mort. Et maintenant que
ces mœurs rigides se sont adoucies, que les arts indus-
triels, le commerce, l'amour du gain dominent les États-
Unis, leur démocratie subsiste, parce que l'esprit du
christianisme, de cette religion pure et réprimante, est
encore la vertu publique du pays.

Ce grand exemple s'est développé depuis l'*Esprit des
Lois*. Montesquieu ne connaissait encore des législateurs
de l'Amérique que George Penn ; mais il remarquait déjà

Que l'Angleterre aimant à donner à ses colonies la forme de
son gouvernement propre, et ce gouvernement portant avec lui
la prospérité, de grands peuples se formaient *dans les forêts
qu'elle envoyait habiter.*

Après la définition des gouvernements et de leurs principes, ce qu'on a le plus attaqué dans l'*Esprit des Lois,*
c'est l'influence attribuée aux climats. Les hommes pieux
s'effrayèrent de cette idée, et accusèrent l'auteur de tomber, sur ce point, dans le matérialisme du temps. Voltaire, par un autre motif, traita cette influence de chimère, et y opposa l'exemple de la Grèce esclave, et des
récollets chantant au Capitole. Plus tard, l'esprit de révolution la méconnut, en se flattant de ranger tous les
peuples sous le niveau de la même démocratie. Voyons
cependant si cette observation n'est pas, en général, aussi
juste qu'elle est ancienne.

Nous lisons dans Hippocrate[1] un beau passage qu'on
peut traduire ainsi :

Si les Asiatiques sont plus inhabiles à la guerre et de mœurs

---

[1] Περὶ ἀέρων, ὑδάτων, τόπων.

plus douces que les Européens, la cause en est surtout aux
saisons qui, chez eux, ne sont point marquées par de grands
changements de chaleur ou de froid, mais offrent une tempéra-
ture presque égale. Il n'y a pas alors ces vives secousses de
l'âme, et ces fortes révolutions du corps, qui naturellement
effarouchent l'humeur, et la rendent plus indocile et plus violente qu'elle ne le serait dans une situation uniforme : car ce
sont les brusques passages d'un extrême à l'autre qui excitent
le moral des hommes, et ne le laissent pas en repos. C'est par
ces causes, ce me semble, que les Asiatiques sont pusillani-
mes ; et, de plus, par leurs lois. La plus grande partie de l'Asie
est soumise à des rois ; et là où les hommes ne sont pas maîtres
d'eux-mêmes et libres, mais régis despotiquement, ce n'est pas
raison pour eux de s'exercer à la guerre, mais bien plutôt de
cacher leur courage ; car le danger qu'on leur propose n'est pas
également partagé ; on les contraint d'entrer en campagne, de
souffrir et de mourir pour des maîtres, loin de leurs enfants,
de leurs femmes et de leurs amis. Tout ce qu'ils feront de courageux et de viril élève et enracine leurs maîtres, et pour eux,
ils ne moissonnent que le péril et la mort. De plus, il est inévi-
table que la terre de ces pauvres gens soit dévastée par les ennemis et par l'inaction. C'est pourquoi, s'il naît parmi eux
quelqu'un de courageux et d'énergique, il est détourné de son
génie naturel par les lois. Voici une grande preuve de cette vérité : tous ceux qui, dans l'Asie, Hellènes ou Barbares, ne sont
pas soumis à des maîtres, mais libres sous leurs propres lois,
et travaillant pour leur propre compte, tous ceux-là sont très-
braves. Les périls qu'ils courent, ils les courent pour eux-
mêmes ; ils emportent eux-mêmes les prix de leur valeur,
comme ils souffriraient eux-mêmes la peine de leur lâcheté.

On voit bien que ces paroles sont échappées de l'âme
d'un Grec ; on y sent l'orgueil de cette liberté qui avait
vaincu le grand roi. Seulement Hippocrate, en donnant
aux climats tant d'influence sur l'énergie des hommes,

accorde aux lois une puissance plus grande encore ; et il
néglige de rechercher si la nature même de ces lois n'a
pas été déterminée par celle des climats, et si, par exemple, les peuples libres de l'Asie n'étaient point placés dans
des régions montagneuses et froides.

Montesquieu va plus loin, et fait partout dominer l'influence du climat sur les lois mêmes. C'est à nous de juger si l'expérience ne confirme pas la théorie, et s'il est
vraisemblable que la république se fonde à Naples et que
le gouvernement représentatif s'affermisse au Mexique.
Sans doute, la loi morale, le droit primitif n'est pas transformé par les climats ; et cela même est une preuve de
son absolue vérité. Un degré de méridien n'y change rien,
quoi qu'en ait dit Pascal. Mais combien les mœurs, les
coutumes, les usages civils, et partant les institutions politiques, ne sont-ils pas soumis à cette influence? Avec
les neuf mois glacés de Saint-Pétersbourg, vous pouvez
avoir des révolutions de palais, et quelques émeutes terribles ; mais un gouvernement libre, des comices populaires, jamais. Montesquieu, en portant fort loin l'influence du climat, l'a cependant soumise, sur quelques
points, à la religion ; et il nous montre le christianisme
qui, dans l'Éthiopie, transforme les mœurs données par
le climat. Mais combien, sans doute, ce christianisme
d'Éthiopie nous semblerait étrange s'il était vu de près?
Le plus grand exemple de l'efficacité cosmopolite de
l'Évangile, ce fut dans les premiers siècles, alors que Jérusalem, Antioche, Alexandrie, Carthage étaient chré-
tiennes comme Rome et Constantinople. Mais cette première conquête d'une foi nouvelle fut successivement
repoussée par l'influence naturelle des lieux : et le christianisme, perdant tour à tour ces terres brûlantes et

barbares qu'il avait gagnées, fut rejeté en Europe. Mais
de là, par la science et les arts, il doit reprendre et dominer toutes les parties du monde. Déjà, sous ses formes
les plus diverses, il possède l'Amérique. Ce sont trois
prêtres catholiques qui ont successivement soulevé
l'Amérique médionale ; et, dans les libres États de l'Amérique du Nord, règnent toutes les communions chré-
tiennes. Du fond de l'Angleterre et de la Russie, la
Bible, traduite dans toutes les langues, se répand inces-
samment chez tous les peuples de l'Asie, et jusque dans
les *steppes* les plus barbares de la Tartarie et les iles les
plus lointaines du grand Océan. Et, bien que ce ne soit
pas la propagande religieuse, mais le commerce, la civilisation, la conquête, qu'on se propose pour premier
but, la loi chrétienne s'avance à la fois par toutes les
routes de l'activité humaine, et envahit l'univers sur tous
les points. C'est la révolution que verra l'avenir. Dans
ces grandes usines de la civilisation, à Londres, à Paris,
le christianisme a été souvent discuté, méconnu, renié ;
mais au loin il s'étend avec la civilisation même ; et,
qu'elle le veuille ou non, il est inséparable de son triomphe. Comme elle, il couvrira successivement le monde ;
et, lorsque le génie de nos arts viendra seconder la nature dans ces contrées barbares, au milieu de toutes les
puissances de l'industrie humaine, s'établira de soi-même
la religion de la race européenne.

Mais combien les esprits étaient loin de cette vue du
christianisme, dans le XVIIIᵉ siècle, entre la première ferveur du scepticisme et les restes de l'oppression religieuse! Montesquieu, en aimant la religion, avait encore
à combattre pour la tolérance. S'il n'eût fait que plaider
cette grande cause, son œuvre se confondrait avec celle

de son siècle, et ne servirait plus à instruire le nôtre.
Un service plus durable, et toujours nécessaire, qu'il a
rendu à l'espèce humaine, c'est d'avoir revendiqué sous
toutes les formes, et développé sous la plus parfaite, les
principes de la liberté politique et civile.

Voltaire lui-même, qui osa tant de choses, n'avait ha-
sardé, dans ses fameuses *Lettres sur les Anglais,* qu'un
assez froid éloge de la constitution britannique. Au fond,
la liberté le touchait peu. Dans un pays tel que la France,
où nulle puissance politique n'existait, hors de la cour,
il était la première puissance spirituelle ; et ce rôle ne
lui permettait pas d'en regretter un autre. Aussi le voit-
on toujours beaucoup plus sceptique sur la religion que
sur le pouvoir, s'accommodant assez bien des faveurs
d'une monarchie absolue, goûtant assez la politique arbitraire de son vieil ami, le maréchal de Richelieu, aimant mieux les ministres et les favorites que les parlements, et même, à la fin, célébrant le coup d'État du
chancelier Maupeou. Malgré la circonspection politique de
Voltaire, ses *Lettres anglaises* avaient été saisies, par défiance contre ce pays de révolutions et d'hérésies. Quinze
ans plus tard, le sage Montesquieu fait de la constitution
anglaise, admirablement expliquée, un modèle et un
objet d'envie pour l'Europe. On dirait qu'il la comprend
mieux que les Anglais eux-mêmes, et qu'il en révèle le
bienfait à ceux qui le possèdent. La différence des points
de vue a dû l'aider, il est vrai. Pour les Anglais, la constitution était une affaire et un combat de tous les jours.
Le jeu même de cette constitution, en divisant le peuple
anglais en hommes de parti, y avait laissé peu d'esprits
assez désintéressés et assez calmes pour en bien étudier
les effets et les ressorts. Les philosophes avaient subi

cette loi comme les autres. Locke, par exemple, disciple flegmatique des vengeurs armés de la liberté aux prises avec le roi, interprétait la constitution anglaise comme les puritains et Sidney l'avaient défendue. En traitant du *gouvernement civil,* au lieu de montrer les sages tempéraments des lois de son pays, il en exagérait le principe avec une rigueur à la fois technique et violente.

Après lui, et depuis la révolution légale de 1688, les querelles des partis, non plus sanglantes, mais assidues et tracassières, n'étaient nullement propres à favoriser le jugement éclairé d'un peuple sur ses propres lois. Le tory Swift s'appliquait bien plus à diffamer ses adversaires qu'à faire aimer la constitution de son pays, et il ne comptait guère pour une liberté précieuse que le droit de se moquer des *whigs.* Les *whigs* eux-mêmes, que le caractère de leurs opinions devait plus particulièrement attacher à l'étude et à la défense des droits du pays, en faisaient un sujet de controverse plutôt que de méditation. Leur meilleur écrivain, Addison, formé par l'esprit français, académicien spirituellement démocrate, vantait Guillaume III et Milton, bafouait le prétendant, ridiculisait avec grâce la fureur des haines politiques, mais s'occupait fort peu de l'admirable mécanisme qui fonde à la fois la liberté et la puissance anglaises. Bolingbroke lui-même, cet homme qui avait le génie du monde, des affaires et de l'étude, n'a nulle part, dans ses écrits, indiqué les vrais caractères de la constitution britannique. Toujours les nuages de l'esprit de parti, de la colère, de l'ambition trompée ont offusqué cette vive intelligence. Il n'est rien, dans les lois de son pays, qu'il n'ait attaqué, rien qu'il n'ait défendu, selon le temps, la passion, l'intérêt.

Parlerai-je des jurisconsultes anglais qui se sont plus

spécialement occupés des formes mêmes et des procédés
de la constitution ? Serez-vous fort avancés quand vous
aurez étudié chez eux le développement de ces trois
propositions · *Potestas parlementaria est secundum ori-*
ginem antiquissima, secundum dignitatem reverendis-
sima , secundum scientiam capacissima ? La méthode
pédantesque de cette théologie qui avait ensanglanté les
trois royaumes semblait s'être transmise aux publicistes
anglais. Et toutefois , dans le raisonnement étroit et ju-
daïque de ces vieux docteurs, dans leur application littérale de la loi ou de la coutume, dans leur attachement
opiniâtre à certaines formes, sans raisonnement théorique à l'appui de ces formes, réside la grande vertu de
la constitution anglaise. La liberté y est partout armée ;
elle a sa procédure et ses recours, qu'elle a gagnés successivement, et qu'elle ne perd jamais. Elle n'est pas le
fruit d'une théorie, mais elle ne se modifie pas d'un jour
à l'autre, au gré d'une théorie nouvelle. Le jury, pour
toutes les causes, indépendant et unanime ; la liberté de
la presse ; la garantie effective, et non pas simplement
la déclaration de la liberté individuelle ; le droit de
plainte judiciaire, dans tous les cas et contre toute personne , ce sont là des choses acquises, invariables , dont
les publicistes anglais constatent seulement les règles et
l'usage, et qui valent mieux pour la liberté d'un pays
que les grandes maximes de nos constitutions successives. Mais revenons : cette minutie légale, cet esprit traditionnel de liberté qui caractérise les jurisconsultes
anglais , était bien loin cependant de s'élever à l'intelligence complète et au tableau politique et moral de l'Angleterre. Ce que Montesquieu a écrit sur ce sujet, il en
est l'inventeur; il l'a fait d'après la vérité. Personne ,

avant lui, pas plus en Angleterre qu'ailleurs, ne s'était
avisé de réunir tous les faits principaux de l'ordre politique, de les expliquer l'un par l'autre, et tous par les
mœurs et la situation du peuple auquel ils s'appliquent.
Cette *utopie*, composée d'après la réalité, est le plus bel
hommage qu'ait reçu la monarchie anglaise, et lui sur-
vivra.

Rien de technique ni de conjectural dans l'analyse de
Montesquieu : il pénètre aux sources de vie de la constitution anglaise ; il la fait voir et sentir en action. Il n'a
prononcé nulle part les mots de *jury*, de *responsabilité
des ministres*, de *liberté individuelle*, de *gouvernement
représentatif*, et tant d'autres qu'on répète. Mais il dé-
compose admirablement les idées de ces mots ; et tout
le droit politique anglais se trouve expliqué en quelques
pages par la seule force des conséquences. Il vous montre comment la liberté du peuple n'est pas le pouvoir du
peuple : il cherche avec vous les causes et les effets de
cette liberté ; il les déduit comme des vérités nécessai-
res ; et vous trouvez tout le droit public anglais, depuis
la liberté sous caution jusqu'à l'inviolabilité du roi, sans
laquelle il n'y aurait plus de liberté pour personne.
Quelle intelligence du passé, et quelle prévoyance ! Les
esprits ordinaires, les grands esprits même, pour peu
qu'ils aient les passions de leur temps, n'attaquent et ne
redoutent que l'abus ou le danger dont ils sont témoins.
Montesquieu voit au delà : sous la royauté du XVIIIe siècle, et en la blâmant, il conçoit la tyrannie des assemblées.

Tout serait perdu, dit-il [1], si le même homme ou le même
corps des principaux, des nobles, ou du peuple, exerçait les

---

[1] *Esprit des Lois*, liv. VI, ch. 6.

trois pouvoirs : celui de faire des lois, celui d'exécuter les résolutions publiques, et celui de juger les crimes.

Cette accumulation de pouvoirs ne fit-elle pas, en
effet, le despotisme de la convention? Et le génie de la
constitution anglaise, n'est-ce pas de les avoir divisés de
telle sorte que l'on craigne la magistrature, et non pas
les magistrats; que les tribunaux ne soient pas fixes, et
que les jugements le soient, comme un texte précis de
loi; que la puissance exécutrice soit, dans les mains
d'un monarque, le contrôle et l'influence dans les assemblées.

Je sais que, pour des esprits ardents, cette division
semble une vieillerie. Quelques politiques n'y croient
pas non plus; et pour eux la puissance législative n'est
qu'une apparence, une forme à travers laquelle le pouvoir exécutif doit tout entraîner. D'autres enfin, en donnant beaucoup à la puissance législative, ne la conçoivent
que par élection, et sans concours d'hérédité. L'avenir
jugera ces opinions, que Montesquieu n'eût pas admises. A ceux qui, raillant la division des pouvoirs, ne
conçoivent qu'une législature souveraine, sans le contre-
poids d'un monarque inviolable, il répondrait qu'ils auront *une république non libre*; et notre révolution l'a
prouvé. A ceux qui veulent une législature dépendante,
ou un simulacre de législature, il rappellerait sa belle
théorie des trois pouvoirs, qui, forcés d'aller par le mouvement des choses, sont forcés d'aller de concert. Mais
à la vérité, pour la force même de cette législature, il
voudrait une nature diverse, une double origine. A côté
de l'élection il maintiendrait l'hérédité, convaincu que,
sans ce principe, la législature sera, selon les temps,
trop faible ou trop forte contre le pouvoir exécutif.

Enfin, à toutes les opinions il rappellerait que le danger des gouvernements libres est dans les armées ; qu'on ne corrige pas ce danger en voulant les faire dépendre immédiatement du pouvoir législatif, mais en réduisant leur nombre et leur force ; et il ajouterait à son chapitre de l'*Esprit des Lois* cette prédiction trouvée dans ses papiers : « L'Europe se perdra par les gens de guerre. »

Dans cet examen rapide d'une œuvre immense, ne pouvant tout apprécier ; il faut choisir au moins quelques sujets d'études. Le droit politique, qui est la partie la plus élevée de l'histoire, a dû nous occuper. Le droit civil est une science à part ; et nous ne pouvons disserter ici sur la législation qui régit les contrats ou les héritages, bien qu'une loi des successions, en particulier, puisse être toute une institution politique, ou tout un changement social. Mais il est une autre partie du droit, témoignage visible de l'état des mœurs, et objet de la spéculation des sages, qui peut doublement nous instruire ; c'est la législation pénale.

Cherchons ce qu'elle doit à Montesquieu, quelles idées avaient précédé celles de ce grand homme, ce qu'il a reçu, et ce qu'il a donné.

J'ouvre l'*Esprit des Lois,* et je lis une énumération de quatre sortes de crimes, « contre la religion, les mœurs, la tranquillité, la sûreté ; » puis, cette interprétation du droit de punir :

C'est une espèce de talion qui fait que la société refuse la sûreté à un citoyen qui en a privé ou en a voulu priver un autre. Cette peine est tirée de la nature de la chose, puisée dans la raison, et la source du bien et du mal. Cette peine est comme le remède de la société malade. Lorsqu'on viole la sûreté à l'égard des biens, il peut y avoir des raisons, pour que la peine soit capitale.

Eh quoi! une espèce de talion, et, dans certains cas, la mort pour le vol, était-ce là le principe le plus équitable où la justice humaine se fût élevée dans le xviiie siècle? n'avait-elle pas une meilleure raison à donner d'elle-même que le talion, cet instinct de la force brutale, qui faisait dire aux peuples barbares: œil pour œil; dent pour dent?

A ces tâtonnements d'un génie si ferme, à ces expressions indécises et contradictoires, il est évident que la question était neuve encore, et que Montesquieu n'avait pas cherché le principe de la pénalité; car le talion n'est pas un principe; et Montesquieu d'ailleurs ne s'y renfermait pas, puisqu'il admettait la mort pour le vol. C'est là, Messieurs, qu'on peut reconnaître le procédé de ce grand esprit, qu'aucune théorie ne domine, et pour qui la philosophie des lois n'est qu'une expérience. Depuis un demi-siècle, on est allé beaucoup plus loin. Un scrupule inconnu s'est élevé dans le monde; la légitimité de la peine de mort a été mise en doute; on s'est demandé quel était le droit de la société sur la vie du coupable présumé (car un jugement même n'est que la plus grande des présomptions), et s'il convenait à notre justice d'appliquer une peine irréparable. En admettant même que la peine de mort ait pu être légitimée par le besoin social, et l'impuissance d'obtenir autrement une répression suffisante, on s'est demandé encore si cette légitimité n'était pas conditionnelle et temporaire, et si elle ne devait pas cesser quand l'état des mœurs rendrait efficace une pénalité moins sévère.

Un regard jeté sur les siècles antérieurs nous fera

comprendre comment ces grandes questions sont nées
si tard, et pourquoi le génie lui-même ne s'en avisait
pas. L'antiquité, dont Montesquieu admirait les vertus
et les lois, avait partout consacré la plus grande des injustices, l'esclavage domestique. De cette première violation du droit naturel était sorti un cortége d'autres
injustices, et d'abord des lois terribles contre les esclaves.
Cet homme qu'on avait fait esclave, pour ne pas le tuer,
pour le sauver, suivant l'étymologie du mot et le raisonnement de Grotius, on le tuait volontiers, parce qu'il était
esclave, et que le malheur de sa condition lui inspirait souvent des sentiments que la mort seule pouvait réprimer. De
là toutes ces tortures, et ce supplice de la croix dont il est
parlé dans les comédies latines. Mais tandis que la nature humaine était si fort rabaissée par un culte sans
morale, et par l'atrocité permanente de l'esclavage, le
droit politique vint à son aide. Le sentiment de la liberté
suppléa celui de l'humanité. Ainsi, dans Rome, la peine
de mort, barbarement prodiguée contre l'homme simple,
contre l'esclave, frappait rarement le citoyen. Et lorsque,
après longues années, pendant lesquelles la tête d'aucun
Romain n'était tombée sous la hache, les lois Porcia et
Sempronia, protectrices de ce grand privilége, parurent
impossibles à maintenir, on les éluda par une sorte de
fiction, qui était un dernier hommage au nom de citoyen
romain. Le meurtrier, l'incendiaire, avant de subir le
supplice, était dépouillé de ce caractère, de ce sceau
d'inviolabilité, que l'institution politique avait mis sur
lui; on le déclarait *servus pœnæ*, esclave de la loi pénale;
alors on le tuait; il n'était plus rien; il n'était plus qu'un
esclave; il n'était plus qu'un homme.

Le monde conserva ou regretta de telles lois, pendant

plusieurs siècles. La philosophie d'un Cicéron, d'un Tacite, l'aménité de mœurs d'un Pline le Jeune n'imagi-
naient rien au delà ; et les supplices, devenus si fréquents
sous l'empire, n'excitaient l'indignation que parce qu'ils
frappaient sur des chevaliers et des sénateurs. Quant à
la vie des esclaves, elle n'était pas comptée.

Il en fut autrement lorsque le christianisme parut
dans le monde. Tout à coup ce privilége unique du citoyen, maintenant violé par l'empire, et cet abaissement
uniforme où étaient tombés les Grecs, les Gaulois, les
Africains, les Romains eux-mêmes, est remplacé par
l'élévation générale du caractère humain, si je puis parler ainsi. Il n'y a plus, dans l'opinion religieuse, ni citoyen, ni étranger, ni maître, ni esclave, ni vainqueur,
ni vaincu ; les mystères mêmes du christianisme, indépendamment de ses maximes, ce salut de l'homme par
le sang d'un Dieu, ce prix inestimable de la créature
humaine, ces pensées, en apparence toutes théologiques,
devinrent des pensées de droit public ; et cette religion
si humble fut la première qui commença à rehausser le
prix de la vie de l'homme, de l'homme non plus enveloppé dans la toge de citoyen, mais esclave, dépouillé,
coupable même. De là une grande révolution dans les
idées. Cette peine de mort, dont l'homme n'avait été
préservé quelque temps que par le caractère de citoyen,
c'est-à-dire par la souveraineté même, et qui, depuis,
sévissait indistinctement sur un monde d'esclaves, est
diffamée tout ensemble, et bravée par les chrétiens. Ils
la souffrent, ils l'acceptent avec ardeur pour eux-mêmes ;
mais ils la déclarent inique et sacrilége envers tous les
hommes.

Entendez-vous les premiers *apologistes*, saint Justin,

Athénagoras , Théophile? Quelle horreur ils témoignent pour ces supplices, dont le paganisme avait fait des jeux publics ! « Les chrétiens, disent-ils, n'assistent jamais à la punition des criminels, même condamnés selon les lois ; ils se croiraient souillés par la vue seule du sang humain. » Combien ce religieux scrupule ne dut-il pas s'accroître dans la société chrétienne, par la longue expérience du martyre ! Ainsi, sous le règne de Constantin, on vit les mêmes doctrines marquer d'abord la victoire du christianisme. La première idée qui se présenta, c'est que la qualité de prêtre, ou même d'initié au sacerdoce, était incompatible avec l'exercice du droit de mort. L'ancienne fiction de la loi romaine était retournée, pour ainsi dire. La loi, pour frapper du glaive un citoyen, avait eu besoin d'abord de le déclarer esclave : la religion ne pouvait tuer aucun de ces hommes, qu'elle déclarait rachetés du sang d'un Dieu. Aussi voyez-vous, dans le IIIᵉ siècle, comment saint Ambroise, que l'enthousiasme populaire veut nommer évêque, essaie d'échapper à cette grande dignité? Il vient, comme juge, prendre part à une procédure où la question est infligée à quelques accusés ; et, par cela seul, il semble qu'il se profane lui-même, et se rend inhabile à l'épiscopat. Bientôt, malheureusement, ces idées sublimes s'altérèrent. L'empire, avec cette habitude féroce de tyrannie, qui se déplaçait, mais ne se corrigeait pas, jeta sa hache dans la balance chrétienne, et décréta la peine de mort contre les idolâtres et les hérétiques. La pureté de la foi devint le seul privilége, comme l'avait été jadis le nom de citoyen romain ; et le sang des idolâtres, des hérétiques, de ceux qui n'étaient que des hommes , fut impitoyablement prodigué.

Il est beau, cependant, d'étudier dans saint Augustin la protestation de l'esprit évangélique contre l'emploi du glaive et la rigueur des supplices. Nous avons rappelé sa lettre au tribun Marcellin ; elle atteste que, si, dans quelque autre occasion, le saint évêque a reconnu au pouvoir civil le droit de frapper de mort les hérétiques, c'était une contradiction dans sa doctrine : c'était l'empire qui corrompait l'Église. Il ne s'agit pas dans cette lettre de sectaires qui dogmatisent et qui prêchent, mais de sectaires qui ont tué ou blessé des prêtres catholiques ; et Augustin cependant repousse, à leur égard, la peine du talion, comme une loi injuste, qui ne console pas la victime, et qui rabaisse le juge. Il propose de condamner seulement les meurtriers à la prison, « pour les ramener d'une énergie malfaisante à quelque travail utile, et de l'égarement du crime au calme et au repentir. »

Mais tandis que la foi chrétienne proclamait ces idées sublimes au milieu du déclin de l'empire, toute civilisation périssait ; et le monde, déchu de la douceur grecque et de l'urbanité romaine, voyait reparaître l'atrocité des supplices avec la tyrannie des empereurs et l'invasion des Barbares. Lorsque les Goths, les Vandales, les Huns, accourus du fond du Nord, renversèrent, noyèrent dans le sang l'ancienne société, brûlèrent à la fois les églises et les temples, les prétoires et les cirques, du milieu de cette société nouvelle où le christianisme, plus ou moins altéré, resta tel qu'un levain précieux, sortirent des législations cruelles comme les peuples qu'elles régissaient.

Ne prenez pas, en effet, pour un signe d'humanité ces dispositions des lois bourguignonnes et ripuaires, qui permettaient d'échanger contre de l'argent la peine

de mort. Loin d'attester l'estime pour la vie de l'homme,
c'était une marque du mépris qu'on en faisait : elle
paraissait si peu de chose qu'on la rachetait pour quelques sous d'or. Mais, en même temps, cette législation,
qui transigeait si facilement sur l'homicide, prodiguait,
dans d'autres cas, la peine de mort, sans permettre le
rachat. Elle n'était indulgente que pour le meurtre,
parce qu'elle le commettait sans cesse elle-même.

Quoi qu'il en soit, le rachat de la peine fut aboli, et la
rigueur des supplices demeura seule. On sait combien
elle a duré, à quels crimes imaginaires elle s'appliquait. A
peine, de siècle en siècle, quelques voix réclamèrent-elles.
Nous avons cité Thomas Morus dans son *Utopie*; il faut y
joindre Montaigne. Mais, au commencement du XVIIe siècle, quand tout s'élevait et se polissait, la législation
pénale parut s'endurcir; c'est que le despotisme croissant apportait plus de rigueur dans les lois que le progrès de la société n'introduisait d'humanité dans les
mœurs. Voyez le code pénal écrit sous la dictée de Richelieu. Les dispositions sanguinaires y sont multipliées,
non pas seulement contre les crimes politiques, mais
contre toute espèce de délits. On sent que ce pouvoir a
voulu être terrible, là même où il n'était pas inquiété.
Nous avons dit comment le règne de Louis XIV atténua
cette rigueur, et quels précieux travaux de législation
furent achevés alors. Nous bénissons encore la mémoire
de Lamoignon, qui ne voulut pas qu'une seule voix de
majorité fût suffisante pour condamner. Mais, dans ces
célèbres ordonnances de Louis XIV, combien la peine
de mort est encore prodiguée ! Et voyez-vous, dans les
esprits les plus élevés et les plus délicats du même siècle,
avec quelle indifférence on s'entretient des exécutions

prévôtales, et « de ces paysans bretons *qui ne se lassent pas de se faire pendre ?* »

Que de temps, Messieurs, pour en revenir à cette philanthropie chrétienne de saint Augustin ! Le dirai-je ? c'est dans l'écrit d'un de ses disciples, dans la fameuse lettre de Pascal sur l'homicide, qu'on voit paraître au plus haut degré, avant Montesquieu, le respect de la vie de l'homme. C'est de ce point qu'il faut apprécier l'*Esprit des Lois*, et tant de vues si belles et si neuves alors sur la modération des peines, les ménagements dus à l'accusé, le droit de la défense.

Voltaire n'avait rien dit encore de ces graves sujets, et Beccaria n'écrivit qu'après Montesquieu, et sous son influence. Montesquieu seul a plus fait que tous ceux qui l'ont suivi. Selon l'allure de son génie prudent et modéré, il n'a pas prétendu restreindre le pouvoir pénal de la société ; mais il inspirait un esprit général de douceur et d'équité ; et, dans son siècle, la Toscane vit abolir la peine de mort.

De nos jours, et tout récemment, on a repris la même question, tour à tour par des arguments spéculatifs et par la précision des détails techniques. Nos philanthropes répètent l'évêque d'Hippone. Son idée de calmer une énergie malfaisante par la prison et le travail, et d'améliorer le coupable par la peine, est aujourd'hui le but de la législation des États-Unis. Et vous le savez, elle ne s'y réalise qu'à la faveur et par l'assidu dévouement du même zèle religieux qui la proclamait il y a quinze siècles. Sans ce zèle, la prison, le *confinement solitaire* devient une peine terrible comme la mort, et se terminerait par la folie. Nous ne discuterons pas ici, Messieurs, ce problème laissé à la civilisation croissante de l'Europe.

Qu'il nous suffise de rappeler, sur une question si haute, le premier vœu du christianisme, à son entrée dans le monde social, puis la sanglante et longue interruption qu'y apporta la barbarie, puis la renaissance du même vœu sous une autre influence, quand le progrès des temps et des arts eut effacé les dernières traditions du *moyen âge*; puis alors le débordement d'une autre barbarie, d'une grande révolution politique avec ses crimes et sa puissance, qui, de même que la barbarie du v⁰ siècle avait donné démenti aux charitables espérances du christianisme, vint donner démenti aux spéculations de la philosophie.

En effet, au sortir de ce rêve de philanthropie qui avait succédé à l'*Esprit des Lois*, après ces théories d'indulgence et d'humanité qui avaient occupé les Beccaria, les Filangieri, les Turgot, les Condorcet, et d'autres indignes d'être nommés, vous avez à traverser une mer épouvantable de sang, où cette vie de l'homme, qu'on déclarait inviolable, est impitoyablement sacrifiée. Puis vous revoyez des hommes généreux s'occuper encore à élever cet édifice qui a été deux fois, à quinze siècles de distance, si cruellement dispersé, tantôt par la tempête de la barbarie sauvage, tantôt par la tempête de la barbarie politique.

Cette œuvre sera lente encore ; plus d'une fois peut-être elle paraîtra s'arrêter : mais il y a, dans le droit pénal, des choses désormais acquises à l'humanité, et qu'elle ne perdra plus. Montesquieu est un de leurs gardiens. Le premier, surtout, il a posé cette idée féconde que la nature de la peine peut, et dès lors doit s'adoucir à mesure que la société devient plus paisible et plus éclairée.

Je m'arrête dans cette analyse qui pourrait être infinie ; car c'est assurément le livre du XVIIIe siècle où il y a le plus d'idées, et malgré la réserve de l'auteur, le plus d'idées qui appartiennent à l'avenir. Souvent, il est vrai, sa pensée ne s'applique qu'à des choses passées et mortes, l'histoire des fiefs, par exemple, jetée on ne sait pourquoi à la fin de l'ouvrage, dont elle n'est ni la conclusion ni le résumé, quoiqu'elle soit un chef-d'œuvre d'érudition précise et de sagacité ; mais souvent aussi, cette pensée est toute vivante et contemporaine, tant elle a bien pénétré les lois éternelles des sociétés ! et Washington a pu, comme il le disait, apprendre tout ce qu'il savait de politique dans ce livre fait pour l'ancienne Europe. Aussi l'*Esprit des Lois*, à sa première apparition, fut-il peu compris. Il dérangeait l'expérience, et il ne pouvait être complétement loué que par elle. Je ne parle pas de la foule des critiques, mais de Voltaire. Il fit sur cet ouvrage une phrase éloquemment ingénieuse, et beaucoup de notes critiques, la plupart fausses ou minutieuses. Mais il parut compter pour peu de chose les grandes vues de l'auteur, et prendre seulement pour de l'esprit de profondes vérités dites spirituellement.

Montesquieu portait ainsi la peine d'une qualité distinctive de son génie. Si nul écrivain n'a plus de trait et de saillie, nul publiciste n'a plus de sens et de justesse. Mais sa vive expression, son tour ingénieux trompaient les lecteurs français sur le sérieux et la solidité de ses réflexions. Le lourd Crévier le trouvait frivole ; et madame du Deffant croyait avoir le droit de le juger par un bon mot.

Montesquieu était arrivé avec effort au terme de son ouvrage. « Je suis accablé de lassitude, écrivait-il. Je compte me reposer le reste de mes jours. » Sa vue, de tout temps faible, était presque entièrement épuisée par ses grandes lectures. Ce fut une joie pour lui d'apprendre que le mal qui s'était formé sur son bon œil était une cataracte, avec laquelle il fallait temporiser. Il en parlait gaiement. « Mon Fabius Maximus, écrivait-il, M. Gendron me dit qu'elle est de bonne qualité, et qu'on ouvrira le volet de la fenêtre. » En attendant, Montesquieu jouissait du repos à *la Brède,* qu'il avait fort embellie. Il y soignait ses prés et son vin. Il le vendait lui-même, et recommandait fort de ne pas le mêler à d'autres vins. « Lord Elliban, écrivait-il, peut être sûr qu'il l'a immédiatement, comme je l'ai reçu de Dieu : il n'est pas *passé par les mains des marchands.* »

Dans les années qui suivirent la publication de l'*Esprit des Lois,* Montesquieu crut remarquer que les *commandes* de l'Angleterre sur ses vignobles devenaient plus considérables ; et il en était doublement flatté. « On me demande, écrivait-il en 1752, une commission pour quinze tonneaux. Le succès que mon livre a eu dans ce pays-là contribue, à ce qu'il paraît, au succès de mon vin. » L'*Esprit des Lois,* en effet, fut très-goûté des Anglais. Mais on peut s'étonner que lord Chesterfield, ami de l'auteur, et qui avait lu trois fois cet ouvrage, y recommande surtout à son fils le chapitre sur la politesse et le bel usage du monde. C'était la marque du siècle dans toute l'Europe. La France avait plus d'influence par l'empire de ses modes, que l'Angleterre par l'exemple de ses lois.

Parmi les juges du génie de Montesquieu à l'étranger, il y avait l'ancien ami de Voltaire, le roi de Prusse. « Je sais qu'il est dans le monde un roi qui m'a lu, écrivait Montesquieu ; et M. de Maupertuis m'a mandé qu'il avait

trouvé des choses où il n'était pas de mon avis. Je lui ai
répondu que je parierais bien que je mettrais le doigt sur
ces choses. » Je le crois bien, un despote, même philosophe, doit trouver beaucoup à dire à l'*Esprit des Lois*;
et Montesquieu n'était pas de ceux qui prenaient l'incrédulité du prince pour une liberté publique. D'autre
part, la Sorbonne était encore plus mécontente que Frédéric, et songea plusieurs fois à une censure, que pourtant elle ne fit pas. L'ouvrage n'eut donc à subir, avec
les critiques des philosophes, des financiers et des gens
du monde, que les attaques du gazetier ecclésiastique,
dernier et faible dépositaire de l'esprit janséniste. Montesquieu, pour lui répondre, secoua la fatigue et la langueur que lui avaient laissées les dernières recherches
de son ouvrage; et, à soixante-trois ans, il fut plus que
jamais vif, moqueur, étincelant d'imagination et de malice. La défense de l'*Esprit des Lois* est un chef-d'œuvre
de logique et de plaisanterie. Ce grand homme cependant
touchait au terme de sa vie. Il mourut le 10 février 1755,
au milieu du calme de la monarchie absolue, jouissant du
respect public et de la familiarité des grands. Ses obsèques
furent suivies par des philosophes qui, dans leurs vœux
secrets, surpassaient déjà de bien loin ses sages idées de
réforme; et Voltaire, survivant au seul homme qui opposait à sa gloire une renommée plus paisible et presque
aussi éclatante, régna sans partage sur la société française, jusqu'à l'avénement tout démocratique du génie
de Rousseau.

TABLE ANALYTIQUE

DES MATIÈRES CONTENUES DANS CE VOLUME.

FIN DE LA TABLE ANALYTIQUE.

www.ingramcontent.com/pod-product-compliance
Lightning Source LLC
Chambersburg PA
CBHW050752030726
47505CB00002B/505